Knaur.

Knaur.

*Im Knaur Taschenbuch Verlag ist bereits folgendes Buch des Autors erschienen:*
Mord in Mombasa

*Über den Autor:*
Nick Brownlee wurde im Nordosten Englands geboren und ist freier Journalist für verschiedene britische Zeitungen und Magazine und Autor mehrerer Sachbücher. Mit seiner Familie lebt er in Cumbria. *Mord in Mombasa* war sein erfolgreiches, von der Kritik allgemein gelobtes Debüt als Krimiautor.
Weitere Informationen unter: www.nickbrownlee.com

Nick Brownlee

# DIE SPUR DER HYÄNE

**Thriller**

Aus dem Englischen von
Wibke Kuhn

Knaur Taschenbuch Verlag

Die englische Originalausgabe erschien 2009 unter dem Titel
»Burn« bei Little Brown, London.

**Besuchen Sie uns im Internet:**
**www.knaur.de**

Deutsche Erstausgabe Mai 2010

Redaktion: Kirsten Reimers
Umschlaggestaltung: ZERO Werbeagentur, München
Umschlagabbildung: Gettyimages / The Bridgeman Art Library
Satz: Adobe InDesign im Verlag
Druck und Bindung: CPI – Clausen & Bosse, Leck
Printed in Germany
ISBN 978-3-426-50327-0

2 4 5 3 1

*Für Geoff und Jane und*
*Candace und Lucie*

# Erster Tag

# 1

Als sie die Tür zu ihrer Wohnung öffnete, stapelte sich die vier Wochen lang aufgelaufene Post auf dem Boden, auf ihrem Anrufbeantworter warteten einundvierzig Nachrichten, und in der Küche stand ihr Mörder, der sie bereits mit einem Stilett in den behandschuhten Fingern erwartete.

Ohne sich weiter um die Post zu kümmern, drückte sie die Play-Taste des Anrufbeantworters im Flur. Nachdem sie ihren Koffer ausgepackt, ihre Reiseklamotten ausgezogen, sich geduscht und einen Jogginganzug übergestreift hatte, war nur noch eine Nachricht übrig.

Eine Männerstimme sagte: »Hier spricht FBI Special Agent Clarence Bryson. Bitte rufen Sie mich an, sobald Sie diese Nachricht abhören.«

Agent Bryson nannte seine Nummer, dann folgte der Piepton, und eine Automatenstimme schnarrte: »Keine weiteren Nachrichten.«

*Ja, ja*, dachte sie, während sie ihr Haar mit einem Handtuch trockenrubbelte und es vor dem Schlafzimmerspiegel zu einem Pferdeschwanz zusammenband, *vorläufig*.

Sie ging zurück auf den Flur und schaufelte so viel Post zusammen, wie sie auf einmal tragen konnte. Rechnungen und Werbung. Kein Mensch verschickte mehr interessante Dinge mit der Post. Keiner schrieb mehr *Briefe*. Sie sortierte alles in zwei Stapeln auf dem Flurtischchen, rechts und links vom Telefon. Die Postwurfsendungen türmten sich um einiges höher auf als die Rechnungen, aber das war auch das einzig Positive.

Da klingelte das Telefon. Sie starrte es gerade lang genug an, dass der Anrufbeantworter sich einschalten konnte.

»Hier ist noch mal FBI Special Agent Clarence Bryson. Bitte rufen Sie mich unbedingt an, sobald Sie diese Nachricht abhören.«

Während er erneut seine Nummer angab, schwebte ihre Hand schon über dem Hörer.

Doch sie wusste, worüber Agent Bryson mit ihr reden wollte. Und in diesem Moment war sie noch nicht bereit. Es war einfach alles viel zu schnell gegangen. Sie musste sich erst einmal sammeln.

Also schnappte sie sich die Rechnungen, ging ins Wohnzimmer und warf den Stapel auf den Couchtisch. Dann zog sie die Vorhänge zurück. Schwaches Sonnenlicht fiel durch drei große Fenster mit verschmierten Scheiben, die dringend mal wieder geputzt werden mussten. Doch nach allem, was passiert war, hätte die ganze Wohnung dringend geputzt werden müssen. In den Möbeln hing immer noch ein Hauch seines teuren Aftershaves. Sie konnte noch immer den Abdruck auf den Sofakissen sehen, wo er stets gesessen hatte. Sie wusste, dass sie seine Anzüge im Schlafzimmerschrank und seine Zahnbürste im Becher auf der Badezimmerablage finden würde. Am besten wäre es, sie würde alles mitten im Zimmer auf einen riesigen Haufen werfen und dann anzünden.

In der Küche stand ihr Mörder und beobachtete sie durch einen Spalt in der Schiebetür.

Im nächsten Moment klingelte es an der Tür.

Sie verzog das Gesicht. Das wird doch nicht etwa Special Agent Clarence Bryson sein?
Sie ging wieder über den Flur und öffnete die Tür. Etwas Schnelles, Sehniges schoss an ihr vorbei ins Wohnzimmer, und sie schrie auf, ebenso überrascht wie erfreut.
Eine dicke Frau im Kaftan stand vor der Wohnungstür.
»Wir dachten, wir hätten Sie gehört«, erklärte sie. »Er war gleich ganz aus dem Häuschen.«
»Mrs. Liebnitz – was soll ich sagen?«
Die Dicke schüttelte nur feierlich den Kopf und zog sich wieder in die gegenüberliegende Wohnung zurück. »Sagen Sie gar nichts, meine Liebe. Ich lasse Sie jetzt miteinander allein, damit Sie sich begrüßen können.«
Nachdem sie die Tür geschlossen hatte, ging sie zurück ins Wohnzimmer. »Chico?«
Aus der Küche kam ein Geräusch, und sie musste lächeln. Natürlich wusste sie nicht, was sie gerade gehört hatte – wie ihrem Kater nämlich mit einer einzigen präzisen Handbewegung das Genick gebrochen wurde.
»Chico?«
Sie sah die Katze mit offenen Augen und Blut auf den Zähnen auf der Küchentheke liegen. Doch kaum hatte sie Luft geholt, um zu schreien, legte sich eine behandschuhte Hand über ihren Mund. Der Mörder drückte ihr die Spitze des Messers gegen die Schädelbasis und stieß die Klinge mit einer geschmeidigen Aufwärtsbewegung bis zum Griff hinein.
Zehn Minuten später wurde gegen die Tür gehämmert. Sekunden später flog sie auf, und ein Dutzend bewaffnete Männer in kugelsicheren Westen und Helmen stürmten den Flur.

Als Agent Bryson die Wohnung betrat, hatte das Team bereits jeden Winkel durchsucht, und einer der Männer stand in der Küche neben der toten Frau und ihrer Katze.

## 2

Die beiden Männer hatten in einem algerischen Café in der Nähe des Government Square in der Altstadt von Mombasa zu Abend gegessen. Der Dhau-Hafen war so nah, dass man die Rufe der Schauerleute hören konnte, die die Sorghum-Säcke von den gerade eingelaufenen Frachtern schleppten. Andererseits war er weit genug weg, dass der Gestank von verfaulendem Fisch und Altöl nicht mehr bis hierher drang. Und später – viel später – sollten sie davon sprechen, was für ein netter Abend es doch gewesen war, bis Lol Quarrie von den Mauern von Fort Jesus stürzte und mit dem Geräusch zerbrechender Eierschalen vor ihren Füßen aufschlug.

Detective Inspector Daniel Jouma, ein Mann mit dem drahtigen Körperbau eines Jockeys und der Enthaltsamkeit eines Heiligen, hatte sich ein Kichererbsengericht und eine Kanne Pfefferminztee bestellt. Jake Moore, der über einen Meter achtzig groß war und einen räuberischen Appetit hatte, hatte sich für ein ordentliches blutiges Steak und ein großes Glas eiskaltes Tusker-Bier entschieden. Sie saßen an einem Tisch unweit des offenen Eingangs, unterhielten sich und lachten, und ab und zu

blickten sie gedankenverloren zu den glänzenden Lichtern der Stadt hinauf, die von den vorüberziehenden Wolkenfetzen reflektiert wurden, und wunderten sich, wie es möglich war, dass ein einundfünfzigjähriger kenianischer Polizist und ein fünfzehn Jahre jüngerer englischer Skipper eines Sportfischerboots Freunde geworden waren.
Vor einem Monat hatten sie sich noch nicht gekannt. Jake, ehemaliges Mitglied einer Sondereinheit der britischen Polizei, hatte da gerade zusehen müssen, wie seine Träume von einer Firma für Sportanglerausflüge schneller sanken als ein Bleigewicht. Jouma indessen war zu dem Schluss gekommen, dass seine dreißig Dienstjahre in der kenianischen Polizei eine einzige Zeitverschwendung gewesen waren und dass sein Heimatland verdientermaßen vor die Hunde ging.
Doch dann explodierte plötzlich ein Boot namens *Martha B* sechs Meilen vor der Küste, zusammen mit dem Skipper Dennis Bentley, und Jake und Jouma waren in das tödliche Katz-und-Maus-Spiel einer Organisation geraten, die mit Menschenleben handelte. Patrick Noonan, der Mann, der für den Nachschub aus Ostafrika verantwortlich zeichnete, war nach einem verzweifelten Kampf mit Jake in der Schraube eines Fünfhundert-PS-Außenbordmotors gestorben und ruhte nun in einem anonymen Grab, weil niemand wusste, wer er eigentlich war – nicht einmal die Frau, die einmal seine Geliebte gewesen war.
»Haben Sie von Martha gehört, seit sie nach New York zurückgeflogen ist?«, erkundigte sich Jouma, während der Café-Besitzer die Teller abräumte und dabei verdrossen die nur halb gegessenen Kichererbsen zur Kenntnis nahm.
Jake zündete sich eine Zigarette an und bestellte ein Glas

*Boukha*, einen starken algerischen Feigenschnaps. »Ich schätze, die hat gerade Wichtigeres im Kopf«, meinte er. Martha Bentley bedeutete dem Engländer sichtlich viel – weit über das Geld hinaus, das sie in sein angeschlagenes Unternehmen stecken wollte. Ihre Rückkehr nach New York, wo sie als Top-Anwältin arbeitete, sollte nur vorübergehend sein. Sie wollte sich um die Geschäfte ihres verstorbenen Vaters kümmern und für die Auszahlung seiner Lebensversicherungssumme sorgen. Doch obwohl Jake die Sorte Mann war, die ihre Gefühle nicht zeigte, spürte Jouma, dass er sie mehr vermisste, als er zugeben mochte.

Sie zahlten und gingen über die Mbaraki Road langsam auf die Festung aus dem sechzehnten Jahrhundert zu. In den Läden und Cafés brannten die Lichter, und die dicke Nachtluft war gesättigt von dem Duft starken Kaffees und dem Rauch der Wasserpfeifen.

»Und, wie lebt es sich so unter der neuen Führung im Mama Ngina Drive?«, fragte Jake.

»Superintendent Simba muss erst noch ihr wahres Gesicht zeigen.«

»Oder ihre Krallen?«

Jouma runzelte die Stirn. »Ich glaube, dass jeder besser sein wird als Superintendent Teshete.«

»Ich hoffe es, Inspector. Um Ihretwillen.«

Dem konnte sich Jouma nur anschließen. Nachdem er seinen korrupten Chef hinter Gitter gebracht hatte, verspürte er wenig Neigung, dasselbe Spielchen noch einmal von vorn zu beginnen.

Mittlerweile waren sie an den massiven Mauern von Fort Jesus angelangt. Es war sieben Uhr abends. Am Eingang stand eine ganze Reihe Straßenhändler, die billigen Modeschmuck verkauften. Daneben spielten alte Männer Kaluki unter den Cashew-Bäumen. Die ganze Szenerie war so alltäglich, dass das, was nun gleich passieren sollte, noch viel irrealer schien.

Jake sah den Körper aus dem Augenwinkel. Mit einer Hand packte er Jouma am Arm und riss ihn zur Seite. Der Reflex kam instinktiv und rettete dem kleinen Inspector wahrscheinlich das Leben – denn Lol Quarrie wog über hundert Kilo und hätte ihn zermalmt, wenn er auf ihm gelandet wäre. Stattdessen schlug der Körper hart auf dem Zementboden auf, keine anderthalb Meter vor ihren Füßen.

Später sollte Jake es seltsam finden, dass er nicht in erster Linie darauf geachtet hatte, wie Lol Quarries Schädel zerplatzte und ihn mit Blut und Hirnmasse bespritzte, sondern vielmehr darauf, wie eigenartig es doch war, dass das schicke Sakko und die Flanellhose des toten Mannes so schmutzig und seine Fingernägel zu blutigen Stumpen abgebrochen waren.

# Zweiter Tag

# 3

Sie kann nicht sagen, wie viele Tage sie schon allein hier unten im Dunkeln sitzt. Vielleicht drei. Vielleicht auch zehn. Normalerweise wären Hunger und Durst ein guter Anhaltspunkt, aber sie hat sich ein Leben lang dazu erzogen, Essen und Trinken mit Gleichgültigkeit zu betrachten. Beides ist zwar lebenswichtig, aber andererseits braucht man nur sehr wenig, um zu überleben.

Alles, was darüber hinausgeht, ist Völlerei, und Völlerei ist Sünde.

*Sünde*. Ist sie deswegen hier gelandet? Als Strafe für ihre Todsünden? Wenn ja, dann ist dieser Ort sehr passend gewählt. In der erdrückenden, totalen Finsternis kann sie nur dem Geräusch des tropfenden Wassers lauschen und über ihre Verfehlungen nachdenken.

Mittlerweile fühlt sie auch keinen Schmerz mehr. Ihre Hände, die über ihrem Kopf an eine Art Metallhaken gefesselt sind, sind schon vor einer geraumen Weile abgestorben. Ihre Knie sind aufgescheuert von dem rauhen Steinboden, auf dem sie kniet, und inzwischen ebenfalls taub. Die feuchte Kühle auf ihrer nackten Haut nimmt sie schon gar nicht mehr wahr. Das Einzige, was sie im Moment ein wenig unangenehm findet, ist der dumpfe Muskelschmerz im Nacken, der daher rührt, dass sie ihren Kopf aufrecht halten will.

»Ich hebe meine Augen auf zu den Bergen. Woher kommt

mir Hilfe? Meine Hilfe kommt vom Herrn, der Himmel und Erde gemacht hat.«
Die Worte des Psalms 121 trösten sie in diesen Stunden der Not, wie alle Psalmen, die sie seit ihrer Einkerkerung aus dem Gedächtnis und in ihrer numerischer Reihenfolge aufgesagt hat, vorwärts und rückwärts, immer und immer wieder.
»Der Herr behüte dich vor allem Übel, er behüte deine Seele.«
Aber in ihren pragmatischeren Momenten fragt sie sich doch, wer sie hier gegen ihren Willen gefangen hält – und warum. Dann geht sie abermals die Ereignisse durch, die zu dem Moment führten, in dem sie in diesem pechschwarzen Gefängnis aufwachte.
Sie sieht sich durch die engen, belebten Gassen der Altstadt eilen, leicht gebückt in ihrer schweren rot-weißen Kutte. Die Leute grüßen sie mit ehrerbietigem Nicken und Lächeln, aber sie hat keine Zeit für sie. Sie ist schon ein bisschen spät dran für ihre Verabredung. *Ja – das ist es!* Eine wichtige Verabredung, die letzte in ihrem gedrängten Terminkalender. Sie kann es nicht ausstehen, zu spät zu kommen. Für sie ist Pünktlichkeit das Zweitwichtigste auf der Welt – gleich nach Gott.
*Wo ist sie jetzt?* Genau. Der überlaufene Platz im Schatten des portugiesischen Forts. *Schnell, schnell.* Sie überquert den Platz und schlängelt sich zwischen den Touristenmengen durch. Hundert Meter weiter sieht sie das weiße Minarett der Mandhry-Moschee in der Mbaraki Road aufragen. Wenn man noch ein Stück weitergeht, gelangt man zum Government Square und dem Dhau-Hafen, und dort muss sie hin.

»Schwester Gudrun.«
Sie bleibt stehen. Die Stimme ist nicht mehr als ein heiseres Zischen, das man in dem ganzen Treiben kaum wahrnimmt. Oder hat sie es sich nur eingebildet?
Nein – da ist es wieder. Heiser und keuchend.
»Hier, Schwester.«
Die Stimme kommt aus einem Durchgang zwischen zwei Gebäuden, wo die Mbaraki Road auf den Platz mündet. Die Gasse ist so schmal, dass man sie um ein Haar übersehen könnte. Jedes bisschen gesunder Menschenverstand in ihr brüllt, dass sie ihre Schritte nicht dort hinlenken, sondern zu ihrer Verabredung weitergehen soll.
Aber irgendetwas an der rauhen Stimme kommt ihr bekannt vor …
»Wer spricht da? Wer sind Sie?«
»Kommen Sie näher, Schwester.«
Als sie in den Durchgang tritt, sieht sie eine Gestalt in den Schatten.
»Wer ist da?«
»Ein armer Sünder. Bitte, Schwester – geben Sie mir die Hand.«
Sie streckt den Arm aus und berührt etwas, das sich ledrig rauh anfühlt. Dann spürt sie plötzlich einen stechenden Schmerz im Hals, direkt unter dem Kiefer. Vor Überraschung will sie aufschreien, aber in ihrem Blickfeld explodieren nur noch wundersame Kaskaden blendend weißen Lichts, und sie merkt, dass sie ihre Beine nicht mehr spürt. Danach kommt nur noch Dunkelheit.
»Aus der Tiefe rufe ich, Herr, zu dir. Herr, höre meine Stimme! Lass deine Ohren merken auf die Stimme meines Flehens.«

Mittlerweile ist sie bei Psalm 130 angekommen.
»Ich harre des Herrn, meine Seele harret, und ich hoffe auf sein Wort.«
Nur noch zwanzig Psalmen, dann muss sie wieder von vorn beginnen.
Doch dann wird sie plötzlich von Licht geblendet. Sie kneift die Augen zu, doch es dringt durch ihre Lider und verbrennt ihr die Netzhaut. Sie hört ein Geräusch, als würde etwas über Stein geschleift. Es kommt näher. Ihr Mund bewegt sich, aber er ist zu trocken, um wirklich ein Wort hervorzubringen. Wie dringend sie jetzt einen Schluck Wasser bräuchte. Sie versucht die Augen zu öffnen, aber nach der langen Zeit in der absoluten Finsternis fühlt es sich an, als würden ihr Nadeln in die Augen stechen. Mehr als vage Schatten kann sie nicht erkennen.
»Öffnen Sie die Augen, Schwester.«
»Ich kann nicht. Es tut weh.«
»Öffnen Sie die Augen.«
Vorsichtig hebt sie ein Augenlid. Das Licht sticht immer noch, aber nicht so heftig wie vorher. Dann macht sie auch das andere Auge auf.
»Können Sie jetzt sehen?«
Die verschwommenen Bilder werden schärfer.
Der Mensch, der sie verschleppt hat, steht neben ihr, umrahmt vom flackernden Licht einer Öllampe. Zu ihrer Überraschung erkennt sie das Gesicht, und zum ersten Mal in diesem ganzen Martyrium wird sie richtig wütend.
»Wie kannst du es wagen, mir so etwas anzutun!«
Die Person schlurft mitsamt der Lampe ein Stück beiseite, so dass sie sie nicht mehr sehen kann. Einen Moment lang sieht sie ihren eigenen Schatten über eine Wand aus zer-

bröckelndem, ungleichmäßigem Mauerwerk huschen. Die Beine hat sie unter den Körper angezogen, ihre Hände sind hinter dem Kopf gefesselt. Befindet sie sich in einer Art Tunnel?
»Was haben Sie mit mir vor?« Der Zorn ist bereits der Angst gewichen.
»Ich glaube, Sie kennen die Antwort, Schwester.«
Allerdings. Aber sosehr sie sich auch zusammenreißt, der erste Schlag auf die nackte Haut ihres Rückens schmerzt grauenvoller, als sie sich jemals hätte vorstellen können.

## 4

Lol Quarrie war ein neunundfünfzigjähriger ehemaliger Police Sergeant aus Antrim und hatte bei Ulster als Zweite-Reihe-Stürmer gespielt – in den alten Zeiten, als Rugby-Spieler noch ungestraft sechzig Zigaretten am Tag rauchen und am Abend vor einem Spiel ihre fünf Bierchen trinken durften. Doch seine Jugend und damit seine Unverletzbarkeit waren längst Vergangenheit. Vor drei Monaten hatte er sich vier Bypässe legen lassen müssen, was ihn hart getroffen hatte – fast so hart wie seine Pensionierung aus dem Dienst in der Königlichen Polizei von Ulster an seinem fünfzigsten Geburtstag. Nach Aussage seiner Freunde, die ihn am Tage seines Todes im Constabulary Club gesehen hatten, wirkte er durchaus gut gelaunt, wenn auch nicht so strahlend wie sonst. Sie schrieben es der Tatsache zu, dass er ein frugales Mahl aus

gedünstetem Fisch verzehren und mit Mineralwasser herunterspülen musste. Bis zu seiner OP hatte der alte Lol auf Roastbeef und Guinness geschworen.
Kurz nach drei Uhr nachmittags verließ Quarrie den Club und wurde zuletzt gesehen, wie er zum Taxistand an der südwestlichen Ecke des Jamhuri Park in der Innenstadt von Mombasa ging. Warum er sich vier Stunden später von den Mauern des Fort Jesus in den Tod hätte stürzen sollen, dazu konnte man nur Vermutungen anstellen. Wie war er überhaupt dort reingekommen? Das Fort war seit fast einer Woche für die Öffentlichkeit gesperrt, da man im Inneren dringende Restaurierungsarbeiten an den brüchigen Mauern durchführen musste. Das massive Haupttor war verriegelt.
Der letzte Mensch, der ihn lebend gesehen hatte, war eine Nutte aus der Altstadt, genannt »Dutch Alice«. Und wenn sie nicht gerade einem marokkanischen Hafenarbeiter in einem nasskalten, abgeriegelten Durchgang, durch den man früher Munition und Vorräte ins Fort transportiert hatte, einen Blowjob verpasst hätte, hätte es gar keinen Zeugen der letzten Momente im Leben des Lol Quarrie gegeben.
Dutch Alice war weiß, wahrscheinlich Ende vierzig und arbeitete seit zwanzig Jahren in der Altstadt. Als Zeugin hatte sie sich nur gemeldet, weil sie darauf spekulierte, dass dabei ein paar Dollar für sie herausspringen könnten. Als sie am Tisch im Vernehmungszimmer des Polizeipräsidiums Mombasa saß, sah man ihr deutlich an, wie es sie ärgerte, dass die Befragung länger dauerte als gedacht.
»Wie lange soll das denn hier noch dauern, Inspector?«, blaffte sie und blies Zigarettenrauch zum kaputten Venti-

lator empor. Dabei kratzte sie sich geistesabwesend an einem Streifen eingetrocknetem Make-up hinter dem Ohr. »Ich hoffe, Ihnen ist klar, dass mich das hier bares Geld kostet.«

Jouma betrachtete sie über die abgenutzte Holztischplatte hinweg. »Ein Mann ist gestorben«, sagte er.

Dutch Alice verdrehte die Augen. »Na, *ich* hab ihn nicht runtergeschubst!«

»Nein – aber Sie haben ihn fallen sehen.«

»Tja, mittlerweile wünsch ich mir, ich hätte grad woanders hingeguckt. Das hat man nun davon, wenn man was fürs Gemeinwohl tun will. Ich komm mir langsam vor wie eine Verbrecherin.«

»Bitte. Erzählen Sie mir noch einmal, was Sie gesehen haben.«

Die Nutte schnaubte und zog an ihrer Zigarette, und Jouma fragte sich, welche Entlohnung sie sich für ihren Einsatz fürs Gemeinwohl wohl ausgerechnet hatte.

»Ich hab hochgeguckt, und da stand er eben einfach da oben. Auf der Mauer. Also … ich weiß nicht, wo er herkam.«

»Haben Sie darüber eine Bemerkung zu Ihrem … Kunden gemacht?«

Dutch Alice lächelte lasziv. »Ich hatte grad den Mund voll, Inspector.«

Jouma versuchte, sich die Szene nicht bildlich vorzustellen. »Sie haben vorhin erwähnt, dass es wirkte, als wäre Mr. Quarrie nicht ganz sicher auf den Beinen gewesen.«

»Quarrie? Ist das der Name der Leiche?«

Jouma nickte.

»Was ist denn das für 'n Name? Jüdisch?«

»Wenn Sie bitte meine Frage beantworten könnten?«
»Also, wenn Sie mich fragen – der war betrunken. Der taumelte rum, redete mit sich selbst, Sie wissen schon. Was Besoffene eben so machen.«
»Haben Sie gehört, was er sagte?«
»Nein.«
»Haben Sie in der Gegend jemanden gesehen, der sich irgendwie verdächtig verhielt?«
»Wo – in der Altstadt?« Dutch Alice sah ihn an, als wäre er der letzte Einfaltspinsel. »In der Altstadt ist jeder zweite Mann auf der Straße auf der Suche nach einem Fick. Die sehen alle verdächtig aus.«
»Dieser Mann, der mit Ihnen zusammen war – haben Sie den vorher schon einmal gesehen?«
»Abdelbassir?« Sie lachte grob. »Ich kenn jede Falte in seinem dreckigen Marokkanerschwanz.«
»Warum ist er weggerannt?«
»Wären Sie das nicht?«
»Wissen Sie, wo er sich jetzt aufhält?«
»Ich schätze, der ist bei seiner Frau und lügt ihr die Hucke voll.«
»Wissen Sie, wo er wohnt?«
»Wieso sollte mich das interessieren? Weihnachtskarten schick ich ihm bestimmt nicht. Aber keine Sorge, Inspector. Der kommt wieder. Die kommen immer wieder.« Sie ließ ihre Zunge klapperschlangenartig hervorschnellen und brach in Gelächter aus, als Jouma zurückzuckte.
»Sie sind ja mal ein ganz Empfindlicher, was?«, spöttelte sie. »Überrascht mich. Nach allem, was ich von Ihnen gehört habe. *Der Mann, der in Mombasa aufgeräumt hat!* So nennen sie Sie doch in den Zeitungen, oder?«

Jouma sah ihr ins Gesicht und merkte, wie ihm der Mut sank. »Sie sollten nicht alles glauben, was in der Zeitung steht«, erwiderte er.

## 5

Quarries Körper lag auf einem stählernen Autopsietisch in der Leichenhalle im Untergeschoss des Krankenhauses von Mombasa.

»Saubere Arbeit, finden Sie nicht auch?« Christie, der Pathologe, fuhr mit einem latexbekleideten Finger über die rauhe, an die dreißig Zentimeter lange Narbe, die senkrecht über die Brust des Toten verlief. »Schnurgerade. Und ziemlich frisch. Das erleichtert mir die Arbeit.« Mit einer schwungvollen Bewegung seines Skalpells öffnete Christie die Wunde. Ein kurzer Ruck, und das Fleisch teilte sich wie ein Vorhang, um den Blick auf die weißen Knochen freizugeben.

Von seinem üblichen Platz aus – bei Autopsien drückte er sich fest an die gekachelte Wand und umklammerte mit den Fingern die Bank, um irgendeine Stütze zu spüren – beobachtete Jouma fassungslos, wie Christie die Drähte aus rostfreiem Stahl entwirrte, mit denen er dann die zwei Hälften des aufgeschlitzten Oberkörpers auseinanderspreizte. Bei der Arbeit summte er ein tonloses Klagelied, das voll und ganz zu seinem leichenschänderischen Treiben passte. Im Grunde fehlte nur noch wabernder Nebel zu seinen Füßen und ein Geier auf seiner Schulter, und schon wäre das makabre Bild vollständig gewesen.

»Ich finde es immer wieder schade, wenn man die Arbeit eines anderen zerstören muss, vor allem so kurz nach der Vollendung«, bemerkte der Pathologe. »Insbesondere, wenn der Chirurg offensichtlich ein Experte auf seinem Gebiet war. Was sagten Sie, Jouma, wer war dieser Mann noch mal?«

»Ein pensionierter Sergeant der Königlichen Polizei von Ulster.«

Christie nickte anerkennend. »Man kann über die britische Polizei ja sagen, was man will, aber die kümmern sich um ihre Leute. Wenn der bei Ihrer Krankenkasse gewesen wäre, Jouma, dann hätten sie ihm ein paar Schweineherzklappen reingestopft und ihn zum Sterben wieder auf die Straße geschickt, bevor er überhaupt das Pensionsalter erreicht hätte. Aber das hier ...« Er deutete auf irgendetwas in der freigelegten Brusthöhle, was sich Jouma ganz bestimmt nicht näher angucken wollte. »... das ist vollendete Handwerkskunst. Für die Ewigkeit gemacht sozusagen. Und dann so was – zu dumm.«

Sein Finger wanderte hoch bis zu der Stelle über Lol Quarries Augenbrauen, wo sein Schädel sichtlich abgeflacht war. »Wäre das nicht gewesen«, stellte er traurig fest, »hätte unser Freund hier gut und gern noch zwanzig Jahre leben können.«

Superintendent Elizabeth Simba drückte mit einem rotlackierten Fingernagel einen Knopf ihrer Telefonanlage.

»Wendy, könnten Sie mir bitte ein Glas Mineralwasser bringen?« Sie warf Jouma, der ihr gegenübersaß, einen Blick zu. »Für Sie vielleicht einen Tee, Daniel? Englische Frühstücksmischung, oder irre ich mich da?«

Sie befanden sich in ihrem Büro im Gebäudekomplex des Polizeipräsidiums der Küstenprovinz auf dem Mama Ngina Drive, der Durchgangsstraße an der Südküste von Mombasa Island mit seinen städtischen Verwaltungsgebäuden und den staatlichen Anwesen. Hinter Elizabeth Simba, einer kräftig gebauten Frau Anfang fünfzig, gewährte ein riesiges Fenster den Blick auf den Indischen Ozean. Ab und zu klapperte es in der spätabendlichen Brise, die auch die Palmen auf der Landzunge zerzauste. Simba lehnte sich zurück und setzte eine Brille mit schmalem Gestell auf.

»Also, was haben wir denn?«, fragte sie.

Jouma räusperte sich und studierte seine Schuhspitzen. Er wusste nicht recht, wie er anfangen sollte. Sie war seit einem Monat auf ihrem Posten, und in dieser Zeit war sie immer sehr höflich zu ihm gewesen – nichtsdestoweniger fühlte er sich in ihrer Gegenwart immer noch befangen. Vielleicht weil sie der aus Nairobi geschickte Ersatz für den in Ungnade gefallenen Superintendent Teshete war? Oder weil *er*, Jouma, direkt dafür verantwortlich war, dass sein ehemaliger Vorgesetzter im Gefängnis saß und auf seinen Prozess wegen Korruption wartete? Natürlich würde sie zu schätzen wissen, dass er seine Arbeit getan hatte, und wenn Teshete sich wirklich an den Schmiergeldern aus der Unterwelt von Mombasa bereichert hatte, war es nur seine Pflicht gewesen, ihn seiner gerechten Strafe zuzuführen.

Doch Jouma wusste nur zu gut, dass gewisse hochrangige Funktionäre, sei es nun im Polizeikorps oder in der Regierung, ihn zwar öffentlich für seine Tat belobigten, ihn insgeheim aber für seinen Mut hassten, die schmutzige

Wäsche des Staates Kenia ans Licht gezerrt zu haben. Sie wollten, dass er pensioniert oder zumindest irgendwo ins Hinterland versetzt wurde, wo er keinen Ärger mehr machen konnte. Die Tatsache, dass er immer noch am Mama Ngina Drive saß, weil er unerschütterlich jede Beförderung oder lukrative Versetzung abgelehnt hatte, musste sie über die Maßen irritiert haben.

»Der Tote heißt Lawrence Quarrie. Er war neunundfünfzig Jahre alt«, begann er. Er nannte die Adresse in Nyali, einer vornehmen Vorstadtsiedlung an der Nordküste, und Elizabeth Simba, der die Gegend durchaus ein Begriff war, wirkte überrascht. »Mr. Quarrie war bis zu seiner Pensionierung vor neun Jahren Police Sergeant in Belfast, bei der Königlichen Polizei von Ulster.«

»Verheiratet?«

»Seine Frau ist im Juni 2000 gestorben. Er ist kurz danach hierhergezogen. Wenn ich das richtig verstanden habe, ist das Paar regelmäßig zur Safari nach Kenia gefahren.«

»Was hat er gestern in Mombasa gemacht?«

»Er hat im Constabulary Club zu Mittag gegessen.« Jouma entging nicht, dass die Augen seiner Chefin sich verengten. »Das ist ein privater Club für pensionierte Polizisten. Die meisten sind im Ausland lebende Briten, aber sie haben auch ein paar kenianische Mitglieder.«

Sie nippte langsam an ihrem Wasser. »Von denen allerdings keiner Afrikaner ist, nehme ich an«, warf sie ein, ohne aufzublicken. »Ist er denn nun selbst gesprungen? Gab es irgendeinen Grund, warum er sich das Leben hätte nehmen sollen?«

»Mr. Quarrie hatte sich erst vor kurzem einer Herz-OP unterzogen«, erklärte Jouma. »Bekanntermaßen kann es

nach solchen traumatischen Eingriffen zu Depressionen kommen.«
»Und was ist mit der Aussage der Nutte? Sie meinte doch, das Opfer hätte betrunken gewirkt.«
»Ich warte noch auf die Laborergebnisse der Bluttests. Zum Mittagessen hat Mr. Quarrie allerdings Mineralwasser getrunken.«
»Und nach dem Mittagessen?«
Jouma konnte nur mit den Schultern zucken. »Wir versuchen immer noch, seine gestrigen Aktivitäten zwischen drei und sieben Uhr nachzuvollziehen.«
Elizabeth Simba atmete nachdenklich aus und fuhr sich mit den Fingern durchs kurze Haar. Statt Augenkontakt zu riskieren, ließ Jouma seine Blicke lieber durchs Zimmer wandern. Seine neue Chefin hatte ein paar oberflächliche Änderungen vorgenommen – eine Blumenvase in der Ecke, neben dem Aktenregal aus Metall ein neues Bild an der Wand, und das Ledersofa stand jetzt auf der anderen Seite des Zimmers – aber im Grunde sah das Büro mehr oder weniger noch so aus wie bei Teshete. Der größte Unterschied war der Geruch: Statt beißendem Tabakqualm erfüllte jetzt der beruhigende Duft eines Luftverbesserers den Raum. Jouma war nicht sicher, was ihm lieber war. Er war fast erleichtert, als die Sekretärin mit einem Tablett mit Erfrischungen hereinkam. Jetzt konnte er sich mit der Porzellantasse beschäftigen.
»Haben Sie den marokkanischen Hafenarbeiter gefunden?«, erkundigte sich Elizabeth Simba. »Den, der gleich davongelaufen ist?«
»Sein Name ist Abdelbassir Hossain. Wir haben ihn vor einer Stunde zur Befragung hergeholt.«

»Und?«

Jouma räusperte sich. »Seine größte Sorge war, dass seine Frau rausfinden könnte, was er an dem Abend gemacht hat.«

»Sie glauben also nicht, dass er etwas mit der Sache zu tun hat?«

»Nein. Da bin ich sehr sicher.«

»Was glauben Sie *dann*, Daniel?«

Die Frage enthielt weder eine offensichtliche Drohung noch eine versteckte Bedeutung, aber da seine Chefin nicht aufblickte, hatte Jouma das unangenehme Gefühl, dass sie ihn auf die Probe stellen wollte.

»Beim jetzigen Stand der Dinge wäre Selbstmord die plausibelste Erklärung. Obwohl ich immer noch keine Ahnung habe, wie er sich Zugang zum Fort verschaffen konnte und warum seine Kleidung voller Schlamm war.«

Elizabeth Simba sah müde auf. »Glauben Sie mir, Daniel, wenn pensionierte britische Polizisten unter mysteriösen Umständen zu Tode stürzen, ist die Antwort niemals einfach Selbstmord.«

»Das war mir klar«, erwiderte Jouma. Die Aussicht, dass jede seiner Bewegung mit Adleraugen von einem Haufen Expolizisten verfolgt wurde, deren Meinung von der kenianischen Polizei schlechter nicht sein könnte, erfüllte ihn jetzt schon mit düsteren Vorahnungen. »Sobald ich die Blutwerte bekomme, weiß ich mehr.«

»Gut. Solange nicht jedes Mittel erschöpft ist, verlange ich, dass Sie Mr. Quarries Tod als verdächtig betrachten.«

Jouma nickte. »Wie Sie wünschen. Und was ist mit der vermissten Nonne aus Jalawi?«

Sie winkte ab. »Das kann doch unser Detective Constable

Mwangi übernehmen. Ich möchte, dass Sie diesem Fall Ihre ganze Aufmerksamkeit widmen.«

»Bei allem Respekt, aber Mwangi ist sehr unerfahren.«

»Wir waren alle einmal unerfahren, Daniel«, gab sie zurück.

Jouma brauchte einen Moment, bis ihm klar wurde, dass die Unterredung beendet war.

## 6

Fünf Meilen vor der afrikanischen Küste war die Luft warm und die See ruhig, und auf der Brücke des Sportanglerbootes *Yellowfin* stand Jake nun schon fast zwei Minuten, ohne daran zurückzudenken, wie Lol Quarries Schädel zu seinen Füßen explodierte.

Das war schon mal eine gewaltige Verbesserung, denn dieses Bild und das dazugehörige Geräusch hatten ihn fast die ganze letzte Nacht wach gehalten. Und obwohl es wesentlich länger dauern würde, diese Erinnerung zu verdrängen, als sich Lols Hirnmasse von der Kleidung zu entfernen, wusste Jake, dass auch die schlimmsten Erlebnisse nach einer Weile verblassen.

Zum Beispiel, wenn man angeschossen worden war.

Früher hatte er einmal geglaubt, dass ihm jede Nacht seines Lebens das weiße, verängstigte Gesicht eines achtzehnjährigen Kleingangsters aus Ost-London namens Ronnie Cavanagh nachspuken würde. Damals sah er die geladene Pistole jede Nacht ebenso deutlich vor seinem inneren Auge wie an jenem Tag vor fünf Jahren, und er hörte die Explosion, als Cavanagh abdrückte. Doch jetzt kam es ihm fast so vor, als hätte die Kugel jemand anders zerfetzt. Manchmal musste Jake mit den Fingern über die unregelmäßige Narbe auf dem Bauch fahren, um sich zu überzeugen, dass das alles wirklich passiert war.

Tage wie dieser halfen dabei natürlich. Das Meer war die reinste Therapie und die *Yellowfin* eine Vertraute. Deswegen hatte er damals die Polizeitruppe verlassen und war ins nächste Flugzeug nach Kenia gestiegen, nachdem er in den Kleinanzeigen Harry Philliskirks Annonce gelesen hatte, in der ein gleichgesinnter Geschäftspartner gesucht wurde.

Und wenn alle Stricke rissen, war da immer noch ein Ernie in seinem Kampfstuhl, der ihn auf Trab hielt.

»Entschuldigung«, meldete sich eine Stimme von hinten, »aber ich glaube, ich hab einen Hai gefangen.«

»Okay.«

Jake steckte sich eine Zigarette an. Seine finanziellen Sorgen wären längst Vergangenheit, wenn er einen Dollar für jedes Mal bekommen würde, da er diesen Satz hörte. Für die Europäer mit ihren teigigen Gesichtern, die ihr Lebtag nichts anderes als tiefgefrorenen Kabeljau und Schellfisch gesehen hatten, fühlte sich schon das Gewicht eines anbeißenden Fächerfischs an wie ein Weißer Hai. Harry hatte sie »Ernies« getauft. »Jeder von denen hält sich für Ernest Hemingway«, meinte er immer. »Und jede Sprotte, die sie aus dem Wasser ziehen, verwandelt sich in einen Hundertvierzig-Kilo-Marlin, sobald sie am Montagmorgen wieder ins Büro kommen.«

»Äh ... entschuldigen Sie ...«

»Ja, ich komm schon.«
Jake tröstete sich mit dem Gedanken, dass dies vorerst der letzte Ernie war, den er unter die Fittiche nehmen musste. Morgen wollte er mit der *Yellowfin* zu Missy Merediths Werkstatt fahren, um sich zu erkundigen, wie viel neues Leben eine Totalüberholung so einem Kahn nach fünfzehn Jahren harter Arbeit einhauchen konnte. Mit zwei neuen Turbodiesel-Motoren, neuen Kabeln, gereinigter Hydraulik und einer Brücke mit UKW-Funkgerät, GPS und Sonarsystem zur Ortung von Fischen sowie funkelnagelneuen Geräten im Wert von mehreren hundert Dollar würde ihm die *Yellowfin* plötzlich vorkommen wie ein ganz neues Boot.
*Danke, Martha.*
Er zog kräftig an seiner Zigarette und konnte förmlich hören, wie ihn Martha Bentley fürs Rauchen ausschimpfte. Er musste in sich hineinlachen, als er sich ihre selbstgerechte Miene vorstellte. Keine Frage, er vermisste sie – und das nicht nur, weil sie versprochen hatte, ihm aus der Patsche zu helfen, indem sie die Lebensversicherungssumme ihres ermordeten Vaters in sein dahinsiechendes Charter-Unternehmen steckte.
Nicht zum ersten Mal überlegte er, was wohl passieren würde, wenn sie in ein paar Wochen wieder aus New York zurückkam, um ihre Investitionen zu überwachen. In der kurzen Zeit ihrer Bekanntschaft hatte er unzweifelhaft feststellen können, dass die Chemie zwischen ihnen stimmte, und außerdem musste er zugeben, dass er sich selten so wohl gefühlt hatte in Gesellschaft einer Frau. Aber hieß das auch, dass sie jemals mehr werden würden als Geschäftspartner?

»Entschuldigung – aber ich glaube *echt*, Sie sollten mal herkommen und sich das angucken.«

»Bin schon unterwegs, Kumpel.«

Gott, wem wollte er hier eigentlich was vormachen? Mit seinen fünfunddreißig Jahren war Jake mehr als zehn Jahre älter als sie. Ein dämlicher Exbulle, der in seinem Leben ein paarmal zu oft versagt hatte. Martha hingegen war klug, frech und schön – und diese Art weiblicher Wesen kannte er nur aus Filmen über kluge, freche Frauen, denen er nach Möglichkeit aus dem Weg ging.

Manches ließ man eben lieber im Reich der Phantasie.

»Mr. Jake – ich glaube, der Boss braucht Hilfe.«

Der Ruf von Sammy, dem Schiffsjungen, riss ihn aus seinen Träumen, und er blickte von der Brücke nach unten. Der Ernie war ein englischer Lehrer mittleren Alters, dem langsam, aber sicher die Haare ausgingen. Seine Frau und seine Tochter hatten ihm einen halbtägigen Angelausflug mit dem zukünftigen Schwiegersohn geschenkt, damit die beiden sich ein bisschen anfreunden konnten. Wenn sie gemeinsam einen Thunfisch oder einen Wahoo aus dem Meer gezogen hätten, hätte das schon klappen können – nur leider lag der zukünftige Schwiegersohn mit akuter Seekrankheit in der Kabine, seit sie die ruhigen Gewässer innerhalb des Riffs verlassen hatten.

»Okay, Sammy, ich komm runter.«

Jake stellte den Steuerknüppel auf Leerlauf und kletterte über die Leiter nach unten.

»Sie werden sicher schon müde«, sagte er zu dem Ernie und klopfte ihm auf die Schuler. »Soll ich mal eine Weile für Sie übernehmen?«

»Wie ich Ihnen die ganze Zeit schon zu erklären versuche«, erwiderte der Ernie, das Gesicht zu einer schweißüberströmten Grimasse verzerrt, »ich glaube, ich hab einen Hai an der Angel.«

Jake verfolgte die gespannte Schnur bis zum Wasser, und hinter der Ray-Ban weiteten sich seine Augen. Fünfzig Meter hinter dem Heck zappelte ein riesiges grauweißes Tier in den Wellen, dessen dreieckige Rückenflosse wie eine unmissverständliche Visitenkarte aus dem Wasser ragte.

*Du lieber Gott …*

»Ich glaube, da ist was dran, Kumpel«, meinte er zu dem Ernie. »Sie haben einen *Zambi* an der Angel.«

»Einen was?«

»Einen Grundhai.«

*Und groß war das Aas auch noch.* Der wog wahrscheinlich nicht wesentlich unter zweihundertfünfzig Kilo. Eine Vierteltonne reiner Muskel und Verschlagenheit an einer Angelschnur, die eigentlich dazu gedacht war, einen Hundert-Kilo-Thunfisch aus dem Wasser zu ziehen. Warum die Leine nicht schon längst gerissen war, war ihm ein Rätsel. Und dass dieser dürre Lehrer es geschafft hatte, die Leine stückweise einzuholen, ohne aus seinem Stuhl gerissen zu werden und dem Vieh direkt in den Schlund zu fliegen, grenzte fast schon an ein Wunder. Eigentlich sah er so aus, als hätte er nicht mal die Kraft, die Haut von einem Reispudding zu ziehen.

»Sammy, bring mir den Drillgürtel!«

Der Junge rannte zu den Kisten, in denen sie ihre Ausrüstung verwahrten, und kam mit einem Ledergeschirr zurück, das Jake sich rasch über die Schulter warf und um den Bauch schnallte.

»Okay. Jetzt rauf auf die Brücke.«
Während Sammy die Leiter hochkletterte, nahm Jake vorsichtig das Ende der Angel aus dem Rutenhalter am Kampfstuhl und rammte sie in die Halterung vor seinem Bauch. Unterdessen tauchte der Hai jäh in die Tiefe ab. Die Angel bog sich bis an den Rand ihrer Belastungsgrenze, während Jake sich leicht vorbeugte, dann aber langsam anzog und mit aller Kraft Leine einholte.
»Na los, Sammy!«
Die altersschwachen Dieselmotoren der *Yellowfin* erwachten stotternd zum Leben, als der Schiffsjunge den Gang einlegte. Ohne die Augen von dem Hai zu nehmen, lenkte er das Boot mit erfahrenem Auge so, dass es dem Fisch folgte.
Unten troff Jake bereits vor Schweiß, und seine Arme und Beine brannten. Er hatte den Drillgürtel schon oft benutzt, um einem Ernie in Nöten zu helfen. Aber einen Marlin einzuholen war ein Kinderspiel verglichen mit dem Kampf gegen so ein Monster.
*Trotzdem ...*
Fünfzehn Minuten vergingen. Dreißig. In der Gluthitze spürte Jake langsam, dass der Widerstand des Hais nachließ. *Wurde das Aas langsam müde?* Es schien ihm kaum denkbar. Doch dann brach plötzlich die Rückenflosse durchs Wasser, und zu seinem Staunen sah er, dass der riesige Fisch nur noch drei Meter vom Boot entfernt war.
»Du lieber Himmel«, rief der Ernie. »Jetzt schau sich einer an, wie *groß* der ist.« Er wich zurück und nahm Kurs auf die Kabine, um seinen Schwiegersohn vom Totenbett zu holen.
Groß war er allerdings, wahrscheinlich fünf Meter vom

Maul bis zur Schwanzspitze, und einen Meter in der Breite. Was Jake dem Ernie nicht verraten hatte – und woran er im Augenblick selbst nicht so gerne denken wollte –, war die Tatsache, dass der Grundhai Menschen angeblich am gefährlichsten wurde – gefährlicher als alle anderen Haiarten, Weißer Hai inklusive. Wie war das mit diesem Schwimmer, der nur wenige Meter vom Ufer entfernt angegriffen worden war? Höchstwahrscheinlich ein *Zambi*. Diese Spezies hatte auch nichts gegen Süßwasser, weswegen man ihr nachsagte, dass sie durchaus mal die Flüsse hochschwamm und sich kleine Kinder aus dem seichten Wasser holte.

Und so einen, dachte Jake, hole ich jetzt gerade mit einer Thunfischleine ein.

Das würden sie ihm nie glauben in Suki Lo's Bar in Flamingo Creek.

»Sammy – mach dich bereit!«

Doch der Junge war schon bei ihm, beugte sich über die Reling und rollte die Segeltuchbahn aus, mit der man die richtig großen Fische sicherte, bis man sie markiert oder für eine glorreiche Foto-Session an Land gebracht hatte.

Der Hai war mittlerweile fast zum Greifen nah, lag auf der Seite und starrte Jake aus einem pechschwarzen Auge an.

»Schön lächeln, du Aas!«, sagte er.

Das war die einzige Zeile aus dem *Weißen Hai*, die er jemals hatte sagen wollen.

Und genau in diesem Moment riss die Leine, und Jake stürzte jäh hintenüber.

»Sie haben ihn verloren.«

Er blickte auf und sah den Ernie ungläubig aufs Meer

starren. Hinter ihm klammerte sich sein zukünftiger Schwiegersohn wie ein graues Gespenst an den Türrahmen der Kabine. Auf seinem Safari-Hemd sah man getrocknete Spuren von Erbrochenem.
»Er hat ihn *verloren!*«, wiederholte der Ernie. Und der Ernie hatte recht. Jake hatte den Fisch verloren. Früher hätte ihm so eine Demütigung garantiert die Laune für den restlichen Tag verdorben. Aber als er jetzt von den Decksplanken aufstand, fühlte er eine seltsame innere Ruhe. Letztendlich war es doch nur ein dämlicher Fisch. Niemand war gestorben. Und nach all dem, was er in letzter Zeit durchgemacht hatte, war das doch mal eine nette Abwechslung.

## 7

Die Hippies kamen am Nachmittag an. In einem mitgenommenen, ausrangierten amerikanischen Schulbus, der in allen Farben des Regenbogens bemalt war, holperten sie über den staubigen Feldweg, der vom Mombasa Highway nach Flamingo Creek führte. Es waren zwei Dutzend Leute, angeführt von einer weißen Kenianerin Ende zwanzig. Sie hieß Evie Simenon – ein Name, der Harry Philliskirk äußerst exotisch und verführerisch in den Ohren klang, obwohl ihr Erscheinungsbild mit den gebatikten Baumwollklamotten und den strähnigen Dreadlocks da wirklich nicht mithalten konnte. Sie wollte wissen, wie man am besten zu einem Dorf namens Jalawi gelangte, und war bereit, für diese Auskunft mit ausgezeichnetem Gras zu bezahlen, das ihre Leute nur zu gern mit ihm teilen würden. Daher war Harry, der gerade vor dem Schuppen der Britannia Fishing Trips Ltd. in der Sonne döste, nur zu gern bereit, ihnen zu helfen.

Dummerweise seien sie auf der falschen Seite des Flusses, erklärte er ihnen. Jalawi liege am nördlichen Ufer, in der Nähe der Mündung. Und abgesehen von einer Handvoll Lehmhütten, ein paar hundert Einwohnern und vielleicht doppelt so vielen Ziegen und streunenden Hunden, gebe es dort auch nicht viel zu sehen. Ob sie sicher seien, dass sie Jalawi suchten? Wenn sie sich Zen-Erleuchtung ersehnten, würden sie sie dort ganz sicher nicht finden.

»Wir sind nicht hier, um erleuchtet zu werden«, erwiderte Evie Simenon scharf. »Wir sind hier, um zu verhindern, dass Spurling Developments dort ein Hotel baut.«

»Aha«, machte Harry, als wäre jetzt alles klar. Das waren also gar keine Hippies. Aus Evies Aufmachung hätte er gleich schließen müssen, dass sie ein Öko-Krieger von echtem Schrot und Korn war. Und das letzte bisschen Attraktivität verflüchtigte sich wie Morgennebel.

»Spurling Developments wenden an der ganzen kenianischen Ostküste eine systematische Brandrodungstaktik an«, erläuterte sie. »Jalawi ist das nächste Dorf auf ihrer Liste. Dort wollen sie ein weiteres Fünf-Sterne-Hotel hinstellen – als wäre die Küste nicht schon völlig überfüllt mit diesen Betonklötzen.«

Ihre Gefolgschaft – hauptsächlich dämlich wirkende Studenten – nickte zustimmend, und dann blickten alle auf Harry, gespannt auf seine Reaktion. Und wie er da so in seinem alten leinenbespannten Regiestuhl saß mit einem

Kingsize-Joint zwischen den Lippen, fühlte er sich tatsächlich fast wie ein alter Guru aus den LSD-getränkten sechziger Jahren, der seine Weisheit einer neuen Generation von Aussteigern zuteil werden ließ. Ein seltsames Gefühl, denn damals, als er noch ein sechsstelliges Grundgehalt in der Londoner City bezog, waren in den Augen all der anderen Aktienspekulanten und Hedgefonds-Manager solche Typen, die an den U-Bahn-Stationen Bob-Dylan-Songs quäkten, für den Frieden marschierten oder Bäume umarmten, nichts anderes als faule Drückeberger, die in erster Linie eine Entlausung und einen guten Haarschnitt brauchten.

Er deutete übers Wasser auf das glänzende Gebäude des Flamingo-Creek-Yachtclubs, dessen Spiegelglasfenster missbilligend auf die heruntergekommene Anlegestelle gegenüber starrten. »Wie Sie sehen, hat Spurling Developments bereits einflussreiche Freunde im Planungsstab. Ich befürchte, wenn sie ein Hotel bauen wollen, dann werden sie einfach ein Hotel bauen.«

»Und gerade deswegen muss sich ihnen jemand in den Weg stellen«, gab Evie zurück. »Denken Sie doch mal an all die Menschen, die ihre Häuser und ihre Lebensgrundlage verlieren, wenn dieses Hotel auf ihrem Land gebaut wird.«

Harry sog den beißenden Rauch tief in die Lungen und bemühte sich, nicht zu husten. »Und das ist Ihre Beschäftigung, Evie?«, erkundigte er sich. »Sie fahren mit Ihrem Bus von Baustelle zu Baustelle?«

»Wir können uns doch nicht einfach zurücklehnen und zusehen, wie reiche weiße Bauspekulanten Kenia in einen riesigen Hotelkomplex verwandeln.«

»Bravo. Das ist der rechte Geist.«
»Warum kommen Sie nicht mit?«
Harry lächelte nachsichtig. »Ich bin ein bisschen zu alt, um mich vor Bulldozer zu legen, meine Liebe.«
Durch eine Wolke penetranten Haschdunst konnte er sehen, wie Evie ihn von oben bis unten musterte.
»Danke für die Wegbeschreibung«, sagte sie. »Ich glaube, wir fahren jetzt.«
Mit einer benommenen Geste deutete Harry auf den Bus. »Dann passen Sie mal schön auf Ihre Federung auf«, empfahl er. »Auf der Straße nach Jalawi gibt es Schlaglöcher, aus denen kommen Sie vielleicht nie mehr raus.«

Als sie fort waren, hievte Harry sich schwankend aus seinem Stuhl und tapste zurück zum Schuppen.
Muss doch schön sein, dachte er, wenn man so verdammt *idealistisch* ist. Was ihm in fortgeschrittenem Alter am meisten zusetzte, war die unvermeidliche Erkenntnis, dass man ohne Geld und Macht eigentlich überhaupt nichts ausrichten konnte. Spurling Developments besaß beides – und deswegen hatte Evie Simenon auch nicht die geringste Chance, die Bebauung in Jalawi zu verhindern und die Bulldozer aufzuhalten, die am Nordufer des Flamingo Creek heranratterten wie eine Panzerdivision in Frankreich. Wie alle Aktionäre von Spurling Developments – zu denen Harry übrigens seit seinen Tagen an der Londoner Börse gehörte – hatte er die Pläne dieses Fünf-Sterne-Hotels gesehen und wusste, dass das Dorf Jalawi dem Untergang geweiht war. So war das nun mal im Leben. Und wenn man ihn fragte, war es besser, sich ins Unvermeidliche zu schicken und davon zu profitieren, statt sich ihm in den

Weg zu stellen und am Ende gar nichts davon zu haben. Außerdem konnte es seinem Geschäft nur guttun, wenn noch ein Hotel vor seiner Haustür eröffnete.

Inzwischen war es fast vier Uhr, und Jake musste demnächst wieder im Flamingo Creek einlaufen. Das kleine Intermezzo mit Evie Simenon war ja ganz lustig gewesen, aber jetzt wurde es Zeit, dass die Manager von Britannia Fishing Trips Ltd. die wichtigen Fragen des Tages bei ein paar Bierchen und einem Teller Chili-Nudeln in Suki Lo's Bar besprachen.

Und eine gesunde Dosis Männergespräch war genau das, was Jake Harrys Meinung nach nötig hatte. Seitdem er diese Martha Bentley kennengelernt hatte, schmachtete der riesige Steinzeitmensch nach ihr wie ein pickliger Jüngling nach seiner ersten Liebe. Natürlich war Martha ein nettes Mädchen, und ihre Pläne für die Verwendung der Versicherungssumme ihres Vaters waren ein Gottesgeschenk für Jakes und Harrys Geschäft. *Aber alles hatte seine Grenzen*. Harry wollte seinen Partner zurück.

Doch in diesem Moment zog der Anblick eines mit zwei Mann besetzten Hubschraubers seine Aufmerksamkeit auf sich, der direkt über ihm flussabwärts schwebte. Solche Helikopter waren nichts Außergewöhnliches am Flamingo Creek – sie waren eine schnellere und sicherere Alternative zu den Straßen, und Harry hatte sich geschworen, dass er eines Tages auch einen besitzen würde anstelle des zwanzig Jahre alten Land Rovers, mit dem er sich momentan noch fortbewegen musste.

Doch nun verharrte der Hubschrauber über dem Flussarm wie eine Libelle, die überlegt, wo sie als Nächstes hinfliegen soll. Und zu Harrys Überraschung ging das

Ding in Schräglage und landete dann direkt neben dem Bootsschuppen, wobei es eine erstickende Staubwolke aufwirbelte. Die Tür ging auf und zwei weiße Männer in dunklen Anzügen stiegen aus. Schützend hielten sie sich die Ärmel vors Gesicht, während sie auf Harry zuliefen, der sich auf dem Anlegesteg duckte.

»Sind Sie Jake Moore?«, rief ihm einer der beiden ins Ohr, um das leiser werdende Geräusch der Rotorblätter zu übertönen. Er war Mitte fünfzig, trug das ergrauende Haar im Stoppelschnitt und dazu einen Schnauzbart. Er sprach mit amerikanischem Akzent.

Harry öffnete den Mund, schluckte aber sofort Staub und schüttelte stattdessen nur den Kopf.

»Lebt Jake Moore hier?«

Harry nickte.

»Ich bin FBI Special Agent Clarence Bryson«, brüllte der Amerikaner. Er deutete auf den anderen Mann, der ungefähr zwanzig Jahre jünger war und seinem Äußeren nach zu urteilen offenbar regelmäßig Sport trieb. »Und das ist Special Agent McCrickerd. Wollen wir nicht reingehen? Wir müssen uns unterhalten.«

# 8

Als Jouma in nördlicher Richtung über den Mombasa-Malindi-Highway fuhr, bemerkte er den kleinen, tieffliegenden Helikopter ebenfalls. Und wie Harry betrachtete er ihn einen Moment mit einem gewissen Neid,

denn der Motor seines antiken Fiat Panda schepperte unheilverkündend, wie immer, wenn die Tachonadel auf mehr als sechzig Stundenkilometer kletterte.
»Wussten Sie, Mwangi, dass man mit einem Hubschrauber weniger als zwanzig Minuten braucht, um von Mombasa nach Malindi zu kommen? Stellen Sie sich bloß vor, wie viel Arbeitsstunden man damit einsparen könnte.«
Detective Constable David Mwangi war vierundzwanzig Jahre alt und eins neunzig groß. Um auf den Beifahrersitz von Joumas Panda zu passen, musste er sich geradezu zusammenfalten.
»Ein Hubschrauber wäre schon sehr praktisch, Sir«, stimmte er aufrichtig zu.
Jouma musste in sich hineinlächeln. Mwangi war ihm erst vor einer knappen Woche zugeteilt worden, aber er war ihm bereits sympathisch. Der junge Mann war eifrig, scharfsinnig und respektvoll – alles, was sein Vorgänger, Sergeant Nyami, nicht gewesen war. Des Weiteren hatte er in Oxford studiert und war noch nicht ganz trocken hinter den Ohren. Nichtsdestoweniger war er vielversprechend, sonst wäre er nicht in der handverlesenen Truppe zukunftsträchtiger Beamter dabei gewesen, die Elizabeth Simba aus Nairobi mitgebracht hatte.
Sie überquerten die Brücke über dem Flamingo Creek, fuhren dann vom Highway ab und folgten dem Flussverlauf am nördlichen Ufer. Die Straße war frisch asphaltiert, wie es sich für eine der wohlhabendsten Enklaven der Küste gehörte. Imposante Granitmauern schützten die Anwesen vor neugierigen Blicken, und die Einfahrten wurden durch uniformierte *Askari* von privaten Sicherheitsfirmen bewacht.

»Wie viel das wohl kostet, hier zu wohnen?«, sinnierte Mwangi, während er aus dem Fenster blickte.
»Fangen Sie schon mal an zu sparen, Mwangi. Bei unserer Bezahlung haben Sie nach dreihundert Jahren die erste Anzahlung beisammen.«
Nach weiteren zwei Kilometern endete die Wohnsiedlung abrupt, und die glatte Straße wurde wieder zu einem holprigen Feldweg, der durch einen dichten Wald aus Kasuarinen, Flammenbäumen und *Mbambakofi*-Bäumen verlief. Es roch nach verbranntem Holz, also konnte das Dorf nicht mehr weit sein. Behutsam lenkte Jouma sein Auto um dumme Ziegen und aufgeregte Kinder herum, während die Dorfbewohner dastanden und das Fahrzeug und seine Insassen mit argwöhnischen Mienen betrachteten.
»Was gucken die denn so?«, wollte Mwangi wissen.
»Zwei Afrikaner im Anzug – das ist in dieser Gegend kein alltäglicher Anblick.«
Die Straße endete vor einem Abfallhaufen, in dem ein paar Hunde wühlten. Im brackigen Wasser des Flamingo Creek standen Frauen und wuschen ihre Wäsche, während die Männer – wie konnte es anders sein – rauchend und Karten spielend herumsaßen.
Dahinter sah man eine Ansammlung zerfallener Holzhütten, die sich bis zum Flussufer erstreckte, wo mehrere zusammengebundene Auslegerboote festgemacht waren. Als die beiden Polizisten ausstiegen, konnten sie in der Ferne, wo der Flamingo Creek in den Ozean mündete, das Donnern der Brandung hören.
»Machen wir's kurz und schmerzlos, okay?«, schlug Jouma vor. »Und immer einen kühlen Kopf bewahren, Mwangi. Bruder Willem kann ganz schön schwierig werden.«

Jouma und Mwangi durchquerten das Dorf bis zu einer weißgetünchten Holzkirche, die sich über einer seichten Bucht erhob und in ihrer massiven, kantigen Bauweise ziemlich europäisch aussah. Auf einem Dach aus Teerpappe thronte ein Kreuz, und über der Tür war in riesigen Buchstaben aufgemalt: *Redeemed Apostolic Gospel Church*.

»Mit dieser Konfession bin ich nicht sehr vertraut«, bemerkte Mwangi.

Jouma nickte. »War ich auch nicht, bis Schwester Gudrun verschwunden ist.«

Die Tür ging auf, und ein dünner, bärtiger Mann Mitte dreißig trat ins Sonnenlicht hinaus. Er trug einen langen, weiß-roten Talar mit staubigem Saum. Wie es aussah, war er vom Erscheinen der beiden Polizisten völlig überrumpelt.

»Inspector Jouma.«

Jouma ergriff seine ausgestreckte Hand. »Bruder Willem.«

»Ich hatte Sie gar nicht erwartet«, erklärte der Priester, und seine Augen hinter der Stahlrahmenbrille zuckten unruhig hin und her. »Haben Sie sie gefunden?«

Willem sprach so nervös und zerstreut wie ein Mann, der andere, viel wichtigere Sorgen hat als das Wohlergehen einer fünfundsiebzigjährigen Nonne. Tatsächlich sah er eher aus wie ein Mann, der etwas zu verbergen hat, überlegte Jouma. Dasselbe hatte er sich auch schon achtundvierzig Stunden zuvor gedacht, als er Jalawi seinen ersten Besuch abgestattet hatte.

»Bedaure, nein«, antwortete er freundlich. »Bruder Willem, das hier ist Detective Constable Mwangi. Er ist kürzlich aus Nairobi zu unserer Abteilung gestoßen.«

Aus schierer Höflichkeit schüttelte der Priester Mwangi mit geistesabwesendem Nicken die Hand, doch er sah ihm kaum in die Augen, und sowie diese Formalität abgehakt war, wandte er sich sofort wieder ungeduldig an Jouma. »Wenn es keine Neuigkeiten gibt, Inspector, warum sind Sie dann hier?«

»Vielleicht ist das nicht der günstigste Ort, um sich zu unterhalten«, sagte Jouma.

Im Inneren der Kirche waren auf dem festgetrampelten Lehmboden rechts und links zwei Dutzend Metall- und Plastikstühle aufgestellt. Vorne ein hölzerner Altar und eine Kanzel, hinter denen ein besonders kummervoll wirkender Christus an einem Kreuz hing. Amateurhafte Wandmalereien stellten Szenen aus dem Evangelium dar.

Willem setzte sich in die erste Reihe und zupfte hektisch an der Haut um seinen Daumennagel herum, während Jouma tief durchatmete, weil er wusste, dass er nun den Grund seines Besuches nennen musste.

»Ich bin hier, um Ihnen mitzuteilen, dass ich von meiner Vorgesetzten zu einem anderen Fall abgestellt worden bin«, verkündete er. »Detective Constable Mwangi wird die Ermittlungen für mich übernehmen.«

Wenn man den Leuten sagt, dass ihr Fall einem jüngeren Beamten übergeben wird, reagieren sie normalerweise empört. Doch Willem zwinkerte nur reptilhaft.

»Was bedeutet das für uns?«, fragte er.

»Was die Ermittlungen angeht, bedeutet es gar nichts«, versicherte Jouma. »Ich kann Ihnen garantieren, dass es für uns nach wie vor höchste Priorität hat, Schwester Gudrun wiederzufinden.« Doch als er Mwangis Fähigkeiten zu preisen begann, merkte er, dass er das ausdruckslose Gesicht des Priesters ziemlich irritierend fand. »Detective Mwangi ist ein äußerst fähiger Beamter und genießt mein volles Vertrauen«, schloss er, doch seine Stimme wurde immer leiser. »Je eher Sie ihm alles erzählen, was Sie über die vermisste Dame wissen …«

*»Noch einmal?«*, rief Willem. Sein Ausbruch kam so jäh und unerwartet, dass Mwangi zurückzuckte.

»Ja«, erwiderte Jouma mit fester Stimme. »Noch einmal. Und wenn Sie mich jetzt freundlicherweise entschuldigen würden, ich glaube, ich möchte kurz rausgehen und mir die Beine vertreten. Die Schlaglöcher auf dieser Straße sind ganz schlecht für meine Gelenke. Mwangi – übernehmen Sie bitte.«

Als Jouma davonging, bemerkte er mit einem gewissen sadistischen Vergnügen, dass Mwangi ihn genauso flehentlich ansah wie ein Hund, den der Besitzer zum ersten Mal im Zwinger zurücklässt.

## 9

Flug 368 der American Airlines aus New York landete drei Minuten vor der planmäßigen Ankunft auf dem Moi International Airport – aber es sollte noch eine Stunde dauern, bevor der erste Passagier die Einreiseformalitäten hinter sich hatte und das Gepäck vom Laufband holen konnte. Doch der Passagier von Sitz 3B saß zu diesem Zeitpunkt bereits im Fond eines Taxis, das ein Fünf-Sterne-Hotel nördlich von Mombasa Island ansteuerte.

Das sind eben die Vorteile, wenn man erster Klasse reist und nur Handgepäck dabeihat, dachte Martha Bentleys Mörder.
Der Name auf dem Flugticket war osteuropäischen Ursprungs. Das Gesicht auf dem Passfoto war schmal und zeigte keine Spur eines Lächelns. Doch die Farbe der American-Express-Karte war beeindruckend genug, dass er sofort die vornehmste Suite des ganzen Hotels bekam und vom Manager persönlich begrüßt wurde.
»Wenn es *irgendetwas* gibt, was wir tun können, um Ihnen den Aufenthalt noch angenehmer zu machen, zögern Sie nicht, uns Bescheid zu geben«, sagte der Geschäftsführer.
»Vielen Dank für Ihre Gastfreundschaft«, erwiderte der Mörder. »Ich bin sicher, ich werde mich hier sehr wohl fühlen.«

Während sich der verehrte Gast einen Scotch aus der Minibar einschenkte und in die heiße Wanne stieg, lauschte Harry ungläubig dem Bericht von FBI Special Agent Clarence Bryson.
Vor vierundzwanzig Stunden war Martha Bentley in ihrem Apartment in der Upper East Side ermordet worden.
»Da war ein Profikiller am Werk«, erklärte Bryson. Er beschrieb, wie der Mörder ihr ein Stilett zwischen die Nackenwirbel gestoßen und ihr das Rückenmark durchtrennt hatte, was zum augenblicklichen Tod führte.
»Aber … warum?« Harry hing wie erschlagen in seinem Stuhl im Büro der Britannia Fishing Trips Ltd. »Warum sollte sie jemand umbringen wollen?«

»Wegen ihres Freundes«, antwortete Agent McCrickerd. »Patrick Noonan.«

»Noonan?«

»Alias John Whitestone, Donald Ridgeway, Peter Miller, Salvatore Bruni, Karl Mayerling, Jean-Pierre Coutin – die Liste ist so lang wie Ihr Arm, Mr. Philliskirk. Das Einzige, was wir von diesem Dreckskerl mit Sicherheit sagen können, ist, dass er tot ist.«

Bryson, der Dienstältere, beugte sich vor. »Wir gehen davon aus, dass Noonan eine Schlüsselrolle in einer Organisation spielte, die weltweit illegalen Menschenhandel treibt – mit unschuldigen Kindern. Das FBI ist dieser Organisation seit Monaten auf der Spur, aber es wurde nie konkret ... bis plötzlich Noonans ostafrikanischer Deal aufflog.«

»Wir glauben, dass sie Angst bekommen haben«, nahm McCrickerd den Faden auf. »Und jetzt versuchen sie, jeden denkbaren Mitwisser auszuschalten.«

»Denkbare Mitwisser wie Martha Bentley«, ergänzte Harry düster.

Bryson nickte. »Sie konnten das Risiko nicht eingehen, dass sie etwas weiß. Noonan hätte ihr gegenüber ja Andeutungen machen können, als sie noch zusammen waren.«

Harrys Augen weiteten sich, als ihm plötzlich ein grauenvoller Gedanke kam, und er deutete aufgeregt mit dem Zeigefinger auf die beiden Männer. »Sie glauben, dass der Mörder jetzt hinter mir und Jake her ist, stimmt's?«

Bryson lächelte. »Nun mal langsam, Harry. Ich will Ihnen nicht zu nahetreten, aber ich glaube, dass Jake und Sie auf der Prioritätenliste dieser Leute relativ weit unten stehen.«

Harry schien nicht ganz überzeugt. »Warum sind Sie dann hier?«

»Weil eine von Noonans wichtigsten Kontaktpersonen in Afrika immer noch quicklebendig in Mombasa herumläuft – und das soll auch so bleiben, bis wir ihn sicher in den Staaten haben.«

Harry brauchte einen Moment, bis er kapierte, wovon der Amerikaner sprach.

»*Conrad Getty?*«

Getty war der Besitzer eines Hotels an der Küste, der die Logistik für Noonan organisiert hatte und dessen Wohlstand und Prestige darin wurzelte, dass er junge Mädchen aus Ostafrika für gierige europäische Kunden beschaffte.

»Getty ist uns im Moment jedenfalls am wichtigsten«, erklärte Bryson, und sein lässiges Lächeln betonte sein Understatement. »Aber natürlich möchten wir so viel wie möglich herausfinden. Was immer Jake und Sie uns erzählen können, würde uns sehr weiterhelfen.«

Harry griff zur Schreibtischschublade und zog eine Flasche Pusser's Rum hervor. Er nahm einen tiefen, brennenden Schluck und dachte daran zurück, wie er von Getty und seinem Handlanger hereingelegt worden war, so dass er unwissentlich den Kurier in ihrem widerlichen Menschenhandel spielte.

»Selbstverständlich«, sagte er.

»Wann erwarten Sie ihn zurück?«, wollte McCrickerd wissen.

»Er müsste jeden Moment kommen. Ich werde ihn mal anfunken, dann weiß ich schon mal, wo er ist.«

Der Mörder trat aus dem Bad und schlüpfte in T-Shirt und Jogginghose. Draußen war die Temperatur merklich gesunken. Mit dem Duft der Wachsblumen, der aus dem Garten aufstieg, war die Luft richtig angenehm – die perfekte Zeit für einen Spaziergang vor dem Abendessen. Nachdem er sich eine kleine Umhängetasche mit Digitalkamera, Notizbuch und einem fünfzehn Zentimeter langen Stilett geschnappt hatte, ging der Mörder in die Lobby und rief den Portier.

»Ich hatte mich bereits nach einem Mietroller erkundigt – steht der schon bereit?«

Der Portier strahlte. »Natürlich! Ich lasse ihn sofort zum Haupteingang bringen.«

»Sehr freundlich von Ihnen.« Der Mörder drückte ihm einen Zehn-Dollar-Schein in die Hand.

»Fahren Sie nach Mombasa?«

»Nein, ich denke, ich bleibe in der Gegend.«

»Hätten Sie gern eine Karte, auf der die wichtigsten Sehenswürdigkeiten verzeichnet sind?«

Ein freundliches Lächeln. »Nein, danke. Es gibt nur eine Sache, die ich mir ansehen will – und wo die ist, weiß ich genau.«

## 10

Spurling Developments war die größte private Baufirma Ostafrikas, und ihr Betriebsgelände war ein riesiges, über vier Hektar großes Areal, umgeben von mehreren Kilometern Elektrozaun. Dort parkten über hundert

Baufahrzeuge, von vierzig Tonnen schweren Baggern bis hin zu Rammgeräten, die einen Stahlpfeiler zehn Meter tief in steinharten Boden jagen konnten. Außerdem standen dort Bürogebäude, Versorgungseinrichtungen, Satellitenschüsseln, Mobilfunkmasten, Generatoren, Öl- und Wassertanks und zehn wie Schuhkartons über- und nebeneinandergestapelte Wohncontainer, die die zweihundertfünfzig Mann starke Armee an Bauarbeitern beherbergten.

Es war im Großen und Ganzen eine funktionierende Stadt für sich, die über eine bessere Infrastruktur verfügte als sämtliche Slums in einem Radius von sechzig Kilometern.

Betriebsleiter der Firma war ein Schotte namens Frank Walker. Er war zweiundvierzig Jahre alt, klein und drahtig, und sein rötliches Stoppelhaar war so hell, dass es fast durchscheinend wirkte, wenn er seinen Schutzhelm abnahm. Im Moment dachte sich Walker gerade, dass er den Helm vielleicht lieber auflassen sollte – zwar saß er sicher in seinem klimatisierten Büro, aber seit dem Morgen stürzte eine wahre Sintflut an Bockmist über ihn herein.

»Wo zum Henker ist Mathenge, Tom?«, wollte er wissen.

»Im Werkzeugraum, Chef.«

Ihm gegenüber saß Tom Beye, ein bulliger Afrikaner mit geschorenem Schädel. Das schwarze Poloshirt und die steroidgeschwellten Muskeln entlarvten ihn sofort als Mitglied der internen Sicherheitsabteilung. Doch jetzt sah er gerade drein wie ein Kind, das man ausgeschimpft hat, weil es Spinnen die Beine ausgerissen hat.

»Ich schätze, ich sollte dankbar sein, dass er noch lebt«, murmelte Walker.

Beye starrte ihn aus blutunterlaufenen, verschleierten Augen an. Er hatte Schlupflider, und sein Mund stand leicht offen. Walker schauderte. Um Gottes willen, vor dem konnte einem echt angst und bange werden. Damals in Glasgow hatte er ja so manchen Psycho gesehen, aber dieser hier suchte seinesgleichen.
»Er *ist* doch noch am Leben, oder, Tom?«
Beye nickte langsam, und Walker seufzte erleichtert. Das war die erste gute Nachricht seit sechs Uhr morgens, als ihn der Lagermanager angerufen hatte, um ihm mitzuteilen, dass es einen Unfall mit einem Baggerfahrer gegeben hatte. Der Fahrer, ein kleiner Idiot namens Baptiste Mathenge, hatte sich in einer Straßenkneipe volllaufen lassen und dann beschlossen, mit seiner Cat-D10-Raupe die zehn Kilometer zurück zum Lager über den Mombasa Highway zu fahren. Ohne Licht. Mathenge hatte Glück, dass ihn die Polizei nicht aufhielt. Weniger Glück hatte allerdings der alte Mann, den er versehentlich überfuhr. Der wurde in den Spuren des Raupenfahrzeugs gefunden, und nach der verzerrten Grimasse auf den Überresten seines Gesichts zu urteilen, war er eines grässlichen Todes unter achtzig Tonnen Stahl gestorben. »Ich nehme an, Sie haben ihn nicht zu den Ereignissen befragt?«
»Er kann sich an nichts erinnern«, knurrte Beye.
»Das dachte ich mir fast«, meinte Walker.
Er war immer noch verstimmt, dass Beye zuerst zu Mathenge gegangen war, und fragte sich, wer die Sicherheitsabteilung benachrichtigt hatte. Deren Mitarbeiter waren nicht unbedingt berühmt für ihre zwischenmenschlichen Fähigkeiten, und für vorschriftsmäßige Disziplinarverfahren interessierten sie sich nicht allzu sehr. Der Tacho

des firmeneigenen Jeeps hatte während der ganzen Fahrt von Mombasa hierher über hundertsechzig Stundenkilometer angezeigt, denn Walker wusste, dass jede Sekunde, die der unglückliche Mathenge in der Gesellschaft von Tom Beye verbrachte, seine Chancen auf ernsthafte Verletzungen oder gar Tod erhöhte.

»Okay, ich möchte, dass Sie dem Mann einen Monatslohn auszahlen und fortschicken. Haben wir uns verstanden?«

Beye runzelte die Stirn. »Aber ...«

»*Tun* Sie einfach, was ich Ihnen sage, Tom.«

»Aber wenn er ... sich erinnert?«, protestierte Beye.

»Glauben Sie mir, das wird er nicht.«

*Nein – sobald Baptiste Mathenge erst mal mit der Sicherheitsabteilung zusammengerasselt war, würde er seine Kündigung nebst Auszahlung eines ganzen Monatslohns so freudig begrüßen wie einen Lottogewinn.*

»Wir sollten ihm den Mund für immer verschließen.«

Walker vergrub das Gesicht in den Händen. »Um Gottes willen, Tom! Hören Sie eigentlich manchmal zu, wenn ich mit Ihnen rede, verdammt noch mal?«

Beyes Gesicht erschlaffte wieder. Nein, dachte Walker, der würde nie irgendetwas kapieren. Beye handelte nur nach Instinkt, und in den meisten Fällen bedeutete das, dass er den Leuten erst den Schädel einschlug und dann Fragen stellte. Manchmal war es ja durchaus von Vorteil, dass ein Menschenleben in Kenia so billig war – aber das machte die Sache nicht unbedingt angenehmer. Außerdem hatten sie immer noch das Problem, wie sie die Leiche des alten Mannes entsorgen sollten. Das Letzte, was Walker im Moment brauchen konnte, war eine polizeiliche Untersuchung wegen eines Vermissten.

Tom hatte da natürlich seine eigenen Lösungen. Er fand ja noch immer, dass man die Überreste auf den Highway hätte schaffen sollen, damit sie von heranrasenden Autos pulverisiert würden. Er schien nicht zu begreifen, dass es auch in Kenia Pathologen gab, die unterscheiden konnten, ob jemand von einem Gummireifen oder von einem stählernen Bulldozer getötet worden war.

Stattdessen ordnete Walker also an, die Leiche auf eine Ebene hinter der Vipingo Ridge zu bringen, sie mit Kerosin zu übergießen und in einer Grube zu verbrennen, die so tief war, dass wilde Tiere die verkohlten Knochen nicht ausbuddeln konnten. Das war die effektivste, diskreteste und respektvollste Lösung – drei Wörter, die im Vokabular von Tom Beye oder der gesamten Sicherheitsabteilung nicht vorkamen.

»Gut«, schloss Walker entschieden, »wir haben schon genug Zeit verschwendet, jetzt tun wir, was getan werden muss. Dann können wir uns wieder unserem eigentlichen Job zuwenden.«

Als er über das staubige Gelände zu seinem Jeep schritt, zog Walker die Autoschlüssel aus der Tasche und hielt kurz inne.

Jeder Großwildjäger hätte den fünf Zentimeter langen Messingzylinder an seinem Schüsselbund sofort als eine .300-Winchester-Magnum-Patrone identifiziert. Walker hatte sie an seinen Schlüsselring gehängt für Tage wie diesen – als Erinnerung an die vergangenen, aber idyllischen Zeiten in seinem Leben, in denen er alle Probleme hinter sich hatte lassen können. Die Zeiten, in denen er und Malachi, der altgediente Wildhüter von Clay Spurling, ein paar Vorräte in den Jeep gepackt und sich einfach in die

Wildnis zurückgezogen hatten, wo sie tagelang keine Menschenseele zu sehen bekamen.
Er stieg ins Auto und fuhr auf den Highway. In einer halben Stunde würde er in Mombasa ankommen, beim Hauptgebäude von Spurling Developments in der Nkrumah Road. Von seinem Büro im achtzehnten Stock konnte er die Shimba Hills erkennen, die sechzig Kilometer weiter südlich lagen. An Tagen mit klarer Sicht hatte er das Gefühl, er bräuchte bloß die Hand auszustrecken, um sie zu berühren. Das war die einzige Vergünstigung in diesem Job, von dem er manchmal wünschte, er hätte ihn nie bekommen.

## 11

Als er aus der Kirche in die Hitze trat, war Jouma ganz in seine Gedanken vertieft. Irgendetwas an dem Fall mit der Nonne stank zum Himmel, aber er wusste nicht, was. Nachdem er von seiner Chefin von diesem Fall abgezogen worden war, musste Mwangi das wohl herausfinden. Er selbst würde sich jetzt in erster Linie darauf konzentrieren zu ermitteln, warum – genauer gesagt, *wie* – der selige Lol Quarrie sich zu Tode gestürzt hatte.
Selbst nach dreißig Jahren war das Dasein als Inspector doch alles andere als langweilig, dachte er sich.
Im selben Moment hörte er ein Geräusch, als würden sich die Pforten der Hölle öffnen, und als er sich umdrehte, sah er einen knallbunt bemalten Bus mit grausam gequäl-

ten Achsen aufs Dorf zuholpern. Die unvermeidliche Traube neugieriger Kinder verfolgte das Fahrzeug begeistert, bis es hundert Meter vor Joumas Auto an den Wegrand fuhr und in einer Wolke aus öligem Qualm verstummte. Zu seinem Erstaunen kletterte ein nicht abreißen wollender Strom junger Leute aus dem Vehikel, die Rucksäcke, Töpfe, Pfannen, Musikinstrumente, diverse Taschen und Ausrüstungsgegenstände mitschleppten.
Der Inspector widerstand bewusst seiner berufsbedingten Neugier, wandte sich ab und ging einen schmalen Pfad entlang, der von der Kirche zum Flamingo Creek hinunterführte. Er hatte schon genug am Hals, und solange die Leute aus dem Bus nicht gekommen waren, um in Jalawi zu vergewaltigen und zu plündern, kümmerte er sich nur zu gern um seine eigenen Angelegenheiten.
Im Süden zogen sich die Wolken zusammen, und in der Luft hing der satte Geruch verbrennender Bäume, denn die Dorfbewohner an der Küste machten den Boden für die Regenzeit bereit. Dieser Geruch erinnerte Jouma immer an seine eigene Kindheit auf den fruchtbaren Ebenen am Fuße des Mount Kenya. Auch in seinem Dorf hatte es eine Kirche gegeben – nicht so großartig wie diese, eigentlich kaum mehr als eine Hütte, in der einmal pro Monat ein Priester der christlichen Mission von Meru einen Gottesdienst abgehalten hatte. Doch Pater Steele war ein freundlicher Mann gewesen, der predigte, dass Gott all seine Kinder gleich liebte und keine Vorurteile kannte. Jouma hatte den ganz entschiedenen Eindruck, dass Bruder Willem zwar aus derselben Bibel vorlas, aber im Gegensatz zu Pater Steele selbst nicht umsetzte, was er predigte.

Plötzlich lief ihm ein Junge vor die Füße. Er trug viel zu weite Shorts und ein himmelblaues Fußballtrikot mit der Aufschrift ROBINHO auf dem Rücken. In der einen Hand hatte er eine grüne Kokosnuss, in der anderen hielt er mit lockerem Griff eine Machete.
»Du wollen? Sehr gut. Sehr erfrischend!«
Jouma nickte lächelnd. *»Asante sana.«*
Der Junge grinste zurück und entfernte mit einer geübten Handbewegung den oberen Teil der Kokosnuss. Jouma setzte die Frucht an die Lippen und trank die warme, süße Milch. Dann gab er die Nuss zurück, und diesmal benutzte der Junge die Klinge seines Messers geschickt, um ein fingerdickes Stück aus der Schale zu schneiden. Damit schälte er dann streifenweise das feuchte Fleisch heraus.
*»Asante«*, sagte Jouma, nahm ein Stückchen des weißen Kokosfleisches zwischen Finger und Daumen und ließ es sich in den Mund fallen. Es schmeckte köstlich und milde. Allerdings konnte Jouma sich an eine Zeit erinnern, in der er kaum etwas anderes zu essen bekommen hatte. *Was für sorglose Zeiten, Daniel.*
Ein Boot kam vom Meer in den Flamingo Creek gefahren. Es fuhr relativ flott flussaufwärts und wurde auch nicht langsamer, als eine Gestalt vom Heck sprang und aufs Ufer zu schwamm.
Jouma beobachtete das Schiff, wie es in fünfzig Meter Entfernung an ihm vorbeizog, und erkannte den Namen *Yellowfin* auf dem Bug.
*Jake?*
Er lächelte und hob den Arm, um die Aufmerksamkeit seines Freundes zu erregen – aber die Augen des Engländers auf der Brücke waren starr geradeaus gerichtet, sein

Gesichtsausdruck sprach von bösem Kummer, und dann war das Boot auch schon vorbei.

Ein Junge stieg aus dem Fluss. Von seinem Körper, der so schlank und geschmeidig war wie der eines Marlins, spritzte das Wasser. Irgendetwas an ihm kam Jouma bekannt vor, aber er brauchte einen Moment, bis er wusste, wer das war. Natürlich! Jakes Schiffsjunge.

*»Sammy!«*

Der Junge blickte auf. In seinen Augen lag ein Funken des Wiedererkennens, wahrscheinlich auch die unangenehme Erinnerung an verrauchte Vernehmungsräume und eine Reihe mitleidiger Ärzte, die die Schwere seines psychischen Traumas festzustellen versuchten. Sammys kleiner Bruder war von einem von Patrick Noonans Männern ermordet worden. Sammy selbst hatte den Mann getötet, indem er ihm eine Harpune durch den Schädel schoss. Kein Kind der Welt sollte durch solche Feuerproben gehen müssen.

»Inspector …?«

»Jouma. Daniel Jouma. Wie geht es dir?«

»Mir geht's gut, Sir«, antwortete Sammy respektvoll, aber seine Augen straften ihn Lügen. »Aber ich muss jetzt gehen. Meine Mutter wartet.«

Jouma legte ihm eine Hand auf die Schulter. »Was ist los, Sammy?«

Der Junge seufzte. »Mr. Jake hat über Funk schlechte Nachrichten erhalten. Sehr schlechte Nachrichten.«

»Dann musst du mir sagen, was es ist«, verlangte Jouma.

Nachdem ihm der Junge die Neuigkeiten eröffnet hatte, verlor der Inspector vorübergehend die Fassung. Im nächsten Moment hastete er jedoch an der Kirche vorbei und sprang in sein Auto. Als er so schnell wie möglich den Feldweg zum Highway entlangraste, um zum Bootshaus am Südufer zu gelangen, fiel ihm ein, dass Mwangi und Bruder Willem sich sicher wundern würden, wo er abgeblieben war – aber manche Dinge waren eben wichtiger als formale Höflichkeiten. Sein Freund brauchte ihn. Der Priester und der unerfahrene Detective würden noch ein wenig ohne ihn auskommen müssen.

## 12

Der zehnsitzige Dauphin 365N, der schnellste zivil genutzte Hubschrauber der Welt, erhob sich von einem privaten Landeplatz am Mombasa Airport, um sofort in südliche Richtung zur Grenze von Tansania zu schwenken. Zwanzig Minuten später landete er auf dem Grundstück einer weitläufigen Ranch im Schatten der Shimba Hills, knapp hundert Kilometer vor der Stadt. Im Helikopter saß nur ein Passagier.

Er war Anfang zwanzig, und sein Körper zeigte noch letzte Spuren von Babyspeck. Über seine Stirn hing ihm ein heller Haarschopf in die schweinchenähnlichen Gesichtszüge. Bobby Spurling wartete gar nicht erst, bis die Rotorblätter zum Stillstand gekommen waren, sondern rannte sofort zu dem wartenden Jeep, an dessen Steuer ein großer, weißhaariger Massai-Wildhüter in Safari-Kleidung saß.

»Guten Tag, Mr. Bobby. Schön, Sie wiederzusehen.«

»Spar dir den Quatsch, Malachi, und bring mich zu meinem Vater«, erwiderte Bobby.

Die Ranch umfasste über dreizehntausend Hektar hügeliges Grasland und grenzte direkt an den Shimba-Hills-Nationalpark. An Tagen wie heute, wenn der Regen die Staubwolken bezwungen hatte, konnte man fast hundertsechzig Kilometer weit sehen. Doch Bobby Spurling hatte herzlich wenig Sinn für das spektakuläre Panorama. Er hatte es schon tausendmal gesehen, und jedes Mal wurde es ihm gleichgültiger. Er lebte wesentlich lieber in der Stadt – auch wenn diese Stadt momentan Johannesburg war –, weil er gerne in Restaurants und Nachtclubs ging, weil er gern unbegrenzten Zugang zu Frauen und Drogen hatte und weil er lieber verrecken würde, als den Rest seines Lebens am Ende der Welt zu verfaulen wie sein Vater. Das einzig Gute an der Ranch war, dass sie erst letzte Woche auf einen Wert von über neunzehn Millionen Dollar geschätzt worden war – ein unverhoffter Reichtum, der ihm in nicht allzu ferner Zukunft in den Schoß fallen würde, wie er hoffte.

Geld und Land waren nicht das Einzige, was Bobby bei Clay Spurlings Tod gewinnen würde. Da war selbstverständlich noch eine kleine Baufirma namens Spurling Developments.

Und bei dem Gedanken, nicht mehr der ewige Thronanwärter zu sein, sondern endlich König dieses Imperiums zu werden, bekam er eine Gänsehaut.

Der Jeep bog um die Ecke auf den Platz vor dem ausladenden Haus mit seinen Teesträuchern und dem importierten Rasen, doch statt vor dem Säulengang zu halten, lenkte der Fahrer das Auto daran vorbei.

»Was zum Teufel machst du da, Malachi?«, wollte Bobby wissen. »Ich muss zu meinem Vater.«
Malachi, der dienstälteste Angestellte seines Vaters, der sich fast vierzig Jahre um das Land gekümmert hatte, blickte stur geradeaus. »Ihr Vater erwartet Sie bei den Ställen, Mr. Bobby.«
Bobby fühlte sich, als hätte ihm jemand die Faust in den Magen gerammt. Bei den *Ställen?* Sein Vater sollte auf dem *Sterbebett* liegen, verdammt noch mal! Sechs Monate nach seinem Herzinfarkt und Gott weiß wie vielen Millionen, die für lebensrettende Behandlungen in Krankenhäusern von Atlanta bis Zürich ausgegeben worden waren, war der alte Mann schließlich zum Sterben nach Hause gekommen. War das nicht der Grund, warum er eingeladen worden war? War das nicht der Grund, warum er nach achtzehn langen Monaten aus seinem Exil abberufen worden war?
*Es sei denn, eine der Behandlungen hätte tatsächlich angeschlagen!*
Nein – der Gedanke war einfach zu schrecklich, um ihn laut auszusprechen.
Die Stallungen lagen gut drei Kilometer vom Wohnhaus entfernt, so dass sie erst noch einen endlosen, gewundenen Feldweg hinter sich bringen mussten, der sich durch trockenes Ödland mit vereinzelten Wüstenrosen schlängelte. Beim Anblick ihrer grotesk geschwollenen Stämme und verdrehten Zweige schien es absurd, dass diese Pflanzen so eine Fülle von wundervollen roten und rosa Blüten hervorbrachten – aber umso angemessener war es, dass ihr Saft, ihre Wurzeln und Samen ein Gift enthielten, das stark genug war, um eine halbe Armee zu töten. Als klei-

ner Junge hatte man Bobby immer eingeschärft, dass er sich von ihnen fernhalten sollte – nicht, dass man ihn extra dazu hätte auffordern müssen. Er hasste diese obszön hässlichen Pflanzen sowieso, und bald, wenn die Ranch sein Eigen wäre, würde er die ganze Plage mit dem größten Vergnügen niederbrennen lassen.

Der Jeep hielt vor den Ställen, und Bobby stieg aus. Ungefähr ein Dutzend Gebäude war L-förmig um einen Paddock herum angeordnet. Dahinter, auf den Hügeln, hatte sein Vater auf dem lehmigen Boden mitten in Afrika eine fast fünf Kilometer lange Rennbahn errichten lassen, die auch nicht schlechter aussah als ihr berühmtes Vorbild in Newmarket. Manche hatten gemeint, so etwas sei unmöglich – aber andererseits baute man ja auch nicht Kenias größte private Ingenieursfirma auf, ohne zu wissen, wie man etwas aus dem puren Nichts schaffen konnte.

Clay Spurling, ein kleiner Mann mit perlweißem Haarschopf, stand auf der anderen Seite des Paddocks und war in ein Gespräch mit einem Stallburschen vertieft. Als Bobby seinen Vater so sah, erschrak er. Er hatte erwartet, einem Skelett mit papierener Haut gegenüberzutreten, das ihm seine letzten Worte vom Totenbett entgegenkeuchen würde. Stattdessen war dieser *Wichser* die Gesundheit in Person! Er hatte abgenommen und sah in seinem Poloshirt, der Jodhpur-Hose und den ledernen Reitstiefeln so aus, als hätte er gerade eine entspannte Runde Polo gespielt. Er war vierundsiebzig, aber zum Ärger seines Sohnes sah er zehn Jahre jünger aus.

»Papa!«

Der alte Mann blickte auf und fixierte seinen Sohn mit

stechend blauen Augen. In diesem Moment befielen Bobby die altbekannten Symptome – schwitzige Handflächen, Herzklopfen –, die er in Gegenwart seines Vaters immer gehabt hatte, hervorgerufen von Panik und einem Gefühl der Minderwertigkeit.

Clay umrundete den Paddock.

»Gute Reise gehabt?«, bellte er seinem Sohn entgegen. »Wie geht's dir so in Johannesburg?«

»Super, ganz super. Aber, Papa, ich dachte …«

»… ich wäre schon tot?«

»Nein …«

Clay Spurling lachte rauh. »Schon erstaunlich, was die heutzutage so alles hinbekommen, was?«

Bobby sah ihn verständnislos an.

»*Nanotechnologie*. Miniaturroboter, gerade mal so groß wie ein Molekül. Kannst du dir so was vorstellen? Da mampfen nun Millionen von diesen winzig kleinen Maschinen an den fettigen Ablagerungen in meinen Arterien herum! Keine Narben, nichts. Natürlich werd ich den Rest meines Lebens Tabletten schlucken müssen. Aber ich will mich nicht beschweren. Und du, Bobby?« Eine sehr betonte Frage.

»Ich kann's einfach nicht glauben, Papa«, erwiderte Bobby.

Eine Antwort, die sicher in jeder Hinsicht den Tatsachen entsprach.

# 13

Seit seinem Abschluss an der Polizeischule in Nairobi vor neun Monaten hatte David Mwangis Tätigkeit darin bestanden, mit einem Taschenrechner in der einen Hand und einem Steuerratgeber in der anderen hinter seinem Schreibtisch zu sitzen. Steuerliche Unregelmäßigkeiten aufzudecken war allerdings nicht gerade das, was er sich erhofft hatte, als er in diese Abteilung eingetreten war.

Das zeigte natürlich nur, wie naiv er war.

Wenn man der Sohn eines prominenten Ministers war, in eine angesehene öffentliche Schule in England gegangen war und dann noch einen erstklassigen Abschluss in Mathematik an der Oxford University gemacht hatte, war man zu kostbar, um für so profane Tätigkeiten wie Mordermittlungen eingesetzt zu werden. Nein, so ein analytisches Hirn war viel nützlicher, um undurchsichtige buchhalterische Betrügereien aufzuspüren – vor allem, wenn die mutmaßlichen Betrüger politische Feinde der Regierung waren, die ihm letzten Endes das Gehalt zahlte.

Viele Leute in der Abteilung für Wirtschaftskriminalität waren verärgert, als Superintendent Simba ihn von dort abkommandierte, denn im Laufe der Zeit hatten sie sich daran gewöhnt, dass er ihre ganze Arbeit machte. Doch Mwangi fühlte sich wie neugeboren, als er Nairobi verlassen durfte. Endlich konnte er an Fällen arbeiten, bei denen er nicht stundenlang schwindelerregende Spalten mit Zahlen durchforsten musste. Nachdem er bisher nur dem Namen nach Detective gewesen war, bekam er jetzt end-

lich die Chance, sich zu beweisen – und er würde diese Gelegenheit ganz sicher nicht vertun.
Darum holte er eilfertig sein Notizbuch aus der Jackentasche, als er mit Bruder Willem im kühlen Altarraum saß.
»Erzählen Sie mir von Schwester Gudrun«, bat er freundlich.
Willems Gesicht verzog sich gereizt, und er trommelte mit den Fingern ungeduldig auf einem Plastikstuhl herum. »Ich habe das alles schon Inspector Jouma erzählt«, blaffte er.
»Das ist mir bewusst«, erwiderte Mwangi, der von der Reaktion des Priesters etwas verschreckt war. Doch er war entschlossen, sich die Zügel nicht aus der Hand nehmen zu lassen. »Würden Sie mir jetzt bitte trotzdem ein wenig erzählen?«
Willem seufzte theatralisch und erklärte in schmollendem Ton, dass Schwester Gudrun – wie fast alle der Kirchenältesten in der Redeemed Apostolic Gospel Church – holländischer Abstammung war. Über vierzig Jahre war sie nun in Afrika missionarisch tätig, und, nein, er wusste nicht genau, wie viele. So etwas fragte man nicht.
»Und wie steht es mit Ihnen, Bruder Willem?«
»Inwiefern?«
»Wie sieht Ihr Hintergrund aus?«
Willem verdrehte die Augen und erklärte, dass er aus Delft stammte und vor drei Jahren gekommen sei, um die Missionsarbeit der Kirche in Ostafrika zu unterstützen – aber ob das alles denn wirklich relevant für die gegenwärtige Ermittlung sei?
»Alles ist relevant, Bruder Willem«, gab Mwangi zurück. »Kennen Sie Schwester Gudrun gut?«

»Was soll das heißen?«
»Ist sie beliebt?«
»Sie ist *fromm*, Detective. Wenn Sie sie so etwas fragen würden, würde sie antworten, dass Beliebtheit unwichtig ist, solange man Gottes Auftrag erfüllt.«
»Selbstverständlich. Also dann – erzählen Sie mir doch bitte von Schwester Gudruns Fahrt nach Mombasa.« Mwangi setzte das breiteste, gewinnendste Lächeln auf, das er zustande brachte.
Langsam und widerwillig beschrieb der Priester, wie Schwester Gudrun vor drei Tagen am frühen Morgen einen *Matatu*-Minibus bestiegen hatte, mit dem sie die fünfzig Kilometer ins südlich gelegene Mombasa zurücklegte. Dort sollte sie sich mit mehreren prominenten Geschäftsleuten vor Ort treffen, um zu besprechen, wie sie kirchliche Projekte an der kenianischen Küste unterstützen könnten. Eine reine Routinesache also, weswegen man sie auch vor Einbruch der Dunkelheit zurückerwartete.
»Bevor Sie fragen – ich habe Inspector Jouma bereits eine komplette Liste mit ihren Terminen übergeben«, fügte Willem hinzu.
Mwangi nickte. »Dafür bin ich Ihnen sehr dankbar. Für wie viel Uhr war ihr letzter Termin angesetzt?«
»Vier Uhr nachmittags.«
»Sie hätte also gegen … sagen wir mal, gegen sieben Uhr abends wieder hier sein müssen, oder?«
»Wenn Sie das sagen.«
»Haben Sie sich keine Sorgen gemacht, als sie am nächsten Morgen immer noch nicht zurück war?«
»Schwester Gudrun ist eine unabhängige Frau«, antwortete Willem. »Sie ändert öfters mal ihre Pläne.«

»Sie ändert ihre Pläne?«
»Es ist absolut im Bereich des Möglichen, dass sie beschlossen hat, eine der anderen Missionen zu besuchen. Sie gehört zu den Kirchenältesten und nimmt ihre Pflichten sehr ernst.« Willem sah ihn vernichtend an. »Ich möchte Sie daran erinnern, dass nicht ich die Polizei eingeschaltet habe, Detective.«
Nein, dachte Mwangi. Der Anruf war von der letzten Person auf Schwester Gudruns Liste gekommen, einem chinesischen Reisimporteur aus Mombasas Altstadt, der sich Sorgen gemacht hatte, als sie zu ihrem Vier-Uhr-Termin nicht auftauchte. Schwester Gudrun hatte offensichtlich einen ganz besonderen Platz in seinem Herzen, nachdem sie ihn und seine Familie bei ihrer Ankunft in Afrika vor zwanzig Jahren zum Christentum bekehrt hatte.
Willem hingegen machte sich so wenig Gedanken, dass er am nächsten Morgen zu einem Fundraising-Termin nach Malindi gefahren war. Erst als er nach Jalawi zurückkam, wo Jouma ihn bereits erwartete, erfuhr er von Schwester Gudruns Verschwinden.
»Mittlerweile sind schon drei Tage verstrichen, Bruder Willem«, betonte Mwangi. »Machen Sie sich denn überhaupt keine Sorgen?«
Der Priester seufzte. »Wenn Sie eine achtzehnjährige Novizin wäre, die gerade erst nach Afrika gekommen ist, würde ich mir wahrscheinlich Gedanken machen. Aber Schwester Gudrun kennt Kenia besser als die meisten Kenianer, Detective Mwangi. Früher oder später wird sie wieder auftauchen. Wie immer.«
Wenn Gudrun tatsächlich die Neigung hatte, immer mal wieder tageweise ihre eigenen Wege zu gehen, dann wäre

seine gereizte Reaktion auf die polizeilichen Ermittlungen sicher verständlich gewesen. Aber während der junge Detective eifrig in sein Notizbuch kritzelte, dachte er an das Briefing, das Jouma ihm auf dem Herweg im Auto gegeben hatte. Schwester Gudrun mochte zwar eine verantwortungsvolle Kirchenälteste sein, hatte er erklärt, aber in einem Radius von hundertsechzig Kilometern um Mombasa gab es vier Missionen der Redeemed Apostolic Gospel Church, und in keiner von diesen hatte man sie in den letzten Monaten zu Gesicht bekommen.
»Sie ist also einfach vom Erdboden verschwunden?«, fragte Mwangi.
»Meiner Erfahrung nach verschwinden Menschen nicht einfach vom Erdboden, Mwangi«, hatte Jouma erwidert. »Sie sind immer irgendwo, und irgendjemand weiß immer, wo das ist. Und deswegen habe ich das dumme Gefühl, dass hier jemand nicht ganz ehrlich mit uns ist.«
»Sie glauben also, dass Willem in die Sache verwickelt ist?«
»Ich glaube, er weiß mehr, als er zugibt.«
Nachdem er ein paar Seiten mit Notizen gefüllt hatte, kam Mwangi nicht umhin, sich der Meinung seines Vorgesetzten anzuschließen.

## 14

Auf einer Anhöhe, von der aus man die Rennbahn überblicken konnte, hatte man einen Tisch aufgestellt, und Clay und Bobby Spurling nahmen gemeinsam ein leichtes Mittagessen im Freien ein: Langustenschwänze und kühlen Weißwein. Unten auf der Bahn trainierte man ein prächtiges Vollblut. Die beiden Männer sprachen wenig, scheinbar völlig zufrieden damit, dem wundervollen Tier bei der Arbeit zuzusehen. Doch dann schlug der alte Mann vor, ein wenig über die Ranch zu reiten, und als sie die beiden Araberhengste bestiegen, wusste Bobby bereits, dass er jetzt gleich den wahren Grund für dieses alptraumhafte Vater-und-Sohn-Treffen erfahren würde.

Das Spurling-Anwesen war riesig. Es grenzte an das Shimba-Hills-Naturschutzgebiet und war fast ebenso groß. Clay Spurling hielt sich für einen Umweltschützer – was Bobby ungeheuer amüsant fand, denn der alte Dreckskerl hatte seine Millionen schließlich damit gemacht, Kenia zuzubetonieren. Anschließend hatte er ein riesiges Team von Wildhütern engagiert, um das Areal vor der allgegenwärtigen Bedrohung durch Wilderer zu schützen. Wie es hieß, steuerte jeder Elefant, dem seine Stoßzähne lieb waren, schnurgerade das Spurling-Reservat an, da dies der sicherste Platz in ganz Afrika war.

Aber heute ritten sie nicht weit. Clay hatte seinen Sohn aus einem ganz bestimmten Grund aus seinem Exil in Johannesburg zu sich zitiert, und er gehörte nicht zu den Männern, die lange um den Brei herumreden.

»Ich werde demnächst von meinem Posten als Aufsichtsratsvorsitzender zurücktreten, Bobby«, erklärte er.

Bobby merkte, wie sein Herz zu klopfen begann. *Das ist es.*

»Das ist das Vernünftigste bei deiner Gesundheit, Papa.«

»William Fearon wird meinen Platz einnehmen. Und Frank Walker ernenne ich zum Geschäftsführer.«

Einen Moment musste Bobby nach Luft schnappen. Fast wäre er rücklings vom Pferd gefallen. »*Wie bitte?*«

»Mit sofortiger Wirkung, sobald ich die Entscheidung beim Aufsichtsrat durchgebracht habe.«
In Bobbys Kopf überschlugen sich die Gedanken. William Fearon, der altgediente Geschäftsführer, war schon immer ein Anwärter für den Posten des Vorsitzenden gewesen. Aber …
»Frank *Walker?*«
»Das ist meine Entscheidung.«
»Papa …«
»Frank war mir und dieser Firma über zwanzig Jahre lang treu ergeben. Er kennt das Geschäft in- und auswendig. Er hat es sich verdient.«
Bobby war viel zu sehr vor den Kopf geschlagen, um die versteckte Spitze in den Bemerkungen seines Vaters zu bemerken. »Und was ist mit *mir?*«
»Du bist dreiundzwanzig Jahre alt, Bobby. Dir fehlt die nötige Erfahrung. Noch. Aber deine Zeit wird kommen, also mach dir keine Sorgen – für dich ist gesorgt.«
Sie hatten einen weiten Bogen zurückgelegt, der sie von den Ställen über die Anhöhe und hinter dem Wohnhaus vorbeigeführt hatte. Während langsam die Sonne unterging, ritten sie über den Feldweg langsam zu den Ställen zurück. Die Wüstenrosen wuchsen hier aus dem trockenen Boden wie geschwollene Hände. Als Kind hatte Bobby immer das befremdliche Gefühl gehabt, dass die aufragenden Pflanzen ihn irgendwie beobachteten und dass zwischen ihren dicken unterirdischen Wurzeln die Leichen kleiner Jungen steckten, die sie sich mit ihren bizarr verdrehten Zweigen aus ihren Betten geholt hatten.
Doch jetzt wich jede irrationale, kindliche Angst einer kalten, erwachsenen Wut.

*Dieser egoistische, senile Dreckswichser! Übertrug die Leitung der Firma einfach einem anderen – und auch noch ausgerechnet an Frank Walker!*
Er brachte sein Pferd zum Stehen und stieg ab.
»Jetzt spiel nicht den Beleidigten, Bobby!«, raunzte sein Vater ihn gereizt an. »Und erzähl mir nicht, dass du dich jemals fürs Geschäft interessiert hättest.«
»Aber es ist *unser* Geschäft, Papa. Es gehört der *Familie*.«
»Es ist inzwischen größer als die Familie.«
»Papa!« Mit einem qualvollen Aufheulen zog Bobby sein Jagdmesser vom Gürtel und rammte es in den Stamm der nächsten Wüstenrose. Ein Rinnsal öligen Pflanzensafts quoll aus der Wunde, als er die Klinge herauszog. Fasziniert berührte er es mit einem Finger seines dicken, ledernen Reithandschuhs.
»Na komm, Bobby«, versuchte Clay Spurling ihn zu beschwichtigen. »Ein Geschäft von solchen Dimensionen zu führen, ist wirklich eine wahre Plage. Glaub mir, ich tu dir damit bloß einen Gefallen.«
»Einen Gefallen?« Bobby stieß das Messer erneut in die Pflanze, aber statt es wieder herauszuziehen, bohrte er geistesabwesend am Stamm herum. »Du weißt, dass du mich zum Gespött machst, wenn du Frank Walker ernennst.«
»Mach dich nicht lächerlich …«
»›Schau dir bloß Bobby Spurling an. Von seinem eigenen Vater übergangen, zugunsten eines Lkw-Fahrers aus einer beschissenen Glasgower Arbeitersiedlung.‹«
»Verdammt noch mal, Bobby!«, rief der alte Mann. »Findest du, dass du mir eine andere Wahl gelassen hast? Du

spielst doch die ganze Zeit den großen Playboy, mit deinen Huren und deinem Kokain und deiner Spielsucht! Glaubst du allen Ernstes, ich würde dich auch nur in die Nähe meiner Firma lassen? Die ich aus dem Nichts aufgebaut habe? Du hättest sie doch innerhalb eines Monats zugrunde gerichtet.«

»Du hast mich immer gehasst«, schoss Bobby zurück.

»Ach, jetzt hör aber auf mit deinem Selbstmitleid, sonst wird mir schlecht.«

»Und ich habe nie verstanden, warum – weil ich dich vergöttert habe, Papa.«

»Bobby …«

Bobby bewegte sich mit katzenartiger Geschwindigkeit. Mit zwei, drei raschen Schritten war er bei seinem Vater, packte ihn und zog ihn aus dem Sattel. Clay Spurling landete mit einem unangenehm dumpfen Geräusch auf der vertrockneten Erde, und irgendwo in seinem geschwächten Körper brach hörbar ein Knochen.

»Du mieser alter Dreckskerl«, zischte Bobby, packte seinen Vater an der Kehle und bespritzte ihm beim Sprechen das purpurrote Gesicht mit weißen Speicheltröpfchen. »Glaubst du, ich lasse zu, dass du mich einfach so über den Tisch ziehst?«

Clay Spurlings blaue Augen traten aus den Höhlen. Als er den Mund zu einem lautlosen Schrei der Wut und des Schmerzes öffnete, stopfte Bobby ihm mit der behandschuhten Hand einen frischen Brocken aus dem Stamm der Wüstenrose hinein.

Wäre Clay Spurling ganz gesund gewesen, hätte seine Lebenserwartung in diesem Moment vielleicht noch dreißig Sekunden betragen. Aber dieser plötzlichen, konzentrierten Ladung hochwirksamer kardiotoxischer Glykoside hatte das schwer geprüfte Herz des alten Mannes nichts entgegenzusetzen. Er war tot, bevor sein Sohn ihm das letzte bisschen Pflanzenfasern in den Mund geschoben hatte.

Schwer atmend und zitternd rappelte Bobby sich hoch, klopfte sich den Staub von der Hose, bückte sich und hievte die Leiche mühsam in den Sattel seines Pferdes. Jetzt würde er zu den Ställen zurückkehren und dem Personal verstört mitteilen, dass sein Vater auf ihrem Ausritt einen letzten, tödlichen Herzinfarkt erlitten hatte. Ja – genau so würde er es machen. Aber zumindest war Clay Spurling gestorben, während er etwas tat, was er liebte, und zwar mit der Person, die er am meisten liebte.

Natürlich würde er die Beerdigung arrangieren müssen. Er würde seinen Vater neben seiner Mutter beisetzen lassen, unter dem alten Flammenbaum am westlichen Rand des Grundstücks, wo die beiden immer so gerne den Sonnenaufgang über den Shimba Hills beobachtet hatten. Und er hoffte, dass die nächsten Besitzer, wenn sie ihm das Anwesen für neunzehn Millionen Dollar abgekauft hatten, die Gräber mit Respekt behandeln würden.

Aber das war noch Zukunftsmusik. Vorerst musste Bobby Spurling ganz dringend andere Dinge erledigen. Er musste Anrufe tätigen und Meetings arrangieren. Er hatte keine Zeit zu verlieren.

Er stieg auf seinen Araber, und während er seinem Schicksal entgegenritt, schlug der perlweiße Kopf seines Vaters im feierlichen Rhythmus einer Begräbnisprozession gegen die muskulöse Flanke des zweiten Pferdes.

# 15

Nach einer halben Stunde in Gesellschaft von Bruder Willem stieß auch Mwangis Engelsgeduld an ihre Grenzen. Er war erleichtert, als er das Gespräch beenden konnte, und verließ den Priester, der sich im Halbdunkel der Kirche dem Altarschmuck widmete. Es wurde langsam spät. Jetzt wollte er unbedingt zurück nach Mombasa, um die letzten Bewegungen der vermissten Nonne nachzuvollziehen. Doch als er nach draußen kam, entdeckte er, dass nicht nur Jouma unauffindbar, sondern auch das Auto verschwunden war.

Was war nur los in Jalawi, dass hier ständig Leute verschwanden?, dachte er.

Nachdem er sich ein paar Minuten verlegen vor der Kirche herumgedrückt hatte, kam Mwangi zu dem Schluss, dass der Inspector nicht mehr zurückkommen würde. Vielleicht war das ja irgendein geheimer Initiationsritus, dem die Neulinge dieses Polizeipräsidiums unterworfen wurden – man ließ sie irgendwo im Nirgendwo stehen und erwartete, dass sie es allein in die Stadt zurückschafften.

Oder vielleicht wollte Jouma ihn auch anderweitig auf die Probe stellen. Das war jetzt sein Fall. Vielleicht sollte er auf diese Art ermutigt werden, das Beste daraus zu machen, ohne dass ihm auf Schritt und Tritt sein Mentor zur Seite stand.

Schwester Gudruns Haus befand sich am anderen Ende des Dorfes. Wie alle anderen Hütten in Jalawi war auch diese aus Holzlatten und getrocknetem Lehm erbaut und

mit Blättern von Kokosnusspalmen gedeckt. Der einzige Unterschied bestand in der Größe. Während die anderen Behausungen oft mehr als zwanzig Familienmitglieder beherbergten, war die Hütte der Nonne eindeutig nur für eine Person gedacht. Als Mwangi durch die Lattentür spähte, sah er, dass die einzige Möblierung neben dem Feldbett in einem Kruzifix an der Wand bestand. Das war weniger ein Haus als eine Zelle.
Mwangi überlegte, ob er hineingehen sollte, aber plötzlich näherten sich Schritte, und er hörte mädchenhaftes Gekicher. Als er sich umdrehte, entdeckte er zwei junge Nonnen in weiß-roter Tracht, die um die Ecke bogen und auf das Haus zukamen. Die Ältere, Weißhäutige hatte ein hübsches Gesicht, umrahmt von kurzem, dunklem Haar mit einem strengen Pony. Mwangi schätzte sie vier, fünf Jahre älter als die andere, eine Afrikanerin, die kaum älter als sechzehn sein konnte. Beide trugen zusammengefaltete Bettwäsche unterm Arm und blieben abrupt stehen, sowie sie ihn erblickten. Die Jüngere schien sich hinter ihrer Begleiterin verstecken zu wollen wie ein kleines Kind hinter seiner Mutter.
»Entschuldigen Sie, ich wollte Sie nicht erschrecken«, sagte Mwangi und stellte sich vor.
Die Ältere sagte etwas zu dem jüngeren Mädchen, woraufhin es ihr die Decken in die Hand drückte und mit gesenktem Kopf dorthin zurückeilte, woher es gekommen war.
»Ich bin Schwester Constance«, erwiderte die Nonne, und er bemerkte einen starken europäischen Akzent. »Sie müssen Nachsicht mit Schwester Florence haben, sie ist sehr schüchtern im Umgang mit Fremden. Wenn Sie das

Haus von Schwester Gudrun suchen, sind Sie hier richtig.«

Mwangi war sichtlich verlegen. »Ich dachte, es könnte mir bei meinen Ermittlungen helfen, wenn ich sehe, wo sie gewohnt hat.«

Constance ging an ihm vorbei ins Haus. »Da gibt es nicht viel zu sehen.«

»Das schien mir auch so.«

Mwangi beobachtete, wie die junge Nonne energisch Gudruns Feldbett abzog und neue Decken drauflegte.

»Wo ist der andere Polizist?«, erkundigte sie sich. »Der alte Mann, der neulich hier war?«

*Der alte Mann? Großartig. Das würde Jouma gefallen.*

»Der ist … woanders mit Ermittlungen beschäftigt.«

»Gudrun wird also immer noch vermisst?«

»Ich befürchte ja.«

»Dann werden wir weiter für sie beten«, erklärte Constance, während sie die gebrauchten Decken zusammensammelte. »Und ihr Bettzeug wechseln.«

Gemeinsam gingen sie durchs Dorf zurück zur Kirche.

»Schwester Gudrun scheint ja ein sehr karges Leben zu führen«, bemerkte Mwangi, da ihm nichts Besseres einfallen wollte. »Ich weiß nicht, ob ich ohne meinen Luxus leben könnte. Ohne meinen Laptop wäre ich wirklich verloren.«

Constance lachte. »Ich habe das neue Album von 50 Cent auf meinem iPod, und mein Bruder schickt mir DVDs. Wenn ich Ihnen jetzt sage, dass Schwester Gudrun solche Dinge als Teufelswerk betrachtete, können Sie sich wohl ungefähr vorstellen, wie unbeirrbar sie in ihrer Hingabe an Gott ist.«

»Verstehe. Und Sie?«
»Ich wusste schon als kleines Mädchen, dass Gott einmal meine Berufung werden würde, Detective Mwangi. Ich musste nur den Weg finden, auf dem ich ihm am besten dienen konnte.«
»Wie lange sind Sie schon in Jalawi?«
»Ich bin vor sechs Wochen aus der Mission in Malindi hierhergekommen. Schwester Gudrun und Bruder Willem waren gerade dabei, diese Mission aufzubauen, und brauchten Hilfe beim Unterricht der Kinder.«
Mwangi warf einen Blick auf das große Kreuz auf dem Kirchdach, das man über den mit Palmenstroh gedeckten Hütten der Dorfbewohner erkennen konnte. »Sie haben diese Kirche in nur sechs Wochen gebaut?«
»Spenden sind das Lebenselixier der Kirche. Mit Geld und Arbeitskraft kann man Dinge bauen. Was das Betteln betrifft, waren Bruder Willem und Schwester Gudrun einsame Spitze.« Constance lächelte kokett. »Obwohl ich annehme, die beiden würden es lieber anders formulieren: ›die wohltätige Ader der Menschen ansprechen.‹«
Mittlerweile waren sie fast am Flussufer angekommen. In weniger als hundert Meter Entfernung mündete der Flamingo Creek ins Meer, und Mwangi konnte das Geschrei der spielenden Kinder hören. »Wir hoffen, dass wir eines Tages auch genug Geld zusammenbekommen, um eine Schule zu bauen«, fuhr Constance fort. »Florence und ich versuchen den Kindern grundlegende Kenntnisse im Lesen und Schreiben beizubringen. Aber wie Sie hören können, sind die Kinder vom Stillsitzen und Lernen nicht allzu angetan. Nicht, wenn draußen die Sonne scheint. Und die Sonne scheint hier ja immer.«

Mwangi verzog das Gesicht. »Ich bin in England zur Schule gegangen. Da hat es ständig geregnet.«

»Der Fluch Nordeuropas.« Constance lachte. »Ich versuche den Kindern auch unser europäisches Klima zu erklären, aber sie glauben mir nicht, dass es so einen Ort gibt. Sie meinen, wir haben so weiße Haut, weil wir in Höhlen leben. Manchmal könnte ich fast glauben, dass sie recht haben.«

Der Detective blieb stehen. »Ich muss Sie das fragen, Schwester – ist Ihnen irgendein Grund bekannt, warum Schwester Gudrun nicht von ihrer Reise nach Mombasa zurückgekehrt sein könnte? Irgendein Grund, warum jemand ihr etwas hätte antun wollen?«

Sie schüttelte den Kopf. »Nein.«

»Und würden Sie sich auch Bruder Willems Meinung anschließen, dass sie in Sicherheit ist und es ihr gutgeht?«

»Bruder Willem kennt sie besser als die meisten anderen. Wenn er das sagt, müssen wir ihm wohl glauben.«

Mwangi war überrascht über diese beinah flapsige, unverbindliche Antwort.

»Und Sie? Was glauben *Sie*, was mit Schwester Gudrun los ist?«, hakte er nach.

»Als Frau, die sich ganz dem Dienst an Gott geweiht hat, habe ich nur Respekt vor ihr«, erwiderte Constance. »Aber – können Sie ein Geheimnis für sich behalten, Detective Mwangi?«

»Natürlich.«

»Gudrun als Mensch … verachte ich.«

# 16

Jake stand auf der Brücke der *Yellowfin* und beobachtete den Sonnenuntergang über dem fernen Festland. Doch eigentlich sah er nur Martha Bentley, tot in ihrer Küche. Es war ihm unerträglich, sich ihre letzten paar Sekunden vor Augen zu führen, doch er konnte nicht anders. Er stellte sich die Verblüffung und den Schock vor, als der Mörder sie plötzlich packte. Den Druck gegen ihren Hinterkopf, das jähe, eiskalte Grauen – und dann nichts mehr.

Dieses Nichts war für Jake am schlimmsten zu ertragen.

Das Boot driftete ungefähr acht Meilen vor der Küste, ganz der Willkür von Strömung und Winden überlassen. In der letzten Stunde hatte Harry pausenlos versucht, ihn über Funk zu erreichen, und steigerte sich im Moment wahrscheinlich immer weiter in seine Panik hinein. Der Besuch der Special Agents Bryson und McCrickerd hatte seinem Partner einen Todesschrecken eingejagt, und jetzt war er überzeugt, dass bereits ein Mörder nach Mombasa unterwegs war, um ihm ein Messer ins Rückgrat zu jagen.

Doch Jake ignorierte die Funksprüche. Bis jetzt hatte der Tag ihm nichts als schlechte Nachrichten beschwert. Er hatte gute Lust, das Ding einfach über Bord zu werfen.

*Wie war es nur möglich, dass jemand, der so voller Leben war, nun auf einmal tot war?* Diese Frage ging ihm unablässig im Kopf herum, aber es wollte ihm keine Antwort einfallen.

Bryson und McCrickerd hatten ihn am Nachmittag bei seiner Rückkehr am Steg erwartet wie zwei Leichenbestatter. Als junger Polizist hatte er so manches Mal schlimme Nachrichten überbringen müssen, hatte aber nur einmal selbst eine bekommen. Und dass sein Vater an Leberzirrhose gestorben war, kam ja nicht gerade unerwartet. Das hier war etwas ganz anderes. Es aus erster Hand von jemand zu hören, der tatsächlich dabei zugesehen hatte, wie Martha in einen Leichensack gelegt wurde, das war ungefähr so, als würde ihm jemand aus voller Kraft in den Magen schlagen.

Und dann kamen die Fragen. Zunächst behutsam und respektvoll. Vor allem von Bryson. Hatte Martha jemals die Firma erwähnt, für die Patrick Noonan arbeitete? War sie jemals mit ihm verreist? Hatte Noonan in den Minuten vor seinem Tod irgendetwas Ungewöhnliches gesagt?

Dann kam McCrickerd, der Pitbull. Was hatten Sie für eine Beziehung zu ihr? Warum wollte sie Ihnen die Versicherungssumme ihres Vaters geben? *Haben Sie sie gefickt, Jake?*

Jake kannte diese Guter-Cop-böser-Cop-Nummer zwar aus dem Effeff, konnte sich trotzdem nicht beherrschen und ging mit den Fäusten auf den untersetzten Amerikaner los, bis Harry und Bryson ihn wegzerrten.

Später, als die FBI-Agenten wieder weg waren, war Jouma gekommen, aber Jake konnte nicht mehr genau sagen, wann das gewesen war. Er sei in Jalawi gewesen, erzählte der Inspector, irgendwas mit der Missionsstation dort drüben, und da habe Sammy ihm von Martha erzählt. Er sprach ihm sein tiefempfundenes Beileid aus. Wenn es irgendetwas gäbe, was er tun könne ... Aber was konnte er denn tun? Was konnte überhaupt jemand tun? Es war doch schon alles zu spät.

Am nächsten Tag sollte er die *Yellowfin* zu Missy Meredith zur Reparatur bringen. Er hatte sich schon darauf gefreut, den ganzen Morgen mit einer Tasse ihres viel zu starken Kaffees vor Missys Werkstatt zu sitzen, während ihr geknechteter Bruder Walton sich an die Arbeit machte, der *Yellowfin* eine Generalüberholung zu verpassen. Doch jetzt sickerte ihm die Realität langsam ins Bewusstsein. *Wie zum Teufel sollte er das alles bezahlen?* Martha war ja deswegen in die USA zurückgereist, um finanziell ein paar Dinge in Bewegung zu bringen und die besten Anwälte New Yorks damit zu betrauen, die Lebensversicherungssumme ihres Vaters lockerzumachen. Wer kümmerte sich nach ihrem Tod um ihr Vermögen? Er konnte sich gut vorstellen, dass die Aasgeier schon kreisten. Die Chance, sie könnten zulassen, dass das Geld an zwei englische Versager in Afrika überwiesen wurde, war gering bis nicht existent.

Doch je länger er darüber nachdachte, umso weniger machte es ihm aus. Das ungute, unmoralische Streben nach Geld hatte Monster wie Patrick Noonan hervorgebracht. Geld hatte Martha aus Afrika fortgeführt, wo Jake sie wenigstens noch hätte beschützen können.

Im übernatürlichen Glühen des Sonnenuntergangs blieben seine Augen an einer Kühltasche unter dem Armaturenbrett auf der Brücke hängen. Ein Dutzend Flaschen gekühltes Tusker-Bier zwinkerte ihm durchs Kondenswasser zu. Martha hatte immer gern ein paar gekühlte Flaschen parat gehabt, wenn sie unterwegs war, gerade zur Abendstunde.

Jake lächelte traurig. So würde er sich an sie erinnern: In der einen Hand hielt sie ein Bier, mit der anderen bediente sie geschickt die Gangschaltung der *Yellowfin*, während ihr die warme Brise des Indischen Ozeans durch die Haare fuhr. Er griff sich eine der beschlagenen Flaschen, machte sie auf und hob sie vor den dunkel werdenden Himmel, als würde er einen letzten schweigenden Toast auf seine Freundin ausbringen.

*Auf dich, Martha Bentley.*

Es wurde langsam spät.

Zeit, heimzufahren.

# Dritter Tag

# 17

In einem kleinen Dorf in der Nähe von Kisumu, in der Provinz Nyanza an den Ufern des Victoria-Sees, waren zehn Menschen, die man der Hexerei verdächtigt hatte, von einer Gruppe aufgebrachter Dorfbewohner gelyncht worden. Diese Morde waren ein Racheakt für die Entführung eines Dörflers, den man gezwungen hatte, eine Leiche auszugraben und von ihrem verwesenden Fleisch zu essen. Unterdessen hatte man im Uasin-Gishu-Distrikt des Rift Valley, nördlich von Nairobi, hundertvierzig Schweine gehängt und dann angezündet, weil man glaubte, dass die Tiere vom Zauberdoktor eines rivalisierenden Stammes mit einem Fluch belegt worden waren.

Manchmal, wenn er die Berichte der vergangenen Nacht las, die der uralte, ratternde Drucker unermüdlich ausspuckte, fragte sich Jouma, ob bestimmte, entlegene Gebiete Kenias jemals den Schritt ins fünfzehnte Jahrhundert tun würden. Geschweige denn ins einundzwanzigste.

Bisweilen aber sehnte er sich selbst nach der primitiven Einfachheit von Aberglaube und Hexenzauber. Zum Beispiel heute.

Er musste an Martha Bentley denken, die Opfer einer sehr modernen Verschwörung geworden war. Und all das war nur möglich gewesen, weil die Täter rund um den Globus innerhalb einer Sekunde miteinander kommunizieren und den Tod eines Menschen anordnen konnten, ohne auch

nur ihren Namen nennen zu müssen. Es machte ihm Angst, dass er so wenig über diese Mechanismen der modernen Welt wusste, doch gleichzeitig war er auch erleichtert über seine Unwissenheit.
Dann dachte er an Jake Moore. Der Engländer gehörte nicht zu den Menschen, die ihre Gefühle offen zeigten, aber Jouma wusste, dass die Nachricht von Marthas Ermordung ihn getroffen hatte wie ein Hochgeschwindigkeitszug. Gestern am Bootshaus hatte es so ausgesehen, als wäre das letzte bisschen Leben aus ihm geschwunden. Und obwohl der Inspector seinen Freund hatte trösten wollen, wusste er doch, dass man in manchen Situationen einfach keinen Trost bieten konnte. In solchen Momenten musste der Mensch seinen Kummer im stillen Kämmerlein mit sich selbst ausmachen.
Jouma seufzte. Es war fast schon eine Erleichterung, die Aufmerksamkeit auf ein Rätsel zu lenken, das ihm nicht ganz unangenehm war – auch wenn er es erst noch lösen musste. Zwei Tage waren vergangen, seit Lol Quarrie von den Gemäuern von Fort Jesus gestürzt war, und Jouma war sich zu neunundneunzig Prozent sicher, dass es sich um einen Selbstmord handelte. Alles deutete darauf hin, dass der pensionierte Witwer, der seinem Lebensabend entgegensah und an einer postoperativen Depression litt, ins Fort Jesus eingebrochen war und sich in einem Anfall einsamer Verzweiflung von der Festungsmauer geworfen hatte.
Das alternative Szenario – dass man den ehemaligen Polizisten mit seinen hundert Kilo am helllichten Tag von einer belebten Straße in der Innenstadt entführt hatte, dass man ihn durch ein verschlossenes Tor ins Fort Jesus ge-

schmuggelt, auf die Mauer gehievt und hinabgeworfen hatte – war so unwahrscheinlich, dass es, ehrlich gesagt, fast schon lächerlich war.

Doch neunundneunzig Prozent sind eben doch keine hundert Prozent, und das nagte an Jouma. So geringfügig der Zweifel auch sein mochte, man konnte ihn nicht einfach ignorieren.

Er musste an die Worte von Dutch Alice denken, der letzten Person, die Quarrie lebend gesehen hatte: »*Wenn Sie mich fragen – der war betrunken. Der taumelte rum, redete mit sich selbst, Sie wissen schon. Was Besoffene eben so machen.*«

Doch Quarrie war nicht betrunken gewesen. Die Blutanalyse hatte null Promille ergeben, was bewies, dass er am Tage seines Todes nichts getrunken hatte und im Vollbesitz seiner geistigen und körperlichen Kräfte gewesen war. Und Christie war zu dem Schluss gekommen, dass Quarries Herz – das vor den Operationen noch hoffnungslos verstopft gewesen war vom Dreck eines ganzen Lebens – so perfekt funktioniert hatte wie bei einem halb so alten Mann. Damit war jeder Verdacht auf einen Herztod ausgeschlossen.

Dann war da noch die Frage, wie er überhaupt auf die Mauern des Forts gekommen war. Die Tore waren verschlossen und zeigten keine Anzeichen von Gewaltanwendung. Nach den Angaben des Verwalters gab es keinen anderen Weg, um auf das Gelände zu gelangen, es sei denn, man benutzte eine dreißig Meter lange Leiter oder einen Enterhaken.

Und zu guter Letzt war da noch das Mysterium mit Quarries Kleidern.

Am ersten Morgen, während die Leiche für Christies zartfühlende Behandlung vorbereitet wurde, hatte sich Jouma zur furchterregenden Mrs. Jubumbwe begeben, die im Polizeipräsidium die Asservatenkammer bewachte.

»Wissen Sie, dass das gegen sämtliche Regeln verstößt, Inspector?«, bellte sie ihn an. »Sie müssen das korrekte Formular ausfüllen und unterschreiben lassen.«

»Das ist mir durchaus klar, Mrs. Jubumbwe. Aber wenn Sie dieses eine Mal über die Formalitäten hinwegsehen könnten, wäre ich Ihnen sehr zu Dank verpflichtet.«

Mrs. Jubumbwe gab einen missbilligenden Laut von sich. Sie stand hinter einer kleinen vergitterten Öffnung, die sie und die über dreitausend Ermittlungsakten und Aufbewahrungsboxen für Beweismaterial von den gierigen, leichtfertigen Händen der Außenwelt trennte. Die kleine, nahezu kugelrunde Frau verfügte über ein enzyklopädisches Wissen in ihrem Bereich, was sie wahrscheinlich zu einem der wertvollsten Aktivposten des Polizeipräsidiums machte, obwohl sie nur eine Zivilangestellte war.

»Wie war der Name des Verstorbenen?«

»Quarrie. Q-U-...«

»Ich kann selbst buchstabieren, vielen Dank.«

Sie drehte sich um, watschelte durch die Regalreihen und kam nach weniger als einer Minute mit einem festen Karton zurück.

»Da Sie das korrekte Formular nicht beibringen konnten, dürfen Sie mit den Beweismaterialien nicht das Zimmer verlassen«, verkündete Mrs. Jubumbwe. »Sie können sich an den Tisch dort setzen, da kann ich Sie im Auge behalten.« Sie schob das Gitter beiseite und reichte den Karton durch die Öffnung.

Jouma nahm ihn mit an den Holztisch und hob den Deckel an. Darin lagen Lol Quarries Kleider und Besitztümer, einzeln in Plastiktüten verpackt. Er spürte Mrs. Jubumbwes laserscharfe Augen auf sich, während er behutsam das Sakko, das Hemd und die Hose des Toten aus dem Karton nahm und auf den Tisch legte.
Alle drei Kleidungsstücke hatten dieselben großen, braunen Blutflecken, und Schulterpartie und Revers des Sakkos wiesen immer noch Spuren von Hirnmasse und Knochensplittern auf. Doch Jouma konnte noch etwas anderes erkennen, was er vorgestern schon bemerkt hatte, was sich jetzt aber im grellen Licht der Neonröhren bestätigte.
*Quarries Kleidung war schmutzig*. Das schicke Jackett und die sorgfältig gebügelte Hose waren mit einer Art dickem, grünlich-braunem Matsch beschmiert, als wäre er damit durch den Schlamm gekrochen. Nur war es eben kein Schlamm. Es roch wie – na ja, Jouma hätte es nicht mit Sicherheit sagen können, er wusste bloß, dass es ihm den Atem verschlug und Übelkeit verursachte. Staub fand er ebenfalls. Und Erde. Tatsächlich sah Lol Quarries Kleidung so aus, als hätte er darin mehrere Tage im Freien übernachtet.
Jouma wünschte, seine Abteilung hätte ihr eigenes, voll einsatzfähiges forensisches Labor, mit weißbekittelten Experten, die die Substanzen auf Quarries Kleidung analysieren und ihm exakt mitteilen konnten, worum es sich handelte und woher es stammte. Doch er befand sich nun mal in seinem Büro in Mombasa und wusste nur zu gut, dass die einzig verfügbare forensische Abteilung in Nairobi saß und so unterbesetzt und schlecht ausgerüstet war,

dass es Monate dauern konnte, bis man irgendein Resultat bekam.

Jouma seufzte. Wie unkompliziert das Leben doch gewesen war, als seine einzige Sorge einer vermisste Nonne galt. Wie er Detective Mwangi doch beneidete, dass er durch die Straßen laufen und Ladenbesitzer, Café-Betreiber, *Matatu*-Fahrer und Straßenhändler noch einmal befragen durfte, in der eitlen Hoffnung, dass sie beim letzten Mal an einer Art vorübergehender Amnesie gelitten hatten, als man sie fragte, ob sie eine fünfundsiebzigjährige Frau Gottes gesehen hatten.

Seine Kollegen auf dem Land konnten immerhin Schweinemörder und Grabräuber jagen. Daniel Jouma, der Mann, der in Mombasa aufgeräumt hatte, musste Däumchen drehend in seinem Büro sitzen und darauf warten, dass etwas passierte.

## 18

Jake war früh auf an diesem Morgen. In seinem Auftragsbuch war nichts eingetragen, aber statt beim Bootshaus herumzulungern, wollte er lieber in Sichtweite der Hotels in Watamu ankern, nördlich des Flamingo Creek, um dort am Pool potenzielle Ernies aufzutun – wie Harry und er es auch vor fünf Jahren gemacht hatten, als sie ihr Geschäft gerade erst gegründet hatten. Die ansässigen Skipper würden darüber zwar nicht gerade erbaut sein, aber scheiß drauf. Geschäft ist Geschäft, und die meisten

Ernies waren Finanzkrisen-Opfer aus den USA und Europa, die gerne zum Schnäppchenpreis einen Nachmittag auf einem Sportanglerboot buchten.
Doch zuerst musste er Sammy aus Jalawi abholen. Er ging mit der *Yellowfin* im seichten Wasser vor dem Dorf vor Anker und wartete, bis sein Schiffsjunge angeschwommen kam. Eigentlich war heute kein Arbeitstag, aber er wusste, sobald Sammy ihn sah, würde er sofort kommen. Der Junge war in den letzten Wochen durch die Hölle gegangen – sein jüngerer Bruder war von Patrick Noonans Handlangern ermordet worden –, doch er lebte für seine Arbeit auf der *Yellowfin*.
Jake hatte sich gerade eine Zigarette angesteckt, da bemerkte er einen Tumult am nördlichen Ufer. Als er hinüberblinzelte, entdeckte er Menschen, die ihm zuwinkten. Dann hörte er, wie sie um Hilfe riefen.

Der Hippie war sieben Meter tief von einer fünfundzwanzig Meter hohen Palme gefallen und hatte sich dabei einen dreifachen Beinbruch zugezogen. Jakes erster Gedanke war: Geschieht ihm recht, wenn er so blöd ist. Wenn man den Dorfkindern zusah, die am Ufer Kokosnüsse ernteten, sah das Ganze so einfach aus – aber die kletterten schließlich auf diesen Palmen herum, seit sie laufen konnten.
»Sie müssen ihn sofort ins Krankenhaus bringen«, erklärte er mit einem Blick auf das unförmige Bein. »Das Mombasa General ist das nächstgelegene.«
»Können Sie uns nicht helfen, ihn hinzubringen?«
Die Sprecherin hatte sich als Evie Simenon vorgestellt. Sie war die Älteste dieses Grüppchens von ungewaschenen

Leuten, das sich um den gestürzten Kameraden versammelt hatte, und sie schien als Einzige zu wissen, was in so einer Situation zu tun war.

»Wir würden ihn ja mit unserem Bus hinfahren, aber die Hinterachse ist gebrochen«, gestand sie bedrückt. »Wir haben zwar ein Motorrad, aber ein paar von unseren Jungs sind heute damit nach Kilifi gefahren, um zu sehen, ob sie ein paar Ersatzteile auftreiben können.«

»Ein Bus?« Er musterte sie. »Wer sind Sie eigentlich? Die Scooby-Doo-Bande?«

Evie bedachte ihn mit einem müden Blick, der ihm klarmachte, dass sie in dieser Richtung schon so ziemlich jeden dämlichen Kommentar zu hören bekommen hatte.

»Können Sie uns helfen?«, wiederholte sie. »Wenn nicht, versuch ich mein Glück beim Yachtclub.«

»Glauben Sie mir, meine Liebe, an dem *Askari* an der Einfahrt kommen Sie gar nicht erst vorbei, wenn Sie nicht eine Million auf dem Konto haben.«

Jake betrachtete den verletzten Hippie, der sich offensichtlich in einer Art Trance-Zustand befand – andererseits war das kaum überraschend, wenn man den Marihuana-Geruch bedachte, der von ihrem Zeltlager herüberwehte. Doch bei ihm war es vielleicht doch eher der Schock. Nach dem Winkel zu urteilen, in dem sein rechtes Wadenbein herausstand, konnte er von Glück sagen, wenn er jemals wieder richtig laufen konnte.

»Wie heißt er?«

»Michael. Michael Gulbis.«

»Haben Sie ihm ein Schmerzmittel gegeben?«

»Einen Schuss Morphin«, antwortete Evie.

Das erklärte seinen Dämmerzustand.

»Tja, das wird nicht ewig vorhalten. Und wenn die Wirkung nachlässt, wird er Wahnsinnsschmerzen haben.« Jake schüttelte den Kopf. »Ich kann ihn auf keinen Fall mit dem Boot ins Krankenhaus bringen. Aber ich könnte versuchen, Harry über Funk zu erreichen. Der kann einen Notruf an die Ambulanz in Kilifi rausschicken. In einer halben Stunde müsste ein Krankenwagen hier sein – vorausgesetzt, auf dem Highway gibt's nicht das übliche Gemetzel.«

Evie sah ihn an. »Haben Sie gerade *Harry* gesagt? Meinen Sie den Harry, der auf der anderen Seite des Flusses das Bootshaus hat?«

»Kennen Sie ihn denn?«

Evie erzählte ihm von ihrer Begegnung am Vortag.

»Das hat er gar nicht erwähnt.« Andererseits waren sie gestern beide nicht in der Stimmung gewesen, um über ihre Alltagserlebnisse zu plaudern. »Wer sind Sie eigentlich? Was tun Sie hier?«

Als Evie ihm vom geplanten Bauprojekt in Jalawi erzählte, sah Jake sie skeptisch an.

»Ein Fünf-Sterne-Hotel? Hier?« Er lachte. »Also, das hör ich zum ersten Mal, und mein Schiffsjunge stammt immerhin aus diesem Dorf.«

»Dann sollten Sie mal Ihren Freund Harry fragen«, gab Evie zurück. »Der scheint einiges mehr darüber zu wissen als Sie. Vielleicht hat er das auch nur nicht erwähnt.«

# 19

Das Colonial war ein heruntergekommenes Zwei-Sterne-Hotel im Stadtkern von Mombasa. Zimmer 507 bot zwei Einzelbetten, einen Fernseher und Ausblick auf einen Holzhof. Es stank nach Kaffee und Zigaretten. FBI Special Agent Clarence Bryson lag auf einem der Betten und spürte trotz Koffein und Amphetamin, wie der Jetlag nach einem schlaflosen Vierzehn-Stunden-Flug aus Washington langsam den Kampf gegen sein Hirn und seinen Körper gewann.

McCrickerd hingegen sah ekelhaft munter aus. Er war gerade von einer zweistündigen Joggingtour um die Insel zurückgekehrt und saß jetzt im Trainingsanzug am Schreibtisch, wo er auf seinem MacBook herumwerkelte.

»Und, wie ging es mit ihm?«, wollte der junge Mann wissen.

»Dieses Aas hat Anwälte, die dreihundert Dollar die Stunde nehmen«, erwiderte Bryson. »Er sagt kein Wort.«

»Das wird er schon, sobald wir ihn in den Staaten haben.«

»Da wär ich mir nicht so sicher, John. Diese Anwälte werden jede Klausel der Auslieferungspapiere anfechten. Das kann sich Monate hinziehen.«

Und das wusste Conrad Getty ganz genau, dachte Bryson mutlos. Er war gerade von einem ergebnislosen Besuch in einem Hochsicherheitsgefängnis nördlich von Mombasa zurückgekehrt, wo das letzte überlebende Mitglied von Patrick Noonans ostafrikanischer Abteilung in Einzelhaft saß. Getty, ein widerlicher Hotelbesitzer aus Südafrika, der sich die letzten schütteren Haarsträhnen quer über die Glatze kämmte, saß einfach grinsend da, während seine Anwälte in ihren Dreitausend-Dollar-Anzügen rechts und links neben ihm saßen und auf jede Frage von Bryson mit »Kein Kommentar« antworteten.

»Könnten wir nicht behaupten, dass Menschenhandel eine Bedrohung für die Sicherheit des Landes ist?«, schlug McCrickerd vor. »Dann säße er im Handumdrehen mit einem Sack überm Kopf im ersten Flugzeug nach Algerien.«

»Leider nein«, seufzte Bryson. »Aber wenn dieses arrogante Stück Scheiße glaubt, dass er da so leicht rauskommt, wird er sich noch umgucken. Ich werd an ihm dranbleiben, bis wir die Papiere haben. Mal sehen, wie lange er sich seine anwaltliche Rund-um-die-Uhr-Betreuung für dreihundert Dollar die Stunde leisten kann.«

McCrickerd grinste zustimmend, dann schlug er mit der flachen Hand auf den Tisch. »Da hätten wir's doch schon. Eine Mail von Hoffman.«

Bryson erhob sich langsam vom Bett und ging zu seinem Partner ans Fenster. Die beiden Männer starrten auf den Laptop und warteten geduldig, bis der Download komplett war. Wenig später erschien ein Bild auf dem Schirm, und auf einmal wurde Bryson leicht mulmig. Darauf freute er sich überhaupt nicht. Es war nicht gerade angenehm, wenn man so etwas wirklich mitansehen sollte.

*Eine belebte Durchgangsstraße in der Stadt, auf der sich Autos und Fußgänger bewegen.*

Dies waren die Aufnahmen einer Überwachungskamera vor Martha Bentleys Wohnblock in der 74. Straße in New York am Tage ihrer Ermordung. Das FBI-Hauptquartier

in Washington hatte ihnen die Bilder geschickt, die die beiden Männer jetzt zum ersten Mal zu sehen bekamen.
*Das erste Mal, dass sie den Killer sahen, den jeder beim FBI »den Geist« nannte.*
»Da ist er«, murmelte Bryson.
*Eine Gestalt geht auf die Kamera zu. Der Mann ist schlank, trägt aber eine weite Windjacke. Sein schmales Gesicht wird von einer großen Baseballkappe und einer Sonnenbrille überschattet. Sieht er ein kleines bisschen nach Nahost aus – oder ist das nur ein Vorurteil, das man heutzutage jedem hinterhältigen Mörder gegenüber hegt?*
»Scheiße, der sieht doch aus wie Elton John«, stellte McCrickerd fest. Er hielt das Bild an und zoomte das Gesicht heran – doch abgesehen von schmalen Lippen, umrahmt von einem dünnen Ziegenbart, war nicht viel zu erkennen.
Aber das war ja auch der Witz an einem Auftragskiller.
Die nächsten ereignislosen dreiundzwanzig Minuten hatte man herausgeschnitten, dann ging es weiter.
*Ein gelbes New Yorker Taxi fährt vor dem Wohnblock vor und eine blonde Frau steigt aus. Der Fahrer trägt Martha Bentleys Koffer auf den Gehweg.*
Wie schön, endlich wieder zu Hause zu sein, dachte Bryson. Aber nur noch so wenig Zeit zu leben.
*Der Fahrer bedankt sich überschwenglich für ein offensichtlich großzügiges Trinkgeld und begleitet sie mit ihren Taschen ins Gebäude. Die digitale Zeitanzeige steht auf 11.04 Uhr.*
Ende.
»Hoffman sagt, dass seine Jungs sich auch die ganzen Bil-

der von den Überwachungskameras im Haus angesehen haben – Eingangshalle, Fahrstühle, Korridor –, aber es sieht so aus, als wären sie manipuliert worden«, berichtete McCrickerd. Dean Hoffman war von der New Yorker Niederlassung des FBI und führte in Brysons Abwesenheit die Ermittlungen im Mordfall Martha Bentley in den USA weiter. »Irgendeine elektrische Störung.«

»Passt ja großartig.«

»Er hat versprochen, dass sie vergrößern, was sie an Material haben, aber bis jetzt ist es alles nur ein Brei.«

»Und Hoffman behauptet also, es gäbe keine Bilder, die den Kerl beim Verlassen des Gebäudes zeigen?«

»Sie meinten, der muss geradewegs durch die Wand hinausmarschiert sein.«

Bryson starrte auf den Bildschirm. *Der Geist.* Diesem Wichser würde der Spitzname wahrscheinlich sogar gefallen. Auftragskillern gefiel so was immer, denn obwohl sie behaupteten, abseits der Gesellschaft zu leben, waren sie im Endeffekt genauso eitel wie jeder andere Mensch auch. Bryson musste sogar zugeben, dass dieser Mann verdammt gut war. Er hatte ihre beste Zeugin beseitigt, ohne eine Spur zu hinterlassen, und ließ das FBI dastehen wie die letzten Idioten.

Aber weiter würde es nicht gehen.

Conrad Getty würde ihnen alles über das Syndikat erzählen, was sie wissen wollten, ob es ihm und seinen teuren Anwälten nun gefiel oder nicht. Es war Brysons Job, dafür zu sorgen, dass der Hotelbesitzer an die Vereinigten Staaten ausgeliefert wurde, egal, wie lange es dauerte – und, Geist hin oder her, genau das würde der alte FBI-Mann auch tun.

## 20

Als Jake über Funk Harry zu erreichen versuchte, war dieser entweder nicht da oder antwortete einfach nicht – vielleicht nicht das Verkehrteste, denn Jake hatte durchaus ein paar Hühnchen mit seinem Partner zu rupfen. Zum Beispiel, dass er die nicht ganz unwichtige Sache mit dem Hotel in Jalawi für sich behalten hatte. Stattdessen erreichte Jake Missy Merediths Werkstatt und sprach mit ihrem Bruder. Walton war nur zu gern bereit, ihm zu helfen, und versprach, sofort die Notärzte in Kilifi zu benachrichtigen – ihm war alles recht, wenn er sich nur einen Moment davor drücken konnte, im Motoröl herumzuwaten.

Als Jake von der *Yellowfin* zurückkehrte, fand er Evie am Strand, wo sie sich mit einem ihrer Stammesmitglieder, einem Jungen mit glatten Gesichtszügen und einer verfilzten, schwarzen Haarmähne unterhielt.

»Der Krankenwagen ist unterwegs«, verkündete Jake. »Solange Sie Michaels Bein stabil halten, müsste eigentlich alles gutgehen.«

»Danke«, sagte sie, und zum ersten Mal sah er sie lächeln.

»Ja, echt, danke, Mann«, fiel der Junge mit der Haarmatte ein. Jake hörte an seinem Akzent, dass er aus einer der Grafschaften rund um London stammen musste. »Mikey ist nämlich mein Bruder, wissen Sie?«

Jake sah ihn verständnislos an.

Verlegen streckte ihm der Junge die Hand hin. »Alex Hopper. Freut mich.«

»Woher bist du, Alex?«, erkundigte sich Jake.
»Äh … aus Berkshire.«
»Weiß deine Mutter, dass du hier bist?«
Jetzt sah Alex ihn verwirrt an.
»Alex wollte gerade seine Schicht auf der Aussichtsplattform antreten«, mischte sich Evie ein.
»Was für eine Aussichtsplattform?«
»Warum kommen Sie nicht einfach mit und schauen es sich selbst an?«
»Ja«, nickte Jake. »Das wär vielleicht ganz gut.«

Sie gingen über einen staubigen Fußweg zurück zum Dorf und dem Hippie-Lager dahinter. Jetzt sah Jake auch den knallbunt angemalten, dreißigsitzigen Schulbus, der auf einer Lichtung direkt neben der Straße parkte. In der Nähe standen ein paar Notzelte um ein glimmendes Lagerfeuer. Die meisten Hippies saßen belämmert im Schatten der Bäume in Gruppen beisammen. Sie erinnerten Jake an die kraftlosen Jugendlichen, die sich in England an Straßenecken und in Einkaufszentren herumtrieben. Derselbe weggetretene, gelangweilte Gesichtsausdruck.
Nett sein, Jake. Immer schön nett sein. Das sind nur ein paar Jugendliche, die die Welt retten wollen, während sie so viel kiffen, wie ein Mensch nur kiffen kann.
Hinter dem Bus stand ein großer Johannisbrotbaum. Auf einen grellen Pfiff von oben blickte Jake hoch und entdeckte einen der Hippies, der von einer zwischen den Zweigen festgezurrten Plattform herunterspähte.
»Ich hoffe, Sie haben keine Höhenangst«, bemerkte Evie mit einem leichten Lächeln und begann den dicken Stamm hochzuklettern, indem sie sich an einem geknoteten Seil

hochhangelte, das von einem Ast herabhing. »Es würde mir furchtbar leidtun, wenn Sie runterfielen und sich ein Bein brächen.«

Nachdem sie ihm diesen Fehdehandschuh hingeworfen hatte, griff Jake natürlich nach dem Seil und versuchte den Baum mit derselben athletischen Unbekümmertheit zu erklettern wie Evie. Doch er wog eben neunzig Kilo und nicht ihre fünfzig, so dass er mehrere Minuten brauchte, bis er die Plattform erreichte. Als er sich über den Rand hochstemmte, keuchte und schwitzte er wie ein Verrückter.

»Bravo, Signore«, gratulierte der Hippie und klatschte ironisch Beifall. Er sah Alex zum Verwechseln ähnlich, sprach jedoch mit großspurigem italienischem Akzent und trug ein ärmelloses T-Shirt, um seinen tätowierten Bizeps besser zur Geltung zu bringen. Nachdem er sich als Jacopo vorgestellt hatte, zündete er sich eine Zigarette an und seilte sich dann mit einem »Ciao« so elegant nach unten ab, dass Errol Flynn vor Neid erblasst wäre.

»Geht es Ihnen gut?«, erkundigte sich Evie.

Jake erhob sich mit so viel Würde, wie er noch aufbringen konnte. »Ist schon eine Weile her, dass ich ein Baumhaus hatte«, erklärte er.

Alex, der gerade hinter ihnen die Plattform erklommen hatte, brach in schallendes Gelächter aus. »Baumhaus. Du bist echt geil, Mann.«

»Halt die Klappe, Alex, und gib ihm das Fernglas«, fuhr Evie ihm über den Mund.

Alex reichte Jake ein altes Zeiss-Fernglas mit einem Lederriemen, das Jacopo an einen Ast gehängt hatte. Damit konnte Jake Jalawi gut erkennen. Sogar in Vergrößerung sah dieser Ort unglaublich klein aus, dachte er, nur eine Ansammlung von baufälligen Lehmhütten, die wirkten, als wären sie von ein paar Kindern zusammengezimmert worden.

»Eigentlich kaum der Aufregung wert, oder?«, meinte Evie, als könnte sie seine Gedanken lesen. »Es sei denn, man wohnt dort.«

Obwohl Jake nichts für solche Tränendrüsennummern übrig hatte, musste er zugeben, dass sie in gewisser Weise recht hatte. Er musste an Sammy denken, der mit seiner Mutter in einem der windschiefen Häuser dort unten lebte. Für sie war Jalawi der Mittelpunkt des Universums – aber vielleicht bloß, weil sie es nicht besser wussten. Was Jake an Leuten wie Evie Simenon ärgerte, war ihre Gewissheit, dass die Menschen mit ihrem Schicksal zufrieden waren, auch wenn es in Wirklichkeit zum Himmel stank.

»Und was passiert mit den Dorfbewohnern, wenn Spurling Developments grünes Licht bekommt?«, wollte er wissen. »Ich nehme doch an, sie bekommen eine Entschädigung?«

»O ja, da bin ich ganz sicher«, meinte Evie, und ihre Stimme troff von Sarkasmus. »Beim letzten Hotel, das sie gebaut haben, haben sie den Leuten die Mitgliedschaft im Wellness-Club zum halben Preis angeboten. Zehntausend Shilling – das reinste Schnäppchen! Ein andermal haben sie zweihundert Einwohnern eines Fischerdorfes in der Nähe von Lamu ein anderes Gebiet zum Siedeln angeboten – hundert Kilometer landeinwärts. Da niemand das freundliche Angebot annehmen wollte, haben sie sie einfach vertrieben. Als die ehemaligen Bewohner versucht haben, ihr Dorf einen Kilometer weiter längs aus dem Nichts wieder aufzubauen, haben die Anwälte von Spurling Developments sie wegen Landfriedensbruchs angeklagt. Glauben Sie mir, Mr. Moore, diese Burschen sind unglaublich nett.«

»Müssen sie denn nicht erst eine Genehmigung einholen, wenn sie hier bauen wollen?«

»Das schon. Wissen Sie, wie viele Anträge Spurling letztes Jahr eingereicht hat? Dreiundsechzig. Und wie viele davon wurden genehmigt? Dreiundsechzig. Die haben die Komitees derart in der Tasche, dass sie meistens schon das Fundament ausheben, bevor die Anträge auch nur eingereicht sind. Aber wenn die hier ankommen, dann stehen wir bereit.«

Sie ging zu einer kleinen, gepolsterten Tasche, die von einem anderen Zweig hing, und entnahm ihr eine Digitalkamera.

»Ich bin beeindruckt«, spöttelte Jake. »Das möchte ich sehen, wie Sie damit einen Bulldozer aufhalten.«

## 21

Als der Anruf kam, konnte Jouma die Stimme nicht einordnen. Sie war weder grob noch ungebildet, wie bei den meisten seiner Kontakte – ganz im Gegenteil sogar, und im ersten Moment dachte er schon, der Anrufer hätte sich verwählt. Doch dann nannte er eine Anschrift in der Nähe der Ndia Knuu Road, der berühmten Einkaufsmeile mitten in der Altstadt, und bat den Polizisten, sich in einer halben Stunde dort einzufinden.

Die angegebene Straße war eine beklemmend enge Durchfahrtsstraße, die Fort Jesus mit dem Dhau-Hafen verband, und die genannte Anschrift gehörte zu einer Möbeltischlerei ungefähr in der Mitte. Der Anrufer erwartete ihn im Schatten einer Segeltuchmarkise vor dem Eingang: ein Araber Anfang vierzig mit Bart und Brille, Hemd und Schlips. Er stellte sich als Salim Mukhtar vor, ein Chemielehrer an der Aga Khan High School in der Vanga Road. Wie es aussah, war er ziemlich aufgewühlt.

»Mein Vater traut der Polizei nicht, Inspector«, begann Mukhtar. »Seiner Meinung nach ist jedes andere Gesetz außer der Scharia korrupt. Es hat mich all meine Überzeugungskraft gekostet, ihn zu überreden, dass er mit Ihnen spricht.«

Mukhtars Vater saß auf dem blanken Fußboden in einem Zimmer im ersten Stock, umgeben von Holzabschnitten und feinziselierten Laubsägearbeiten. Der alte Mann mit dem weißen Bart und der traditionell muslimischen Kleidung sog an einer Wasserpfeife. Mit seinen wässrigen Augen musterte er Jouma eingehend, als der Inspector gegenüber von ihm Platz nahm.

»Vater, erzähl dem Inspector, was du mir erzählt hast«, bat Mukhtar mit der lauten Stimme, mit der erwachsene Kinder mit ihren alten, senilen Eltern reden.

Der Alte schmauchte fröhlich noch ein wenig weiter. Als er zu reden begann, benutzte er eine seltsame, kehlige Sprache, die Jouma nicht verstand.

»Mein Vater ist Berber«, erklärte der Lehrer. »Obwohl er seit fünfzig Jahren in Mombasa lebt, weigert er sich, irgendetwas anderes zu sprechen. Er hält alle anderen Sprachen für minderwertig.«

Jouma seufzte innerlich. Wenn dieser sture alte Bock mit seiner Überheblichkeit sich nicht eines Besseren besann, konnte dieses Treffen noch den ganzen Tag dauern.

»Was hat er denn gerade gesagt?«

»Er hat gesagt, er habe den toten Mann gesehen. Den Mann, der von der Festungsmauer gefallen ist.«

»Und wo?«

»Mein Vater hat einen kleinen Handkarren, mit dem er immer Holz von einem Sägewerk in Chamgamwe holt. Er sagt, er kam gerade von dort zurück, als er den Mann auf der Mbaraki Road gesehen hat.«

Die Mbaraki Road war genau die Straße, die Jouma und Jake in der Nacht von Lol Quarries Tod entlanggegangen waren. Sie verlief parallel zur Ndia Kuu Road und führte Richtung Hafen. Jouma zog die vergrößerte Kopie eines Passfotos des Verstorbenen aus der Tasche und hielt sie dem alten Mann unter die Nase.

»Ist das der Mann, den Sie gesehen haben?«

Der Tischler zuckte mit den Schultern.

»Mein Vater sagt, er war zu weit weg, um das Gesicht zu erkennen. Aber er hat gesehen, was passiert ist.« Der alte Mann sprach jetzt weiter und vollführte dabei eine seltsame Geste mit geballten Fäusten. »Er sagt, der Mann hat gekämpft.«

»Gekämpft?«

Mukhtar runzelte die Stirn. »Gekämpft … vielleicht wäre ›gerauft‹ der treffendere Ausdruck.«

Jouma beugte sich vor. »Kann Ihr Vater den Mann beschreiben, mit dem Quarrie gekämpft hat?«

Es folgte ein lebhafter Dialog zwischen Vater und Sohn. Dann drehte Mukhtar sich zu Jouma um und lächelte entschuldigend. »Das Sehvermögen meines Vaters ist nicht mehr ganz, was es einmal war. Ich fürchte, er hat ein paar Jahre zu viel bei Kerzenlicht seine Kunstschnitzereien angefertigt.«

»Jedes Detail, an das er sich erinnern kann, wäre mir eine große Hilfe.«

»Er sagt, seiner Meinung nach war es ein Kind.«

»Ein *Kind?*«

»Ein Junge.«

»Schwarz? Weiß? Wie alt?«

»Er trug eine Kapuze. Mein Vater glaubt, er war vielleicht dreizehn oder vierzehn Jahre alt.«

»Und wann ist das gewesen?«

»Um halb vier. Mein Vater weiß das deswegen so genau, weil er jeden Nachmittag um vier Kaluki spielen geht, und er hat sich beeilt, um nicht zu spät zu kommen.«

»Und hat er gesehen, wo der Mann und der Junge hingegangen sind?«

»In eine Gasse, die die Ndia Kuu und die Mbaraki Road verbindet«, dolmetschte Mukhtar. Dann runzelte er die Stirn. »Mein Vater sagt, als er noch einmal hinsah, waren beide verschwunden.«

»Verschwunden?«

»Ja, aus der Gasse verschwunden. Wie durch Zauberei.«

Jouma sank der Mut. Langsam hatte er diese ganzen Leute, die sich einfach in Luft auflösten, herzlich satt. Aber dann fügte der alte Mann noch etwas hinzu.

»Mein Vater sagt, dass er ein Geräusch gehört hat.«

»Was für ein Geräusch?«

Der alte Mann rappelte sich auf und reckte gebieterisch das Kinn hoch.
*»Klonk!«*, rief der Tischler. *»Klonk! Klonk!«*

## 22

Irgendwann trafen die Notärzte mit dem Krankenwagen ein, der noch älter aussah als der Hippie-Bus. Sie verpassten Michael Gulbis eine Ladung Lachgas und schnallten ihn dann für die lange, holprige Fahrt ins Mombasa General auf der Trage fest. Als sie weg waren, gingen Jake und Evie durchs Dorf, gefolgt von Kindern, Hühnern und streunenden Hunden. Jake kannten die Kinder zwar, aber die seltsame Frau faszinierte sie sichtlich noch immer. Neugierig zupften sie an ihrer Kleidung und dem billigen, bunten Schmuck, der überall an ihr baumelte. Ihre Dreadlocks entzückten sie ganz besonders.
»Sie sind es nicht gewöhnt, so was an einer Weißen zu sehen«, erklärte sie. »Sie glauben, ich müsste sie gestohlen haben.«
Sammy wohnte mit seiner Mutter und ein paar Ziegen in einer Hütte am Ende des Dorfes. Gladys Eruwa saß auf einem Stuhl an der Haustür, beschattet von einer Markise aus Reissäcken und Bambusstäben. Als sie Jake erblickte, umfasste sie seine Hand und küsste ihm mit ihren trockenen Lippen die Knöchel. Dann rief sie nach Sammy, der mit einer großen Schüssel Maniok aus dem Haus kam und seiner Mutter eine Zahnprothese aus Holz reichte, die sie

sich sofort einsetzte. »Gott segne Sie, Mr. Moore!«, keuchte sie. »Der Junge hat mir erzählt, was Ihrer Freundin Martha passiert ist. Es bricht mir das Herz. Sammy! Besorg Mr. Moore und seiner Freundin etwas zum Sitzen!«

Jake stellte Evie vor, und sie setzten sich in den Schatten auf ein paar umgedrehte Gemüsekisten.

»Evie ist hier wegen des Hotels, das hier gebaut werden soll«, erklärte er.

»Ich weiß, warum sie hier ist«, erwiderte Gladys streng und schob missbilligend die Lippen vor. »Und ich muss sagen, ich bin nicht glücklich darüber.«

»Warum nicht, Mrs. Eruwa?«, wollte Evie wissen. »Wir sind doch hier, um Ihnen zu helfen.«

»Nur Gott kann uns helfen, junge Dame. Und Er heißt Ihren Lebenswandel nicht gut.«

»Mrs. Eruwa …«

»Es ist wahr! Bruder Willem hat uns beigebracht, dass wir für unsere Rettung beten müssen, statt uns auf gottlose Menschen zu verlassen.«

Evie lächelte bitter. »Und ich schätze, Bruder Willem hat Ihnen auch erzählt, dass es Gottes Wille ist, wenn Ihre Häuser zerstört werden.«

Gladys Eruwa legte sich die Hände auf die riesigen Brüste und schnaubte leise. Für sie war die Angelegenheit vom Tisch. Sie wandte sich wieder an Jake und lächelte mütterlich. »Brauchen Sie Sammy heute?«

»Ja, ich habe vor, nach Watamu zu fahren, Mrs. Eruwa.«

Sammy, der bis dahin mit Unbehagen dem Wortwechsel zwischen seiner Mutter und Evie Simenon gelauscht hatte, grinste und schoss ins Haus. Als er wenig später zurückkehrte, hatte er sein Fischmesser und ein Lunchpaket mit Trockenobst in der Hand.

»Okay, dann mal los«, sagte Jake und stand auf. Wie sein Schiffsjunge wollte auch er so rasch wie möglich weiteren Konfrontationen aus dem Wege gehen.

Sie gingen gemeinsam durchs Dorf zurück, doch Evie sprach keinen Ton. Als sie an der aus Holzschindeln gebauten Kirche vorbeikamen, stand ein Priester in weißrotem Talar am Eingang und begrüßte die Dorfbewohner. Willems und Evies Blicke trafen sich, und für einen Moment spürte Jake fast körperlich die Feindseligkeit zwischen den beiden. Dann sah der Priester wieder weg.

»Ich nehme an, Sie sind nicht gut aufeinander zu sprechen«, meinte er zu ihr, als sie weitergingen.

Evie knurrte. »Das könnte man wohl so sagen.«

»Das überrascht mich. Diese Leute haben Gott auf ihrer Seite – und Sie könnten wirklich ein bisschen Hilfe gebrauchen.«

»Diese Hunde haben doch mit Gott nichts zu tun«, erwiderte Evie. »Die tauchen regelmäßig auf, kurz bevor die Bulldozer anrücken – und bestehen auf Barzahlungen statt vergünstigter Mitgliedschaften.«

Er sah sie an und erwartete eigentlich, dass sie gleich grinsen und das Ganze als Witz entlarven würde. Doch Evies Gesicht war so finster, dass Jake kaum sagen konnte, wen sie mehr verachtete: Die Leute, die behaupteten, Gott auf ihrer Seite zu haben, oder die anderen.

# 23

*Klonk, klonk!‹?«* Superintendent Simba blickte von Joumas Bericht auf. »Was soll das denn bitte heißen?«

»Ich glaube, er wollte das Geräusch besonders lebensecht beschreiben«, antwortete Jouma und merkte, wie seine Wangen plötzlich brannten. Warum hängte sich Elizabeth Simba an Soundeffekten auf, wenn er ihr doch Informationen gebracht hatte, die von entscheidender Wichtigkeit für die Ermittlungen im Mordfall Lol Quarrie sein konnten?

»Mich interessiert nur, was der alte Mann gesehen hat. In seiner Aussage heißt es, dass Mr. Quarrie mit jemand *gerauft* hat. Mit einem Jungen.«

Ein Afrikaner mit dünnem Hals in einem europäischen Anzug wedelte verächtlich schnaubend mit einer Kopie von Joumas handgeschriebenem Bericht. »Es braucht also nur eine Aussage eines halbblinden, halbverrückten Berber-Tischlers, der kein Wort Englisch spricht und das kenianische Gesetz geringschätzt, und schon wird Inspector Jouma aktiv!«

Der Name des Mannes war Frederick Obbo. Er war sechsundzwanzig und arbeitete für den Bürgermeister. Obwohl Jouma keine Ahnung hatte, was der junge Mann dort tat oder was er in Elizabeth Simbas Büro zu suchen hatte, wusste er sofort, dass dieser kleine *Mavi* noch genug Ärger machen würde. Alle Politiker machten Ärger, wenn sie ihre Nase in Polizeiarbeit steckten – vor allem, wenn sie frisch gewählt waren. Dieser Bürgermeister war gerade mal zwei Wochen im Amt. Da sein Vorgänger vor einer Untersuchung wegen Korruption im Amt geflohen war, hatte man das Vakuum in ungebührlicher Hast mit dem Oppositionsführer gefüllt, der sein Glück kaum fassen konnte.

»Ich glaube, in einem so ungewöhnlichen Fall ist jede Entwicklung zu begrüßen«, meinte Elizabeth Simba.

»Und ich glaube, Superintendent Simba«, gab Obbo höhnisch zurück, »dass es bei der Lösung dieses Verbrechens überhaupt keinen Fortschritt gegeben hat. Da drängt sich die Frage auf: Was hat Inspector Jouma eigentlich die ganze Zeit gemacht?«

Als er Obbo betrachtete, der vor lauter Arroganz und Überlegenheitsgefühl kaum aus den Augen sehen konnte, fragte Jouma sich wieder einmal, ob er das Richtige getan hatte, als er die weitverbreitete Korruption in Mombasa ans Licht gezerrt hatte. Wie es aussah, hatte er nur einer ganz neuen Sorte von Geiern den Weg bereitet, die sich nun an den Machtpositionen satt fraßen.

»Bei allem Respekt, Mr. Obbo«, entgegnete seine Vorgesetzte, »seit Mr. Quarries Tod sind gerade mal zwei Tage vergangen, und es ist noch nicht einmal restlos geklärt, ob überhaupt ein Verbrechen vorliegt.«

»Ihnen ist doch sicher klar, Superintendent, dass Mr. Quarrie ein höchst respektiertes Mitglied der Gesellschaft von Mombasa war? Er war nicht nur ein unermüdlicher Spendensammler für die örtlichen Wohltätigkeitsvereine, er war auch ein wichtiges Mitglied des Rotary Club und des Vereins der im Ausland lebenden Briten. Mehrere sehr prominente Leute in dieser Stadt, darunter auch der Bürgermeister, machen sich große Sorgen, weil der Mann, der hinter diesem grauenvollen Verbrechen steht, noch immer auf freiem Fuß ist.«

Simba räusperte sich. »Wie ich schon sagte, Mr. Obbo, Inspector Jouma ist unser erfahrenster Ermittler. Deswegen habe ich auch nicht gezögert, ihm diesen Fall zu übertragen. Wenn hier ein Verbrechen geklärt werden muss, bin ich zuversichtlich ...«

»Die Verdienste von Inspector Jouma sind mir hinlänglich bekannt«, unterbrach Obbo sie. »Aber ich denke, wenn er den Fall von Anfang an ernst genommen hätte, wäre der Mörder bereits gefasst.«

»Vielleicht würde Mr. Obbo ja gern den Tischler verhaften, Mrs. Simba«, mischte sich Jouma ein, der kurz davor stand, die Beherrschung zu verlieren. »Oder vielleicht die Hure oder den Marokkaner, der die Leiche gefunden hat. Ich bin sicher, ich könnte aus jedem von ihnen ein Geständnis herausprügeln, bevor der Tag vorbei ist.«

»Jetzt werden Sie mal nicht unverschämt, Inspector!«, rief Obbo. »Vergessen Sie nicht, mit wem Sie hier reden.«

»Ich glaube nicht, dass wir uns jemals begegnet sind, Mr. Obbo.«

»Daniel, ich glaube wir wären dann fertig«, griff Elizabeth Simba beschwichtigend ein.

Doch als Jouma den Raum verließ, sagte ihm der Instinkt aus dreißig Jahren Polizeiarbeit, dass es gerade erst angefangen hatte.

# 24

Als Harry vom kratzigen Geräusch eines Außenbordmotors aus seinem Nachmittagsnickerchen gerissen wurde, blinzelte er gähnend ins Licht. Er war barfuß und hohläugig, und unter seiner Baseballkappe stand ihm das ergrauende Haar in alle möglichen und unmöglichen Richtungen vom Kopf ab.

»Was machst du denn hier?«, fragte er. »Ich dachte, du bist auf Kundenfang bei den Ernies in Watamu.«

Jake sprang auf den Anlegesteg. »Pläne geändert. Ich brauch die Schlüssel für den Land Rover.«

»Warum? Wo willst du denn hin?«

»Ich muss mich mit jemandem treffen, mit dem ich mich über ein Fünf-Sterne-Hotel unterhalten will.«

Harry griff in seine Khakihose und kratzte sich nachdenklich. »Was hast du eigentlich vor?«

»Du weißt genau, was ich vorhabe, Harry«, erwiderte Jake, und seine Augen verengten sich. Als er von seiner morgendlichen Begegnung mit Evie Simenon in Jalawi erzählte, verging Harry die verblüffte Miene.

»Mann, Alter, ich hätte nicht gedacht, dass du im Grunde deines Herzens ein sandalentragender Gutmensch bist«, kicherte Harry, aber es klang nicht sehr überzeugend.

Doch Jakes Gesichtsaudruck blieb kalt. »Warum hast du mir nichts davon erzählt?«

»Muss ich vergessen haben. Und wenn schon, warum ist das denn so schlimm?«

»Warum das so schlimm ist? Warum stellst du nicht einfach Sammy diese Frage? Du scheinst wohl schon ganz vergessen zu haben, dass dir der Junge damals auf der *Yellowfin* das Leben gerettet hat. Wenn er nicht die Harpune durch Tug Viljoens Kopf geschossen hätte, hättest du eine Kugel in deinen Schädel bekommen. Und dann findest du es allen Ernstes okay, wenn Spurling Developments sein Dorf plattmacht und ein Scheißhotel da hinstellt?«

Harry reckte trotzig die Brust vor. »Wir reden hier von ein paar Lehmhütten, Jake. Diese Leute können sich vorm Frühstück schnell ein neues Dorf bauen. Und erzähl mir bitte nicht, dass sie keine Entschädigung bekommen. Sammy und seine Mutter werden hinterher im reinsten Palast leben.«

»Scheiße, Harry, du bist einfach unglaublich.«

Harry hob beschwichtigend die Hände. »Denk dran, was wir dadurch an zusätzlichem Geschäft machen können! Ein Fünf-Sterne-Hotel, das bedeutet auch Fünf-Sterne-Ernies. Und das bedeutet jede Menge Dollars, Jakey.«

Verzweifelt sah Jake seinen Partner an. »Dir geht's immer bloß ums Geld, stimmt's, Harry? Du kapierst es nie.«

»Ich sag doch nur, dass wir die zusätzlichen Einkünfte wirklich gut brauchen könnten, jetzt, da ...«

Jake packte Harry bei seinem schmutzigen ärmellosen Shirt. »Jetzt da *was?* Jetzt, da Martha tot ist? Meinst du das? Jetzt, da das ganze Geld weg ist?«

»Du bist neben der Spur, Jake! Wir sind alle ein bisschen neben der Spur wegen Martha. Aber wir müssen doch auch realistisch denken. Wir müssen für die Zukunft planen. Weißt du noch, in was für eine Scheißsituation wir damals mit dem Araber geraten sind? So was möchte ich nicht noch mal erleben. Was soll ich tun? Mich an der nächsten Palme aufhängen?«

»Ich möchte nicht, dass du etwas tust, was du nicht willst, Harry.«
Harry schüttelte traurig den Kopf. »Eines musst du verstehen, mein Lieber: Spurling *wird* gewinnen. Die gewinnen immer. Evie Simenon oder du, ihr könnt überhaupt nichts dagegen tun. Das ist nun mal der Lauf der Welt.«
Jake starrte seinen Partner eine Weile an. »Gib mir einfach die Schlüssel, Harry«, sagte er.

## 25

Nachdem er Elizabeth Simbas Büro und das Polizeigebäude verlassen hatte, fuhr Jouma den Mama Ngina Drive entlang, über die Landzunge und vorbei am gelben, knochentrockenen Rasen des Mombasa-Golf-Clubs. Als er den Anleger in Likoni erreichte, war die Fähre gerade angekommen, und er sah zu, wie Tausende Leute über die Mole liefen wie die Ameisen. Nach ungefähr einer halben Stunde, sobald er nicht mehr vor Wut zitterte, drehte er sich um und ging zurück zu seinem Auto.
Als er wieder in seinem Büro war, klingelte das Telefon auf seinem Schreibtisch. Wie erwartet, war es ein interner Anruf von Elizabeth Simbas Sekretärin – und fünf Minuten später saß er auch schon wieder im Büro von Superintendent Simba. Wie er feststellen konnte, war Obbo nicht mehr da, und er witterte sofort Unheil. Dem feierlichen Gesichtsaudruck seiner Chefin entnahm Jouma, dass der

Mitarbeiter des Bürgermeisters erreicht hatte, was er wollte, was auch immer das sein mochte.
»Man hat mir befohlen, Sie von der Leitung der Ermittlungen im Fall Quarrie zu entbinden«, erklärte sie forsch.
Trotz der Wut, die in seinen Adern aufwallte, war Jouma entschlossen, höflich zu bleiben. *»Befohlen?«*
Superintendent Simba redete mechanisch weiter, als würde sie einen auswendig gelernten Text aufsagen. »Der Bürgermeister will unbedingt, dass der Fall so schnell wie möglich gelöst wird. Er glaubt, das wäre eine positive Message an die Bewohner von Mombasa und die restliche Provinz. Er möchte seinen eigenen Mann in die Ermittlungen einbringen.«
»Und darf ich fragen, wer das bitte sein soll?«
Als sie es ihm mitteilte, glaubte Jouma ein paar Sekunden, er habe sich verhört. Als ihm klar wurde, dass es kein Hörfehler war, konnte er einen lauten Aufschrei nicht unterdrücken. »Meinen Sie das *ernst?*«
Sie konnte ihm nicht in die Augen sehen. »Der Bürgermeister hält eben große Stücke auf ihn«, antwortete sie. »Ebenso die Frau Bürgermeisterin, die zufällig seine Schwester ist.«
Da fielen die Puzzlestückchen mit ohrenbetäubendem Krachen an ihren Platz. Jouma hatte sich so daran gewöhnt, dass die einflussreichen Posten in Kenia mittels Bestechung oder Stammeshierarchie vergeben wurden, dass er es fast schon erfrischend fand, es mal wieder mit einem Fall von guter alter Vetternwirtschaft zu tun zu haben.
»Verstehe«, sagte er. »Und wann fängt er an?«
»Er wird morgen früh ankommen. Sie werden mit ihm zusammenarbeiten, aber er leitet die Ermittlungen.« Erst

jetzt wandte sie den Kopf und sah ihn an. »Und ich erwarte, dass Sie höflich zu ihm sind, Daniel.«
Jouma atmete tief durch. »Bei allem Respekt, Superintendent Simba, ich muss Ihnen mitteilen, dass dieser Mann ein Scharlatan ist. Nein, schlimmer: Er ist ein gefährlicher Scharlatan. Er hat in seiner Karriere vor allem Ziegendiebe überführt und *Matatu*-Fahrern Strafzettel wegen überhöhter Geschwindigkeit ausgestellt, und gerne auch Beweise gefälscht, um ihre Verurteilung sicherzustellen. Wer weiß, was er für Schaden anrichten wird, wenn er auf eine heikle Ermittlung dieser Größenordnung angesetzt wird?«
»Sie werden tun, was ich Ihnen gesagt habe, Inspector!«, wies ihn Elizabeth Simba gereizt zurecht. »Wir tun *alle*, was uns gesagt wird.«
»Wie Sie wünschen, Superintendent.«
Und damit wandte Jouma sich zum Gehen. Seine Hand lag schon auf der Klinke, als sie noch einmal seinen Namen rief. Er drehte sich um und sah den gequälten Ausdruck auf ihrem Gesicht.
»Sie wissen besser als die meisten anderen, wie die Dinge in dieser Stadt laufen, Daniel«, sagte sie sanft.
»Leider ja.«
»Dann haben Sie bitte Verständnis für meine Lage. Ich habe auch Vorgesetzte, und wie es aussieht, hat der Bürgermeister Freunde, die weit höher angesiedelt sind als dieses Büro.«
»Selbstverständlich.«
Sie nickte, und plötzlich meldete sich ihre Effizienz zurück. »Der Tischler ist eine gute Spur«, meinte sie, »obwohl ich bezweifle, dass der Bürgermeister das genauso

sieht. Ich möchte, dass Sie die Spur verfolgen, Daniel – aber gehen Sie bitte diskret vor. Ich habe keine Lust, dass wir beide für den Rest unserer Laufbahn zusammen Parksünder aufschreiben.«

Als er ihr Büro verließ, hatte Jouma zum ersten Mal das Gefühl, dass seine Chefin und er auf derselben Seite standen. Nur schade, dass es die Seite der Verlierer zu sein schien.

## 26

Vom Meer her näherte sich eine Gewitterfront, die dunkle, aufgetürmte Wolkenmassen mit sich führte, und im Süden, über den Shimba Hills, regnete es bereits mit aller Heftigkeit. Wenn nach längerer Trockenzeit wieder Regen niederging, war der Duft der Erde fast überwältigend. Frank Walker, der am Fenster seines Büros im achtzehnten Stock des Spurling-Gebäudes stand, schloss die Augen, atmete tief ein und stellte sich vor, er stünde auf den weiten Ebenen. Doch er roch nur den sauren Gestank der Klimaanlage und die Möbelpolitur. Nach acht Jahren Schreibtisch-Job schnürte es ihm davon immer noch die Kehle zu. Clay Spurling hatte ihm damals erklärt, dass es eine Beförderung war, aber für Walker fühlte es sich an, als hätte man ihn zu einer Gefängnisstrafe verurteilt.

Das Telefon auf seinem Schreibtisch summte.

»Was gibt's, Janice?«

»Entschuldigen Sie die Störung, Mr. Walker, aber hier ist ein Gentleman, der Sie unbedingt sprechen will.«

»Was will er denn?«
Doch da flog auch schon die Tür zu Walkers Büro auf, und Jake kam hereinmarschiert, gefolgt von einer aufgeregten Sekretärin. »Was ich will, Mr. Walker?«, fragte er. »Ich will wissen, was Sie mit den Dorfbewohnern von Jalawi vorhaben, sobald Sie die Genehmigung für Ihr Hotel durchhaben.«
»Ich habe ihm gesagt, dass Sie beschäftigt sind, Mr. Walker«, beteuerte die Sekretärin. Sie war den Tränen nahe. »Soll ich die Sicherheitsleute rufen?«
Walker war zuerst zwar erschrocken, fing sich jedoch rasch wieder und winkte ab. »Ist schon okay, Janice. Bitte setzen Sie sich, Mr. …?«
»Moore. Jake Moore.«
»Soll ich Ihnen einen Kaffee bringen lassen?«
»Nein, danke. Ich bin hier, weil …«
»Oh … wenn ich nicht irre, höre ich einen Tyneside-Akzent«, fiel Walker ihm ins Wort. »Woher kommen Sie?«
Jake kam aus dem Konzept. »Aus North Shields«, antwortete er und merkte, dass sein Schwung vorerst dahin war. »Obwohl ich jetzt …«
»Verdammt, das ist ja unglaublich!«, rief Walker, und auf seinem Gesicht erschien ein warmes Lächeln. »Wissen Sie, als ich noch meinen Lebensunterhalt als Lkw-Fahrer verdient habe, habe ich jeden Monat die Fähre von North Shields nach Amsterdam nehmen müssen. Mann, Sie hat's ja ganz schön weit von zu Hause weg verschlagen.«
»Sie auch, Mr. Walker.«
»Ach ja. Hier kann man doch besser jagen als in Paisley.«
Jake beobachtete, wie Walker mit einer Patrone an seinem Schlüsselring herumspielte.

»Jagen Sie?«, erkundigte sich Walker.
»Ich bin Skipper eines Sportanglerboots.«
»Sportangeln? Ach – das ist doch keine richtige Jagd, Mann!«, rief der Schotte. »Wenn Sie mal richtigen Sport sehen wollen, dann geben Sie mir Bescheid. Ich nehm Sie mit in die Hochebene und zeig Ihnen mal, was da los ist. Übrigens – nennen Sie mich doch bitte Frank, ja? ›Mr. Walker‹ klingt so wichtig.«
»Um auf Jalawi zurückzukommen …«, begann Jake, der fest entschlossen war, dem Gespräch wieder die erwünschte Richtung zu geben, obwohl er ahnte, dass seine Chance bereits dahin war.
Walker war sich dessen sicher. »Ach – wissen Sie, ich weiß nicht recht, was ich dazu sagen soll, Kumpel«, erklärte er entschuldigend. »Ich meine … soviel ich weiß, muss der Antrag erst noch beim Planungskomitee durchgehen. Meine Aufgabe besteht ausschließlich darin, dafür zu sorgen, dass das verdammte Ding rechtzeitig fertig gebaut wird und wir dabei in unserem Budgetrahmen bleiben. Wegen der Dorfbewohner müssten Sie mit jemand anders sprechen.«
»Auf dem Schild an Ihrer Tür steht aber ›Betriebsleiter‹, *Frank*«, bemerkte Jake.
Walker zuckte mit den Achseln und lächelte verlegen. »Ich weiß – und eines Tages wird mir sicher auch mal jemand erklären, was zum Teufel das bedeutet. Hören Sie, ich bin nur ein kleines Rädchen. Ich tue, was man mir sagt, und die meiste Zeit sagen mir meine Vorgesetzten nichts. Aber soll ich Ihnen die Wahrheit verraten?« Walker starrte ihn aus stechend blauen Augen an. »Firmen wie Spurling Developments tun nur, was die Politiker ih-

nen erlauben. Und Politiker tun grundsätzlich nur Dinge, die sich für sie auszahlen. Gegen die sollten Sie lieber protestieren – *die* betonieren Kenia nämlich zu, nicht wir.«

»Bravo. Ich wette, die Rede haben Sie schon bei jedem probiert.«

»Nur, weil sie der Wahrheit entspricht.«

»Ich werd daran denken, es den Dorfbewohnern auszurichten, wenn ihre Häuser von den Bulldozern plattgemacht werden.«

Jake wusste, das war keine tolle Replik, aber er war ja auch schon auf dem übereilten Rückzug. Walker war aufgestanden, und sein Lächeln hatte plötzlich etwas Stählernes. »Es war nett, Sie kennenzulernen, Mr. Moore. Und mein Angebot mit dem Jagdausflug steht natürlich.«

Ungerührt beobachtete Walker aus seinem Bürofenster, wie Jake, fast achtzig Meter unter ihm, die belebte Nkrumah Road überquerte und zu seinem heruntergekommenen Land Rover ging. Als er davonfuhr, lehnte Walker die Stirn gegen die warme Scheibe. O Gott, wie er diesen Job hasste. Die Lügen, das Elend. Wenn er näher darüber nachdachte, was aus ihm geworden war, wurde ihm schlecht. Natürlich war er kein Heiliger. Aber für einen jungen Mann, der in den achtziger Jahren in Glasgow aufgewachsen war, war es nicht immer leicht, auf dem Pfad der Rechtschaffenheit zu wandeln. In den Mietskasernen am östlichen Stadtrand wimmelte es nur so von schweren Jungs, und wer keiner war, musste so tun, als wäre er einer. In Vierteln wie Ruchazie und Easterhouse brachte es einen nicht unbedingt weiter, wenn man Gedichte schrieb und Aquarelle malte.

Doch all dem war er entkommen – und auf den Hochebenen Kenias hatte er einen Ort gefunden, wo er zum ersten Mal in seinem Leben sein Schicksal selbst gestalten konnte. Der teure Anzug und der hochtrabende Titel waren ein Fehler. Er hätte Clay Spurlings Angebot niemals annehmen sollen. Er hätte dem alten Herrn einfach erklären sollen, dass er ganz glücklich damit war, mit Malachi im Naturschutzgebiet zu arbeiten.
Jetzt war es allerdings zu spät.
Die schrecklichen Neuigkeiten hatten ihn gerade erreicht: Clay war tot – und Bobby war zurück. Frank konnte seine heimtückische Gegenwart bis in den Mörtel und die Ziegel hinein spüren, die ihn umgaben.
Bobby war zurück, und bald würde er hinter ihm her sein.
»Janice«, sagte er in seine Sprechanlage. »Holen Sie mir doch bitte mal Gordon Wallis ans Telefon.«
Wenig später klingelte es auch schon.
»Gordon«, begann Walker ohne jede Rücksicht auf Formalitäten, »was wissen Sie über einen Skipper aus Flamingo Creek? Er hat ein Sportangelboot und kommt aus Tyneside. Ja – sein Name ist Moore. Jake Moore.«

## 27

Agent Bryson aß allein im Speisesaal des Colonial-Hotels zu Abend. Sein Nachtmahl bestand aus einem öden grauen Steak mit schlaffen Pommes, die er mit einer Flasche Bier hinunterspülte. Sein Gesicht wirkte

verhärmt und erschöpft, während er sich das Essen in den Mund schaufelte.
Er sah aus wie ein Mann, der ganz dringend einen netten Urlaub nötig hatte, dachte sich der Geist mit einem Hauch von Mitleid.
Der Mörder saß an der Bar, neben den Vertretern und Zuhältern, die aus geschäftlichen wie privaten Gründen im Colonial verkehrten. In einer Ecke vertrieben sich ein paar britische Piloten und ihre Crew mit einem Trinkspiel die Zeit. In einer anderen Ecke erzählte eine eurasische Nutte einem fetten deutschen Geschäftsmann, wie heiß er sei und dass sie mit ihm auf sein Zimmer gehen wolle. Hinter dem Tresen stand ein mürrisch dreinblickender Afrikaner im Polyester-Jackett und ordnete zum hundertsten Mal seine Flaschen neu.
Bryson blickte auf, und ihre Blicke trafen sich durch den Zigarettenqualm. Dann widmete sich der amerikanische Agent wieder seinem Steak und seinen Sorgen, ohne zu ahnen, dass die Person, hinter der er her war, keine fünfzehn Meter von ihm entfernt hinter der Glasschiebetür saß. Wieder empfand der Geist fast Mitgefühl für ihn. Aber nach wem genau hielt Bryson eigentlich Ausschau? Nach einer Person in einem dunklen Regenmantel und Filzhut mit einer zischenden Bombe in der Hand?
Bryson hatte genug gegessen. Er wischte sich den Mund mit einer Serviette ab, die er achtlos auf sein halb gegessenes Steak warf. Dann stand er steifbeinig auf und ging zur Bar, wo er sich einen großen Scotch bestellte und sich eine Zigarette ansteckte.
»Wie war das Steak?«, fragte ihn der Geist.
Bryson wurde jäh aus seinen Gedanken gerissen und lä-

chelte kläglich: »Ich bin nicht sicher, ob es überhaupt von einem Rind stammte.«

»Ich glaube, deswegen essen die meisten Gäste auch nicht hier im Hotel.«

»Gehören Sie auch dazu?«

»Absolut.«

Bryson reichte ihm die Hand. »Clarence.«

»Sasha.«

»Und, was führt Sie nach Mombasa, Sasha?«

»In Weißrussland gibt es keine so großen Fische.«

Bryson lachte. »Dann sind Sie hier wohl richtig.«

»Wie ist es mit Ihnen?«

»Ich bin geschäftlich hier. Computer.«

»Muss ja interessant sein.«

»Wenn man sich für Computer interessiert.«

Der Geist lachte. »Ich weiß nicht mal, wo bei der Maus vorn und hinten ist.«

»Soll ich Ihnen ein Geheimnis verraten, Sasha? Ich auch nicht.«

Brysons Handy zirpte. Es war seine Frau, die ihn aus Maryland anrief. Der FBI-Mann kippte seinen Scotch hinunter. »War nett, mit Ihnen zu plaudern«, sagte er. »Aber ich muss jetzt gehen.«

»Schon okay«, erwiderte der Geist.

»Viel Glück beim Angeln.«

*Viel Glück mit deinen Computern*, dachte der Geist, als Bryson müde zu den Fahrstühlen trottete und sich dabei das Handy ans Ohr hielt.

Als es dunkel wurde, ging der Mörder durch den Jamhuri Park und dachte über seine Laufbahn nach. Mittlerweile

konnte er auf die Liquidierung von mehr als fünfzig Menschen auf sechs Kontinenten zurückblicken.
Früher hatte der Geist eine Waffe mit Schalldämpfer benutzt, wie die meisten professionellen Killer. Eine alte spanische neun Millimeter Astra 400 – die Lieblingswaffe der Todesschwadronen von Francos Guardia Civil im Spanischen Bürgerkrieg sowie bestimmter Mitglieder von Hitlers SS im Zweiten Weltkrieg. Doch obwohl sie zweifellos effektiv war, hatte sie etwas aufgesetzt Jugendliches. Wenn man wirklich in der Top-Liga der Auftragskiller spielen wollte – geräuschlos, diskret und unfehlbar tödlich –, dann stand außer Frage, dass das Stilett bei weitem vorzuziehen war. Und das gab es schon vor Christi Geburt.
Sein Messer hatte sich der Geist nach seinen Wünschen von einem japanischen Waffenschmied in Osaka anfertigen lassen, mit exakten Längen- und Gewichtsangaben. Seine fünfzehn Zentimeter lange, acht Millimeter breite Klinge war aus dreizehn Schichten Stahl gefertigt und beidseitig rasiermesserscharf geschliffen. Derselbe Waffenschmied hatte auch das schmale Lederfutteral hergestellt, das er auf der Höhe der zwölften Rippe trug, so dass er es bei Bedarf sofort mit der rechten Hand zücken konnte.
Der Geist bewunderte diese Handwerkskunst immer wieder. Ja, es war wichtig zu wissen, wie man das Messer optimal einsetzte – aber sobald er es erst gezückt hatte, schien es ein Eigenleben zu entwickeln.
*Es wusste, wie man tötet.*
Dieser Straßenhändler zum Beispiel, der zahnlos und nach *Chang'aa*-Schnaps stinkend aus dem Nichts er-

schien, als der Geist im Park spazieren ging, hatte versucht, dem Mörder zehn Dollar für einen hölzernen Glücksbringer abzuschwatzen. Er hatte behauptet, das Holz stamme von einem Stuhl, der einmal Barack Obamas kenianischem Großvater gehört hatte. Der Geist hingegen schätzte blitzschnell die Größe, das Gewicht und die Knochenstruktur des Mannes ab und wusste genau, mit welchem Manöver er sich in eine Position bringen konnte, die ihm erlauben würde, den *Coup de grâce* zu versetzen. Doch der Mörder wusste auch, dass das Messer, sowie er es einmal in der Hand hatte, wie von selbst und unbeirrbar den Punkt im Hals des Straßenhändlers finden würde, wo die Rückenwirbel in den Schäden übergingen und die Wirbelsäule am verletzlichsten war. Eine einzige geschmeidige Bewegung, und der Mann wäre sofort tot.

»Zu jedem Glücksbringer gibt es ein Authentizitätszertifikat, unterschrieben von Präsident Barack Obama höchstpersönlich!«, fuhr der Mann eifrig fort.

»Lassen Sie mal sehen.«

Der Geist starrte auf ein kopiertes Blatt Billigpapier.

*Ich bestätige, dass dieser Glüksbringer echt ist*, stand dort. Unterschrieben von *Mr. Barak Obama (Präs. USA).*

»Von diesen Glücksbringern gibt es nur fünfhundert Stück«, beharrte der Straßenhändler. »Sehr begehrt! Bis morgen sind alle weg.«

Der Geist lächelte. Dieser Mann hatte wirklich Kühnheit für zwei. Natürlich hatte er nicht den Tod verdient – obwohl der Geist ihn ohne mit der Wimper zu zucken liquidiert hätte, wäre das sein Auftrag gewesen. Es war der Anfang vom Ende, wenn ein Killer hinterfragte, was er tat.

»Ich nehme einen.«
Der Mann konnte seine Überraschung kaum verbergen, als ihm der Geist zehn Dollar gab. Nachdem er ihm das Holzstückchen und das Zertifikat überreicht hatte, huschte er schnell in die Schatten.
Der Geist betrachtete den Talmi. Natürlich absolut wertlos, aber es war ein nettes Souvenir von seiner Reise nach Mombasa. Das konnte er mit all den anderen aufbewahren, die er sich bei seinen diversen Aufträgen rund um den Globus gekauft hatte. Man musste seine Andenken pflegen, denn bevor man es merkte, war man plötzlich alt und senil, und dann blieben einem nur noch die Erinnerungen.
Und der Geist hatte nicht die Absicht, seine alten Tage in der Gesellschaft der Gesichter all dieser Toten zu verbringen.

# Vierter Tag

# 28

Das Konferenzzimmer im Hauptgebäude von Spurling Developments lag im zwanzigsten Stockwerk, hoch über den Dächern von Mombasa. In dem riesigen Raum mit den hohen Wänden stand ein acht Meter langer Tisch aus poliertem Rosenholz, an dem jetzt die fünfzehn Mitglieder des Aufsichtsrats saßen und vor Wut schäumten.

Am Kopf des Tisches thronte Bobby Spurling. Er trug einen Dreitausend-Dollar-Anzug von Brooks Brothers, den er sich in Johannesburg für genau diesen Anlass hatte anfertigen lassen. Er hatte sich so lange auf diesen Moment gefreut, dass es ihm vorkam wie ein Traum, als er nun endlich eintraf.

Verächtlich musterte er die entgeisterten Gesichter der anderen. »So sieht es also aus, Gentlemen«, schloss er. »Entsprechend den Wünschen meines Vaters übernehme ich mit sofortiger Wirkung Aufsichtsratsvorsitz *und* Geschäftsführung von Spurling Developments. Im Laufe der nächsten Wochen werde ich die Managementstrukturen genauestens unter die Lupe nehmen, aber vorerst möchte ich Ihnen für die Loyalität danken, die Sie meinem Vater und der Firma entgegengebracht haben. Ich habe mir erlaubt, ein offizielles Dokument aufzusetzen, in dem meine Ernennung bestätigt wird. Sie haben es vor sich liegen – ich möchte Sie bitten, an der gekennzeichneten Stelle zu unterschreiben. Ja bitte, Mr. Fearon? Sie möchten etwas sagen?«

*O ja, Mr. Fearon, ich bin sicher, Sie haben etwas zu sagen. Deswegen hält hier auch jeder am Tisch den Atem an und wirft Ihnen flehentliche Blicke zu. Wie wird der amtierende Geschäftsführer reagieren, wenn ihm sein Job gestohlen wird und seine Beförderung zum Aufsichtsratsvorsitzenden plötzlich außer Reichweite ist?*

William Fearon war ein dicker Mann mit einem kleinen, teigigen Schweinsgesicht. »Darf ich zunächst noch einmal betonen, wie tief mich der Tod Ihres Vaters getroffen hat«, begann er mit fester Stimme. »Er war ein großer Mann.«

*O ja, er war ein großer Mann, ganz recht. Aber jetzt kommen Sie schon zur Sache, Mr. Fearon. Sagen Sie, was Sie sagen wollen.*

»Aber während ich natürlich Mr. Spurlings letzten Willen respektiere, fühle ich mich doch unwohl mit der Art, in der er vollstreckt wurde.«

»Tatsächlich, Mr. Fearon? Inwiefern?«

*Na los, raus damit, du fette Sau. Spuck's schon aus.*

»Um es ganz direkt auszudrücken, Bobby, wir haben nur Ihr Wort.«

Bobby blieb ganz ruhig. »Wessen Wort hätten Sie denn sonst gern gehabt, Mr. Fearon?«

Fearon hob zweifelnd die Hände. »Was soll das denn für ein Dokument sein, das wir hier unterschreiben sollen? Es sieht mir eigentlich nicht wirklich rechtsgültig aus.«

»Aber ich bin der Sohn von Clay Spurling, und ich erfülle nur seine Wünsche«, widersprach Bobby. »Mir ist nicht ganz klar, was für eine rechtliche Grundlage Sie sich erwartet hätten.«

»Bei allem Respekt, Bobby, ich befürchte, dass unser Aufsichtsrat – jeder Aufsichtsrat – wesentlich mehr verlangen würde als eine unbezeugte mündliche Abmachung, bevor er die gesamte Kontrolle der Firma an Sie oder sonst jemanden überträgt.«

»Sie weigern sich also, das Dokument zu unterzeichnen?«

»Unter diesen Umständen befürchte ich, dass mir keine andere Wahl bleibt. Und ich möchte meinen Kollegen im Aufsichtsrat raten, dasselbe zu tun.«

*Oh, du selbstgerechter Wichser.*

Bobby seufzte und wandte sich an den dünnen, weißhaarigen Mann, der direkt neben ihm saß, Cyril Craven, der Firmenjurist. »Mr. Craven, würden Sie bitte Mr. Fearons Bedenken zerstreuen?«

»Natürlich«, meinte Craven munter. Er schlug einen ledernen Ordner auf und entnahm ihm einen kleinen Stapel Dokumente, die er an die Aufsichtsratsmitglieder verteilte. »Dies sind Kopien von Clay Spurlings Letztem Willen und Testament. Sie werden sehen, dass ich die relevanten Klauseln, die Spurling Developments betreffen, markiert habe, insbesondere die Ernennung seines Sohnes zum Aufsichtsratsvorsitzenden und Geschäftsführer.«

Bobby sah William Fearons Schweinsäuglein hin und her huschen, während er das Dokument verdaute. Als er fertig war, knüllte er es zusammen und warf es auf den Tisch.

»Glückwunsch, Cyril«, sagte er. »Clays Leiche ist noch warm, und schon hast du sein Testament geändert.«

Craven traten die Augen aus den Höhlen. »Ich verbitte mir diese Unterstellung, William.«

Fearon lachte. »Ich war vor drei Tagen auf der Ranch und habe mit Clay Mittag gegessen. Er hat mir anvertraut, dass er mich zum Aufsichtsratsvorsitzenden und Frank Walker zum Geschäftsführer ernennen wollte.«

»Und Sie erwarten nun, dass wir Ihnen das abnehmen?«, rief Bobby, der vor Wut rot angelaufen war. »Sie glauben allen Ernstes, Frank Walker oder Sie wären ihm wichtiger gewesen als sein eigener Sohn?«

»Bei allem Respekt, Bobby«, erwiderte Fearon in sachlichem Ton, »er hat mir auch erzählt, dass er Ihnen nicht mal die Leitung eines Kinderkarussells übertragen würde. Ich glaube, er benutzte in dem Zusammenhang das Wort Risikofaktor.«

»Unterschreiben Sie das Scheißdokument, Sie fetter Bastard«, zischte Bobby, und der Speichel spritzte ihm von den Lippen.

Fearon stand auf und bürstete sich einen Fussel vom Revers. »Ich befürchte, das kann ich nicht.« Mit diesen Worten verließ er den Tisch und ging zielstrebig auf die Tür zu. Als er an Spurling vorbeikam, blieb er kurz stehen und sah ihm in die Augen. »Vorsicht, Bobby, du spielst jetzt mit den großen Jungs«, warnte er. Dann verließ er das Konferenzzimmer ohne ein weiteres Wort.

Als die Flügeltüren hinter ihm zufielen, richteten sich sämtliche Augenpaare wieder auf das Kopfende des Tisches, wo Bobby Spurling die Fäuste so krampfhaft ballte, dass seine Knöchel weiß hervortraten.

»Sonst noch jemand, der gerne den Raum verlassen möchte?«, erkundigte er sich.

Eine ganze Minute verstrich. Die vierzehn verbliebenen Aufsichtsratsmitglieder warfen sich nervöse Blicke zu. Doch keiner bewegte sich.

# 29

Am südlichen Ende der Ndia Kuu befindet sich eine Tür mit einem Vorhang aus getrocknetem Gras. Darüber ist ein Schild angenagelt, auf dem in fehlerhafter Orthographie das Wort APHOTEKE aufgemalt ist.

Als David Mwangi eintrat, war er dankbar, der Hitze zu entkommen und sich vom dünnen Luftstrom eines elektrischen Ventilators anpusten zu lassen, der hinter dem Tresen stand.

»Guten Tag, Sir!«, rief ihm ein fröhlicher Mann entgegen. Er sprang von seinem Stuhl auf und legte seine Zeitung beiseite. »Wie kann ich Ihnen behilflich sein an diesem wunderschönen Tag? Haben Sie Magenschmerzen? Oder Fieber? Ich habe Medizin gegen jede Art von Krankheit.«

Er deutete stolz auf eine armselige Sammlung von Tränken gegen Verdauungsbeschwerden, Hustensaftfläschchen und Dosen mit Pülverchen gegen Sodbrennen, die auf einem Regal aufgereiht waren. Allerdings hätte Mwangi eine Kopfschmerztablette gebraucht. Nach achtundvierzig Stunden Ermittlungen im Fall der verschwundenen Nonne hätte er nicht mehr sagen können, wie viele Spuren sich schon als Irrwege erwiesen hatten, wie viele Zeugen sich als Lügner entpuppt und wie viele Türen sich nicht geöffnet hatten, als er dagegengehämmert hatte. Er hatte versucht, die Geschäftsleute zu befragen, die Gudrun in Mombasa am Tag ihres Verschwindens getroffen hatte – eingeschlossen die Besitzer des Shalimar-Casinos, der Foxy Dance-Now Disco Bar und des Hujambo-Massage-Centers – aber die meisten hatten irgendwelche Ausreden vorgebracht, warum sie gerade anderweitig zu tun hätten. Diejenigen, die mit ihm sprachen, hatten ihn nur verständnislos angesehen und mit den Schultern gezuckt. Ja, sie hatten sie gesehen. Nein, sie wussten nicht, wo sie jetzt war. Und wenn das alles wäre, Detective …

Nachdem er sich einen Tag lang in Mombasa die Füße wund gelaufen hatte, um Gudruns Wege nachzuvollziehen, hatte er nur eine unwiderlegbare Tatsache über die vermisste Nonne herausgefunden: Sie war bereit, auch bei Todsünden ein Auge zuzudrücken, wenn diese Geld für ihre Kirche spendeten.

»Heißen Sie Justice N'Pomba?«, erkundigte sich Mwangi.

Das Lächeln gefror dem Apotheker auf dem Gesicht. »Ja, Sir?«

Mwangi hielt ihm seine Dienstmarke hin. »Wenn ich richtig informiert bin, haben Sie sich vor fünf Tagen mit Schwester Gudrun von der Redeemed Apostolic Gospel Church getroffen.«

Das Lächeln hielt sich immer noch. »Das ist richtig, Sir.«

»Was hatten Sie für Geschäfte zu besprechen?«

»Die Dame hat mich um Spenden für ihre Kirche gebeten, Sir.«

»Mr. N'Pomba, darf ich vorschlagen, dass Sie jetzt endlich mal aufhören zu lächeln?«, bat Mwangi. »Es ist nicht nur äußerst beunruhigend, ich fürchte auch, dass Sie demnächst einen schmerzvollen Krampf erleiden.«

N'Pomba entsprach Mwangis Wunsch. Jetzt sah sein Gesicht misstrauisch und mürrisch aus.

»Haben Sie früher schon mal für die Kirche gespendet?«

Der Apotheker nickte, doch als er weitersprach, hörte

Mwangi einen Hauch von Unmut aus seiner Stimme heraus. »Vor sechs Monaten habe ich zehntausend kenianische Shilling gespendet.«

Mwangi überschlug die Summe kurz im Kopf. Das entsprach einer Spende von ungefähr achtzig Pfund – nach britischen Maßstäben nicht die Welt, aber für einen Ladenbesitzer in Mombasa eine beträchtliche Summe.

»Das war aber sehr großzügig von Ihnen.«

»Meine Eltern wurden in Lari von den Mau-Mau ermordet. Ich bin in einem kirchlichen Waisenhaus groß geworden. Ich glaube einfach, dass ich den Missionaren einiges schuldig bin.«

Wie Mwangi aus der Geschichtsstunde wusste, war Lari 1953 Schauplatz eines brutalen Massakers gewesen. Die Rebellen, die um die Unabhängigkeit von den Briten kämpften, griffen ein Dorf loyalistischer Kikuyu an, steckten die Hütten in Brand und hackten die Menschen mit Äxten und Macheten in Stücke, bevor sie selbst vor dem Feuer flohen. Mehr als dreihundert Menschen kamen dabei ums Leben, darunter auch Frauen und Kinder. Vom Häuptling des Dorfes fand man am nächsten Tag nur noch die Füße.

Erst jetzt bemerkte Mwangi, dass die rechte Hand des Apothekers am Handgelenk säuberlich amputiert war. N'Pomba war ungefähr Mitte fünfzig, also war er wahrscheinlich noch ein kleines Kind gewesen, als die Mau-Mau sein Dorf überfielen. Bei dem Gedanken schauderte der junge Detective.

»Aber sechs Monate, nachdem Sie Schwester Gudrun das Geld gegeben hatten, kam sie wieder und bat um mehr, richtig?«

»Ja. Sie sagte, es sei für eine Schule in Flamingo Creek. Aber ich hab ihr gesagt, dass ich ihr nichts geben kann.«
»Was hat sie geantwortet?«
»Sie hat gesagt, dafür würde ich noch im Höllenfeuer braten«, erklärte N'Pomba bedrückt.
Mwangi war wenig überrascht. Sämtliche Geschäftsleute, die er heute befragt hatte, hatten ihm ähnliche Geschichten zu berichten gehabt: Am Tag ihres Verschwindens hatte Gudrun sie bedrängt, ihr Geld für ihre Kirche zu geben – und wenn sie ablehnten oder weniger boten, als sie sich vorgestellt hatte, hatte die Nonne sie mit Beschimpfungen und Drohungen mit ewiger Verdammnis überzogen.
»Sie ist ein Aas«, hatte ihm der Besitzer des Hujambo-Massage-Centers in der Digo Road eröffnet. Nachdem er ihr erst im Vormonat fünfzehntausend kenianische Shilling in die Hand gedrückt hatte, war er der Meinung, dass das mehr als genug sein sollte, sein Gewissen zu erleichtern. »Ich bin froh, dass sie verschwunden ist«, setzte er hinzu. »Ich hoffe, sie ist tot.«
Justice N'Pomba war etwas vorsichtiger mit seinen Äußerungen über Schwester Gudrun – und das aus gutem Grund. Er war der Letzte gewesen, der sie lebend gesehen hatte. Nachdem sie seinen Laden verlassen hatte, hatte sie eine Verabredung mit einem reichen Importeur im Dhau-Hafen gehabt, zu der sie aber nie erschienen war. Irgendwo zwischen der Ndia Kuu und dem Hafen, auf einer Strecke von nicht einmal fünfhundert Metern, war sie wie vom Erdboden verschwunden. Trotz Joumas Zynismus war Mwangi langsam geneigt, so etwas für möglich zu halten.

# 30

Durch vibrierende Kokainnebel nahm Bobby Spurling am Rande wahr, wie zwei afrikanische Nutten seinen Schoß vollsabberten wie zwei Labradors, die sich mit weichen Schnauzen an einem Knochen zu schaffen machen. Die beiden waren weiß Gott nicht die besten, die er je gehabt hatte, und ganz sicher konnten sie sich nicht mit den Mädchen messen, die in Johannesburg auf Abruf für ihn bereitstanden. Doch seit seiner Verbannung aus Mombasa waren achtzehn Monate vergangen. Hier musste er erst wieder für stetigen Nachschub sorgen. Vorerst würde er sich eben mit diesen beiden zufriedengeben müssen. Doch in Gedanken war er anderswo, und das lag nicht ausschließlich an den Drogen und den Nutten.

Warum hatte dieser fette Idiot William Fearon das Dokument nicht einfach unterschreiben können? Es ist schließlich nicht seine Firma. Nicht Fearons Vater hatte sie aus dem Nichts zu einer der größten Unternehmen in Afrika aufgebaut.

Er setzte sich auf und stieß die beiden Huren fast geistesabwesend von sich. Das war ja zwischendurch ganz nett gewesen, aber jetzt hatte er anderes zu tun. Sorgenvoll ging er in das Badezimmer, das zu seinem Büro als Geschäftsführer gehörte. Als er fertig gepinkelt und sich das Gesicht gewaschen hatte, waren die Frauen weg.

»Sagen Sie Cyril Craven, dass ich ihn sprechen will«, befahl er seiner Sekretärin.

Dann ging er zu dem riesigen Plasmabildschirm mit der Landkarte von Kenia. Jedes Bauprojekt von Spurling Developments war mit roten Blinklichtern markiert. Sie erstreckten sich zu Hunderten vom Turkana-See im Norden, über tausend Kilometer weiter bis in den Süden nahe der Grenze zu Tansania. Es waren so viele, dass ganz Kenia wie ein riesiges, pulsierendes Herz aussah.

All das war jetzt rechtmäßig seins – und doch schien es Bobby, als würden ihn die Lichter auslachen.

»Sie wollten mich sprechen, Bobby?«

Craven stand auf der Schwelle. Verächtlich betrachtete Bobby den gebeugten Anwalt.

»Was machen wir mit Fearon?«, fragte er und bedeutete dem alten Mann, auf dem Besucherstuhl vor dem Schreibtisch Platz zu nehmen.

»Wir müssen Geduld haben, Bobby«, meinte der Alte. »Wir müssen mit ihm verhandeln.«

»Niemals! Das war die Firma meines Vaters, und jetzt gehört sie mir.«

»Bieten Sie ihm eine Summe, damit er das Unternehmen verlässt. Er wird auch nicht jünger, er wird das Geld nehmen.«

»Wie viel?«

»Drei Millionen Dollar sollten reichen.«

»Drei Millionen? Das soll wohl ein Witz sein?«

»Glauben Sie mir, Bobby, drei Millionen sind nichts gegen die Kosten, die uns entstehen würden, wenn wir das Ganze vor Gericht klären.«

Bobby überlegte kurz. »Sind Sie sicher, dass er es nehmen würde?«

»Ich würde mein Haus drauf verwetten.«

»Sie werden mehr als Ihr Haus verlieren, wenn die Sache schiefgeht«, warnte Bobby.

»Es wird aber nicht schiefgehen, Bobby«, erwiderte Craven besänftigend. »Sie müssen sich nur gedulden.«
»Geduld gehört nicht zu meinen Stärken«, bemerkte Bobby.
Craven spürte, wie ihm zwischen den Augenbrauen der kalte Schweiß ausbrach. Das geänderte Testament setzte ihm nicht so sehr zu – er hatte im Laufe der Jahre weiß Gott genügend Dokumente für Clay Spurling manipuliert. Das gehörte eben dazu, wenn man seine Seele an den Teufel verkauft hatte. Der Anwalt machte sich vielmehr Sorgen, weil Bobby – im Gegensatz zu seinem Vater – völlig unberechenbar war und das ganze Kartenhaus mit seiner Unbedachtheit jederzeit zum Einsturz bringen konnte.
»Und was machen wir mit Frank Walker?«, erkundigte sich Craven, der das Gespräch von dem dicken Geschäftsführer weglenken wollte.
»Wegen Frank Walker machen Sie sich mal keine Sorgen«, meinte Bobby. »Ich habe nicht vor, die Grabrede bei der Beerdigung meines Vaters in dem Wissen zu halten, dass sich ein dahergelaufener Lkw-Fahrer aus einem Glasgower Arbeiterviertel die Firma, die meine Familie aus dem Nichts aufgebaut hat, unter den Nagel gerissen hat.«
Diese Geschichte gefiel Craven genauso wenig, aber er hielt den Mund. Kurzfristig war Frank Walker nicht wirklich ein Problem, und solange er Bobby beschäftigt hielt, konnte der Anwalt umso ruhiger schlafen.
Nachdem Bobby den alten Mann fortgeschickt hatte, drehte er sich in seinem Lederstuhl mit der hohen Lehne herum, so dass er durch die Spiegelglasscheibe auf Mombasa Island hinunterblicken konnte. Langsam ließ er seine

Hand einen Bogen vom einen Ende des Horizonts zum anderen beschreiben, als würde er alle Gebäude dem Erdboden gleichmachen und das unregelmäßig gezackte Panorama zu flachem Ödland einebnen, über das nur er zu verfügen hatte.

## 31

Nachdem Mwangi den Apotheker verlassen hatte, schritt er über die Ndia Kuu Road und erreichte nach ein paar Schritten einen hellen, von Bäumen gesäumten Platz, der auf einer Seite von den massiven Befestigungsmauern von Fort Jesus dominiert wurde. Er überquerte den Platz und bog in die abzweigende Mbaraki Road, die zum Government Square und weiter zum Dhau-Hafen führte.

Diese Strecke muss sie auf dem Weg zu ihrem letzten Termin gewählt haben, dachte er. Es war ein unschönes Gefühl, so auf ihren Spuren zu wandeln.

In dieser Straße reihte sich ein Laden an den anderen, dazwischen standen große alte Gebäude im Kolonialstil, in denen Wohnungen untergebracht waren. Hier mussten Tausende von Menschen wohnen und arbeiten, und dazu kamen noch viel mehr Touristen – doch keiner hatte Schwester Gudrun gesehen. Oder vielleicht doch, aber keiner hatte sich gemeldet. Mwangi blieb am Anfang der Straße stehen, starrte auf die wogende Menschenmenge und kam zu dem Schluss, dass es kein Kunststück wäre,

von dieser unbarmherzigen menschlichen Flut geschluckt zu werden.
Er ging ein paar Meter weiter, dann blieb er wieder stehen. Zu seiner Linken befand sich ein Durchgang zwischen zwei Gebäuden, gerade mal anderthalb Meter breit und in den Schatten verborgen. Er erstreckte sich ungefähr fünfzig Meter in die Tiefe, und durch die schmale Öffnung konnte Mwangi am Ende weitere Gebäude und Läden erkennen. Ihm wurde klar, dass man von hier wieder auf die Ndia Kuu Road blickte.
Irgendjemand stand in der engen Gasse. Er konnte eine kleine, schmale Gestalt erkennen, die sich auf ihn zu bewegte – oder von ihm weg? Schwer zu sagen. Dann blieb sie stehen.
Eine Stimme sagte: »Sind Sie das, Mwangi?«
»Inspector?«
»Ich nehme an, Sie haben nicht zufällig eine Taschenlampe dabei?«, erkundigte sich Jouma. »Dummerweise habe ich versäumt, eine einzustecken.«
Mwangi betrat die Gasse und spürte sofort, wie ihn ein klaustrophobisches Gefühl überkam. Er war ein großer Mann und hatte bei jedem Schritt das Gefühl, dass sich die Wände auf ihn zu bewegten. Der stechende Gestank nach Urin und Kot von Mensch und Tier mischte sich mit dem Geruch von verfaulendem Essen und Fleisch. Als er bei Jouma angekommen war, brauchte er einen Moment, um die Fassung zurückzugewinnen und sein klopfendes Herz zu beruhigen.
»Was machen Sie denn hier, Sir?«, fragte er. Er schaltete eine kleine Stabtaschenlampe ein und leuchtete dem Inspector damit ins Gesicht.

»Meinen Job«, erwiderte Jouma verdrossen, als wäre er beleidigt, dass Mwangi irgendetwas anderes vermutete. »Nach den Angaben des Möbeltischlers auf der Ndia Kuu wurde Lol Quarrie in dieser Gasse zum letzten Mal lebend gesehen.«

»Ich habe gehört, dass Sie vom Fall Quarrie abgezogen worden sind, Sir«, wandte Mwangi ein und bereute seine Kühnheit im nächsten Augenblick.

Joumas zornfunkelnder Blick traf ihn wie Laserstrahlen. »Ich bin *nicht* vom Fall Quarrie abgezogen worden, Detective Constable Mwangi, und ich würde Ihnen ernstlich raten, nicht jeden Klatsch zu glauben, der Ihnen am Mama Ngina Drive zu Ohren kommt. Man hat mir lediglich eine *koordinierende* Rolle zugewiesen, das heißt, dass ich jetzt die Ermittlungen von Detective Inspector Oliver Mugo von der Polizei der Nyanza-Provinz beaufsichtige.«

»Wer ist Detective Inspector Oliver Mugo?«

»Ein Scharlatan«, erwiderte Jouma. »Außerdem, lieber Mwangi, ist er eine Kakerlake, die seltsamerweise jede Katastrophe überlebt, die sie auslöst.«

Mwangi war froh, dass sein Vorgesetzter sein verdutztes Gesicht nicht sehen konnte. Er hatte Jouma noch niemals jemanden offen kritisieren hören – erst recht keinen Kollegen. Doch der giftige Ton verriet dem jungen Detective, dass die Feindseligkeiten zwischen den beiden Männern tief wurzelten, und er konnte es kaum erwarten, den Grund zu erfahren.

Zu seiner großen Enttäuschung war Jouma jedoch nicht bereit, die Angelegenheit weiter auszuführen. »Nun – ich nehme an, Sie haben weitere Untersuchungen im Fall der verschwundenen Nonne angestellt, Mwangi?«

Wie unangenehm, daran erinnert zu werden. »Ja, Sir. Ich bin gerade auf dem Weg zu dem Mann, mit dem sie ihren letzten Termin gehabt hätte. Der chinesische Reisimporteur am Government Square.«

»Na, wenn Sie schon mal hier sind, können Sie mir auch behilflich sein«, meinte Jouma. Er wies auf einen Haufen undefinierbaren Abfall, der sich an einer Mauer auftürmte. »Leuchten Sie mit Ihrer Taschenlampe bitte mal hierher.«

Die Taschenlampe hatte Mwangi einmal in einer Tankstelle in Nairobi geschenkt bekommen, und er hatte sich gedacht, dass sie ihm in seinem neuen Job als Detective gute Dienste leisten könnte. Doch sie war ungefähr so effektiv wie Spielzeughandschellen aus Plastik. Der Lichtstrahl war schwach und reichte gerade mal sechs Meter weit. Vorsichtig leuchtete Mwangi den Abfallhaufen an. »Wonach soll ich suchen, Sir?«

»Keine Ahnung«, gab Jouma zurück.

Der Strahl war auf einem Haufen leerer Fischkisten gelandet, die in ölige Lumpen gewickelt waren. Der Gestank war so widerlich, dass Mwangi sich ein Taschentuch vor die Nase halten musste. Er zuckte zusammen, als sich in der Dunkelheit etwas bewegte. Als Nächstes blieb der Lichtstrahl an einem Paar glänzender Rattenaugen hängen. Das Nagetier, das von der Schnauze bis zum Schwanzende gut dreißig Zentimeter lang sein mochte, starrte ihn ein paar Sekunden an, bevor es durch die dunkle Gasse davonhuschte. Jetzt glänzte irgendetwas anderes im Schmutz auf, wo eben noch die Ratte gesessen hatte. Mwangi griff danach, obwohl es ihn würgte, als der unbeschreibliche Schleim unter die Manschette seines Hemds drang. Seine Finger schlossen sich um einen Gegenstand, und er zog schnell die Hand zurück.

»Was haben Sie da, Mwangi?«

Es war aus Emaille, vielleicht drei Zentimeter lang, und auf der Rückseite war eine Nadel angebracht. Als der Detective den Gegenstand mit seinem Taschentuch säuberte, kam eine Reihe von bunten Querstreifen zum Vorschein, von marineblau über erbsengrün bis schwarz. Er reichte Jouma das Ding.

»Sieht aus wie eine Krawattennadel, Sir.«

Jouma gluckste. »Verstehe. Vielen Dank, Mwangi.« Er steckte den Gegenstand in die Tasche.

»Ich kann das für Sie mit aufs Polizeipräsidium nehmen, Sir«, schlug Mwangi vor.

»Das kann ich ohne Probleme alleine machen, Mwangi.«

»Natürlich, Sir.«

»Und Sie sollten jetzt lieber weiter. Soweit ich weiß, wird Schwester Gudrun nach wie vor vermisst.«

Im Schatten der Gasse konnte Mwangi Joumas Gesichtsausdruck nicht erkennen, aber er hatte den deutlichen Eindruck, dass der Inspector lächelte.

## 32

Bobby Spurling war dreiundzwanzig. Zufälligerweise genauso alt wie Alexander der Große, als er den mazedonischen Thron bestieg, um innerhalb der nächsten zehn Jahre alle damals bekannten Reiche zu erobern.

Aber im Moment grübelte Bobby darüber nach, wie der große Eroberer mit der Kehrseite der Weltherrschaft zurechtgekommen war – vor allem mit dem verfluchten Papierkram. Verstohlen warf er einen Blick auf seine Rolex. In wenigen Stunden würde er im Cashew Country Club, wo er zu Abend essen wollte, am ersten von mehreren Tanqueray-Gins nippen. Wer wusste, was der Abend noch bringen würde? Er war schon länger nicht mehr in Mombasa ausgegangen, da gab es sicher einiges nachzuholen. Zuerst musste er sich aber noch der lästigen Pflicht entledigen, diesen unangenehmen Mann loszuwerden, der ihm gegenübersaß. »Entschuldigen Sie, was sagten Sie – aus welcher Abteilung kommen Sie?«

»Mein Name ist Roarke, Sir«, antwortete der Mann mit breitem kenianischem Akzent. »Douglas Roarke. Ich leite die Sicherheitsabteilung.«

Das lag nahe. Mit seinem rasierten Schädel und der plattgedrückten Nase sah Roarke aus, als hätte er ein paar Nachtclubschlägereien zu viel geschlichtet. Außerdem trug er einen dieser altmodischen Zweireiher, die sich solche Schlägertypen gerne zulegten, wenn sie Ende vierzig waren und respektabel aussehen wollten.

»Tatsächlich? Also, ich muss sagen, es war nett Sie kennenzulernen, Mr. Roarke, aber jetzt muss ich wirklich ...«

Bobby hielt ihm die Hand hin, aber Roarke war noch nicht fertig.

»Mein Beileid zu Ihrem Verlust, Sir«, sagte er.

»Danke.«

»Und auch meinen herzlichen Glückwunsch.«

Bobbys Augen weiteten sich. »Wie meinen Sie das? Glückwunsch wozu?«

»Wie Sie den Saft der Wüstenrose benutzt haben, um einen tödlichen Herzstillstand herbeizuführen. Ein Geniestreich, wenn man in Betracht zieht, in was für einem schlechten Zustand sich das Herz Ihres Vaters befand, und dass er aus medizinischen Gründen bereits geringe Dosen von Digitalis einnahm.«

Es entstand eine Pause, in der Bobby die Information kreidebleich verdaute. Er hatte keine Ahnung, was Digitalis war, und inwiefern er damit seinen Vater getötet hatte. Er dachte, er hätte den alten Hund einfach erstickt.

»Sie sind beobachtet worden, Sir«, erklärte Roarke. »Auf der Ranch.«

»Sie haben mich *gesehen?*«

»Ja, Sir. Zu den vorrangigen Aufgaben der Sicherheitsabteilung gehört es, die Geschäftsführer der Firma zu bewachen. Mr. Spurling senior stand unter ständiger Beobachtung. Ein Mann von meinem Team war auf der Klippe nördlich von den Ställen postiert, als Sie Ihr kleines ... Tête-à-Tête zwischen den Wüstenrosen hatten.«

Bobby stand auf und trat ans Fenster, um einen klaren Kopf zu bekommen. »Was wollen Sie, Mr. Roarke?«, fragte er. Leugnen war ja offensichtlich sinnlos. »Wollen Sie mich erpressen?«

Roarke schien empört von dieser Unterstellung.

»Natürlich nicht, Sir! Ich kann Ihre Tat in vielerlei Hinsicht nur begrüßen.«

»Ach ja?« Bobby bekam immer mehr Angst. Roarke hatte seinen Vater tot sehen wollen? Ziemlich seltsam.

»Und machen Sie sich keine Sorgen wegen der Obduktion«, fuhr der Sicherheitschef fort. »Ich habe dafür gesorgt, dass Mr. Spurlings Leiche an einen sehr zugänglichen

Pathologen überstellt wird. Wir haben seine Dienste schon zu anderen Gelegenheiten in Anspruch genommen.«
Bobby wurde es schlecht. Die Möglichkeit, dass man den Tod seines Vaters genauer untersuchen könnte, hatte er nie in Betracht gezogen. Er war einfach davon ausgegangen, dass der alte Wichser direkt von der Leichenhalle zum Beerdigungsinstitut verfrachtet werden würde.
»Nicht, dass es da irgendwelche Zweifel gegeben hätte«, erläuterte Roarke. »Bei so hohen Dosierungen sind die Symptome einer Digitalisvergiftung einem natürlichen Herzinfarkt täuschend ähnlich.« Er fixierte Bobby erwartungsvoll. »Aber das wussten Sie sicher schon, nicht wahr, Sir?«
»Natürlich, natürlich«, antwortete Bobby rasch. »Aber ich verstehe immer noch nicht ganz, was Sie wollen, Mr. Roarke.«
Der Mann lehnte sich zurück. »Ich habe immer fest daran geglaubt, dass die Rolle einer Sicherheitsabteilung letztlich darin besteht, die Interessen des Unternehmens zu schützen. Leider bin ich in den letzten Monaten zu dem Schluss gekommen, dass Ihr verstorbener Vater entgegen diesen Interessen gehandelt hat.«
»Inwiefern?«
»Im Falle seines Todes sollte die Leitung der Firma Mr. Walker und Mr. Fearon übertragen werden.«
»Das weiß ich. Er hat es mir selbst gesagt.«
»Hat er Ihnen auch gesagt, dass diese zwei Herren Anweisung hatten, die Firma zu liquidieren und mit dem Geld eine gemeinnützige Stiftung ins Leben zu rufen, die sich um die Tiere in den Naturschutzgebieten kümmert?«
Bobby konnte ihn nur dümmlich anglotzen.

»Das ist ja alles schön und gut«, meinte Roarke. »Wie Sie wissen, war Mr. Spurling senior am Ende seines Lebens ein eingefleischter Konservativer. Aber ich glaube, ihm war nicht klar, was für Auswirkungen sein Plan auf die Tausende von hart arbeitenden Angestellten dieses Unternehmens gehabt hätte. Ganz zu schweigen vom Verlust so vieler gewinnträchtiger Aufträge in der Zukunft.«

Jetzt begriff Bobby. »Sie wollen die Firma für sich, Roarke!«

Der Sicherheitschef schüttelte seinen glänzenden, kahlen Eierkopf. »Ich nicht, Sir. Ich will das Beste für die Firma. Und ich glaube schon seit einer ganzen Weile, dass Sie der ideale Nachfolger für Ihren Vater wären. Ich bin sicher, Sie teilen viele von den Sorgen, die ich mir um die Zukunft dieses Unternehmens machen würde, sollte man Mr. Walker und Mr. Fearon tatsächlich die Leitung übertragen.«

»Ich habe bereits dafür gesorgt, dass das Testament meines Vaters abgeändert wurde.«

»Das ist schon korrekt, Sir. Aber wenn Sie meine Direktheit entschuldigen – dieses Testament ist das Papier nicht wert, auf dem es geschrieben ist. Sollte Mr. Fearon einen Prozess anstrengen, wird er eine gute Chance haben, es erfolgreich anzufechten.«

»Aber Cyril Craven …«

»… ist ein sehr fähiger Anwalt. Doch wenn man mit dem Gesetz zu tun hat, gibt es niemals Sicherheiten, und ich will nun mal Sicherheiten.«

Bobby starrte auf die Minarette der Altstadt. »Was schlagen Sie vor?«

»Eins nach dem anderen«, meinte Roarke. Auf einmal

stand er wie aus dem Boden gewachsen neben Bobby am Fenster. »Ich habe gehört, dass Sie ein, zwei Probleme mit einer Baugenehmigung am Flamingo Creek haben.«

»Ach ja?«

»Ja, Sir. Ein paar ziemlich aufsässige Mitglieder im Planungskomitee und eine Gruppe von Umweltschützern scheinen das Projekt eines sehr profitablen Fünf-Sterne-Hotels zu blockieren.«

»Das wusste ich noch gar nicht.«

Roarke lächelte. »Warum lassen Sie mich diese Sache nicht in die Hand nehmen, Sir? Ich werde dort hochfahren, sobald unser Treffen beendet ist. Wenn wir diese Angelegenheit erledigt haben, können wir die restlichen Fragen miteinander klären, da bin ich ganz sicher.«

Bobby betrachtete Roarkes Zähne. Sie waren klein, scharf und leicht einwärts gerichtet. Es sah schaurig aus, wenn er lächelte, und Bobby lief es kalt den Rücken hinunter. Er wusste, dass die Vorschläge des Sicherheitschefs unschön sein würden, und dass er sich mit seiner Zustimmung auf einen finsteren Pfad begab. Doch Bobby wusste, dass ihm keine Wahl blieb. Er stand schon mit einem Bein im Schlamassel.

## 33

Als Jouma Detective Inspector Oliver Mugos idiotisches Zahnlückengrinsen das letzte Mal gesehen hatte, hatte es ihm von der ersten Seite der *Coastal Weekly News* entgegengestrahlt. Der Artikel unter dem Farbfoto beschrieb, wie »die führende Ermittlerpersönlichkeit von Malindi« den mysteriösen Tod eines Skippers aus Flamingo Creek aufgeklärt hatte, Dennis Bentley, der bei einer Explosion ums Leben gekommen war.

»Nach sorgfältiger und gründlicher Untersuchung des Beweismaterials kam ich zu dem Schluss, dass Mr. Bentley und seine Besatzung die unglücklichen Opfer eines schrecklichen Unfalls waren«, erklärte Mugo den Reportern. »Die Bevölkerung an der Küste kann heute Nacht wieder ruhig schlafen, da sie mit Sicherheit weiß, dass ein Verbrechen ausgeschlossen werden kann.«

Fünf Tage später berichtete dieselbe Zeitung, dass Bentley und seine Crew in Wirklichkeit brutal ermordet worden waren und man das Boot vorsätzlich in die Luft gejagt hatte. Seltsamerweise war die führende Ermittlerpersönlichkeit von Malindi diesmal für einen Kommentar nicht zu erreichen gewesen.

Als Jouma hörte, dass Mugo einer Degradierung entgangen und für sein Fiasko einfach nur achthundert Kilometer weit versetzt worden war, um einen Schreibtisch-Job in der Provinz Nyanza anzutreten, hatte er angenommen, dass der Mann mächtige Freunde haben musste. Nachdem Mugo ihn nun als Ermittlungsleiter im Fall Quarrie ersetzte, wusste er, dass diese Annahme den Tatsachen entsprach.

Elizabeth Simba die Schuld zu geben, weil sie den einflussreichen Persönlichkeiten der Stadtverwaltung nachgegeben hatte, wäre zu einfach gewesen. Und unfair, wie Jouma wusste. Auch der neue Bürgermeister hatte ganz offensichtlich mächtige Freunde. Deswegen hatte es auch wenig Zweck, sich zu ärgern oder dramatische Konse-

quenzen zu ziehen, indem man etwa seine Kündigung einreichte – was ihm, wie er gestehen musste, in einem Anfall von unverzeihlichem Selbstmitleid sogar kurz in den Sinn gekommen war.
Auf jeden Fall war der große Inspector Mugo noch nicht eingetroffen, und bis dahin war der Fall Quarrie noch Joumas Fall.
Der Empfangschef mit dem weißen Jackett, der am Eingang zum Constabulary Club stand, musterte ihn mit scharfem Blick.
»Kann ich Ihnen helfen, Sir?«
»Ich bin gekommen, um mit Assistant Commissioner Jardine zu sprechen.«
Die Augenbrauen des Mannes schnellten nach oben. »Mit Assistant Commissioner Jardine, Sir? Erwartet er Sie?«
»Ja, ich erwarte ihn, Long«, dröhnte eine Stimme aus den kühlen Schatten der Empfangshalle. Selbstbewusste Schritte ertönten auf dem Marmorboden, und dann erschien auch schon Edward Jardine an der Tür. Der ehemalige Beamte von Scotland Yard war eine elegante Gestalt, wurde aber langsam kahl. »Schön, Sie wiederzusehen, Detective Inspector.«
Vor zwei Tagen waren sich die beiden bereits begegnet, als Jouma versucht hatte, die letzten Stunden im Leben des Lol Quarrie zu rekonstruieren. Jardine war nicht nur das hochrangigste unter den pensionierten Club-Mitgliedern, er war auch ihr Präsident. Er hatte gern geholfen, und Jouma hatte sogar das Gefühl, der Mann wäre sofort auf das Angebot eingegangen, sich selbst an der Ermittlung zu beteiligen.
Er führte Jouma ins Innere des Clubs, vorbei an großen

Ölgemälden mit Porträts grimmig dreinblickender Männer in Uniform, Glasvitrinen voller Medaillen, Handschellen, Pfeifen und aus Holz geschnitzten Schlagstöcken sowie Reihen von präparierten Tierköpfen.

»Danke, dass Sie mich so kurzfristig empfangen«, begann Jouma.

Jardine schüttelte den Kopf. »Keine Ursache. Gegen ein bisschen Aufregung habe ich gar nichts einzuwenden. Irgendwelche Neuigkeiten zu Quarrie?«

»Noch nicht, Sir.«

»Es heißt ja, er soll gesprungen sein.«

»Das ist eine der Möglichkeiten, die wir untersuchen.«

»Wäre nicht das erste Mal, muss ich sagen. Manche Kerle kommen nur schwer ohne den aufregenden Dienst klar, und ich kann mir nicht vorstellen, dass seichte Gewässer wie diese hier einem Mann wie Quarrie die gefährlichen Straßen von Belfast ersetzen konnte. Wie alt sind Sie, Jouma? Sie müssen dem gefürchteten Tag doch auch schon recht nah sein, oder?«

»Ich bin einundfünfzig, Sir.«

»Wenn ich Ihnen einen Rat geben darf: Genießen Sie jede Sekunde.«

Sie gingen eine kurze Treppe hinunter, die in einen mit Bücherregalen gesäumten Raum führte, in dessen Mitte ein Snooker-Tisch stand.

»Das ist das Lesezimmer«, verkündete Jardine. »Hier kommen alte Trottel wie ich her, wenn sie ihre glorreichen alten Zeiten noch einmal durchleben wollen. In diesem Archiv finden Sie Zeitungsausschnitte zu jeder erfolgreichen Ermittlung der letzten hundert Jahre. Aber ich möchte Sie nicht mit alten Kriegsgeschichten langweilen.

Sie haben gesagt, Sie interessieren sich für eine ganz bestimmte Art von Erinnerungsstücken?«

Jouma legte ein gefaltetes Taschentuch auf den grünen Stoff des Snooker-Tisches und schlug es auseinander, so dass die emaillierte Krawattennadel zum Vorschein kam, die Mwangi in der Gasse gefunden hatte.

Jardine setzte sich eine Brille mit halbmondförmigen Gläsern auf die Knollennase und untersuchte den Gegenstand eingehend. Dann trat er an eines der Regale und zog ein dickes, in Leder gebundenes Buch heraus. Er öffnete es, blätterte ein wenig herum und verglich die Krawattennadel mit den Fotos und Zeichnungen. Nach ein paar Minuten stieß er ein zufriedenes Knurren aus.

»Ich kann Ihnen sogar ganz genau sagen, was das ist, Jouma«, sagte er. »Das ist ein Orden der Königlichen Polizei von Ulster für langjährige treue Dienste.«

Jouma zwinkerte. »Ist das was Seltenes?«

»Das will ich meinen. So einen bekommt man nur, wenn man zweiundzwanzig Jahre dort gedient hat. Wo haben Sie den denn gefunden?«

Als Jouma es ihm erklärte, starrte Jardine den Orden erneut an.

»Tja, ich kann nicht erklären, was das Ding in einer Gasse der Altstadt verloren hat – aber eines kann ich Ihnen mit Sicherheit sagen: Wir haben hier Leute aus so ziemlich jedem Polizeikorps der Kolonien, aber Quarrie war der Einzige, der aus Ulster kam. Und wenn nicht gerade zufällig ein zweiter Polizist aus Irland hier rumläuft, würde ich sagen, diese Krawattennadel gehörte ihm.« In den Augen des ehemaligen Polizisten glänzte das alte Feuer auf. »Eine erste kleine Spur, was, Jouma?«

»Gut möglich, Sir«, meinte Jouma. »Aber vorerst weiß ich nur, dass ein alter Möbeltischler vielleicht die Wahrheit gesagt hat.«

## 34

Seit Jake am Vortag Frank Walkers Büro verlassen hatte, war seine Stimmung mehr als düster. Er war hingegangen, um Antworten zu bekommen, war dann aber mit Phrasen abgespeist worden und hatte die ganze Nacht grübelnd wach gelegen. Was ihn am meisten ärgerte, war die Tatsache, dass man ihn so leicht ausmanövriert hatte. Walker hatte ihn nach allen Regeln der Kunst manipuliert – solche Männer hatte Jake schon Hunderte von Malen in Vernehmungszimmern gegenübergesessen, und dann hatte er sich doch prompt von dem Schotten an der Nase herumführen lassen. Dieses ganze Gelaber von North Shields, das kumpelhafte Geschwätz über die Großwildjagd, das wissende Schulterzucken – ganz wunderbar, und Jake war sofort darauf reingefallen.

*Ich bin nur ein kleines Rädchen*, hatte Walker gesagt. Klar – aber wenn jemand wusste, was in Jalawi passieren sollte, dann ja wohl der Betriebsleiter, der sämtliche Projekte von Spurling Developments an der Küste beaufsichtigte.

Doch andererseits brauchte es vielleicht auch einen Betrüger, um einen Betrüger zu erkennen.

Jake gab vor, sich für das Wohlergehen der Bewohner von Jalawi zu engagieren – aber wem wollte er diesen Blödsinn eigentlich weismachen? Harry hatte recht: Hier ging es nur um Martha Bentley und Jakes jämmerliche Versuche, sich ihrer würdig zu erweisen. In Wirklichkeit war er wie der Raucher, der sechzig Zigaretten am Tag wegpafft, aber Geld an Krebsorganisationen spendet. Schuldgefühle waren sein einziges Motiv.

Auch nach vierundzwanzig Stunden hatte sich seine Laune nur wenig aufgehellt. Harry war kaum besser gestimmt. Jake sah seinen Partner an, der im Büro saß und konzentriert seine Rechnungen und Quittungen in einem Ordner abheftete. Nach dem Streit vom Vortag hatten die beiden Männer den restlichen Tag kaum miteinander gesprochen und sich misstrauisch wie zwei Skorpione umkreist. Irgendwann war es Zeit geworden, sich zu Suki Lo's Bar aufzumachen, doch auch dort hatte sich jeder seine eigene Gesellschaft gesucht. Allerdings war es ein ziemlich öder Abend geworden: Verschrobene alte Skipper und griesgrämige Mechaniker, die nur Ersatzteile im Kopf hatten, waren nicht unbedingt Garant für unterhaltsame Gespräche. An solchen Abenden konnte man sich sonst zumindest darauf verlassen, dass Suki Lo, die malaiische Barbesitzerin, mit ihrem unermüdlichen vulgären Geplapper die Stimmung hob. Aber sie war auch nicht ganz sie selbst gewesen. Ihre verfaulenden Zähne machten ihr Kummer, und nach Aussage ihres Horoskops würde sie demnächst Krebs bekommen.

Es war fast schon eine Erleichterung gewesen, nach Hause zu fahren und sich schlafen zu legen.

»Vergiss die Ernies von der Shellfish Marina nicht«, erinnerte ihn Harry, als er kurz von seinen Rechnungen aufguckte. »Start um ein Uhr.«

»Ich denk dran.«
»Und wir brauchen auch ein paar Vorräte. Ich dachte, wir könnten gleich morgen früh zum Einkaufen nach Kilifi fahren.«
»Okay.«
Jake konzentrierte sich ganz auf die Köder, an denen er herumfummelte. Harry widmete sich wieder seinem Papierkram.
»Jake?«
»Harry.«
»Sind wir noch Freunde?«
Jake sah seinen Geschäftspartner an. »Du bist ein gedankenloses Arschloch, Harry.«
»Das ist mir klar.«
»Natürlich sind wir noch Freunde.«

Die Shellfish Marina war nur ein paar Kilometer nördlich des Flamingo Creek, also musste Jake sich nicht sonderlich beeilen.
Kurz nach Mittag lichtete er den Anker der *Yellowfin* und fuhr mit gemächlichen zehn Knoten flussabwärts. Er genoss es, die Eisvögel, Reiher und Löffler zu beobachten, die am Ufer nach Futter suchten, und die Paviane, die mit stechenden Augen aus den obersten Ästen der Mangroven nach ihm spähten.
Es war ein friedliches Szenario – doch plötzlich wurde das Idyll durch das Brüllen PS-starker Motoren vom nördlichen Ufer jäh zerrissen. Die Vögel und Affen flohen schnatternd, als ein Konvoi aus drei identischen schwarzen Jeeps über die Jalawi Road herandonnerte. Unter den dicken Reifen wirbelte der Staub auf, und im

nächsten Moment waren die Geländewagen auch schon auf Höhe der *Yellowfin*, so dass Jake die bulligen Insassen erkennen konnte. Am Steuer des ersten Fahrzeugs saß ein Schwarzer mit rasiertem Eierkopf, der ihm einen Blick zuwarf und breit grinste. Dann waren sie auch schon wieder verschwunden.

Evie Simenon stand auf ihrer Aussichtsplattform im Baum und blickte über das Dorf. Sie fragte sich, ob sie sich nicht doch etwas vormachte. Konnte ein Trupp enthusiastischer Amateure es *wirklich* mit der Macht einer Organisation wie Spurling Developments aufnehmen? Genauer gesagt: Hatte sie überhaupt den Nerv, noch weiterzukämpfen? Sie war neunundzwanzig, und im Grunde hatte sie die letzten zehn Jahre nichts anderes getan. In der ganzen Zeit hatte sie ihre Überzeugungen nie in Frage gestellt. Aber nach einem Jahrzehnt unablässiger Zermürbungskriege wurde sie langsam müde. Wie lange konnte sie noch so weitermachen?

Sie blickte aufs Meer und atmete die warme, salzige Brise ein. Wie viel einfacher wäre es doch, sich einfach nicht mehr diese Sorgen zu machen, sich zur Abwechslung um Eigenes zu kümmern, statt sich immer nur die Probleme anderer Leute auf die Schultern zu laden. Doch konnte sie noch mit sich selbst leben, wenn sie das tat? Je mehr sie darüber nachdachte, umso deutlicher kam sie zu dem Schluss, dass sie es könnte.

»Was ist das denn?«

Evie merkte, dass sie Selbstgespräche geführt hatte, und wurde rot, als ihr einfiel, dass sie nicht allein hier oben stand. Alex Hopper lehnte im Schneidersitz am Stamm

des Johannisbrotbaums und nuckelte zufrieden an seinem Kingsize-Joint.
Auf ihren Ausruf hin stand er auf und spähte auf die riesige rote Staubwolke, die hinter den letzten Häusern auf der Uferstraße aufstieg. »Wir bekommen Gesellschaft.«
Als Evie durchs Fernglas blickte, drehte sich ihr der Magen um.
»Geh zurück zum Lager und trommel die anderen zusammen«, wies sie ihn an, griff sich die Kameratasche und warf sie sich über die Schulter.

Schwester Constance saß am Ufer, wo sie einer Handvoll Kindern die Abseitsregeln erklärte, als sie hinter sich den Tumult hörte. Rasch raffte sie ihr schweres Ordensgewand bis zu den Knien hoch und rannte durchs Gestrüpp zurück zum Dorf.
An der Kirche wäre sie um ein Haar mit der jungen Schwester Florence zusammengestoßen, die mit verängstigter Miene in die entgegengesetzte Richtung lief.
»Was ist denn hier los?«, wollte Constance wissen.
»Da sind gerade Männer gekommen«, erwiderte Florence und deutete panisch zum Dorf. »Männer in großen Autos.«
»Und, was wollen die hier?«
»Ich weiß es nicht. *Ich weiß es nicht!*«
Constance packte das Mädchen bei den Schultern und schüttelte es energisch. »Reiß dich zusammen. Wo ist Bruder Willem?«
Im gleichen Moment trat Willem aus der Kirche.
»Was ist hier los?«, erkundigte er sich und verzog ärgerlich das Gesicht.

»Da sind Männer gekommen«, wiederholte Florence.
»Was für Männer?«
»Vielleicht von der Baufirma«, wisperte Constance. »Die Frau von dieser Bürgerrechtlergruppe hat gesagt, die kommen immer, wenn man sie am wenigsten erwartet.«
Bildete sie sich das ein, oder wich gerade wirklich alle Farbe aus Willems Gesicht?
»Rasch, in die Kirche mit euch«, befahl er.
»Aber was ist denn mit den Kindern?«, protestierte Constance.
»Das geht uns nichts an«, gab der Priester unwirsch zurück. »Ab in die Kirche. Alle beide. *Sofort!*«

Sie waren zu sechst. Vier Schwarze, zwei Weiße. Jeder mit dem Körperbau eines Gewichthebers. Sie stellten sich in einer Reihe mit verschränkten Armen vor die geparkten Jeeps und starrten mit drohenden Mienen die Dorfbewohner an, die neugierig zusammengelaufen waren. Einer der Männer war Tom Beye, der Chefschläger der Sicherheitsabteilung von Spurling Developments. Wie um seine Position in der Hackordnung zu untermauern, hielt er als Einziger einen Baseballschläger aus Metall in der Hand.
Nachdem sie sich zu diesem beeindruckenden Bild arrangiert hatten, kletterte Douglas Rourke feierlich aus einem Auto und trat vor seine Männer. Der Sicherheitschef hatte seinen Anzug gegen eine paramilitärische Kampfkluft eingetauscht, die um einiges besser zu seinem rasierten Schädel und dem Boxergesicht zu passen schien.
Er ließ seine hellen Augen über die Menge schweifen. »Wo ist Häuptling Akimbala?«, fragte er.
Ein alter Mann trat vor. Häuptling Akimbala, der älteste

einer schwindenden Zahl von Dorfältesten, musste sich beim Gehen auf einen gegabelten Stock stützen und trug auf seinem wettergegerbten Gesicht einen Ausdruck müder Resignation zur Schau.

»Guten Tag«, begrüßte ihn Roarke, wenn auch nur der Form halber. Der alte Mann ließ den Kopf hängen, als Roarke ihn herumdrehte, so dass er den Dorfbewohnern gegenüberstand. Es sah aus, als würde ein Lehrer vor der Klasse ein Exempel an einem unartigen Schüler statuieren. »Mein Name ist Roarke«, stellte er sich vor. »Ich repräsentiere eine Firma namens Spurling Developments. Vor ein paar Wochen hat sich einer meiner Kollegen mit Häuptling Akimbala getroffen, um einen Vorschlag zu besprechen, der Ihr Leben auf eine Art verändern könnte, wie Sie es sich in Ihren kühnsten Träumen nicht ausmalen könnten. Deswegen war ich sehr enttäuscht, als ich erfuhr, dass Häuptling Akimbala beschlossen hat, Ihnen, den Bewohnern von Jalawi, die Details dieses Vorschlags nicht mitzuteilen. Ich bin heute hierhergekommen, um dafür zu sorgen, dass meine Botschaft wirklich bei Ihnen ankommt.«

Er beugte sich zu dem Alten herab und sagte ihm leise ins Ohr: *»Erklären Sie den Leuten, was ich gesagt habe, und sorgen Sie dafür, dass es sich gut anhört, sonst reiß ich Ihnen den Kopf von den dürren Schultern und werf ihn den Schweinen zum Fraß vor.«*

Jake ging im seichten Wasser vor Anker und wartete auf Sammy. Nach einer Weile, als sein Schiffsjunge partout nicht auftauchen wollte, begann er sich zu wundern, und dann fiel ihm plötzlich auch auf, dass am Ufer keine Men-

schenseele zu sehen war. Normalerweise standen zumindest ein paar Kinder da, die ihm zuwinkten, oder eine alte Frau, die ihre Wäsche im Creek wusch.
Im nächsten Moment erinnerte er sich wieder an die Schwachmaten, die in ihren Jeeps Richtung Jalawi gefahren waren.
Und er musste daran denken, was Evie über Spurling Developments gesagt hatte: Die nahmen erst den Grund in Besitz und warteten dann auf die Genehmigung.

Häuptling Akimbala starrte auf den Boden. In gemurmeltem Swahili erklärte er, dass Spurling Developments den Bewohnern von Jalawi als Entschädigung für ihr Land eine neue Siedlung bauen wollte, ein paar Kilometer entfernt an der Küste. Mit verwirrten Mienen lauschte die Menge den Versprechungen: neue Häuser, ein Dock, eine Zubringerstraße und Jobs in dem großartigen neuen Hotel, das an der Stelle erbaut werden sollte, wo einmal ihr Dorf gestanden hatte. Das großartige Fünf-Sterne-Hotel mit der Marina, das ihnen zu Ehren den Namen »Jalawi« tragen sollte. Als er fertig war, sahen die Leute sich an und fragten sich, was das alles zu bedeuten hatte.
»Dieses Land wird schon seit Jahrhunderten von den Bewohnern von Jalawi bebaut, Mr. Roarke.«
Roarke blickte auf und lächelte, als er seine alte Feindin Evie Simenon sah, die sich ihren Weg durch die Menge bahnte. Mit der hatte er schon gerechnet.
»Hier sind auch ihre Toten begraben, und die meisten Dorfbewohner betrachten diesen Flecken Erde als heilig«, fuhr sie fort. »Und jetzt wollen Sie diese Leute in ein Beton-KZ verfrachten? Was meinen Sie, warum Häuptling

Akimbala seinen Leuten Ihr großzügiges Angebot nicht übermittelt hat?«

»Miss Simenon. Ich hatte schon gehört, dass Sie sich hier aufhalten.« Der Sicherheitschef räusperte sich träge und spuckte ihr vor die Füße. »Wo ist denn der Rest Ihrer verkommenen Bande?«

»Schon unterwegs.«

»Tja, ich muss sagen, so wirklich Angst macht mir das nicht.«

»Sie haben den Leuten erklärt, was Sie wollen, Roarke«, erwiderte Evie. »Warum nehmen Sie jetzt nicht einfach Ihre Leute und fahren wieder?«

»Fahren? Aber wir sind doch gerade erst gekommen.« Er ging zurück zu den Jeeps.

Da hörte man plötzlich eine klare, feste Stimme. »Sie haben gehört, was die Dame gesagt hat.«

Roarkes Augen verengten sich. *Wer war das denn jetzt?* Ein großer, kräftiger Mann mit der Statur eines Rugby-Spielers war neben der Menge erschienen und kam auf ihn zu.

*Ein bezahlter Bodyguard?* Hinter Roarke machten sich seine eigenen bezahlten Bodyguards bereit.

»Und Sie sind …?«

»Man könnte vielleicht sagen, ein besorgter Nachbar«, antwortete Jake.

Roarke zuckte mit den Schultern. »Tja, danke für Ihre Sorge – aber das hier geht Sie nun wirklich nichts an.«

»Wie Evie schon sagte: Sie haben den Leuten erklärt, was Sie wollen, und jetzt verpissen Sie sich.«

»Ich glaube, Ihr Ton gefällt mir nicht«, stellte Roarke fest, und bei diesen Worten trat Tom Beye drohend einen

Schritt vor, wobei er das Ende seines Baseballschlägers mit der anderen Hand umfasste.

Jake machte sich schon auf einen Angriff gefasst, doch stattdessen wandte sich Roarke mit ausgebreiteten Armen an die Dorfbewohner, die zurückwichen wie eine Herde verängstigter Schafe.

»Sie sollten gut aufpassen«, warnte er sie. »Diese Leute hier behaupten, Ihre Interessen im Auge zu haben – aber Sie dürfen ihnen nicht trauen. Meine Kollegen und ich sind heute nur gekommen, um Häuptling Akimbala und den Einwohnern von Jalawi unseren Respekt zu erweisen und ihnen zu erzählen, dass wir ihnen ein besseres Leben ermöglichen könnten. Und nun sehen Sie sich mal an, was diese Leute mit unseren Autos gemacht haben.«

Er gab Beye ein Zeichen, woraufhin dieser den Baseballschläger über den Kopf hob und mit ohrenbetäubendem Krachen auf die Motorhaube eines der Jeeps niedersausen ließ. Der nächste Schlag zerschmetterte die Windschutzscheibe.

»Unprovozierter Vandalismus«, erklärte Roarke, während Beye noch dreimal mit dem Schläger auf die Karosserie eindrosch. »Diese Leute sind unberechenbar.«

Evie wollte ihre Kameratasche öffnen, aber einer von Roarkes Schlägern trat vor, riss ihr die Tasche aus der Hand und warf sie zu Boden. Jake versuchte einzugreifen, doch ein zweiter Mann vertrat ihm den Weg. Als er sich an ihm vorbeidrängen wollte, traf eine Faust seinen Solarplexus, und er fiel in den Staub.

»Hören Sie auf!«, schrie Evie, während die Dorfbewohner panische Schreie ausstießen. »Hören Sie sofort auf!«

Doch Roarke schlenderte bereits zurück zu seinen Männern, die immer noch stramm wie eine Prätorianergarde vor den Autos standen. »Anschließend sind sie auf meine Männer losgegangen«, fuhr er fort, immer noch an die Menge gewandt. »Ein Mob von sogenannten Umweltschützern. Wir haben ihnen gesagt, dass wir unbewaffnet sind, dass wir mit friedlichen Absichten gekommen sind – aber das war ihnen völlig egal.«

Beye holte erneut mit seinem Baseballschläger aus, doch diesmal traf er einen seiner eigenen Männer ins Gesicht.

»Sie sollten mal sehen, in welchem Zustand sich der arme Toby befindet«, sagte Roarke, als der Mann zu Boden ging und das Blut nur so aus seinem zerschmetterten Mund strömte. »Vermutlich wird er sich nie wieder davon erholen.« Noch zweimal landete der Schläger auf Tobys Kopf, bis er sich nicht mehr bewegte. »Man stelle sich vor, dabei hat er erst letztes Wochenende die Geburt seines ersten Kindes gefeiert.«

Roarke nickte seinen Männern zu, und zwei schleiften ihren schwerverletzten Kameraden zum Kofferraum eines unbeschädigten Jeeps.

»Wir haben sie angefleht, damit aufzuhören«, redete Roarke. »Aber sie waren wie die wilden Tiere.«

Noch während er sprach, hatte einer seiner Männer einen benzingetränkten Lumpen in die Tanköffnung des beschädigten Jeeps gestopft. Auf ein Zeichen von Roarke zündete er den Lappen an und zog sich rasch zu den anderen Autos zurück.

»Ich schlage vor, Sie behalten im Hinterkopf, was Sie heute gesehen haben«, ermahnte Roarke die Dorfbewohner. »Denn eines schönen Tages brennen sie vielleicht einfach Ihr Dorf nieder – und das fände ich wirklich schade.«

Er stieg in eines der beiden unversehrten Fahrzeuge, und die Männer fuhren davon, just in dem Moment, als der Tank des dritten Jeeps mit einem ohrenbetäubenden Knall explodierte und einen öligen, gelben Feuerball hoch in den wolkenlosen Himmel über Jalawi jagte.

## 35

Im Gegensatz zu Evie und den anderen Hippies hatte Alex Hopper die Konfrontation von Roarkes Männern nicht mitverfolgt.

Als der Tank des Jeeps explodierte, befand sich der Internatsschüler aus England bereits einen Kilometer westlich des Lagers. Was ihn anging, hätte die Ankunft des Schlägertrupps von Spurling Developments und die folgende Panik im Dorf zu keinem passenderen Zeitpunkt kommen können.

Es war schon seltsam, dass Alex im Wellington College zu den absoluten Musterschülern gehört hatte. Und jetzt reiste er schon seit drei Monaten mit Evie Simenon und ihrem bunt zusammengewürfelten Haufen aus vagabundierenden Umweltaktivisten durch die Welt, und achtzehn Jahre erstklassiger Ausbildung verdunsteten im Handumdrehen. Sein ungekämmtes langes Haar verfilzte, seine Arme und Beine waren mit Henna-Tattoos bedeckt, die ihm ein australisches Mädchen namens Raeleen gemacht hatte, mit der er zwischendurch eine Weile geschlafen hatte. Und dank seines neuen besten Freunds Mikey

Gulbis aus Kalifornien hatte er einen räuberischen Appetit auf Marihuana entwickelt.
Mikey war eine wandelnde Cannabis-Enzyklopädie. Es gab keine Art von Hanf, die er nicht kannte oder geraucht hatte. Im Grunde war die heimische Nachfrage nach dem feinsten afrikanischen Hasch der eigentliche Grund, warum Alex nun über den schmalen Jägerpfad schlich, der am nördlichen Ufer des Flamingo Creek verlief.
»Ich hab einen Tipp von der Putzmannschaft bekommen, die hier die Nachtschicht macht«, hatte Mikey ihm am Morgen übers Handy zugeflüstert. Er lag gerade im Krankenhaus von Mombasa, wo er sich von der Operation seines zerschmetterten Beins erholte. »Da gibt es so einen Dealer, der heißt Gangra – der ist an einer Lieferung algerischem Spitbush dran, die er zu einem absoluten Dumpingpreis losschlagen will.«
Alex, der den Anruf bei der soundsovielten todlangweiligen Schicht auf der Aussichtsplattform bekommen hatte, wusste zwar nicht, was an algerischem Spitbush so besonders sein sollte. Doch vor Mikey wollte er nicht das Gesicht verlieren.
Nach Mikeys Angaben lebte Gangra in einer Wellblechbaracke knapp zwei Kilometer westlich von Jalawi. Je weiter Alex kam, umso dorniger und unwegsamer wurde das Unterholz, und da er nur T-Shirt und Shorts trug, zerrissen ihm die Dornen überall die Haut. In einer wasserfesten Tüte in seiner Unterhose hatte er hundert Dollar von Mikey. Wie er mittlerweile gemerkt hatte, war sein Kumpel Alex ein Hippie mit ausgeprägtem Geschäftssinn – er kaufte gern größere Mengen, die er dann mit Profit weiterverkaufen konnte. Saucool.

Er brauchte fast eine ganze Stunde. Die Hütte war völlig heruntergekommen, ihre verrosteten Metallteile zerbröselten fast schon. Davor wucherte Gras und Unkraut, und wäre nicht eine dünne Rauchsäule aus einem Loch in der Decke gestiegen und eine flackernde Öllampe vor der Tür gehangen, hätte man annehmen müssen, dass die Behausung verlassen war. Alex schauderte leicht, als er vor die Sperrholztür trat und zweimal klopfte.

»Mr. Gangra?«

Keine Antwort. Alex drückte gegen die Tür, die nach innen aufging.

Im Inneren der Hütte spendete ein Häufchen glühende Asche in der Zimmermitte das einzige Licht. An einer Wand konnte Alex ein Bett aus Sackleinwand ausmachen und daneben einen tragbaren Gaskocher, auf dem ein kleiner Topf stand.

»Hallo? Mr. Gangra?«

Gangra lehnte an einem Holzpfahl, der das Dach stützte, das Gesicht der Tür zugewandt. Sein Kinn war auf die Brust gesackt. Der ältere Mann mit den weißen Haarbüscheln auf dem schuppigen Kopf schien zu schlafen.

»Mr. Gangra?«

Alex streckte die Hand aus, um den alten Mann zu schütteln. Da rutschte Gangra seitlich weg, und im Feuerschein konnte Alex erkennen, dass sein Hinterkopf durch Schläge mit einem stumpfen Gegenstand zu Brei zermalmt worden war.

Entsetzt schrie Alex Hopper auf und rannte hinaus – und seine jähe Flucht rettete ihm zweifellos das Leben, denn die zwei uniformierten *Askari*, die vor der Tür warteten, waren von der plötzlichen Bewegung im ersten Moment völlig überrumpelt. Dieses kurze Zögern, bevor sie ihre AK-47 hochreißen und auf ihn feuern konnten, reichte Alex, um zu einem Ziegenstall zur Linken zu rennen und über den niedrigen Holzzaun zu setzen, bevor die Schüsse losgingen und die Kugeln in die Wellblechwände der Hütte einschlugen.

Er ignorierte die Rufe und rannte blindlings weiter. Dann schlugen die Kugeln donnernd in den Stamm einer Palme ein, kaum dreißig Zentimeter neben seinem Kopf.

*Du lieber Gott, die wollten ihn wirklich umbringen.*

Während er durch das unwegsame Unterholz und übelriechenden Mangrovensumpf um sein Leben rannte, ohne zu wissen, wohin er lief und warum man ihn überhaupt töten wollte, weinte Alex Hopper in purem Grauen und wünschte sich, seine Mutter wäre hier, damit alles wieder gut wurde. Doch Alex war nur ein kleiner Internatsschüler in einem großen bösen Land – und seine Mama kam nicht, um ihn zu retten.

# Fünfter Tag

# 36

Das Hochsicherheitsgefängnis Shimo la Tewa acht Kilometer nördlich von Mombasa genießt den wohlverdienten Ruf, eine der härtesten Justizvollzugsanstalten von ganz Kenia zu sein. Man erzählt sich, wer hinter ihren grauen Betonmauern und dem Stacheldraht nicht von den Wachen oder seinen Mitgefangenen umgebracht wird, den erledigt mit allergrößter Wahrscheinlichkeit Durchfall, Typhus, Tuberkulose oder Aids. Die Anstalt ist chronisch überbelegt, gefoltert wird systematisch, Vergewaltigungen sind an der Tagesordnung. Ebenso abgestandenes Trinkwasser, verdorbenes Essen. Jeweils fünf Insassen müssen sich eine Zelle teilen, und die Männer leiden fast grundsätzlich an Unterernährung. Viele von ihnen sind heimtückische Mörder, die ihr Leben lang die Freiheit nicht wiedererlangen werden. Doch noch viel mehr sind hier wegen Verbrechen, die sie überhaupt nicht begangen haben – ihr einziges Vergehen besteht darin, bettelarm und in den Augen des Staates völlig wertlos gewesen zu sein. Es heißt, es in Shimo la Tewa gebe es nur ein Schicksal, das noch schlimmer ist als der Tod: das Überleben.

Es war noch gar nicht allzu lange her, dass Conrad Getty in seiner Schublade in seinem Büro im Marlin Bay Hotel eine geladene Waffe aufbewahrt hatte, für den Fall, dass die Polizei kam, um ihn festzunehmen. Sich eine Kugel in den Schädel zu jagen, war fraglos besser, als sich in einem

Loch wie Shimo la Tewa einkerkern zu lassen. Allein der Gedanke, eingesperrt zu werden wie ein Tier, ließ ihm das Blut in den Adern gefrieren.

Doch das Leben spielte immer wieder ganz anders, als man meinte! In den vierzehn Tagen seiner Untersuchungshaft, während er auf einen Prozess wartete, in dem er des Kindesmissbrauchs in dreihundert Fällen, des Menschenhandels, der Verschwörung und des Mordes angeklagt werden sollte, war es Getty besser gegangen als je zuvor. Natürlich war seine Zelle eng und voller Kakerlaken – aber sie hatte ein Bett, einen kleinen Schreibtisch und einen Stuhl, und immerhin war er in Einzelhaft, weit weg von der brodelnden, sodomitischen Menschenmasse, die ansonsten in diesem Gefängnis saß. Dank der Tatsache, dass das FBI ihm einen gewissen Wert beimaß, wurde er geradezu zuvorkommend behandelt. *Was es ihm nur noch mehr versüßte, ihren Frust zu beobachten*. Er konnte sich ein selbstzufriedenes Grinsen nicht verkneifen, wenn er an Special Agent Brysons kaum verhohlene Wut dachte, als jeder seiner Vorstöße sofort von Gettys Anwaltsteam blockiert wurde. Ja, diese Anwälte waren teuer – aber in Conrad Gettys Augen waren sie jeden Penny wert, wenn sie die Versuche des FBI verhinderten, seine Auslieferung an die USA zu erwirken. Er wusste nur zu gut, dass er seinen Prozess in den Staaten bei weitem nicht so leicht würde manipulieren können wie hier in Kenia.

Die Anwälte waren überzeugt, dass das FBI nicht den Funken einer Chance hatte, sich die nötigen Papiere ohne eine lange, kostenintensive juristische Schlacht zu besorgen. Und unter vier Augen hatten sie ihm anvertraut, dass er – wenn er die richtigen Anreize bot – bei einem kenianischen Richter mit einem Urteil von weniger als fünf Jahren rechnen konnte. Mit einer Verständigung im Strafverfahren und guter Führung würde er nach maximal drei Jahren wieder auf freiem Fuß sein. Sein Hotel, das Marlin Bay, war auf dem freien Markt mindestens fünf oder sechs Millionen wert, also konnte er auch den Rest seines Lebens noch so genießen, wie er es gewöhnt war.

Trotz aller Unannehmlichkeiten der Haft hegte Getty mittlerweile keine Zweifel mehr, dass er diese Prüfung durchstehen würde. Vor allem, wenn seine Anwälte ihm weiter seine Vorzugsbehandlung sicherten – frisches Wasser, Zugang zu einem Bad, regelmäßige körperliche Betätigung – und dafür sorgten, dass er von den anderen Gefangenen ferngehalten wurde. Da das FBI befürchtete, sein Star-Gefangener könnte einer Massenvergewaltigung zum Opfer fallen oder mit einem selbstgebastelten Messer abgestochen werden, hatte man darauf bestanden, dass er von den anderen Insassen abgeschirmt wurde.

Seltsam eigentlich – da saß er nun im meistberüchtigten Gefängnis von Mombasa und fühlte sich zum ersten Mal in seinem Leben richtig entspannt. Mochte ja sein, dass er nicht hinauskonnte, aber es konnte auch niemand zu ihm herein. Und nachdem er mit dem mörderischen Gespenst von Patrick Noonan gelebt hatte – dem Mann, den er nur unter dem Namen Whitestone gekannt hatte –, mit der unberechenbaren Gewalttätigkeit seines Komplizen Tug Viljoen und der ständigen Quälerei mit seinen ganz speziellen eigenen Dämonen, kam ihm sein Aufenthalt im Sicherheitstrakt von Shimo la Tewa bis jetzt vor wie ein Urlaub im Wellness-Hotel. Er konnte keinen Alkohol trinken, ernährte sich gesund und bewegte sich regelmäßig im Gefängnishof. Sein Magengeschwür begann zu verheilen, und er fühlte sich zehn Jahre jünger.

Heute Morgen war die Routine wie stets gewesen. Um sechs Uhr morgens wurde er vom höflichen Klopfen eines Wärters an der soliden Stahltür seiner Zelle geweckt. Derselbe Mann hatte ihn zum Duschblock begleitet, wo Getty sich gründlich wusch. Zurück in seiner Zelle, schlüpfte er in den Gefängnis-Overall und nahm sein Frühstück ein. Wenn er sich über irgendetwas hätte beschweren wollen, wäre es die ziemlich einfallslose Küche gewesen – Frühstück, Mittagessen und Abendessen bestanden aus einer Schüssel Maisbrei und einer Banane –, aber andererseits war es noch gar nicht so lange her, da hatte er alles, was er gegessen hatte, sofort wieder erbrechen müssen. Mittlerweile hatte sich sein Magen schon fast wieder an feste Nahrung gewöhnt.

Nachdem er einen flotten Spaziergang im Gefängnishof gemacht, dem Vogelgezwitscher gelauscht und die ersten wärmenden Strahlen der Morgensonne genossen hatte, kehrte er zurück in seine Zelle und entleerte sich in eine Toilette aus rostfreiem Stahl. Das war vielleicht noch der unangenehmste Teil seiner Haftbedingungen. Doch andererseits konnte er sich kaum beschweren, denn die Mehrheit der Insassen in Shimo la Tewa musste im Kollektiv scheißen, und zwar in ein Loch im Boden.

Es war kurz nach neun, und er saß gerade an seinem Schreibtisch und versuchte das Kreuzworträtsel in der *Daily Nation* vom Vortag zu lösen, als die Schlüssel klirrten und die Zellentür aufging.

»Sie haben Besuch, Mr. Getty«, sagte der Wärter.

Getty drehte sich um und blickte zur Tür. Im Halbdunkel

wirkte sein Besucher eher schmal, mit einem mageren Gesicht und bis zum Ansatz rasierten Haaren. Um den Hals trug er einen Pastorenkragen, dazu Jeans und eine lässige Jacke.

»Guten Morgen. Kann ich Ihnen helfen?«

»Ich komme von der Vereinigung der Gefängnispfarrer«, erklärte der Priester.

Soweit Getty das im spärlichen Licht der Vierzig-Watt-Birne seiner Zelle erkennen konnte, war der junge Mann ungefähr fünfundzwanzig Jahre alt. Er trug einen strähnigen Ziegenbart um die dünnen Lippen. Seine Stimme war so leise, dass Getty sich vorbeugen musste, um zu verstehen, was er sagte.

»Wo ist Vater Kabuga?«

»Vater Kabuga ist leider krank.«

Der Besucher erwähnte jedoch nicht, dass Vater Kabuga sogar tot war, und seine mit Gewichten beschwerte Leiche auf dem Grund einer kleinen Lagune lag, gerade mal einen guten Kilometer vom Gefängnisgebäude entfernt.

»Oh, das tut mir aber leid.« Getty nickte dem Wachmann zu, der daraufhin die Zelle verließ und die Tür hinter sich zuzog.

»Er hat mich gebeten, Ihnen dies hier zu geben.« Der Geist hielt ihm eine zusammengefaltete Ausgabe der *Daily Nation* hin. »Vater Kabuga hat gesagt, dass Sie immer gerne das Kreuzworträtsel zusammen gemacht haben.«

Getty lächelte kleinlaut. »Seien Sie mir nicht böse, aber ich hatte wirklich gehofft, dass er heute kommt. Bei dreiundzwanzig waagerecht von gestern bin ich einfach auf keinen grünen Zweig gekommen.«

»Vielleicht kann ich Ihnen helfen.«

Der Geist durchquerte die Zelle und blickte Getty über die Schulter.
»Das soll ein Anagramm sein«, erklärte der Hotelbesitzer und tippte mit dem Finger auf die Kästchen. *»Ein oller Opel nach einem Frontalcrash*. Neun Buchstaben.«
»Leporello«, sagte der Mörder, zog das Stilett aus seinem Futteral und stieß es mit einer einzigen geschmeidigen Bewegung unter Conrad Gettys Hinterhauptbein in den Zwischenraum zwischen zweitem und drittem Wirbel, wo die Klinge das Rückenmark durchtrennte. Als Getty unwillkürlich das Kinn hob, schien sein Gesichtsausdruck fast ein glückseliges Staunen zu sein, aber das war nur ein Krampf. In Wirklichkeit war er schon seit zwei Sekunden tot. Sanft zog der Geist das Messer wieder heraus, legte Gettys Leiche auf die Pritsche, schloss ihm die Augen und deckte ihn mit einer dünnen Decke zu.
Erst um die Mittagszeit entdeckte der Wächter, dass der Gefangene in der Einzelzelle nicht schlief. Doch da genoss der Geist auf der Hotelveranda bereits eine leichte Mahlzeit aus Fächerfisch und überlegte, wie er den Rest des Tages verbringen sollte. In der *Coastal Weekly News* hatte er einen Artikel über eine Ausstellung von Handwerkskunst der Mijikenda entdeckt, einem der neun Stämme der kenianischen Küstenregion. Die Ausstellung war in der Haller Nature Reserve zu betrachten, ein wenig außerhalb von Mombasa. Nach Angaben des Journalisten sollte man sie nicht verpassen, denn sie gewährte einen faszinierenden Einblick in eine Tradition, die wahrscheinlich bald aussterben würde.
Der Beruf eines Auftragskillers brachte viele Reisen in die seltsamsten Winkel der Erde mit sich. Trotzdem zogen es

manche vor, sich in ihrem Hotelzimmer einzuschließen und abzuwarten, bis das Telefon klingelte. Der Geist hingegen legte Wert darauf, dass er auch ein wenig von der örtlichen Kultur mitbekam.
Solche Gelegenheiten konnte man doch nicht ungenutzt verstreichen lassen.

# 37

Inspector Oliver Mugo, bis vor kurzem noch ein kleines Licht in Malindi und nun skandalöserweise bei der Polizei in der Provinz Nyanza, war frühmorgens mit einem Shuttleflug aus Kisumu angekommen. Jetzt saß er in Joumas Büro und hatte die polierten Halbstiefel auf dessen Schreibtisch gelegt.
»Guten Morgen, Daniel!« Er strahlte Jouma über den oberen Rand seiner Zeitung an, als dieser das Zimmer betrat. »Ich hatte schon gedacht, Sie tauchen gar nicht mehr auf!«
Jouma betrachtete ihn wie jemand, der einen Einbrecher in seinem Lieblingssessel im Wohnzimmer vorfindet. »Hat man Ihnen denn kein Büro zugeteilt?«, fragte er. »Ich dachte immer, so große Ermittler haben zumindest ein eigenes Büro.«
Mugo lächelte. »Wenn ich das richtig verstanden habe, wird gerade eines für mich vorbereitet. Superintendent Simba hat vorgeschlagen, dass ich bis dahin Ihres benutze.«

Joumas Augen verengten sich, als er ihn anfunkelte. »Dann nehmen Sie Ihre Stiefel von meinem Schreibtisch.«

Wie ein zerstrittenes Paar, das sich auf einer Party zusammenreißt und Harmonie vorspielt, machten sich die beiden Ermittler daran, Lol Quarries letzte bekannte Bewegungen nachzuvollziehen.

»Ich weiß, das muss sehr schwer für Sie sein, Daniel«, sagte Mugo und legte Jouma eine Bärenpranke auf die Schulter. Seine Fingernägel waren perfekt manikürt und auf Hochglanz poliert. »Aber wenn es Sie tröstet – in der Provinz Nyanza spricht man mit großem Respekt von Ihnen.«

Er hat sich kein bisschen verändert, dachte Jouma. Der borstige Schnurrbart, der rasierte Schädel auf dem fetten Hals, das Benehmen eines arroganten Gockels. Er löste Mugos Wurstfinger von seinem Anzug.

»Bitte sparen Sie sich Ihre joviale Herablassung, Mugo«, zischte er. »Jeder weiß, dass Sie Strafzettel an Parksünder verteilen würden, statt hier den Inspector zu spielen, wenn Ihre Schwester nicht zufällig mit dem Bürgermeister verheiratet wäre.«

Mugo richtete sich auf, so dass die gepolsterten Schultern seines zweireihigen Hugo-Boss-Anzugs beinahe das ganze Sonnenlicht verdeckten, das durchs Fenster fiel. Einen Moment hoffte Jouma, dass der Halunke ihn einfach schlagen würde, denn dann wäre diese ganze unselige Geschichte ganz rasch erledigt gewesen.

Doch Mugo hätte nicht so lange überlebt, wenn er nicht einen gewissen Selbsterhaltungstrieb entwickelt hätte. Er zeigte sein zahnlückiges Lächeln und gluckste nachsichtig.

»Ich weiß, Sie sind ein viel beschäftigter Mann, Daniel«, sagte er. »Und ich weiß es zu schätzen, dass Sie mich in diesem Fall unterstützen. Ich habe Ihren Bericht über diesen unglücklichen Vorfall gelesen und muss Sie für Ihre Professionalität wirklich loben.«

»Ich fühle mich geehrt.«

»Aber nehmen Sie es mir bitte nicht übel, wenn ich sage, dass Professionalität oft einige Wünsche offenlässt.«

»Tatsächlich? Inwiefern denn das?«

»Diese Leute, die Sie da befragt haben … also, ich bekomme überhaupt kein Gefühl dafür, wer sie *sind*. Die existieren nur als Wörter auf einer Seite.«

»Verstehe.«

»Und dieser Tatort, an dem das Opfer gefunden wurde – das ist einfach nur ein Pfeil auf einer Karte. Es gibt überhaupt keine *Beschreibung*. Kein Gefühl für den *Ort*.«

»Vielleicht hätte ich meinen Bericht noch vertonen sollen«, meinte Jouma.

Mugo grinste. »Freut mich, dass Sie Ihren Humor nicht verloren haben, Daniel. Ich hatte mir schon Sorgen gemacht, dass Sie meine Anmerkungen als Kritik auffassen könnten. Also – ich gehe davon aus, dass wir fast da sind, oder?«

Nachdem sie sich, vom Jamhuri Park kommend, durch die Altstadt gedrängt hatten, standen sie jetzt im Inneren von Fort Jesus. Unterwegs hatten sie kurz den schmalen Durchgang besichtigt, der die Ndia Kuu und die Mbaraki Road verband. Da Mugo sich nur ungern die Stiefel schmutzig machen wollte, hatte er bloß kurz hineingespäht. Jouma verzichtete darauf, die Krawattennadel zu erwähnen – er hatte keine Lust, so einen wertvollen Hinweis an so einen ausgewachsenen Vollidioten zu verschwenden.

Sie gingen über das Gelände, vorbei an den Reihen der portugiesischen Kanonen und den alten Soldatenbaracken, und hielten auf den baufälligen Turm in der nordwestlichen Ecke zu. Er war unter dem Namen San Felipe Bastion bekannt und hatte früher die Gefängniswärter beherbergt. Mittlerweile bestand er nur noch aus ein paar leeren Räumen, von denen eine alte Steintreppe auf ein Flachdach führte, das von einer niedrigen, mit Zinnen versehenen Mauer umgeben war. Das Absperrungsband der Polizei hing noch immer über den Stufen. Jouma und Mugo schlüpften darunter hindurch und traten auf das Dach des Turms.

»Hier ist er also hinuntergefallen«, stellte Mugo fest, während er in den dreißig Meter tiefen Abgrund starrte.

»Nach den Angaben der Hure scheint Mr. Quarrie ziemlich unsicher auf den Beinen gewesen zu sein, bevor er stürzte. Ich glaube, das ist nicht ganz unwichtig.«

»Ich habe den Bericht gelesen, Daniel«, erwiderte Mugo fröhlich. Er blickte auf die Dächer und Minarette der Altstadt. »Hier hatte er einen schönen Ausblick über die Stadt.«

Jouma machte sich nicht die Mühe, Mugo zu erzählen, dass jegliche Spuren, zum Beispiel Fußabdrücke, von den uniformierten Polizisten zerstört worden waren, die als Erste am Tatort eintrafen. Solche trottelige Ungeschicklichkeit war kaum mehr überraschend. Mugo hatte ja sogar eine ganze Karriere auf solchen Stümpereien aufgebaut.

Oliver Mugo lief ein paar Minuten auf dem Dach umher

und strich sich nachdenklich übers Kinn, um den Eindruck zu erwecken, dass er tatsächlich eine Ahnung hatte, wonach er suchte.

»Und, bekommen Sie langsam ein Gefühl für den Ort, Mugo?«, erkundigte sich Jouma.

Doch der hörte ihm gar nicht zu. »Diese Hure. Die interessiert mich.«

»Sie heißt Dutch Alice. Die ist hier in der Gegend recht bekannt.«

»Und wo war sie in der fraglichen Nacht?«

Jouma zeigte quer übers Gelände zu der breiten Liefereinfahrt, die jetzt mit einem Stacheldraht versperrt war.

»Diese Zufahrt führt zu einer stillgelegten Werft, die man über einen Pfad erreicht, der wiederum über den Platz vor dem Fort erreicht werden kann«, erklärte er. »Die Hure hat die Werft als Treffpunkt mit ihren Kunden benutzt, und dann hat sie sie mit hierhergenommen, um …«

»Ich verstehe schon. Und wer war der Mann, mit dem sie in der Nacht zusammen war?«

»Sein Name ist Abdelbassir Hossain«, antwortete Jouma. »Er arbeitet als Schauermann im Hafen.«

»Haben Sie beide Verdächtige befragt?«

»Sie haben den Bericht doch gelesen.«

»Ja. Und nach den Angaben in den Akten ist der Hafenarbeiter davongerannt.«

»Er hat die Aussage der Hure bestätigt, als wir ihn zur Vernehmung bestellt haben.«

Mugos Augen verengten sich. »Aber hat er auch erklärt, warum er davongelaufen ist? Oder warum er nicht von sich aus zur Polizei gegangen ist?«

Jouma zwang sich, ruhig zu bleiben. »Hören Sie, Mugo,

vergessen Sie den Hafenarbeiter. Ich habe den Zaun überprüft, der ist absolut dicht. Selbst wenn er gewollt hätte, er hätte nie und nimmer ins Fort eindringen können. Er taugt nicht mal als Zeuge für Mr. Quarries Todeszeitpunkt, weil er in diesem Moment dem Zaun den Rücken zukehrte – er hat also genau in die falsche Richtung gesehen. Die einzige solide Spur, die Sie haben, ist die Aussage des Möbeltischlers. Er hat beobachtet, wie Quarrie in der Nähe des Durchgangs mit jemand gerungen hat.«

»Ja, ja«, erwiderte Mugo, aber Jouma merkte, dass er ihm nicht richtig zuhörte. »Wo ist Hossain jetzt?«

»*Was?*«

»Der Hafenarbeiter. Wo ist der jetzt?«

»Um Gottes willen, Mugo! Sie müssen mehr Zeugen finden. Irgendjemand *muss* Quarrie doch gesehen haben.«

»Tja, dann werde ich die Befragung der gesamten Nachbarschaft wohl Ihnen übertragen, Daniel. Ich möchte in der Zwischenzeit den Hafenarbeiter noch einmal genauer verhören.«

»*Warum?*«

Mugo sah Jouma an und schüttelte den Kopf.

»Weil er ein *Verdächtiger* ist!«

## 38

Der blaue Suzuki-Roller folgte ihnen mittlerweile seit knapp zehn Kilometern in nördlicher Richtung auf dem Mombasa-Highway auf dem Weg nach Flamingo

Creek. Der Fahrer trug eine unauffällige Jacke und einen Integralhelm mit verspiegeltem Visier.

Aus seiner Zeit bei der Spezialeinheit der Londoner Polizei wusste Jake, dass Roller das liebste Transportmittel von Auftragskillern waren. Sie hatten nicht viel PS, aber dafür waren sie spritzig und wendig, und man konnte sie leicht wieder loswerden. Ihm fiel auf, dass der Fahrer eine Schultertasche auf dem Rücken hatte, die genau die richtige Größe für eine Handfeuerwaffe besaß.

Sollte es tatsächlich so enden?, dachte er. Sollte ich tatsächlich nach einem kurzen Supermarktbesuch erschossen werden, mit achtzehn Kästen Tusker-Bier im Kofferraum meines Land Rover, sechzehn Flaschen Jack Daniel's und genug Marlboros, um ein Schlachtschiff zu versenken? Wie demütigend.

*Aber irgendwie passte es doch zu allem, was in den letzten vierundzwanzig Stunden passiert war.* Nachdem er von Frank Walker so zum Narren gemacht worden war, hatte er jede Wiedergutmachungschance vertan, indem er sich von einem von Spurlings Schlägertypen die Faust in den Magen rammen ließ und seine Eingeweide in den Staub kotzte. *Super, Jake. Die Dorfbewohner von Jalawi müssen dich ja für den absoluten Helden halten.*

»Was ist denn los?«, erkundigte sich Harry ängstlich vom Beifahrersitz.

»Nichts.«

»Warum guckst du dann pausenlos in den Rückspiegel?«

»Tu ich doch gar nicht.«

»Tust du doch. Was ist denn los?«

»Ach, du bist doch paranoid«, gab Jake zurück.

Doch der Roller blieb ihnen dicht auf den Fersen.

Vielleicht war *er* paranoid. Vielleicht hatte er sich von diesem ganzen Killergerede ja auch verschrecken lassen.
Da sie die Abfahrt nach Flamingo Creek erreicht hatten, blinkte er und verlangsamte, während ihm auf der anderen Straßenseite ein sechsachsiger Tanklastzug entgegenkam. Der Roller hinter ihm drosselte ebenfalls seine Geschwindigkeit. Da riss Jake in letzter Sekunde das Lenkrad herum und fuhr dem Tanklaster genau in die Spur. Wütendes Gehupe ertönte, während der Land Rover über die unbefestigte Straße schlingerte, die ostwärts zum Bootshaus führte.
Harry schrie, während er auf seinem Sitz hin und her geschüttelt wurde.
»Schnall dich an«, befahl Jake, doch sein Partner fummelte sowieso schon hektisch an der Gurtschnalle.
Der Land Rover wirbelte riesige Staubwolken auf, so dass man nach hinten kaum noch etwas erkennen konnte, und einen glücklichen Moment lang dachte Jake, dass er sich alles nur eingebildet hatte, dass der Roller weiter in nördlicher Richtung über den Highway fuhr und der Fahrer sich wunderte, was für ein Geisteskranker sich da eben um ein Haar umgebracht hätte.
Aber dann – *Scheiße!* Da war er wieder im Außenspiegel, hundert Meter hinter ihnen, und wich den Erdbrocken und Schlaglöchern aus. Jake umklammerte fest das Lenkrad, als das Auto in ein riesiges Schlagloch fuhr und auf die Bäume zuschlitterte. Als er den Wagen zurück auf die Straße lenkte, warf er panisch wieder einen Blick in den Seitenspiegel. Der Roller war immer noch da, aber der Abstand zwischen ihnen hatte sich merklich verringert.
Das Bootshaus war noch gut einen Kilometer entfernt,

doch der Roller holte immer weiter auf, und jetzt kam es Jake auch ganz so vor, als würde der Fahrer die rechte Hand vom Lenker nehmen und in seine Tasche greifen.

*Verdammte Scheiße.*

Er riss das Lenkrad nach rechts und zog gleichzeitig die Handbremse an, so dass der Land Rover sich schwindelerregend um die eigene Achse drehte und die Straße blockierte. Der Roller, der gerade noch fünfzig Meter hinter ihnen in der dicken Staubwolke gefahren war, konnte nirgendwohin ausweichen als in die Büsche am Straßenrand. Als der Roller in den Graben fuhr, machte der Fahrer einen Salto ins Unterholz.

Eine geraume Weile war das einzig hörbare Geräusch das Ticken des abkühlenden Automotors. Dann kam das Vogelgezwitscher, und schließlich das wilde Geschrei der Affen. Langsam machte Jake seinen Sicherheitsgurt los und rutschte vom Sitz. Er spürte, wie die gequälten Muskeln im Nacken und im Rücken empört aufschrien.

»Alles klar bei dir, Harry?«

Harry sah ihn verschreckt mit weit aufgerissenen Augen an. »Hast du ihn erwischt?«

»Keine Ahnung?«

»Wohin willst du?«

»Setz du dich hinters Steuer. Wenn was passiert, tritt das Gaspedal durch und fahr geradewegs zum Polizeipräsidium nach Mombasa. Frag nach Jouma.«

Jake griff sich die nächstbeste Waffe – eine Flasche Bourbon – und stieg vorsichtig aus dem Land Rover.

# 39

Cyril Craven arbeitete schon seit zwanzig Jahren als Firmenanwalt für Spurling Developments. Lange genug, um augenblicklich zu wissen, woher der Wind wehte, als er in Bobby Spurlings Büro trat und Roarke wie einen Höllenhund hinter seiner linken Schulter stehen sah.

So etwas hatte er befürchtet seit dem Moment, da er von Clay Spurlings Tod erfahren hatte.

Clay hatte die Sicherheitsabteilung immer als notwendiges Übel betrachtet, ein Instrument, auf das man zurückgreifen musste, wenn alle anderen Möglichkeiten erschöpft waren. Wann immer es möglich war, zog er es vor, seine Probleme mit Hilfe von Cravens Rechtsabteilung auf legale Art zu lösen. Obwohl sich Roarke den Wünschen seines Chefs gebeugt hatte, wusste Craven sehr wohl, dass dieser tollwütige Sicherheitschef hinter seiner unterwürfigen Fassade nur darauf gewartet hatte, den Spieß endlich umdrehen zu können.

Wie es aussah, war seine Chance nun gekommen.

»Sie wollten mich sprechen, Bobby?«

Bobby kam sofort zum Thema. »Was sind das für Verzögerungen bei unserem Hotelprojekt am Flamingo Creek?«

*Am Flamingo Creek? Woher zum Teufel wusste er vom Flamingo Creek? Aber im Grunde sah ihn die Antwort ja schon aus kalten Augen an.*

Craven räusperte sich und versuchte, Roarke nicht anzublicken. »In der Küstenprovinz hat es breitangelegte Ermittlungen wegen Korruption gegeben«, erklärte er. »Viele Mitglieder des Planungskomitees und Funktionäre der Baubehörden, die … sagen wir mal, die *auf unserer Seite* waren, sind inzwischen ersetzt worden oder stehen unter Anklage. Diejenigen, die nun noch im Amt sind, sind jetzt tendenziell ein bisschen besonnener mit ihren Genehmigungen.«

»Das ist ein Sechzig-Millionen-Dollar-Projekt, Cyril«, erinnerte ihn Bobby. »Was schlagen Sie vor, was wir unternehmen sollen?«

Craven seufzte. »Wir stehen in Verhandlungen mit Dr. Kosgei, dem Vorsitzenden des Planungskomitees in Flamingo Creek. Er hat uns zu verstehen gegeben, dass er für die üblichen Methoden nicht empfänglich sein wird.«

»Sie meinen, er will sich nicht schmieren lassen?«

Craven nickte – und dabei erschien ein erschreckendes Bild vor seinem inneren Auge: Dr. Kosgei, ein bescheidener Familienvater, der zusehen musste, wie seine Frau und Kinder von Roarkes Handlangern gefoltert wurden.

»Dann werden Sie eben hingehen und noch einmal mit ihm reden«, entschied Bobby. »Sie werden ihm sagen, dass sich die Situation geändert hat.«

»Geändert?«

»Ja. Geändert.«

Craven setzte sich und hörte mit wachsender Beunruhigung zu, wie Bobby Spurling ihm erklärte, dass die Sicherheitsabteilung dem Dorf Jalawi am Vortag einen Besuch abgestattet hatte. Er warf einen Blick auf Roarke und sah den leisen Triumph im ansonsten ungerührten Gesicht des Sicherheitschefs.

»Und Sie werden diesem Parasiten von einem Priester ausrichten, wenn er sein Geld haben will, dann soll er es

sich gefälligst verdienen«, schloss Bobby. Seine dicklichen weißen Backen waren vor Aufregung rötlich gefleckt.
»Wie Sie wünschen, Bobby«, sagte der Anwalt. »Ich werde sofort ein Treffen arrangieren. Ist die Polizei denn in diesen … unglücklichen Vorfall einbezogen worden?«
»Die Polizei ist für so etwas viel zu beschäftigt«, verkündete Bobby. »Wie es aussieht, gab es gestern auch noch einen Mord in Flamingo Creek.«
Craven wurde ganz kalt. »Einen Mord?«
»Irgend so ein alter Mann. Ein Hanfbauer, glaube ich. In seiner Baracke erschlagen, gerade mal einen Kilometer vom Dorf entfernt.«
»O Gott.«
»Ja«, nickte Bobby. »Der Hauptverdächtige ist einer von diesen Hippies, die gegen unser Bauprojekt protestieren. Man hat ihn vom Tatort davonrennen sehen. Vielleicht möchten Sie das ja Dr. Kosgei gegenüber erwähnen, wenn Sie ihn treffen. Nur um ihm noch mal vor Augen zu halten, aus welchem Holz diese abstoßenden Leute wirklich geschnitzt sind.«
»Natürlich«, stotterte Craven. »Aber von dem Mord hab ich gar nichts in der Zeitung gelesen.«
»Gib ihnen eine Chance, Cyril«, lächelte Bobby. »Wir haben es ihnen doch gerade erst mitgeteilt.«
Als Cyril Craven das Büro verließ, fiel ihm auf, dass Roarke die ganze Zeit keine Silbe gesagt hatte. Andererseits – warum sollte er sich die Mühe machen, wenn der Aufsichtsratsvorsitzende und Geschäftsführer der Firma für ihn sprach? Er war nur der schweigende Vollstrecker – und es sah ganz so aus, als wäre bereits Blut vergossen worden.

# 40

Der Roller lag im Gestrüpp am Straßenrand und schien erstaunlich wenig beschädigt. Vom Fahrer weit und breit nichts zu sehen. Da hörte Jake aus dem Unterholz plötzlich ein lautes Stöhnen und bewegte sich langsam auf das Geräusch zu, wobei er die Bourbonflasche umklammert hielt wie eine Keule.

Der Fahrer war im Straßengraben gelandet, der mit dornigem Gebüsch zugewuchert war. Die Pflanzen hatten Fetzen aus seiner Jacke gerissen, aber andererseits auch seinen Aufprall abgefangen und ihm höchstwahrscheinlich das Leben gerettet. Als Jake näher kam, bewegte der Mann matt seine Arme und Beine, um sich zu befreien.

»Keine Bewegung, sonst schlag ich dir die Zähne ein, das schwör ich dir!«

Er kniete sich neben den Verunglückten und klappte vorsichtig das verspiegelte Visier des Helms hoch. Das Gesicht, das zwischen den Schaumstoffpolsterungen steckte, sah ganz anders aus, als Jake erwartet hatte. In seiner Vorstellung hatten Auftragskiller brutale, slawische Gesichtszüge mit kalten, erbarmungslosen Augen. Das hier war einfach nur ein afrikanischer Junge mit zaghaft sprießendem Oberlippenbart, und er hatte eine Todesangst.

»Bitte töten Sie mich nicht, Sir«, flehte er.

»Wer zum Teufel bist du?«, fragte Jake.

»Ich heiße Enock Mambili. Ich bin Reporter.«

»Reporter?« Jake hob die Flasche noch ein Stückchen höher.

Enock hob ängstlich die Hände und griff dann in seine

Tasche, um eine Visitenkarte hervorzuholen. »Ich arbeite für die *Coastal Weekly*.«

Jake musterte die Karte gründlich. »Du hast Glück, dass du nicht tot bist.«

Enock Mambili ergriff die Hand, die Jake ihm entgegenstreckte, und setzte sich auf. Prüfend bewegte er seine Gliedmaßen, um festzustellen, ob er unversehrt war, und nickte dann enthusiastisch. »Ein verdammtes Glück.« Er nahm den Helm ab.

»Warum hast du mich verfolgt?«

»Ich habe Sie nicht verfolgt.«

»Was machst du dann hier?«

»Ich bin unterwegs nach Jalawi.«

»Warum?«

Enock räusperte sich und warf sich in die Brust. »Meine Zeitung hat mich beauftragt, über die gewalttätigen Übergriffe einer Gruppe von Umweltschützern zu berichten. Anscheinend sind gestern ein paar Angestellte von Spurling Developments attackiert worden. Einer von ihnen wurde so übel zugerichtet, dass er im Krankenhaus liegt.«

»Wer hat dir das erzählt?«

Der Reporter wurde gleich wieder etwas kleinlauter, als er Jakes angriffslustigen Ton wahrnahm. »Es ist mir leider nicht möglich, meine Quellen zu nennen.«

Jake nickte grimmig. Enock Mambili musste ihm seine Quellen auch gar nicht nennen. Er hätte jederzeit den Verdienst eines Nachmittags darauf gewettet, dass da ein Anruf direkt von Spurling Developments in der Redaktion eingegangen war. Höchstwahrscheinlich von Frank Walker, dem Betriebsleiter. Verdammt, Spurling saß garantiert sogar persönlich im Aufsichtsrat der *Coastal Weekly*.

»Tja, ich befürchte, da habe ich schlechte Neuigkeiten für dich, Enock«, meinte Jake. »Zuerst einmal bist du auf der falschen Seite des Flusses.«

»Aha.«

»Und außerdem ist deine Story gequirlte Scheiße. Die Verletzungen wurden dem Mitarbeiter nämlich von seinen eigenen Kollegen zugefügt.«

Enock zuckte zusammen. »Meine Quellen sind absolut zuverlässig.«

»Meine auch«, gab Jake zurück. »Ich stand nämlich daneben, als es passierte.«

»Leben Sie in Jalawi?«

»Ich habe eine Bootsvermietung, einen knappen Kilometer von hier.«

»Wirklich?« Die Augen des Reporters weiteten sich erstaunt. »Dann können Sie mir vielleicht auch etwas über den Mord erzählen?«

Jetzt war Jake der Überraschte. Vor allem, als Enock Mambili ihm erklärte, dass Isaac Gangra in unmittelbarer Nähe ermordet worden war, auf der anderen Seite des Flusses, nicht mal zwei Kilometer vom Bootshaus entfernt.

»Die Polizei geht davon aus, dass es einer von den Umweltschützern war«, erzählte Enock. »Sie sind ihm schon auf den Fersen und rechnen damit, ihn bald hinter Gitter stecken zu können.«

»Ach ja?«

»Sie sollten vorsichtig sein, Sir! Niemand ist vor diesen Leuten sicher!«

»Danke für die Warnung«, meinte Jake.

Er half dem jungen Reporter auf die Füße, klopfte ihm den Staub von den Kleidern und setzte ihn wieder auf seinen Roller. Er wünschte ihm sogar noch alles Gute und versprach, sich auf jeden Fall die Ausgabe der Zeitung mit Enock Mambilis Artikel zu kaufen. Doch als der junge Mann Richtung Highway davonfuhr, um sich seine Riesenstory zu sichern, fragte sich Jake doch, warum der Verleger den Jungen den weiten Weg hatte machen lassen, wenn die Story doch eigentlich schon geschrieben war.

## 41

Bryson starrte die Leiche an, die mit dem Gesicht nach unten auf der schmalen Gefängnispritsche lag. Eine Welle der Erschöpfung rollte über ihn hinweg. Als er sich mit der Hand übers Gesicht fuhr, kam es ihm vor, als hätte er kein Gefühl mehr in der Stirn und in den Wangen. Einen grässlichen Moment lang meinte er fast, das Gesicht einer Leiche anzufassen.

»Und das in einem Hochsicherheitsgefängnis«, sagte er. »Wie konnte so etwas passieren?«

»Er hat sich als Gefängnispfarrer ausgegeben«, erklärte McCrickerd. »Hat den echten Priester umgebracht und sich seinen Ausweis und den Kragen geschnappt.«

»Haben die hier denn überhaupt keine Wachen?«

»Keine mit Grütze im Hirn.«

»Und was ist mit der Videoüberwachungsanlage?«

»Sie machen wohl Witze.«
Mit einem Finger strich Bryson vorsichtig eine verdächtig künstlich aussehende Haarsträhne beiseite, die von Conrad Gettys Schädel herabgerutscht war und ihm im Nacken hing.
»Ich möchte, dass diese Zelle versiegelt wird«, ordnete er an. »Ich will, dass nicht einmal die kenianische Polizei von diesem Vorfall erfährt. Das hier ist jetzt eine Angelegenheit der nationalen Sicherheit.«
Direkt unter Gettys vorspringender Schädelbasis fand er einen kleinen, blutverkrusteten Einstich.
»Du lieber Gott«, murmelte Bryson. »Dieses Aas ist also auch schon hier.«

Tatsächlich trank der Geist in diesem Moment einen heißen, süßen Tee im Souk der im Landesinneren gelegenen Stadt Gongoni, um die Zeit bis zum Sonnenuntergang totzuschlagen. Dann sollte eine leichte Cessna von einer nahe gelegenen Landepiste im Dschungel starten, die sonst von Drogenschmugglern benutzt wurde, und ihn nach Somalia bringen. Sobald er die unbewachte Grenze dieses gesetzlosen, chaotischen Landes passiert hatte, würde es ein Leichtes sein, Afrika ganz zu verlassen. Zugegeben, eine etwas umständliche und zeitraubende Abreise, aber das FBI überwachte inzwischen unter Garantie sämtliche Flughäfen, Häfen und Grenzübergänge, und er hielt es für ungeschickt, nur um der Bequemlichkeit willen seinen Einsatz jetzt noch zu gefährden.
Und es war ja nicht so, dass ihn die finanzielle Belohnung nicht vollauf entschädigen würde. Der Geist hatte sechzig Millionen Euro dafür bekommen, Martha Bentley und

Conrad Getty hinzurichten – ein Honorar, das das jedes anderen Auftragskillers bei weitem überstieg.
Während er so im angenehmen Trubel des Souks saß und über seine gelungene Arbeit nachdachte, konnte er ein gewisses Bedauern nicht unterdrücken bei dem Gedanken, dass es nie wieder so gut werden würde. Wenn man erst einmal ganz oben auf dem Gipfel stand, konnte es nur noch bergab gehen, das war eine unumstößliche Wahrheit.
Vielleicht war es an der Zeit aufzuhören. Die Lebenserwartung eines Killers war kurz genug, auch wenn er sein Schicksal nicht herausforderte. Bei jedem neuen Auftrag stieg die Wahrscheinlichkeit, dass es schiefgehen könnte, ins Astronomische. Ganz egal, wie gut man war, wenn man zu lange in diesem Beruf blieb, brachte er einen irgendwann selbst um.
Er hatte noch ein paar Stunden bis zu seinem Treffen mit dem Cessna-Piloten, und er hatte noch eine kleine Angelegenheit zu erledigen. Der Geist nahm sein MacBook Air aus seiner ledernen Schultertasche und fuhr das kleine Gerät hoch. Über einen verschlüsselten Mail-Account schickte der Mörder eine kurze, kodierte Nachricht, um die Erfüllung seines Auftrages zu bestätigen.
Fast postwendend landete eine Antwort in seiner Mailbox. Das war höchst ungewöhnlich, und einen Moment zögerte der Geist, ob er die Mail überhaupt öffnen sollte. Das konnte auch eine Falle sein. Organisationen wie das FBI klagten zwar manchmal, dass sie im technischen Bereich nicht mit ihren Gegnern mithalten konnten, aber in Wirklichkeit verfügten sie über weitaus größere Kapazitäten. Sie würden ihren Feinden immer eine Nasenlänge

voraus sein. Es gehörte nur einfach zu ihrer Strategie, den Feind zu überzeugen, dass er ihnen überlegen war. So dass er sich in fataler Sicherheit wiegte und sich überschätzte.
Der Geist öffnete die Nachricht. Sie bestand aus dem Namen einer Person, einer Ortsangabe und der Nummer eines Bankkontos, auf das bei Liquidierung des Objekts weitere zwanzig Millionen eingehen würden. Der Mörder überlegte. Dieser Job bedeutete Recherchen. Sorgfältige Planung. Und vor allem würde dieser Auftrag gefährlich werden, denn in Kenia wurde ihm eigentlich schon der Boden unter den Füßen heiß.
Andererseits wollte der Geist schon gerne wissen, ob der Gipfel einer glanzvollen Karriere schon erreicht war oder ob der absolute Höhepunkt nicht doch noch ausstand.
Also schickte er seine kodierte Bestätigung und nahm den Auftrag an. Das Flugzeug nach Somalia musste warten. Und seine verfrühten Ruhestandspläne ebenso.

In der GCHQ, der britischen Abhörstation in Cheltenham, experimentierte ein Team von Technikern mit einem neu entwickelten Entschlüsselungsprogramm, das probabilistische Algorithmen zum Identifizieren, Isolieren und Sortieren scheinbar zufälliger, hochkomplexer Signalfolgen in elektronischen Daten benutzte. Nachdem sie drei Monate lang ergebnislos statisches Rauschen aufgenommen hatten, waren die meisten im Team zu dem Schluss gekommen, dass die neue Software einfach nur Müll war. Der einzige Grund, warum man sie noch nicht de-installiert und vernichtet hatte, war der, dass die attraktiven Arbeitsverträge der Techniker noch bis zum Monatsende liefen. Daher ließen sie es sich nicht nehmen, jede mögliche Variante sorgfältig bis ins letzte Detail zu prüfen, um sicherzugehen, dass ihre Verträge nicht vorzeitig beendet wurden.

Daher lauschten also zwei Mitglieder pflichtbewusst in den Äther, als die neue Software plötzlich ein Signal auffing. Wenig später registrierte sie ein zweites. Und fünfzig Sekunden später ein drittes. Zur Überraschung – und Freude – der Techniker war die Software tatsächlich in der Lage, die Botschaften zu entschlüsseln. Zumindest sah es so aus: Die dechiffrierten Nachrichten klangen für die beiden völlig sinnlos, aber andererseits fiel das ja auch nicht mehr in ihren Bereich.

Also schickte man die Botschaften ein Stockwerk höher zu den Analytikern der GCHQ. Wie es sich mittlerweile eingebürgert hatte, wurde die Information auch an ihre Kollegen auf der anderen Seite des Großen Teichs weitergeleitet – und so geschah es, dass ein Computer im CIA-Hauptquartier in Langley, Virginia, eine Wortkombination in den drei Funksignalen identifizieren konnte.

Nicht einmal eine Stunde, nachdem der Geist seine letzte Nachricht aus dem Souk in Gongoni geschickt hatte, landete eine transkribierte Version auf dem Tisch von FBI Special Agent Dean Hoffman im Hauptquartier des FBI in der Pennsylvania Avenue, Washington, D. C.

»Ach du liebe Scheiße«, fluchte Hoffman und griff zum Hörer.

Und in einer Entfernung von zwölftausend Kilometern, als der Geist Gongoni gerade verließ und sich wieder südwärts, nach Mombasa, aufmachte, begann das Handy von Special Agent Clarence Bryson zu klingeln.

# 42

Abdelbassir Hossain saß im Polizeipräsidium Mombasa und beschrieb noch einmal, wie er vor fünf Tagen zum Fort Jesus gegangen war und der unter dem Namen Dutch Alice bekannten Prostituierten vierhundert Shilling bezahlt hatte, damit sie ihm den Schwanz lutschte.

»Und bei der Gelegenheit haben Sie gesehen, wie das Opfer sich zu Tode stürzte?«, fragte Inspector Mugo freundlich, während er hinter dem marokkanischen Hafenarbeiter stand und ihm sanft die knochigen Schultern massierte.

»Aber das hab ich Ihnen doch schon gesagt – ich habe niemand fallen sehen«, protestierte Hossain. »Ich stand mit dem Gesicht in die andere Richtung. Die Nutte hat alles gesehen, als sie …«

»Als sie was, Abdelbassir?«

»Als sie … Sie wissen schon … als sie *da unten* zugange war.«

Durch ein schmutziges Metallgitter in der Tür des Vernehmungszimmers beobachtete Jouma das Gespräch mit wachsender Frustration. Hossain hatte dieselben Fragen schon vor fünf Tagen beantwortet, als man ihn aufs Präsidium geholt hatte. Seine Aussage war in einer sorgfältigen Niederschrift komplett nachzulesen. Zweck dieser ganzen Scharade war einzig und allein der, dass Mugo seine Anwesenheit rechtfertigte. Im Hinblick auf die Ermittlungen zum Todesfall Lol Quarrie war das Ganze reine Zeitverschwendung.

»Mich erstaunt nur eines, Abdelbassir«, sagte Mugo. »Sie behaupten, Sie hätten nichts mit dem Mord zu tun …«

»Mit dem Mord?«
»O ja, mein Freund. Das ist jetzt mittlerweile eine Mordermittlung. Wissen Sie, das Opfer hat vor seinem Tod mit jemandem gekämpft. Und ich frage mich, Abdelbassir, ob das nicht vielleicht Sie waren?«
Abdelbassirs verblüffter Gesichtsausdruck wurde höchstens noch von Joumas übertroffen, der auf der anderen Seite der Tür stand. *Eine Mordermittlung?* Was zum Teufel hatte Mugo vor? Es gab nicht den geringsten Beweis dafür, dass Lol Quarrie von der San Felipe Bastion hinabgestoßen worden war. Und was den Kampf anging – hatte Mugo denn den Bericht nicht gelesen? Der Möbeltischler hatte ganz deutlich erklärt, dass es sich bei dem Gegner um einen Jungen gehandelt hatte. Und Abdelbassir war mindestens vierzig. Verdammt, der Mann hatte einen Vollbart!
»Warum hätte ich ihn denn umbringen sollen?«, fragte Abdelbassir. »Ich hab den Mann nie in meinem Leben gesehen.«
»Sie mögen Dutch Alice, stimmt's?«, fuhr Mugo fort.
»Ich ...«
»Sie sagt, Sie sind ihr bester Kunde.«
»Ich ...«
»Vielleicht hat dieser Mann ja versucht, sie Ihnen wegzunehmen. Vielleicht haben Sie sich darüber sehr aufgeregt. Vielleicht waren Sie ja eifersüchtig.«
»Sie ist eine *Hure*«, erwiderte der Schauermann. »Sie verdient sich ihren Lebensunterhalt damit, dass Männer sie ficken. Mindestens zwanzig Stück am Tag. Warum sollte ich da plötzlich eifersüchtig werden?«
Mugo blickte zur Decke und faltete die Hände, als würde

er beten. »Die Eifersucht ist etwas Seltsames. Sie trifft die Männer in den verschiedensten Formen. Selbst Männer, die sich immun glauben, werden plötzlich von ihr gepackt und können sich nicht mehr beherrschen.«

»Ich hab diesen Mann aber noch nie gesehen. Ich schwör's.«

»Und Sie haben ihn auch nicht von der Mauer gestoßen?«

»Nein!«

Mit einer theatralischen Geste donnerte Mugo seine Faust auf den Tisch. *»Warum sind Sie dann davongerannt?«*

Jouma beschloss, dass er genug gehört hatte. Drei Stunden in Mugos Gesellschaft – mehr hielt kein Mensch aus.

»*Warum*, Abdelbassir?«, echote Mugos Stimme durch den Korridor. *»Warum?«*

*Weil Abdelbassir Hossain ein verheirateter Mann mit fünf Kindern ist, du Vollidiot*, dachte Jouma, während er auf den Ausgang zusteuerte. *Und er will ganz sicher nicht, dass seine Frau erfährt, wie er seine Abende in der Gesellschaft schmutziger Huren am Fort Jesus verbringt.*

Nicht, dass Mugo die Wahrheit wirklich wichtig gewesen wäre. Deswegen hatte Jouma auch nicht vor, seine Zeit mit ihm zu verschwenden. Hier galt es einen Fall zu lösen, und jetzt hatte er zumindest eine Spur. Während der dämliche Mugo gegen Windmühlenflügel kämpfte, wollte Jouma am Nachmittag ein Stück ordentliche Ermittlungsarbeit leisten.

Aber alles schön der Reihe nach.

»Wenn jemand nach mir fragt«, gab er dem Corporal am Wachtisch Bescheid, »dann richte ihm aus, dass ich in der Mittagspause bin.«

# 43

Im Bootshaus luden Jake und Harry den Alkohol aus und zischten ein paar Bierchen.

»Glaubst du, der Junge wird schreiben, was gestern wirklich in Jalawi passiert ist?«, fragte Harry, während er sich auf seinen Regiestuhl auf dem Anlegesteg setzte.

Jake zuckte mit den Schultern. »Selbst wenn er nicht mit der vorgegebenen Linie konform geht, kann er trotzdem nur schreiben, was ihm die Leute erzählen. Und wenn die Dorfbewohner oder die Missionare nicht reden, dann steht Spurlings Wort gegen das einer Truppe zugedröhnter Hippies. Und wer würde denn überhaupt glauben, dass eine Schlägertruppe von Spurling Developments eins ihrer eigenen Autos zertrümmert und einen ihrer eigenen Männer krankenhausreif geschlagen hat?«

Er wusste sehr gut, dass die Dorfbewohner den Mund nicht aufmachen würden. Sie hatten eine Todesangst davor, dass Roarke und seine Schlägertruppe ihnen einen erneuten Besuch abstatten könnten.

»Und was ist mit diesem Mord?«, erkundigte sich Harry.

»Ich hab diese Leute gesehen, Harry. Die wüssten nicht mal, wie man einer Fliege die Beine ausreißt, und der Gedanke, sie könnten einen alten Mann totschlagen, ist fast schon lächerlich. Das gehört alles zu dem gleichen schmutzigen Spiel, mit dem man Evie Simenon diskreditieren will.« Jake warf seinem Partner einen Blick zu. »Vielleicht könntest du die Angelegenheit ja bei der nächsten Aktionärsversammlung zur Sprache bringen.«

Harry grunzte unverbindlich. »Es gäbe natürlich auch

noch eine andere Option. Warum erzählen wir den Zeitungen nicht einfach, wie wir gerade in ständiger Gefahr leben müssen, ermordet zu werden? *Das* wäre doch mal eine tolle Geschichte. Viel aufregender als dieses Gekabbel um so ein Dorf.«

Jake lachte. »Ich hab's dir doch schon mal gesagt: Uns will niemand ans Leder, höchstens ein paar verschmähte Frauen und eifersüchtige Ehemänner.«

»Aha. Und deswegen hast du uns beide vorhin fast umgebracht, oder?«

»Ich hab überreagiert. Mach dir deswegen keinen Kopf.«

»Ich mach mir aber einen Kopf deswegen, mein Lieber! Was ist, wenn wir eines Nachts von Suki's Bar zurückkommen und er uns hier erwartet?«

»Dann bieten wir ihm noch einen Absacker an und erklären ihm, dass er nur seine Zeit verschwendet. Wir wissen nichts.« Jake trank sein Bier aus und blickte auf die Kästen mit Tusker-Bier, die auf dem Anlegesteg standen. »Ich schätze, du hast keine Lust, die Bierkisten mit mir ins Beiboot zu schleppen?«

Harry zuckte zusammen. »Ich hab immer noch so ein leichtes Halswirbelschleudertrauma von unserem kleinen Abenteuer vorhin«, behauptete er. »Ich glaub, ich schone mich lieber noch ein bisschen.«

Als Jake die letzte Kiste auf die *Yellowfin* gebracht hatte, döste Harry schon in seinem Stuhl. Alter Trottel, dachte Jake zärtlich. Manchmal vergaß er, was sein Kumpel schon mitgemacht hatte. Jake mochte Martha Bentley verloren haben, aber Harry hatte seine ganze Familie verloren – bei einem Autounfall in England war ihr Leben im Bruchteil einer Sekunde ausgelöscht worden. Sein Partner hatte seitdem gewisse exzentrische Ansichten vom Leben – doch Jake bezweifelte, dass irgendjemand so ein Erlebnis wegstecken konnte, ohne einen gewissen Schaden an seiner geistigen Gesundheit davonzutragen.

Er nahm sich noch eine Flasche Tusker aus der Kühltasche und genoss sie mit einer Zigarette. Es tat gut, sich einen Moment zurückzulehnen und Bilanz zu ziehen, denn die Ereignisse schienen gerade völlig aus dem Ruder zu laufen. Erst Martha, jetzt diese Geschichte in Jalawi – vielleicht der richtige Zeitpunkt, um innerlich mal kurz auf Abstand zu gehen und die Dinge ein wenig abkühlen zu lassen.

Weiß der Teufel, was hinter der nächsten Ecke schon wieder lauern mochte.

Plötzlich horchte er auf. Es war nicht besonders laut, aber da kam eindeutig ein schlurfendes Geräusch aus der Kabine. Im Grunde hätte es alles Mögliche sein können – vielleicht war durch den leichten Wellengang ein Kissen von einer Bank gefallen, oder es kam von einer Tür, die nicht richtig fest geschlossen war.

Doch da hörte er es wieder, und nun konnte es keinen Zweifel mehr geben.

Es war jemand auf dem Boot.

Leise öffnete Jake eine der Kisten, in denen die Ausrüstung verstaut war, und entnahm ihr einen eisernen Bootshaken. Er umklammerte ihn fest und hielt die übel aussehende Kralle einsatzbereit über seinen Kopf, während er sich zur Kabine vorbeugte. Das wird ja langsam zur Gewohnheit, dachte er. Ein Schatten bewegte sich über die schmierige Fensterscheibe, und Jake atmete einmal tief ein, bevor er sich mit voller Wucht mit der Schulter gegen die wacklige Tür warf. Die Türkante traf den Eindringling, und ein Körper schlitterte rückwärts gegen den Klapptisch zwischen den Bänken. In der nächsten Sekunde war Jake auch schon über ihm, und zweifellos wäre die Metallklaue auf den ungeschützten Schädel niedergesaust, wenn sein Opfer nicht mit kläglichem Aufheulen um Gnade gebettelt hätte.

Als sich die roten Nebel seiner Wut verzogen, merkte Jake, dass er auf ein bekanntes Gesicht herabblickte.

»Was zum Henker tun Sie auf meinem Boot?«, fragte er.

»Bitte, Mann, Sie müssen mir helfen«, flehte Alex Hopper. Sein Gesicht war kreidebleich, seine Kleidung zerrissen und blutbefleckt. Pitschnass war er obendrein. »Ich steck so richtig in der Scheiße.«

## 44

Sonntag, 5. Februar 1987. Das war der Tag, an dem sich für Frank Walker alles geändert hatte. Ein unsagbar trüber Winterabend im Aufenthaltsraum einer Pension in North Shields. Nur er und ein belgischer Lkw-Fahrer namens Henning saßen am Feuer und sahen fern. Der übliche Mist, den es am Sonntagabend so gab: Kirchenchöre und öde Familienserien. Als Henning auf BBC 2 umschaltete, wollte Frank schon protestieren, doch da sah er plötzlich seine Zukunft auf dem Bildschirm: eine Dokumentation über Großwildjäger im Massai-Mara-Reservat.

Untersetzte Idioten in Tropenhelmen und Khakihosen, die mit ihren Hochleistungsgewehren aus fahrenden Land Rover zielten.
Vielleicht hatte Frank sogar etwas gesagt, denn Henning hatte sich zu ihm umgedreht und gefragt: »Gefällt dir so was?«
Wie sich herausstellte, hatte Henning einen Cousin, der auf einem privaten Anwesen in Kenia als Wildhüter arbeitete, und er war ziemlich sicher, dass die dort immer jemanden brauchen konnten, der sich nicht scheute, draußen richtig mit anzupacken.
Frank wusste nicht mal, wo Kenia lag – aber am nächsten Tag führte er ein paar Ferngespräche und kündigte anschließend seinen Job. Er hatte nicht viel Geld, aber es reichte immerhin für die Fahrt nach Heathrow und ein einfaches Flugticket nach Mombasa, in der Economy Class bei Kenya Airways. Zwanzig war er damals.

Seit Clay Spurlings Tod hatte er darauf gewartet, ins Chefbüro bestellt zu werden.
»Bobby würde Sie gern sprechen, Mr. Walker«, sagte Janice, seine Sekretärin. Ihre Stimme zitterte leicht. Ihr war klar, dass er schon auf diesen Anruf gewartet hatte. »Mr. Walker …«
»Schon gut, Janice. Sagen Sie ihm, ich komme gleich.«
Als Frank im Fahrstuhl stand, auf dem Weg ins oberste Stockwerk, wunderte er sich eigentlich bloß, dass der Anruf nicht schon früher gekommen war. Worauf wartete Bobby? Wollte er seine Rache kalt genießen?
Er befühlte die glatte Kupferhülse der Winchester-Magnum-Patrone und dachte daran zurück, wie unkompli-

ziert das Leben gewesen war, als er zwanzig war, bevor Clay Spurling ihn unter seine Fittiche genommen und ihn wie seinen Sohn behandelt hatte.

*Wenn Clays eigener Sohn sich doch nur seines Namens als würdig erwiesen hätte.*

»Hallo, Frank«, begrüßte ihn Bobby und lehnte sich zurück. Obwohl es noch früh am Morgen war, lag in seinen Augen schon das verräterische drogeninduzierte Funkeln. Walker wusste die Zeichen zu lesen. »Lange nicht gesehen. Wie geht's denn so?«

»Den Umständen entsprechend, Bobby. Wie war Johannesburg?«

Bobby zuckte mit den Schultern. »Ich muss sagen, ich war nicht allzu begeistert, als ich dort hingeschickt wurde. Mein gesellschaftliches Leben war völlig im Arsch, das kann ich dir sagen. Aber weißt du was? Verglichen mit diesem Kaff war es immer noch wie New York City.«

»Das freut mich zu hören.«

»Ach ja, Frank? Freust du dich, mich schon so bald wiederzusehen?«

»Mein herzliches Beileid zu deinem Verlust«, sagte Walker in unverbindlichem Ton.

»Von allen Seiten bekomm ich das zu hören«, stellte Bobby fest. »Dabei glaube ich, wir sollten eher dankbar sein, dass der gute alte Junge es überhaupt noch so lange gemacht hat. Aber wir wollen uns nicht unnötig mit der Vergangenheit aufhalten, oder?«

»Nein, Bobby. Lieber nicht.«

Bobby stand auf und trat an das Sideboard in der Ecke. »Wie wär's mit einem Whisky, Frank? Ich kann mich erinnern, dass du damals ganz gerne mal die harten Sachen getrunken hast.«

Walker stand mit den Händen auf dem Rücken steifbeinig im Raum und beobachtete, wie Bobby mit zitternden Händen einen fünfzehn Jahre alten Malt-Whisky aussuchte. Kaum zu glauben, dass der Junge erst dreiundzwanzig war. In den knapp zwei Jahren seines Exils hatte sein hedonistischer Lebensstil dem jungenhaften Gesicht die verhärmten Züge eines Mannes um die vierzig verliehen.

»Nein, danke. Ist noch ein bisschen früh für mich.«

Bobby zog eine Augenbraue hoch, während er sich selbst einen guten Schluck einschenkte. »Zu früh? Da hast du deine Einstellung aber ein bisschen geändert.«

»Das kommt, wenn man älter wird«, erwiderte Walker. »Da kann man nicht mehr so trinken wie in jungen Jahren.«

»Das ist ja deprimierend. Wenn das so ist, trinke ich jetzt darauf, dass ich niemals älter werde.« Bobby leerte sein Glas in einem Zug und goss sich sofort nach. Dann setzte er sich wieder hinter den Schreibtisch. »Tja, dann wären wir jetzt ja wieder vereint, das gute alte dynamische Duo. Wer hätte das gedacht, was, Frank? Bei Gott, wir haben damals wirklich tolle Zeiten erlebt, stimmt's?«

»Wenn du meinst, Bobby.«

Bobby lächelte kalt. »Du weißt, dass ich immer zu dir aufgeblickt habe, Frank. Wirklich. Als ich klein war, warst du für mich so was wie … ich weiß nicht, so was wie ein Onkel oder so. Und als mein alter Herr dich ins Geschäft eingeführt und immer weiter befördert hat, habe ich mich wirklich für dich gefreut. Einen Besseren hätte es gar nicht treffen können. Eine richtige Vom-Tellerwäscher-zum-Millionär-Story. Aber du hast mich verraten, Frank. Ich dachte, wir hätten ein ganz besonderes Verhältnis – aber du hast mich *verraten.*«

Walker seufzte. »Verdammt, Bobby – wir beide wissen doch ganz genau, warum ich hier bin. Wenn du mich loswerden willst, warum lässt du dann nicht einmal in deinem Scheißleben den Quatsch und ziehst es einfach durch?«

Bobby betrachtete ihn aus verschleierten Augen. »Du hast noch nie viel Wert auf Förmlichkeiten gelegt.« Er drückte einen Knopf auf der Sprechanlage und wies seine Sekretärin an: »Sagen Sie Mr. Roarke bitte, dass er reinkommen soll.«

Walker hörte, wie die Tür aufging und spürte den Boden leicht beben. Als er sich umdrehte, sah er Douglas Roarke, begleitet von seinem persönlichen Pitbull, Tom Beye. Sie stellten sich direkt hinter ihn – Roarke ruhig wie ein Pfarrer, Beye aufgeputscht wie ein wildes Tier, mit kaum verhohlener Aggression. So sollte es also enden, dachte Walker. Von den Sicherheitskräften auf die Straße gesetzt. Er hätte beinahe laut losgelacht.

»Du hast viel an meinen Vater gedacht, stimmt's, Frank?«

»Wesentlich mehr, als du jemals an ihn gedacht hast.«

»Das ist nicht fair. Ich habe ihn geliebt, wie jeder Sohn seinen Vater liebt. Aber er hat mich nie zurückgeliebt.«

»Ich glaube, er hat sein Bestes versucht, Bobby«, entgegnete Frank. »Aber es ist eben ganz schön schwierig, so einen Scheiß-Soziopathen zu lieben.«

»Einen *Soziopathen?* Das ist ja ein beeindruckendes Wort. Vor allem aus dem Munde eines Lkw-Fahrers aus Glasgow. Weißt du, ich will dir mal was verraten, was du noch nicht weißt. Die Leute glauben, dass mein Vater an einem Herzinfarkt gestorben ist, weil seine arme, alte, ausgefranste Pumpe einfach den Geist aufgegeben hat. Tja, das hat sie auch – aber nicht aus natürlichen Ursachen.«

Walker spürte, wie ihm das Blut aus dem Gesicht wich. »Was willst du damit sagen, Bobby?«

»Sagen wir einfach … ich hab ein bisschen nachgeholfen.«

»Du … hast ihn *getötet?*«

Grinsend beschrieb Bobby ihm Clay Spurlings letzte Momente. »Das Toxin im Pflanzensaft der Wüstenrose ist so ähnlich wie Digitalis, nicht wahr, Mr. Roarke?« Er blickte seinen Sicherheitschef mit der erwartungsvollen Miene eines Kindes an, das Bestätigung von einem Erwachsenen erwartet.

»Ganz recht, Sir«, nickte Roarke. »In kleinen Dosen kann es sogar bei der Behandlung verstopfter Herzkranzgefäße helfen.«

»Ironie des Schicksals, was? Bei seinem Zustand.« Bobby kicherte. »Aber das gilt nur für *ganz, ganz kleine Dosen*. Erzählen Sie Frank doch mal, was passiert, wenn man eine größere Dosis verabreicht.«

»Größere Dosen verursachen systolisches Herzversagen und Tod«, dozierte Roarke.

»Wie es dann ja auch passiert ist«, tönte Bobby. Mittlerweile war er überzeugt, dass die Ermordung seines Vaters ein durchgeplanter Geniestreich seinerseits gewesen war und nicht ein extrem vorteilhaftes Zusammentreffen von Umständen und pflanzlichen Toxinen. »Und das Schlaueste daran: Bei einer Autopsie würde es nie ans Tageslicht kommen.«

»Du Aas«, zischte Walker und sprang auf, um sich auf den Jungen zu stürzen. Doch Tom Beye war schneller. Seine riesigen Arme schlossen sich von hinten um Walker und pressten ihm die Luft aus den Lungen, so dass er keuchend um Atem rang.

In diesem Moment begriff er, dass Bobby viel finsterere Pläne für ihn hatte, als ihm einfach nur den Job zu nehmen.

»Er wollte dich zum Geschäftsführer ernennen«, fuhr Bobby fort. »Und das geht einfach nicht. Ich bin immerhin sein Sohn, verstehst du? Die Firma gehört mir.«

»Scheiße, du bist doch total wahnsinnig, Bobby!«, flüsterte Walker.

Bobby stand auf und schob sein Gesicht bis auf wenige Zentimeter an Walkers heran. »Nein, das bin ich nicht. Und um ehrlich zu sein, geht es mir langsam ein bisschen auf die Nerven, dass die Leute das ständig behaupten. Ich verlange *Respekt.*«

Walker spuckte ihm ins Gesicht. Der dicke Speichelklumpen lief dem jungen Mann über die schlaffe Wange, bis er ihn mit einem Taschentuch abwischte.

»Du verstehst sicher, dass ich dich umbringen lassen muss«, bestätigte Bobby Walkers Verdacht.

»Tja, ich hatte auch nicht angenommen, dass du es selbst machen würdest«, entgegnete Walker. »Dafür hast du nämlich einfach nicht den Mumm.«

Bobby versetzte ihm eine klatschende Ohrfeige. »Dabei sind wir doch mal Freunde gewesen, Frank.«

Walker starrte ihn giftig an. »Ich bin niemals dein Freund gewesen, Bobby. Von mir aus kannst du direkt zur Hölle fahren.«

Bobby zuckte mit den Schultern. »Bringen Sie ihn hier raus, Mr. Roarke. Und verscharren Sie ihn so tief, dass ihn die Tiere nicht wieder ausgraben können.«

## 45

Was ist denn los mit dir, Daniel?«, wollte Winifred Jouma wissen. »Hast du irgendwas?«

Jouma blickte auf seine Schüssel und sah, dass er sich zwar vor fünf Minuten die Gabel voll mit Lammragout beladen hatte, aber immer noch nichts gegessen hatte.

»Nichts, mein Schatz«, erklärte er seiner Frau. »Ich hab bloß nachgedacht.«

»Na, iss jetzt mal lieber dein Mittagessen, sonst wird es kalt«, sagte Winifred. Sie fragte nicht nach, worüber er grübelte, denn sie wusste, dass es mit seiner Polizeiarbeit zu tun hatte. In den über dreißig Jahren ihrer Ehe hatte sie ihn nie nach der Arbeit gefragt, und dafür war Jouma ihr dankbar.

Natürlich hatte sie recht. Da kam er nun extra nach Hause, um dem Wahnsinn seiner Arbeit eine Weile zu entkommen – und dann dachte er immer noch daran.

Die winzige Wohnung bebte, als ein Lieferwagen auf dem Weg nach Nairobi über den Makupa Causeway donnerte.

Winifred räumte seine Schüssel ab und ging in die Küche.

»Es war köstlich«, behauptete er.

»Woher du das wohl wissen willst«, gab sie zurück. »Ich geh jetzt bügeln.«

Jouma lehnte sich zurück und starrte auf die Wände. Dann nahm er die bunte Krawattennadel aus der Tasche, die Mwangi in der Gasse gefunden hatte, und legte sie auf den Tisch. Lol Quarrie hatte sie für seine langjährigen Dienste bei der Königlichen Polizei von Ulster bekommen. Warum hatte sie in dem schmalen Durchgang auf dem Boden gelegen? War sie ihm im Handgemenge vom Jackett gerissen worden? Und wenn ja – was mochte dort noch im Dreck gelegen haben? *Und wer war dieser Junge, den der alte Tischler gesehen hatte?*

Eine ungute Geschichte. Er hatte sich darin festgebissen, und so sehr er seine Frau und ihre Kochkünste liebte, er musste einfach über das Rätsel um Lol Quarrie nachgrübeln. Schließlich stand er auf und zog die Jacke an. Mugo konnte ganz Mombasa zum Verhör vorladen – es gab nur einen Ort, den Jouma heute Nachmittag aufsuchen würde.

»Ich muss los«, rief er seiner Frau zu. Doch Winifred sang im Schlafzimmer vor sich hin und hörte ihn nicht. Wie sehr er seine Frau liebte. Wie sehr er sich ihr Talent wünschte, Dingen, die sie nicht betrafen, völliges Desinteresse entgegenzubringen.

Er öffnete die Tür und fuhr zusammen, als sich aus den Schatten des Treppenhauses eine Gestalt löste.

Es war Jake. Und er war nicht allein.

Alex Hopper saß am Küchentisch und schaufelte sich Winifred Joumas Ragout in den Mund. Der Junge sah schrecklich aus, fand der Inspector. Er war totenbleich und hatte dunkle Augenringe. Aus dem winzigen Badezimmer hörte man einen unregelmäßigen Wasserstrahl in die Emaillebadewanne laufen, und Winifred kam mit einem frischen Handtuch über dem Arm ins Zimmer.

»Tut mir leid, es wird einen Moment dauern, bis die Wanne voll ist«, erklärte sie. »Ich lege Ihnen das Handtuch aufs Bett, Sie können dann hineingehen, wenn Sie fertig sind.«

»Vielen Dank, Mrs. Jouma«, sagte Jake. »Das ist sehr nett von Ihnen.«

Sie musterte Alex mit unverkennbarer Besorgnis, dann drehte sie sich um und ging wieder ins Schlafzimmer.

Als sich die Tür hinter ihr geschlossen hatte, räusperte sich Jouma und begann: »Der diensthabende Beamte in der Polizeistation von Kilindini hat mir am Telefon Folgendes mitgeteilt: Gestern ist ein Plantagenarbeiter namens Isaac Gangra erschlagen in seinem Haus am Nordufer des Flamingo Creek aufgefunden worden.«

»Ein Plantagenarbeiter?«, platzte Alex heraus. »Das war ein Scheißdealer.«

»Pass mal ein bisschen auf deinen Ton auf, mein Lieber«, ermahnte ihn Jake.

»Der Fall wird als Mordsache behandelt«, fuhr Jouma fort. »Ein Ermittlerteam ist bereits auf die Sache angesetzt worden. Der Verdächtige soll ein weißer Mann um die neunzehn sein.«

»Alex hat erzählt, es wären mehrere Männer da gewesen, die aufs Geratewohl auf ihn geschossen hätten.«

»Das waren *Askari* von einer privaten Sicherheitsfirma, angeheuert von einer Organisation von Bewohnern von Flamingo Creek. Sie sind Hinweisen auf illegale Aktivitäten nachgegangen.«

»Was für illegale Aktivitäten?«

»Drogenhandel.«

»Wie passend.«

»Sie waren gerade in der Nähe von Mr. Gangras Haus auf Streife, als sie Mr. Hopper entdeckten. Sie behaupten, er sei bewaffnet gewesen, und sie hätten deswegen in Notwehr ebenfalls das Feuer eröffnet.«

»Verdammt, diese Arschlöcher haben versucht, mich umzubringen«, beteuerte Alex mit brüchiger Stimme.

»Ich sag's dir nicht noch mal«, knurrte Jake. »Pass auf deinen Ton auf.«

Jouma seufzte und wandte sich an den Jungen. »Was haben Sie dort gemacht?«

»Mikey hat gesagt, der Typ hätte Gras zu verkaufen«, erzählte Alex. »Er meinte, der Typ in der Baracke wäre ein Dealer. Ich schwör's, Mann, der war schon tot, als ich ihn gefunden habe. Sein Kopf war total …«

Müde rieb Jouma sich das Gesicht und wandte sich wieder an Jake. »Kann ich Sie kurz mal draußen sprechen?«

Sie gingen ins Treppenhaus und blickten über den Makupa Causeway. Jake steckte sich eine Zigarette an. In der Ferne bewegten sich riesige Containerschiffe wie in Zeitlupentempo aus dem Hafen von Kilindini aufs offene Meer hinaus.

»Sie hätten sich gar nicht erst da reinziehen lassen dürfen«, schimpfte Jouma wütend. »Was haben Sie sich dabei bloß gedacht? Überall in Flamingo Creek sind Polizisten auf der Suche nach dem Jungen.«

»Ich hatte nicht unbedingt die Wahl«, erklärte Jake. »Ich hab ihn heute Morgen auf meinem Boot gefunden. Der Junge war total verschreckt und hatte sich in der Kabine versteckt. Ich dachte, er wäre … Mann, um ein Haar hätte ich ihm meinen Bootshaken in den Schädel gerammt.«

»Er steckt jedenfalls bis zum Hals in Schwierigkeiten, Jake. Nach allem, was man hört, war das ein richtig brutaler Mord. Eigentlich müsste ich ihn verhaften.«

»Ich weiß. Aber die ganze Sache stinkt doch zum Himmel. Eine bewaffnete Sicherheitsmannschaft stolpert in die Baracke vom alten Gangra, gerade als Alex da rauskommt? Ich bitte Sie. Diese Typen würden einen Plantagenarbeiter nicht mal anpissen, wenn er brennt. Die werden dafür bezahlt, sich um die feinen Pinkel vom Yachtclub zu kümmern.«

Jouma stöhnte. Das war wirklich das Allerletzte, was er jetzt in seinem Leben noch gebraucht hatte. »Wer ist denn dieser Mikey eigentlich?«

»Michael Gulbis. Einer von den Hippies in Jalawi. Er hat sich neulich das Bein gebrochen, als er vom Baum gefallen ist. Im Moment liegt er im Krankenhaus von Mombasa. Sieht so aus, als hätte er von einem vom Reinigungspersonal einen Tipp bekommen, dass Gangra eine Ladung erstklassiges Cannabis zu verkaufen hat.«

»Und wer ist dieser Putzmann?«

»Weiß ich nicht. Noch nicht.«

Jouma sah ihn fest an. »Sie können die Dinge nicht einfach selbst in die Hand nehmen, Jake.«

»Was kann ich denn sonst machen? Sie wissen doch, wie das System funktioniert, Inspector. Wenn sie den Jungen fassen, sperren sie ihn ein und werfen den Schlüssel weg. Ich kann ihm nur helfen, indem ich den richtigen Mörder finde. Oder zumindest rausbekomme, wer Hopper reingelegt hat.«

»Warum sind Sie so sicher, dass er die Wahrheit sagt?«

»Weil ich sein Gesicht gesehen habe. Der hat sich vor

Angst fast in die Hosen gemacht. Er hat sich die ganze Nacht im Sumpf versteckt, und dann ist er über den Flamingo Creek geschwommen, weil er dachte, dass die *Yellowfin* der einzig sichere Ort ist. Er glaubt, dass diese Typen ihn wirklich umbringen wollten.«

Jouma seufzte und schüttelte resigniert den Kopf. Er wusste, dass Jake Moore sich nicht von etwas abbringen ließ, was er sich einmal in den Kopf gesetzt hatte. Er konnte nur hoffen, dass der ehemalige Polizist vorsichtig und zurückhaltend vorgehen würde – denn sonst blieb dem Inspector nichts anderes übrig, als beide hinter Gitter zu bringen.

»Der Junge kann hier bleiben«, meinte er. »Aber nur bis morgen. Ich kann mich da nicht auch noch mit reinziehen lassen.«

»Ich weiß das wirklich zu schätzen, Inspector. Danke.«

»Was werden Sie jetzt tun?«

Jake rieb sich die Bartstoppeln am Kinn. »Ich dachte, ich bring seinem alten Freund Michael Gulbis mal ein paar Trauben vorbei«, erklärte er.

## 46

Dr. Benson Kosgei, Vorsitzender des Planungskomitees, saß in seinem gut ausgestatteten Büro nördlich von Flamingo Creek und musterte über die Oberkante seiner breitrandigen Brille den Mann, der sich auf der anderen Seite des Schreibtisches befand.

»Was kann ich für Sie tun, Mr. Craven?«
»Ich würde gern mit Ihnen über die wachsenden Probleme in Jalawi sprechen«, begann der Chef der Rechtsabteilung von Spurling Developments.
»Welche genau?«
»Insbesondere über die Frage, wie viele Menschenleben noch geopfert werden sollen, bis Ihr Planungskomitee zu einer Entscheidung über unseren Antrag kommt.«
»Menschenleben?« Kosgei schien verblüfft.
»Im Moment ermittelt die Polizei im Falle eines brutalen Mordes. Ein vagabundierender Plantagenarbeiter ist gestern erschlagen worden, kaum einen Kilometer von Jalawi entfernt. Hauptverdächtiger ist einer der Umweltschützer, die in der Nähe des Dorfes ihr Lager aufgeschlagen haben. Und ich muss betonen, das Ganze passierte unmittelbar nach einem unprovozierten Angriff dieser Leute auf unsere Männer. Sie haben nicht nur eines unserer Autos zertrümmert, sondern auch noch einen Mann krankenhausreif geschlagen – und die Ärzte sind nicht sicher, ob er auf seinem rechten Auge jemals wieder etwas sehen wird.«
Während er das aufsagte, das Bobby Spurling und Douglas Roarke ihm heute Morgen eingetrichtert hatten, blieb Craven nach außen hin nahezu ungerührt – obwohl ihm fast schlecht wurde, wenn er sich so reden hörte.
»Diese Leute sind gemeingefährlich«, fuhr er in unheilverkündendem Ton fort. »Da muss etwas unternommen werden, bevor es weiteres Blutvergießen gibt. Bevor noch mehr Unschuldige ihr Leben lassen.«
Kosgei überlegte. Dann fragte er: »Hat die Polizei in Zusammenhang mit diesen Vorfällen schon jemanden festgenommen?«

»Nein, aber …«
»Nicht einmal nach einem Fall schwerer Körperverletzung, der einen Mann ins Krankenhaus gebracht hat?«
Das war nun nicht die Antwort, die Roarke oder Bobby Spurling erwartet hätten – aber andererseits kannten sie Dr. Kosgei ja auch nicht so gut wie Craven. Kosgei war nicht wie die Vorsitzenden anderer Bauausschüsse. Deren Eitelkeit und Gier waren ihm völlig fremd. Er erwartete nicht, dass mit dem Baugenehmigungsantrag ein Umschlag mit Hundert-Dollar-Noten eingereicht wurde. Ebenso wenig erwartete er ein neues Auto, einen Europaurlaub oder freie Mitgliedschaft in einem Hotelclub für seine ganze Familie.
Doch Craven war auch noch nicht ganz fertig.
»Vielleicht glauben Sie, dass Spurling Developments in dieser Sache eigennützige Interessen verfolgt, Dr. Kosgei«, fuhr er fort. »Und damit hätten Sie auch gar nicht unrecht. Aber vielleicht wollen Sie sich auch anhören, was andere dazu zu sagen haben.«
Craven lehnte sich zurück. Er hatte seinen Job erst mal erledigt. Jetzt war der Mann neben ihm dran. Und Craven wusste sehr gut, dass Bruder Willem von der Redeemed Apostolic Gospel Church am meisten zu verlieren hatte, wenn dieses Hotelprojekt Schiffbruch erlitt.
»Alle sind in größter Sorge, Dr. Kosgei«, erklärte Bruder Willem ernst. »Die Dorfbewohner – sogar die, die nicht zu meiner Gemeinde gehören – kommen zu mir und fragen mich, wann das Hotel endlich gebaut wird, damit dieser Alptraum ein Ende hat.«
»Wollen Sie damit sagen, die Dorfbewohner sind *für* das Hotel?«, hakte Kosgei misstrauisch nach.

Willem nickte. »Jalawi ist ein kleines Fischerdorf – und es stirbt langsam dahin. Die jungen Leute heutzutage haben kein Interesse daran, in die Fußstapfen ihrer Väter und Großväter zu treten. Sie wissen, dass es jenseits ihres Dorfes eine Welt voller Möglichkeiten gibt. Vor zehn Jahren lebten noch über tausend Menschen in Jalawi. Heute sind es weniger als zweihundert. Ob Sie den Bau nun genehmigen oder nicht, Dr. Kosgei, dieses Dorf wird so oder so bald ausgestorben sein. Mit diesem Projekt haben die Leute zumindest noch eine Chance, sich ein neues Leben aufzubauen.«
Kosgei betrachtete den Priester mit steinerner Miene.
»Tatsächlich?«, fragte er.

»Ich glaube, das ist gut gelaufen«, stellte Willem optimistisch fest, als Craven und er auf dem Rücksitz der Firmenlimousine saßen und von Kosgeis Büro zurückfuhren.
»Ach ja?«, meinte Craven. »Dann müssen Sie in einer anderen Besprechung gewesen sein als ich.«
»Nach allem, was passiert ist, wüsste ich nicht, wie Kosgei irgendeine andere Empfehlung geben könnte als die Genehmigung Ihres Antrags.«
»Sagen Sie mal, Bruder Willem – wären Sie auch so stark für dieses Projekt, wenn Spurling Developments *nicht* bereit wäre, Ihnen eine Million Dollar zu zahlen, wenn Sie aus Jalawi fortziehen?«
Willem wirkte beleidigt. »Sie bezahlen nicht *mich*, Mr. Craven! Sie geben das Geld der Redeemed Apostolic Gospel Church. Und Ihre äußerst großzügige *Spende* wird dafür sorgen, dass die lebenswichtige Missionsarbeit in Kenia noch viele Jahre fortgeführt werden kann.«

»Wenn auch nicht in Jalawi«, gab Craven zu bedenken.
»So ist nun mal der Lauf der Welt«, erwiderte der Priester. »Der Herr gibt, der Herr nimmt.«
»In dieser Hinsicht war schon immer Verlass auf den Herrn«, bemerkte Craven kühl.

## 47

Frank Walker hatte sich immer gewünscht, dass er nach seinem Tod auf dem Grundstück der Spurling-Ranch beerdigt werden würde. Nichts Besonderes, nur ein diskretes Grab irgendwo mit einem gekalkten Felsen als Gedenkstein.
Offenbar sollte dieser Wunsch jetzt in Erfüllung gehen. Obwohl Tom Beye sich wohl kaum um einen Grabstein kümmern würde.
Sie waren zwei Stunden Richtung Süden gefahren und dann eine weitere Stunde landeinwärts, immer entlang des südlichen Rands des Shimba-Hills-Nationalparks. Walker lag mit gefesselten Armen und Beinen im Fußraum des Jeeps. Dazu hatte man ihm noch einen Sack über den Kopf gestülpt. Doch als sie schließlich anhielten und Beye ihm den Sack abnahm, wusste Walker ganz genau, wo sie waren. Der üppig-erdige Geruch verriet es ihm sofort. Direkt hinter der flachen Böschung, an der das Auto parkte, erstreckte sich das leicht hügelige Grasland, und dort unten lag auch Clay Spurlings Ranch.
»Knie dich hin«, befahl Beye.

»Sie wissen, dass Roarke irgendwann auch für Sie keine Verwendung mehr haben wird, Tom. Dann werden Sie hier knien und auf die Kugel warten.«

»Schnauze.«

Beye hieb ihm mit dem Kolben seiner Automatik zwischen die Schulterblätter, und Walker stürzte in den Staub. Der große Afrikaner packte ihn im Nacken und zog ihn mühelos in eine kniende Position.

Walker konnte den widerlichen Gestank von Beyes Atems wahrnehmen. Ihm schoss durch den Kopf, dass in seinem bevorstehenden Tod doch eine gewisse Poesie lag. Er stammte aus den Arbeitersiedlungen in Glasgow, wo die Lebenserwartung deprimierend niedrig war, wo man ein hartes Leben führte und der Tod normalerweise durch ein Messer oder eine zerbrochene Bierflasche herbeigeführt wurde, in irgendeiner miserablen Spelunke oder einem urinverseuchten Treppenhaus. Immerhin, *so* würde er nicht sterben. Seine Knochen würden unter der afrikanischen Sonne bleichen, statt im Krematorium von Bishopbriggs eingeäschert zu werden.

Von hinten hörte er, wie die Waffe entsichert wurde, und schloss die Augen.

Doch die Kugel kam nicht.

Stattdessen sagte eine vertraute, polternde Stimme: »Nehmen Sie die Waffe runter, *Bwana*.«

*Malachi!* Du lieber Gott – diese sechs Worte hintereinander waren vielleicht der längste Satz, den er jemals aus dem Munde des schweigsamen Massai gehört hatte. Aber süßere Klänge waren Walker sein Lebtag nicht zu Ohren gekommen.

Er wandte den Kopf. Beye stand direkt hinter ihm und

zielte immer noch auf seinen Kopf. Doch hinter Beye stand Malachi, Clay Spurlings zuverlässiger Wildhüter, mit seinem üblichen staubigen Khakianzug. Sein faltiges Gesicht unter der Hutkrempe war ungerührt wie immer. Er hielt eine Winchester in der Hand, deren Lauf er Beye von hinten gegen den Schädel drückte.

Walker fragte sich, wie lange der Mann sie wohl beobachtet hatte. Der alte Massai besaß eine geradezu übernatürlich anmutende Fähigkeit, mit seiner Umgebung zu verschmelzen und sich ungesehen und ungehört an seine Beute anzuschleichen. Clay Spurling nannte ihn immer »den flüsternden Tod« – und das war nur halb scherzhaft gemeint.

»Nehmen Sie die Waffe runter, Tom«, sagte Walker. »Oder Malachi wird Ihnen wirklich den Schädel wegpusten.«

In Beyes blutunterlaufenen Augen flammte die Wut auf, aber er wusste, wann er sich geschlagen geben musste. Also ließ er die Waffe sinken und warf sie auf den Boden.

Walker rappelte sich hoch und schnitt seine Fesseln mit Malachis Buschmesser auf. »Wenn Sie mir jetzt bitte noch Ihr Handy geben würden?«

Beye folgte der Aufforderung. Mit der Gewehrmündung vor der Nase blieb ihm nichts anderes übrig, als zu gehorchen.

»Und jetzt drehen Sie sich um und gehen zurück zu Ihrem Auto.«

Sobald Beye hinterm Steuer des Jeeps saß, hob Walker die Waffe vom Boden auf und schoss in die Vorderreifen.

»Ich bring euch um«, grollte Beye. »Ich schwör's euch, dafür bring ich euch beide um.«

»Ich muss jetzt leider los, Tom«, erklärte Walker. »Aber

wenn Sie immer geradeaus gehen, erreichen Sie gegen Sonnenuntergang die Autobahn – vorausgesetzt, dass die Löwen Sie nicht vorher erwischen. Ansonsten können Sie Ihr Glück auch auf der Ranch versuchen. Die liegt ungefähr fünf Kilometer in diese Richtung. Ich hab gehört, dass Bobby sie verkaufen will, aber vielleicht hat er das Telefon ja noch nicht abgemeldet.«

## 48

Ein durch und durch widriger Tag, der an jeder Ecke mit neuen Frustrationen aufwartete. Erst Mugo und Abdelbassir, dann Jake und Alex Hopper – Jouma fragte sich langsam, wer ihm wohl jetzt noch bei seiner wichtigen Polizeiarbeit dazwischenkommen könnte.

Nachdem sich der Inspector beim diensthabenden Beamten Wa'ango im Polizeipräsidium eine starke Taschenlampe geliehen hatte, straffte er endlich die Schultern und betrat den schmalen Durchgang, der die Ndia Kuu mit der Mabaraki Road verband. Die beklemmende Enge der Gasse und die Tatsache, dass sie stank wie die Gedärme des Leibhaftigen, störten ihn dabei nicht. Jouma war überzeugt, dass hier der Schlüssel zum Rätsel um Lol Quarries Tod lag. Mochte man es nun Instinkt oder Erfahrung nennen – er wusste, irgendwo hier in diesem Dreck würde er die Antwort finden.

Als Erstes entdeckte er, woher die vielen bösartigen Ratten kamen, die aus der Gasse zu kommen schienen. Unter dem Kothaufen, in dem Mwangi die Krawattennadel entdeckt hatte, befand sich ein verrutschter Gullydeckel, der höchstwahrscheinlich den Zugang zur Kanalisation unter Mombasas Straßen verdecken sollte. Er schob den schweren Metalldeckel mit dem Fuß an seinen Platz, wo er mit einem befriedigenden »Klonk!« in seine richtige Position fiel. Na, immerhin konnte er einen Sieg über die Schädlinge verbuchen.

Aber das Geräusch erinnerte ihn an etwas. An etwas, das er nur allzu leichtfertig als das dumme Geplapper eines senilen alten Mannes abgetan hatte.

*Klonk! Klonk! Klonk!*

So hatte es der alte Möbeltischler beschrieben. Dieses Geräusch hatte er aus der Gasse gehört, an dem Tag, als Lol Quarrie verschwand.

Er musste an den befremdlichen, faulig riechenden Schleim denken, den er an der Kleidung des Toten festgestellt hatte. *War es möglich, dass …?* Mit klopfendem Herzen kauerte Jouma sich nieder und versuchte, seine Finger unter die Kante des Gullydeckels zu schieben. Doch der war aus fast drei Zentimeter dickem Stahl und viel zu schwer, als dass der kleine Inspector ihn hätte bewegen können. Er kam zu dem Schluss, dass man hier entweder eine spezielle Gerätschaft benötigte oder einfach jemanden, der ein bisschen mehr Muskeln hatte.

Fluchend eilte Jouma zurück zum Präsidium und knallte die Taschenlampe vor Wachmann Wa'ango auf den Tresen. »Ich brauche einen von Ihren Männern«, erklärte er. »Am besten einen richtig kräftigen.«

Doch aus irgendeinem Grunde lächelte Wa'ango nur geheimnisvoll und tippte sich mit Verschwörermiene auf die Nase. »Gratuliere, Inspector Jouma.«

»Wovon reden Sie, Wa'ango?«
»Die Neuigkeit hat sich schon wie ein Lauffeuer im Präsidium verbreitet.«
»Was für eine Neuigkeit?«
»Wie Inspector Mugo und Sie den Mörder des Polizisten im Fort Jesus festgenommen haben!«
Ungläubig starrte Jouma den Mann an. »Mugo und ich haben nichts dergleichen getan, Wa'ango.« Doch noch während er sprach, breitete sich ein klammes Gefühl des Grauens in ihm aus.
»Sie sollten nicht so bescheiden sein, Sir.« Der wachhabende Beamte grinste. »Der Hafenarbeiter hat alles gestanden. Vor einer knappen Stunde ist er in Handschellen ins Gefängnis von Kingorani abtransportiert worden, und Inspector Mugo hat die Presse schon zu einer Konferenz ins Präsidium bestellt.«

## 49

Michael Gulbis' linkes Bein, das mit dem Trümmerbruch, war eingegipst und auf einer speziellen Vorrichtung in einem Winkel von dreißig Grad hochgelagert. Doch das war auch die einzige Unannehmlichkeit, die der Junge aus San Fernando Valley erdulden musste. Er war sauber und wohlgenährt, neben seinem Bett stand eine Vase mit Blumen und eine gutbestückte Obstschale, er hatte Bücher und Zeitschriften zur Verfügung, und wenn er keine Musik auf seinem iPod hörte, konnte er sich immer noch DVDs auf seinem tragbaren Player ansehen.

»Sie sehen ja gut aus, Michael«, begrüßte ihn Jake, während er die Vorhänge rund ums Bett zuzog. »Wie geht's denn so?«

Michael, der nach dem Mittagessen ein kleines Nickerchen machte, fuhr erschrocken aus dem Schlaf. Er brauchte einen Moment, bis er seinen Besucher erkannte, doch dann lächelte er verschlafen. »Hey, wie geht's, Mann?«

Jake setzte sich aufs Bett und klopfte mit den Knöcheln auf den Gips. »Ich dachte, ich fahr mal vorbei und schau, wie's dir so geht.«

»Gut, mir geht's echt gut«, versicherte Michael. »Wo ist Evie?«

»Evie? Die ist auf Achse und rettet die Welt. Aber dein Freund Alex lässt schön grüßen.«

Ein Schatten von Verunsicherung zog über Michaels Gesicht. »Super. Wie geht's ihm?«

»Nicht so super, befürchte ich.«

»Echt?«

»Ja, echt. Weißt du, wegen Mordes gesucht zu werden und auf der Flucht zu sein – das ist ganz schön ätzend.«

Das gesunde Strahlen war jetzt völlig von Michaels Gesicht verschwunden.

»Das kleine Geschäft, wegen dem du ihn gestern losgeschickt hast, hat sich als getürkt rausgestellt. Der Typ in Flamingo Creek war nämlich überhaupt kein Dealer. Er war ein alter Mann mit ein paar Ziegen. Dummerweise hatte ihm jemand den Schädel eingeschlagen, kurz bevor Alex ankam.«

»Hey, langsam!« Der Hippie hob abwehrend die Hände. »Jetzt mal mit der Ruhe, Mann. Erklär mir erst mal, wovon du eigentlich redest.«

»Wer war es, Michael? Wer hat dir von Isaac Gangra erzählt?«
»Jetzt warte mal – warum stellst du mir eigentlich diese ganzen Fragen? Du bist doch nicht von der Polizei.«
»Ach, wäre es dir lieber, wenn die Polizei hier wäre?«, erkundigte sich Jake. »Glaub mir eins, das ließe sich sofort einrichten.«
Michael ließ sich in sein Kissen zurückplumpsen und starrte an die Decke. »Das war einer von der Putztruppe. So ein Chinese aus der Nachtschicht. Ich weiß seinen Namen nicht.«
»Was hat er dir erzählt?«
»Er hat gesagt, er kennt einen Dealer in Flamingo Creek, der eine Ladung Spitbush loswerden will.«
»Warum hat er es dir erzählt, Michael? Warum gerade *dir?*«
»Woher soll ich das wissen, Mann?«
Jake griff nach der Vorrichtung, auf der Michaels Gips lag, und ruckte einmal kräftig daran. Der Amerikaner schrie auf, als sein Bein fast senkrecht in die Höhe gerissen wurde. »Na komm schon, mein Junge – für solche Scherze haben wir keine Zeit. Wenn du deinem Kumpel helfen willst, dann laber jetzt nicht rum, klar?«
»Okay. Okay – also … vielleicht hat er mir mit ein bisschen Nachschub ausgeholfen.«
»Soll heißen: Drogen.«
»Vielleicht ein bisschen Gras. Hey, Mann, die Ärzte haben gesagt, ich muss mindestens zwei Wochen hier liegen. Da dreh ich doch durch, Mann.«
»Der Mann von der Putztruppe hat dir also mit Gras ausgeholfen, und du kennst nicht mal seinen Namen?«

»Ich will nicht, dass er Ärger bekommt. Er könnte seinen Job verlieren, das ist eine ernste Sache …«
Jakes Hand packte wieder das Gestell, auf dem Michaels Fuß lag. »Alex wird wegen Mordes ins Gefängnis wandern, Michael. Also gib mir jetzt gefälligst einen Namen.«
»Okay, okay«, beschwichtigte Michael. »Er heißt Jimmy.«
»Jimmy wie?«
»Seinen Nachnamen weiß ich nicht. Ich schwör's! Bitte … lassen Sie mein Bein wieder runter.«
Jake ließ das Gestell los, und der Junge seufzte erleichtert.
»Was wird jetzt mit Alex?«, fragte er leise.
»Als ob dich das interessieren würde.«
»Hey, hör mal – ich wollte ganz sicher nicht, dass so ein Scheiß passiert.«
Michaels Augen füllten sich mit Tränen, doch Jake war schon wieder weg.

## 50

Die offizielle Version lautete, dass Abdelbassir Hossain sich sein blaues Auge und zwei gebrochene Rippen geholt hatte, als er aus dem Van zu fliehen versuchte, der ihn zum Kingorani-Gefängnis auf der anderen Seite von Mombasa Island bringen sollte. Der marokkanische Schauermann hatte viel zu große Angst vor einer weiteren Tracht Prügel durch Mugos Schläger, als dass er diese Behauptung angefochten hätte. Nachdem er sich in das Schicksal gefügt hatte, für den Mord an Lol Quarrie ins Gefängnis zu wandern, sah er keinen Grund, seine unglückselige Lage weiter zu verschlimmern.

»Mugo hat gesagt, Sie hätten ein Geständnis abgelegt«, begann Jouma. Sie saßen in Hossains winziger Zelle. Ein Wachmann mit gemeinen Augen starrte sie durch die Gitterstäbe an.

»Dann hab ich das wohl getan«, erwiderte Hossain stumpf.

»Entweder Sie haben oder Sie haben nicht, Abdelbassir!«

Der Marokkaner sah ihn trübsinnig aus seinem einen funktionstüchtigen Auge an. »Ist das denn wichtig?«

»Wollen Sie denn den Rest Ihres Lebens im Gefängnis verbringen? Was ist mit Ihrer Frau? Und Ihren Kindern?«

»Das ist meiner Frau doch egal. Mugo hat ihr alles von den Nutten erzählt. Für sie bin ich jetzt der letzte Dreck, und sie hat auch meine Kinder gegen mich aufgehetzt.«

»Aber Sie sind der Familienernährer. Wie soll Ihre Familie jetzt ohne Sie zurechtkommen?«

Der Mann lachte rauh. »Meine Frau wird schon zurechtkommen. Aber sie tut mir nicht leid. Mir tut ihr nächster Mann leid. Verheiratete Männer gehen nicht zu Huren, wenn sie nicht dazu getrieben werden, Inspector.«

Jouma musterte Abdelbassir Hossain und sah einen Mann, der vom Leben zerschmettert worden war.

»Sie müssen stark bleiben, Abdelbassir«, bat er und ergriff seine Hand. »Es wird sich alles aufklären.«

Der Hafenarbeiter blickte nicht auf. Stattdessen räusperte er sich kurz und spuckte einen Batzen blutigen Speichel auf den schmutzigen Boden seiner Gefängniszelle.

Im Obergeschoss des Präsidiums saßen Oliver Mugo und der Handlanger des Bürgermeisters, Frederick Obbo, im Büro beisammen und verliehen der offiziellen Erklärung den letzten Schliff, die der Inspector am Nachmittag vor der Presse abgeben wollte.

»Statt ›Hossain wurde verhaftet‹ würde ich vorschlagen ›ein bösartiger Mörder ist hinter Gittern und die Bewohner von Mombasa können wieder beruhigt schlafen‹, Inspector.«

Erst starrte Mugo ihn verständnislos und verärgert an. Dann brach er in Gelächter aus und legte dem Mann aus dem Bürgermeisteramt eine Bärenpranke auf die magere Schulter.

»Ein bösartiger Mörder!«, rief er, beugte sich über den Tisch und kritzelte den Zusatz auf seinen Ausdruck. »Das gefällt mir, Mr. Obbo! Das gefällt mir!«

»Nur zu dumm, dass er kein Mörder ist, Sie Trottel!«, fauchte Jouma. Er hatte die beiden von der Schwelle beobachtet, weil er erst seine Wut verrauchen lassen wollte, bevor er den Mund aufmachte. Nach einem zornbebenden Fußmarsch von Kingorani quer durch die Stadt war er immer noch ganz außer Atem.

Sogar Mugo schien verdattert von der Unterbrechung und Joumas grimmiger Miene, obwohl er sich nach wenigen Sekunden gefangen hatte und wieder sein selbstgefälliges Lächeln aufsetzte.

»Daniel! Ich habe gehört, Sie sind zur Mittagspause nach Hause gegangen. Was gab's denn Leckeres?«

Joumas Augen funkelten. »Was zum Teufel meinen Sie eigentlich, was Sie hier tun, Mugo? Hossain ist genauso wenig ein Mörder wie ich, und das wissen Sie auch!«

»Ich glaube, Inspector Mugo hat der Bevölkerung von Mombasa einen großen Dienst erwiesen«, tönte Obbo.
»Ich wiederhole meine Frage«, sagte Jouma, wobei er den Gehilfen geflissentlich ignorierte. »Wie kommen Sie dazu, Abdelbassir Hossain anzuklagen?«
»Er hat ein Geständnis abgelegt«, antwortete Mugo sachlich.
»Sie meinen, Sie haben ein Geständnis aus ihm herausgeprügelt.«
»Inspector Jouma!«, rief Obbo. »Sie werden diese empörende Beleidigung sofort zurücknehmen!«
Mugo legte Obbo beschwichtigend die Hand auf den Arm. »Ist schon okay, Frederick. Ich befürchte, nach seinem eigenen Triumph bei der Aufdeckung der korrupten Machenschaften in Mombasa hält Inspector Jouma die Erfolge anderer Ermittler nicht mehr für erwähnenswert.« Er blickte Jouma mit kaum verhohlener Siegesgewissheit an. »Wenn Sie uns jetzt entschuldigen wollen, Daniel – wir haben zu tun.«
Jouma ignorierte ihn. »Weiß Elizabeth Simba darüber Bescheid?«
»Superintendent Simba weiß die Ernsthaftigkeit zu schätzen, mit der der Bürgermeister auf die Aufklärung dieses Falles gedrängt hat«, erklärte Obbo.
Bestimmte Swahili-Ausdrücke waren so beleidigend, dass Jouma sie noch nie in seinem Leben selbst ausgesprochen hatte. Doch jetzt konnte er sich nicht mehr beherrschen und benutzte drei der allersaftigsten, um damit den Mann aus dem Bürgermeisteramt zu beschreiben. Obbo traten beinahe die Augen aus den Höhlen.
Diesmal lächelte Mugo nicht. »Ich habe Sie nie für einen

neidischen Menschen gehalten, Jouma«, sagte er in sorgenvollem Ton. »Aber wie es aussieht, hab ich mich wohl geirrt.«

## 51

Jimmy Chen wohnte in einem städtischen Hostel in der Nähe der Docks von Kilindini. Er war sechsundzwanzig, hatte an der Universität von Nairobi vor vier Jahren einen hervorragenden Abschluss in Ingenieurswesen mit dem Schwerpunkt Geoinformation gemacht und gleichzeitig eine fatale Heroinsucht entwickelt. Jetzt arbeitete er in der Putzmannschaft des Krankenhauses von Mombasa, denn die Bezahlung war so lächerlich niedrig, dass es den Leuten egal war, ob er drückte, solange er nur ab und zu zur Arbeit auftauchte. Dieses Arrangement kam Jimmy auch insofern gelegen, als es ihm Zugang zum krankenhauseigenen Apothekenschrank verschaffte. Indem er verschreibungspflichtige Medikamente stahl und verkaufte, konnte er seine eigene kostspielige Sucht einigermaßen befriedigen.

Jimmy arbeitete nachts. Seine Schicht endete normalerweise gegen sieben Uhr morgens, und um diese Zeit bekam er dann langsam seine Zuckungen. Sein eigener Dealer war der Besitzer eines kantonesischen Restaurants in der Biashara Street, nur ein paar Minuten vom Krankenhaus entfernt. Nachdem sie sich ihren Schuss gesetzt hatten, spielten die beiden Männer Mah-Jongg, bis Jimmy sich in der Lage fühlte, nach Hause zu gehen. An einem normalen Tag konnte er davon ausgehen, dass er bis elf Uhr im Bett lag und sich nicht wieder rührte, bis ihn der Drang nach einem weiteren Schuss sechs Stunden später wieder weckte.

Daher war er verständlicherweise nicht besonders erbaut, als ihn kurz vor zwei Uhr nachmittags lautes Gehämmere an seiner Tür aus den pechschwarzen Tiefen seines Drogenschlafs riss.

»Verdammt, wer ist da?«

»Die Miete«, hörte man eine Stimme auf der anderen Seite der Tür.

»Hab ich schon bezahlt«, gab Jimmy zurück.

»Es gibt aber ein Problem. Machen Sie die Tür auf.«

»Was für ein Problem?«

»Möchten Sie wirklich, dass ich das auf dem Flur erkläre, Mr. Chen?«

Jimmy, der nichts außer einer dünnen Unterhose anhatte, öffnete fluchend die Tür. Ein Weißer in Shorts und T-Shirt stand vor ihm. »Ich hab Ihnen doch gesagt – ich hab meine Miete schon gezahlt«, erklärte Jimmy mürrisch. »Sie haben sich in der Adresse geirrt.«

Der Mann lächelte. »Ich habe Sie angelogen, Jimmy. Ich bin nicht wegen der Miete hier, sondern wegen Mr. Gangra.«

Jimmy erstarrte, und einen Moment dachte Jake, dass der junge Mann einen Fluchtversuch unternehmen würde.

»Sind Sie von der Polizei?«

»Sagen wir mal, ich bin ein interessierter Dritter.«

Jimmy grinste. »Okay. Ich zieh mir bloß schnell eine Hose über, ja?«

Jake warf einen Blick auf seine Armbanduhr. »Sie haben dreißig Sekunden.«
Jimmy nickte dankbar und ging wieder hinein, wobei er die Tür angelehnt ließ. Als er vierzig Sekunden später noch nicht zurück war, lief Jake in die Wohnung und entdeckte, dass das Fenster offen stand und Jimmy – jetzt mit einer Jogginghose bekleidet – auf der Feuerleiter die zwei Stockwerke zur Straße hinabkletterte.
Fluchend schwang Jake sein Bein übers Fensterbrett und quetschte sich auf den schmalen metallenen Treppenabsatz. Bevor er die Straße erreicht hatte, rannte Jimmy schon auf die Kräne, Containerstapel und Raffinerieschlote des Hafens zu. Jake, der jetzt schon völlig außer Atem war, wusste, dass der Chinese ihm entkommen würde, wenn er es erst bis zu den Lagern am Kai geschafft hatte.
»Jimmy!«, rief er, obwohl er wusste, dass sich seine Stimme im Verkehrs- und Industrielärm verlor, der vom Hafen herüberdrang.
Jimmy war zwar jung und flink, aber er war eben auch ein Junkie. Bevor er die Tore erreichte, wurde er bereits langsamer. Schließlich blieb er stehen und musste sich mit den Händen auf die Knie stützen, um wieder zu Atem zu kommen. Dann richtete er sich wieder auf und sah sich nach seinem Verfolger um. Für den Bruchteil einer Sekunde trafen sich ihre Blicke, und in diesem Moment schien Jimmy endlich zu begreifen, dass er schon tot wäre, wenn Jake ihn wirklich hätte umbringen wollen.
»Ich möchte nur wissen, wer …«
Keiner der beiden sah den Containerlaster, der mit halsbrecherischem Tempo aus dem Tor geschossen kam. Und als sie ihn dann registrierten, war es zu spät. Der Fahrer,

der seine iPod-Kopfhörer im Ohr hatte und eine ordentliche Portion Amphetamin im Blut, bemerkte Jimmy Chen gar nicht. Eben war er noch da, im nächsten Moment lag er auch schon unter den Rädern. Das Ganze geschah schockierend schnell.

Jake erreichte ihn, bevor das große Geschrei losging.

»Wer hat dich darauf gebracht, Jimmy?«, fragte er und umfasste den Kopf des jungen Mannes. Jimmys Hirnmasse lief aus einem faustgroßen Loch im Schädel. »Wer hat dir von Gangra erzählt?«

Jimmy starrte ihn an und bewegte lautlos die Lippen, doch es kam nur Blut heraus, und nach wenigen Sekunden brachen seine dunklen Augen. Ein paar Zeugen bekreuzigten sich oder murmelten einen Zauberspruch oder taten, was immer ihre Religion oder ihr Stammesglaube von ihnen verlangte. Dann wandten sie sich schnell wieder ihren Geschäften zu.

Und schon drehte die Welt sich weiter, während Jake in der Gosse saß, die Hände über und über verschmiert mit Jimmy Chens Blut.

## 52

Die Türen des Polizeipräsidiums Mombasa flogen auf und mit theatralischem Schwung trat Oliver Mugo heraus, um die Treppen hinabzustolzieren. Unten erwartete ihn eine dichtgedrängte Menge aus Fotografen, Kameramännern und Reportern. Er trug seinen besten Hugo-Boss-Anzug und eine glänzende, gelbe Krawatte.

Hinter den breiten Schultern des Inspector scharwenzelte in diskretem Abstand Frederick Obbo einher, der die Objektive und Mikrofone mit kaum verhohlener Begeisterung beäugte – darauf hatte er es im Grunde abgesehen. Seine eigene Karriere als Reporter bei der *Daily Nation* hatte weniger als ein Jahr gedauert, bis er sich durch das wesentlich höhere Gehalt verführen ließ, das ihm eine führende PR-Agentur in Nairobi anbot. Doch er wusste immer noch, was diese Leute anzog. Und nichts brachte sie mehr in Wallung als ein berüchtigter Mörder, ein überlebensgroßer Detective und – mehr als alles andere – ein schneller Erfolg.

Der Bürgermeister würde begeistert sein. Das war genau die Art von Publicity, für die Obbo angeheuert worden war. In der schwierigen Anlaufphase brauchte eine neue Regierung positive Schlagzeilen, vor allem, wenn sie mit dem Versprechen angetreten war, die Erinnerungen an das vorangegangene korrupte Regime auszulöschen. Und es war nicht einfach gewesen. Der Bürgermeister hatte nämlich durchaus seine Zweifel gehabt, ob man Oliver Mugo ins Spiel bringen sollte, obwohl der Inspector sein Schwager war.

»Dieser Oliver ist ein Volltrottel«, hatte er Obbo anvertraut, als seine Frau gerade außer Hörweite war. »Sind Sie sicher, dass das eine kluge Entscheidung ist?«

Natürlich war das eine kluge Entscheidung, dachte Obbo, denn Mugo war einfach perfekt. Die Karriere des Inspector bestand aus einer ellenlangen Liste von Justizirrtümern, die mit zügelloser Selbstdarstellung übertüncht worden waren. Immer wieder hatte Mugo unter Beweis gestellt, dass es ihn absolut nicht interessierte, ob der richtige Mann ins Gefängnis kam, solange er nur das entfernteste Indiz hatte, das einen Verdächtigen mit einem Verbrechen in Verbindung bringen konnte. Ihn interessierte nur, dass die Zeitungen Mugo als den Mann kannten, der wieder einmal jemanden hinter Gitter gebracht hatte.

Als er die Liste der überführten Verbrecher aus Mugos Dienstzeit in Malindi überflogen hatte, hatte Obbo festgestellt, dass fast alle bettelarme, unbedeutende Existenzen waren oder ungebildete Menschen, die man einfach hereingelegt hatte und die sich keinen Anwalt leisten konnten. Mugos ganze Karriere war im Grunde genommen ein Skandal. Und hätte Obbo auch nur ein wenig Skrupel besessen, wäre dies die Geschichte gewesen, die er der Presse mitgeteilt hätte.

Doch Korruption war Schnee von gestern. Die Leute konnten das Wort schon nicht mehr hören. Sie wollten zur Abwechslung mal eine *gute* Nachricht präsentiert bekommen.

Und jetzt hatten sie eine. Der Widerstand von Elizabeth Simba und dem selbstgerechten Inspector Jouma war zu vernachlässigen. Mugo war auf die Ermittlungen angesetzt worden, und *noch am selben Tag* saß ein bösartiger Mörder hinter Gittern. Wie hätte es besser laufen können?

Und Mugo war gut, das musste Obbo zugeben. Er stand auf den Stufen vor dem alten Polizeipräsidium und verlas die Erklärung, die sie vorher gemeinsam ausgearbeitet hatten. Die Medien fraßen ihm quasi aus der Hand.

Obbo hätte sich vor Freude am liebsten die Hände gerieben – aber er wusste, wie ungebührlich so eine Geste bei einem Repräsentanten des Bürgermeisteramts ausgesehen hätte. Da begann plötzlich das Handy in der Innentasche seines Anzugs zu vibrieren. Verstohlen zog er es hervor und warf einen Blick auf die Nummer im Display. Es war der Bürgermeister, wie vermutet.

Als er einen Schritt beiseitetrat, um den Anruf anzunehmen, gestattete sich Frederick Obbo einen kleinen Ausdruck der Freude – eine diskret geballte Siegerfaust unter seinem Jackett, die nur ein Fotograf mit absoluten Adleraugen hätte ausmachen können.

»Guten Morgen, Sir«, sagte er ins Telefon. »Ja – das ist wirklich großartig, was?«

Jouma sah sich Mugos Triumph nicht im Fernsehen an. Als er das Polizeipräsidium verließ, wollte er direkt zum Mama Ngina Drive gehen, um mit Elizabeth Simba zu sprechen und ihr in aller Deutlichkeit mitzuteilen, was er von ihr und ihrer feigen Kapitulation vor dem Bürgermeister hielt. Doch sobald er auf die Straße trat, kam es ihm vor, als hätten ihm Wut und Frust das letzte Mark aus den Knochen gesogen. Er mochte sich gar nicht mehr aufraffen. Warum sollte er sich ins Gefecht werfen, wenn Elizabeth Simba doch selbst gezeigt hatte, dass sie machtlos war?

Stattdessen schlenderte er Richtung Altstadt, und einen Moment lang erwog er sogar, noch einmal zu der schmalen Gasse zurückzukehren. Doch mittlerweile wurde es dunkel, und nicht einmal Detectives begaben sich nachts allein an solche Orte. Dieser Schacht musste bis morgen früh warten.

Nach rund einer Stunde ziellosen Herumwanderns war Jouma wieder am Polizeipräsidium angelangt, wie eine

Motte, die der Anziehungskraft der weißen, heißen Flamme einfach nicht widerstehen kann. Das letzte Kamerateam hatte seine Ausrüstung zusammengepackt, und die Stufen, auf denen Mugo seine Ansprache gehalten hatte, waren leer. Seufzend drehte Jouma sich um und ging zu seinem Auto, das auf der anderen Straßenseite parkte. Zwanzig Minuten später stieg er müde die Treppen zu seiner Wohnung über dem Makupa Causeway hoch. Er dachte an den Jungen, Alex Hopper, und wie er sich zu allem Überfluss jetzt auch noch schuldig gemacht hatte, indem er einen gesuchten Verbrecher versteckte.

*Mann, dieser Tag wurde wirklich von Minute zu Minute besser.*

Als er die Wohnung betrat, munterte ihn zumindest der Geruch des Essens auf, das seine Frau gerade kochte. Es kam ihm vor, als wäre es Ewigkeiten her, dass er diesen Ort voller Energie und Hoffnung verlassen hatte.

Jake saß mit blutverschmiertem T-Shirt am Küchentisch.

Jouma blinzelte. »Wo ist Winifred?«

»Sie ist ausgegangen. Alex hat mich reingelassen. Er schläft gerade. Wenn er aufwacht, nehm ich ihn mit zurück zu mir. Heute Nacht kann er sich noch mal da draußen verstecken. Und bis morgen früh hab ich mir schon was ausgedacht.«

»Was ist passiert?«

Mit ausdrucksloser Stimme erzählte ihm Jake von Jimmy Chen.

Jouma setzte sich neben ihn. Eine Weile schwiegen sie beide. Das einzige Geräusch war das seltsam tröstliche Dröhnen des Verkehrs, der nordwärts aus der Stadt strömte.

»Sind Sie von der Polizei vernommen worden?«

Jake schüttelte den Kopf. »Ich bin gegangen, bevor sie kamen. Ich hielt es für ratsam.«

»Dann sollten Sie jetzt lieber nach Hause fahren.«

»Und der Junge?«

»Lassen Sie ihn bei mir. Hier ist er in Sicherheit.«

»Ich möchte nicht, dass Sie in eine Sache mit reingezogen werden, die …«

»Ich bin schon mit reingezogen worden, Jake«, seufzte Jouma. »Lassen Sie den Jungen hier. Gehen Sie nach Hause und ruhen Sie sich ein bisschen aus. Wir werden sehen, wie es morgen weitergeht.«

# Sechster Tag

## 53

Der Morgen war schon angebrochen, aber in den Schluchten des Stadtzentrums von Mombasa war es immer noch düster. Bobby Spurling trat aus dem Anaconda Club in der Digo Road. An seinem Arm hing eine kichernde libanesische Tänzerin, die er torkelnd auf den Rücksitz seiner Firmenlimousine verfrachtete. Während sich das Mädchen krampfhaft abmühte, ihm den Gürtel zu öffnen, legte Bobby den Kopf zurück und lauschte dem Rauschen seines eigenen Blutes. Das war eine tolle Nacht gewesen nach einem langen, ermüdenden Tag. Und obwohl Kenias zweitgrößte Stadt nicht die kosmopolitische Coolness von Johannesburg besaß, musste er doch zugeben, dass es ihm gefiel, wieder in seinem angestammten Revier unterwegs zu sein.

Der Abend hatte vor zwölf Stunden in seiner Wohnung in der Altstadt mit einer Nase voll erstklassigem Koks begonnen, der er im Yachtclub ein halbes Dutzend Wachmacher folgen ließ. Und als die Limousine ihn quer durch die Stadt zu seinen Lieblingsbars fuhr, verspürte er noch eine gewisse Aufregung im Bauch, und die hatte nichts mit dem Kokain zu tun, das in seinen Adern kochte. Zum ersten Mal wurde ihm wirklich bewusst, dass er es geschafft hatte. Er war nicht mehr Clay Spurlings Sohn. Er war *Bobby Spurling*, Chef der Firma, die den Namen seiner Familie trug, und damit einer der einflussreichsten Männer in Afrika.

Von diesem Machtgefühl wurde ihm fast schwindlig.
Das Anaconda war wie immer die letzte Station. Kurz vor Mitternacht fuhr die Limousine vor dem Club vor, und Bobby taumelte auf den Eingang zu, wo man das rotsamtene Absperrseil bereits eilfertig für ihn hochhob.
*»Entschuldigung, Chef – hätten Sie mal ein bisschen Kleingeld?«*
Empört wirbelte Bobby herum – doch als er das Geschöpf sah, das da am Ärmel seines seidenen Versace-Hemds zupfte, zuckte er zurück. Die Kreatur war klein und verkrümmt, und sie trug eine Art Strickschal über dem Kopf, um zumindest einen Teil des Gesichts zu verhüllen, das fast völlig verbrannt war. Aus einer Maske aus dunkelrotem Narbengewebe starrte ihn ein Paar lidloser Augen an.
Die Kreatur hielt ihm mit ihrer schwärzlich verfärbten Klaue eine Blechdose hin.
*»Bitte, Chef?«*
»Schafft mir dieses Scheißmonster vom Hals, verdammt noch mal«, zischte Bobby, drängte sich an dem entstellten Etwas vorbei und flüchtete sich in den Club.
Hinter ihm packte einer der bulligen Türsteher des Anaconda die Kreatur und warf sie ohne großes Federlesen in die Gosse.
Der Manager, ein indischer Ganove namens Khan, kam durch die Lobby gewieselt, wobei er sich wie immer eifrig die Hände rieb. »Mr. Spurling, alles in Ordnung, Sir?«
»Dieses … *Ding* da draußen hat mich um Geld angebettelt, Mr. Khan. Was für eine Einrichtung führen Sie hier eigentlich?«
»Ich bitte tausendmal um Entschuldigung, Sir«, katzbuckelte Khan.

Draußen versetzte der Türsteher dem Wesen zum Abschied noch einen Tritt, während es zur anderen Straßenseite davonhuschte. »Bitte – gestatten Sie mir, dass ich Sie an unseren ganz besonderen Tisch geleite.« Rasch brachte Khan Bobby zu einer Treppe, die hinunter in den Club führte. »Und bitte – erlauben Sie, dass ich Ihnen unseren besten Champagner serviere.«

»Das ist ja wohl das Mindeste«, meinte Bobby, der insgeheim jede Sekunde dieser Begegnung auskostete. So eine Sicherheitslücke hätte es in Johannesburg niemals gegeben. Dort waren die Türsteher bewaffnet, und die Bettler waren von vornherein klug genug, die Kunden nicht zu belästigen. Doch durch Khans entsetzte Reaktion fühlte er sich mehr als entschädigt, denn sie sagte Bobby, was er wissen wollte – dass er endlich ein VIP war. Zu dem man aufblickte. Den man bewunderte. Fürchtete.

*Unberührbar.*

Die libanesische Tänzerin hatte die Gürtelschnalle in der Zwischenzeit doch noch aufbekommen und machte sich nun an seinem Hosenschlitz zu schaffen. *Na dann, viel Glück*, dachte Bobby. Er stand völlig neben sich, von der Hüfte abwärts war alles taub. *Fühlte sich so eine Querschnittslähmung an?* Er spielte in Gedanken mit dem Wort, als wäre es aus Kaugummi. *Querschnittslähmung.*

Schnittslähmquerung.

Er musste lachen, und das Mädchen blickte auf. »Kitzelt das?«, fragte sie.

»Jaja, das kitzelt.«

Während sie sich wieder ihren erfolglosen Bemühungen zuwandte, drückte Bobby auf einen Knopf der Fernbe-

dienung, die in die lederbezogene Armlehne eingelassen war, und im nächsten Moment fuhr ein Bildschirm aus der Decke. Tipp. Tipp. Tipp. MTV. CNN. BBC.
Tipp. Kenya TV. Der glänzende Schädel eines Nachrichtensprechers. Während er lautlos den Mund bewegte, wurde am unteren Bildrand der Text eingeblendet. Bilder von verlogenen Politikern in lächerlichen Anzügen, die afrikanischen Stammesführern mit grotesken Kopfbedeckungen Honig um den Bart schmierten.
»Warum zum Teufel geht der Ton nicht, Alan?«, rief er seinem Chauffeur zu.
»Ein Defekt in der Elektronik, Sir«, antwortete eine körperlose Stimme aus dem abgetrennten vorderen Bereich.
Bobby überlegte kurz, ob er einen Tobsuchtsanfall bekommen sollte, beschloss dann aber, dass ihm das die Mühe nicht wert war. Er war total erschöpft. Gestresst. Er brauchte jetzt erst mal einen großen Brandy und ein paar Stilnox. Nach ein paar Stunden Schlaf würde er sich wieder besser fühlen.
»Wo soll es hingehen, Sir?«, erkundigte sich Alan und ließ den Motor an.
»Zu meiner Wohnung«, kommandierte Bobby. Doch dann fügte er hinzu: »Nein, einen Moment noch.«
Das Mädchen blickte auf. Ihr roter Lippenstift war verschmiert.
»Was ist denn, Baby?«
»Besorg mir doch noch schnell eine Zeitung«, bat er und zeigte auf einen Automaten auf der anderen Straßenseite, aus dem man sich die Morgenausgabe der Daily Nation ziehen konnte.
»Was?«

»Verdammt, du hast mich sehr gut verstanden. Brauchst du Geld?«
»Ich habe Geld.« Das Mädchen zog einen Schmollmund, strich sich die Haare glatt und schlüpfte aus dem Auto. Bobby beobachtete gelangweilt, wie sie Münzen in den Automaten warf.
»Okay, Alan – nichts wie weg hier.«
»Sofort, Sir.«
Die Limousine fuhr an, und die Tänzerin blieb allein zurück. Schlotternd stand sie in ihrem kurzen Kleid und ihren Jimmy Choos auf der Straße und schickte Bobby wütende arabische Flüche hinterher.

Sie hatten Bobbys Apartmentkomplex erreicht, ein großes Gebäude aus Naturstein, von dem man das Fort im Blick hatte.
»Wir sind da, Sir«, verkündete Alan. »Soll ich auf Sie warten?«
»Nein, ich muss mich ein wenig hinlegen«, antwortete Bobby. »Ich werde Sie dann rufen, wenn ich so weit bin.«
»Wie Sie wünschen, Sir.«
Alan stieg aus und öffnete Bobby die Tür. Der kletterte aus dem Fond, blinzelte ins Sonnenlicht und huschte rasch auf die Sicherheitstüren zu, die das Gebäude von der belebten Straße abschirmten. Die Türen öffneten sich, und er verschwand im Haus, ohne zurückzublicken.
Alan setzte sich wieder hinters Steuer und ließ den Motor an. Er wusste nicht recht, was er in der Zwischenzeit anfangen sollte. Der alte Mr. Spurling, den er fast zwanzig Jahre lang chauffiert hatte, war so zuverlässig wie ein Uhrwerk gewesen, was seine Arbeitszeiten anging. Er er-

wartete, dass der Wagen um sechs Uhr abends vor dem Büro stand, um ihn abzuholen, und am nächsten Morgen um sechs Uhr früh vor der Ranch. Doch Alan hatte den Eindruck, dass die Arbeitszeiten des jungen Bobby nicht ganz so berechenbar ausfallen würden. Er musste sich mit Mr. Roarke einmal wegen seiner Schichten unterhalten. Auch seine Frau war nicht besonders erfreut über die neuen Zustände – und sie hatte sich vorher schon oft genug beklagt, dass er nie zu Hause war.
Diese Sorgen mochten zwar berechtigt sein, doch Alan ahnte nicht, dass Bobby Spurling genau in diesem Moment entführt wurde, und dass er seinen Job sowieso verlieren würde, wenn Douglas Roarke davon erfuhr.

## 54

Harry blickte vom Schreibtisch auf. Er sah ganz und gar nicht begeistert aus – und das hatte ausnahmsweise einmal nichts mit der frühen Morgenstunde zu tun.
»Du machst wohl Witze, mein Lieber«, sagte er.
»Du weißt, dass ich keine Witze mache«, gab Jake übellaunig zurück.
Harry tippte mit dem Finger auf das Auftragsbuch, das aufgeschlagen vor ihm lag. »Aber wir haben für heute zwei Buchungen. Außerdem musste ich gestern schon zwei stornieren. Das ist …«
»Ich weiß, Harry. Aber ich kann es nicht ändern.«
Harry stand auf und trat ans Fenster, durch das er direkt

zum Flamingo Creek Yacht Club am anderen Ufer blicken konnte. Eine junge schwarze Putzfrau polierte gerade das Fenster der Lounge. Draußen stand ein Gärtner und goss die Wachsblumen, die von den hölzernen Giebeln herabhingen.

»Ich kapiere immer noch nicht, warum zum Henker du dich mit diesen Leuten einlassen musstest«, fuhr er fort. »Ich meine, für wen halten die sich eigentlich? Wollen die hier die Kreuzritter spielen? Du bist Skipper eines Sportanglerboots, mein lieber Jakey! Du verdienst deinen Lebensunterhalt damit, Leute herumzuschippern! *Unseren* Lebensunterhalt! Wenn du jetzt losziehen willst, um den Planeten zu retten … bitte! Aber sag mir vorher Bescheid, damit ich mich um Ersatz kümmern kann.«

»Es geht hier nicht darum, die Welt zu retten«, verteidigte sich Jake. »Es geht um einen Jungen, dem man einen Mord in die Schuhe schieben will.«

Harry fuhr wütend herum. »Wenn er unschuldig ist, dann sollte er sich vielleicht stellen.«

Jake starrte seinen Partner an. Natürlich hatte Harry in gewisser Weise recht. Seine Unschuld konnte Alex Hopper am besten beweisen, indem er sich stellte. Verdammt, seine Eltern waren wahrscheinlich reich genug, um sich das Kaliber von Anwalt zu leisten, dem es gelang, diese erfundene Anklage in Stücke zu reißen. Und mit jeder Stunde, die der Junge flüchtig blieb, erhärtete sich der Verdacht gegen ihn, das wusste Jake besser als jeder andere.

*Warum hatte er ihm also geholfen?* Weil ihm der Junge leidtat? Oder weil er tiefsitzende Zweifel daran hatte, dass man ihn bei einem Prozess in Kenia fair behandeln würde?

Oder ganz einfach, weil er sich immer noch als den tollen Polizisten aus London sah, der sowieso alles besser wusste als die anderen?
*Tja – das Ableben von Jimmy Chen hatte diese Illusion ganz massiv untergraben. Das Blut des Junkies klebte ihm immer noch unter den Fingernägeln und legte Zeugnis von seinem Irrtum ab.*
Nein, Harry hatte recht. Und Jouma ebenso. Es wurde Zeit, dass Jake sich benahm wie die Person, die er wirklich war: Jake Normalbürger. Nicht der dunkle Ritter. Gleich heute Morgen würde er nach Mombasa fahren, Alex Hopper abholen und ihn den Behörden übergeben, damit nicht auch noch Jouma in diese leichtsinnigen Dummheiten verwickelt wurde. Der Junge würde natürlich sauer sein, aber Jake würde dafür sorgen, dass er einen anständigen Anwalt bekam. Außerdem würden Alex ein paar Nächte in Kingorani durchaus helfen, mal wieder einen klaren Kopf zu bekommen und sich aufs Wesentliche zu besinnen.
Leider bedeutete das immer noch, dass die Buchungen für den heutigen Tag abgesagt werden mussten.
»Ich mach's wieder gut, Harry«, versprach er verlegen.
Sein Freund bedachte ihn mit einem finsteren Blick: »Und ich dachte immer, *ich* wäre der Risikofaktor in dieser Partnerschaft.«

# 55

Am Eingang zum schmalen Durchgang zur Ndia Kuu zog Jouma einen Jeans-Overall über seinen Anzug, griff sich seine Taschenlampe und dachte dabei über einen unauffällig aussehenden Baum mit essbaren Knospen und Blüten nach, den Moringa.

»Haben Sie schon gehört?«, hatte Christie ihn morgens am Telefon gefragt.

»Natürlich habe ich vom Moringa gehört.«

Es war acht Uhr gewesen, und der Pathologe hatte ihn zu Hause angerufen, was sonst so gut wie nie vorkam. Doch am Telefon drückte er sich genauso ärgerlich nebulös aus wie im persönlichen Gespräch.

»Und was ist mit dem Spirochin?«

Jouma hatte in die Küche geblickt, wo Winifred Alex Hopper bemutterte.

»Könnten Sie bitte zum Thema kommen? Ich habe viel zu tun.«

»Spirochin ist ein Alkaloid, das in den Wurzeln des Moringa-Baums vorkommt«, hatte Christie erklärt. »Es ist ein ausgesprochen starkes Nervengift, das vorübergehende Lähmungen bewirken kann – obwohl es in höheren Dosen durchaus auch töten kann.«

»Worauf wollen Sie hinaus?«

»Spuren dieses Gifts wurden im Blut des Mannes gefunden, der vom Fort Jesus gestürzt ist. Die Analysen sind gerade vom Labor in Nairobi zurückgekommen.«

»Spuren? Wollen Sie damit sagen, er wurde vergiftet?«

»Es trifft die Sache eher, wenn ich sage, er wurde vorübergehend bewegungsunfähig gemacht, Jouma. Die Wirkung kann je nach Dosis mehrere Stunden anhalten, hochdosiert bis zu vierundzwanzig. Sie hatten doch erwähnt, dass der Mann etwas unsicher auf den Beinen zu sein schien?«

»Die Zeugin hielt ihn für betrunken.«

»Tja, ich würde tippen, dass er höchstwahrscheinlich noch mit den Nachwirkungen dieses Nervengifts kämpfte. Spirochin ist ganz schön stark. Da kann man schon mal ein bisschen wacklige Knie bekommen.«

Dann hatte der Pathologe erklärt: »Ich hab mir die Leiche noch mal angesehen. Keine Ahnung, warum ich das beim ersten Mal übersehen habe – aber direkt in der rechten Kniekehle hab ich einen winzigen Einstich gefunden. Ihr Mann hat tatsächlich eine Injektion bekommen, mein Lieber.«

Christie war weiß Gott selten der Überbringer froher Botschaften, aber als Jouma die Taschenlampe anschaltete und die enge Gasse betrat, dachte er bei sich, dass er schon lange nicht mehr so gute Neuigkeiten gehört hatte.

Neben ihm stand ein bulliger Polizist, den er vom Präsidium mitgenommen hatte. Jetzt blickten die beiden Männer auf den schweren, runden Gullydeckel.

»Heben Sie ihn hoch, Nambu«, bat Jouma.

Der Mann kauerte nieder und hievte den Deckel mit nicht unerheblicher Mühe beiseite. Dann kniete sich Jouma neben ihn und leuchtete mit seiner Taschenlampe in den kreisrunden Abgrund. Er konnte eine rostige Leiter erkennen, die in ein ebenso altersschwaches, metallenes Abwasserrohr führte, das in nord-südlicher Richtung unter der Gasse verlief. Jouma überlegte, wie es wohl wäre, wenn man ganz durch dieses Rohr blicken könnte, bis ins

Herz von Mombasa Island, so wie Christie die Arterien seiner toten Patienten erforschte. Was würde er zu sehen bekommen? In seiner Phantasie waren diese Kanäle voller Krankheiten, voller bösartiger, inoperabler Tumore, die an der Stadt schmarotzten und ihr das Leben aussaugten.
»Warten Sie hier auf mich, Constable«, befahl er.
Nambu sah ihn erstaunt an. »Soll nicht lieber *ich* da runtergehen, Sir?«
Jouma schüttelte den Kopf. »Das fällt in den Aufgabenbereich der Kriminalpolizei«, erklärte er. »Ich bin gleich wieder da.«
Nachdem er sich ein Taschentuch über Nase und Mund gebunden hatte, begann er vorsichtig seinen Abstieg in die Kanalisation. Wenig später spürte er schon die feuchtkalte, stinkende Luft auf seinem Gesicht.

## 56

Eine Ratte kletterte über Bobby Spurlings nackte Brust. Ihre scharfen Klauen gruben sich tief in sein dickliches Fleisch. Bobby, der mit über dem Kopf gefesselten Händen auf dem harten Steinboden kniete, hielt so still, wie er konnte – was ziemlich schwierig war, weil sich jeder zögerliche Schritt des kleinen Nagetiers anfühlte, als würde man ihm eine Zigarette auf der Haut ausdrücken.
Sein Gefängnis war pechschwarz. Es war schon übel genug, das feuchte, drahtige Fell der Ratte auf der nackten Haut zu spüren, aber noch viel schlimmer fand er, dass er

sie nicht sehen konnte. Es hätte gut und gerne ein Riesenvieh mit langen, gelben Fangzähnen sein können. Und jetzt beschnüffelte sie mit ihrer eiskalten Nase gerade seinen Hals.

*Lieber Gott – was passierte hier mit ihm?*

Immer wieder ging er die Ereignisse des Morgens in Gedanken durch. Er erinnerte sich daran, wie er den Club verlassen hatte. Er erinnerte sich, dass er das libanesische Mädchen am Zeitungsautomaten hatte stehen lassen und zu seiner Wohnanlage zurückgefahren wurde. Er erinnerte sich sogar noch daran, dass er vor der Tür erst mal gegen einen Orangenbaum gepinkelt hatte.

Doch danach erinnerte er sich an nichts mehr. Nichts, bis zu dem Moment, als er hier aufwachte. Wo auch immer dieses »Hier« sein mochte.

War er unter Drogen gesetzt worden? Bobby war selbst nicht abgeneigt, den Mädchen Rohypnol oder Liquid Ecstasy in die Drinks zu kippen, um sie ins Bett zu bekommen – aber hatte wirklich jemand dasselbe mit ihm gemacht? Er konnte es sich nur schwer vorstellen.

*Was zum Teufel war also mit ihm passiert?*

Die Ratte kletterte weiter auf Bobbys Schulter. Er konnte das obszöne Schmatzen der kleinen Kiefer hören und nahm den widerlichen Hauch ihres Atems wahr. Es würgte ihn, aber er wusste, wenn er sich jetzt übergab, würde er damit nur Gott weiß wie viele von diesen ekelhaften Kreaturen aus den dunklen Ecken seines Gefängnisses hervorlocken.

Schließlich grub ihm die Ratte die Zähne ins Ohrläppchen, und er schrie auf.

»*Nur keine Angst*«, hörte er eine grelle, unmenschliche

Stimme von irgendwo im Dunkeln. »*Ratten fressen lieber Aas als lebendiges Fleisch.*«

»Wer ist da?«, rief Bobby, und das Nagetier sprang ihm von der Schulter.

»*Außerdem sind sie wirklich schwer totzukriegen. Wenn du eine aus fünfzehn Metern Höhe fallen lässt, wird sie's überleben. Wenn du eine ins Meer wirfst, schwimmt sie an Land. Wenn du ihr Nest abfackelst, gräbt sie sich einen Tunnel, um den Flammen zu entkommen.*«

»Was wollen Sie von mir? Geld?«

»*Ich will dein Geld nicht. Geld kann mir nicht zurückgeben, was ich verloren habe.*«

Es gab ein kratzendes Geräusch, und Bobby zuckte zurück, als direkt vor seinem Gesicht ein Streichholz angerissen wurde. Einen Moment später erwachte eine kleine Öllaterne spuckend zum Leben, und als seine Augen sich langsam an den schwachen Lichtschein gewöhnt hatten, konnte er zum ersten Mal sein Gefängnis sehen. Er befand sich offensichtlich in einem engen, viereckigen Tunnel aus Stein, dessen Wände mit Schimmel bewachsen waren. Er war hoch genug, dass Bobby darin knien konnte, wenn er den Kopf einzog. Seine Hände waren an eine Art Haken hinter seinem Kopf gefesselt, aber aus seiner Position konnte er nur ein, zwei Meter weit blicken.

Außerdem stellte er schockiert fest, dass er völlig nackt war.

»Wo bin ich?«

Eine Stimme aus den Schatten in seinem Rücken sagte: »*Ist das wichtig?*«

Erfolglos versuchte Bobby, seinen Körper herumzudrehen, doch seine Hände waren zu eng an die Decke gefesselt. »Sagen Sie mir zumindest, warum ich hier bin«, bat er.

»*Du bist hier, weil du es verdient hast. In der Dunkelheit. Voller Angst. Voller Schmerz.*«

Bobby war den Tränen nahe. »Es tut mir leid … es tut mir so leid.«

»*Was tut dir leid?*«

»Was auch immer ich getan habe.«

»*Du weißt nicht mal, was du getan hast. Du hast dir niemals Gedanken über die Konsequenzen deiner Taten gemacht, weil du immer nur an dich selbst denkst.*«

Er nickte, während auf seinem Gesicht Tränen und Rotz ineinanderflossen. »Sie haben recht. Ich bin ein Egoist. Das bin ich immer gewesen. *Aber ich kann mich ändern.*«

»*Kannst du das? Glaubst du wirklich, du kannst das?*«

»Ich schwöre es. Ich brauche nur eine zweite Chance, mehr nicht. Bitte – Sie müssen mir eine zweite Chance geben.«

Für eine Weile herrschte nervenzerfetzende Stille. Dann packte ihn jemand bei den Haaren und riss ihm den Kopf hoch, so dass er geradeaus in den Tunnel blickte.

»*Das hat sie auch gesagt*«, sagte ihm die Stimme ins Ohr, und der dazugehörige stinkende Atem war schlimmer als der der Ratte.

Im dämmrigen Licht der Laterne konnte Bobby erkennen, was drei Meter entfernt von ihm an einem Haken in der Decke hing, wie ein groteskes Spiegelbild seiner selbst. Es war ein Körper. Über und über mit getrocknetem Blut verklebt. Und sehr tot.

# 57

Jouma war einen Meter fünfundsechzig groß. Das Abwasserrohr hatte einen Durchmesser von einem knappen Meter, so dass er gerade eben auf Händen und Knien hindurchkriechen konnte. Das Metall war mit einer fünf Zentimeter dicken Schicht dunkler, stinkender Ablagerungen bedeckt, und er musste sich mit den Ellbogen abstoßen, um auf dem rutschigen Untergrund überhaupt voranzukommen. Immer wieder befahl ihm sein Instinkt, sich aufzurichten, wofür er prompt mit einem schmerzhaften Schlag auf den Hinterkopf bestraft wurde. Mehr als einmal fiel ihm die Taschenlampe in den Schleim, so dass er sein mühseliges Vorankommen unterbrechen und mit den Fingern nach ihr tasten musste. Er fühlte, wie ihm die kalte Flüssigkeit durch den Overall sickerte und mochte sich gar nicht vorstellen, welchen irreparablen Schaden seine Anzughose gerade nehmen mochte. Sie hatte zwar vielleicht schon ein halbes Dutzend Vorbesitzer gehabt, seit sie in der Jermyn Street in London geschneidert worden war, aber Jouma trug sie nun schon seit fast fünf Jahren, ohne dass auch nur ein Saum aufgegangen wäre. Solch schlechte Behandlung hatte sie für ihre Loyalität wahrlich nicht verdient.

Er hatte keine Ahnung, wie weit er mittlerweile gekommen war oder in welche Richtung er überhaupt unterwegs war. In seinem Kopf gab es nur Raum für einen Gedanken.

*Du steckst in einem Abwasserkanal.*

*Der von mehr als einer halben Million Menschen benutzt wird.*

Es war gut möglich, dass er jeden Moment von einer Flutwelle aus Abwässern hinweggespült wurde.
Jouma robbte weiter voran, wobei er sich mit Füßen und Unterarmen gegen die Metallwände des Rohrs stemmte. Mittlerweile ächzten seine Muskeln unter der Anstrengung, und seine Ellbogen und Fußknöchel waren schon ganz wund. Vor ihm beleuchtete der Strahl der Taschenlampe eine scheinbar endlose Röhre.
*Im Grunde war es die reine Dummheit*. Er kroch hier ins Nirgendwo und hatte keine Ahnung, ob er demnächst überhaupt noch genug Luft zum Atmen haben würde.
Doch da hörte er einen Schrei.

»Schrei, so viel du willst. Niemand wird dich hören.«
Bobby schnappte nach Luft und versuchte, seinen Atem wieder unter Kontrolle zu bekommen.
»Wer … wer ist das?«, fragte er und starrte auf … dieses *Ding*, das dort wie ein Stück Schlachtvieh an seinem Haken baumelte.
»*Jemand aus meiner Vergangenheit, der dachte, dass er alles wiedergutmachen könnte, wenn er um Verzeihung bettelt.*«
»Lassen Sie mich wenigstens sehen, wer Sie sind! Wie soll ich begreifen, was ich getan habe, wenn Sie mir nicht mal Ihr Gesicht zeigen?«
»*Du willst mein Gesicht sehen?*«
»Ja. Um Gottes willen – wenn Sie mich sowieso töten, was kann das dann schon noch ausmachen?«
»*Na gut.*«
Sein Wärter packte ihn an den Schultern und drehte ihn mit einer geschmeidigen Bewegung um hundertachtzig

Grad. Bobby schrie vor Schmerz auf, weil dabei die Haut seiner gefesselten Handgelenke aufgerissen wurde.
Doch jetzt konnte er immerhin seinen Folterer sehen. Er saß gebückt im Tunnel wie die Ratte, die vorhin über ihn hinweggekrochen war. Und als eine klauenartige Hand die Kapuze beiseitezog, die seine Gesichtszüge verhüllte, fuhr Bobby entsetzt zurück. Dieses Gesicht hatte er, wenn auch nur flüchtig, erst vor wenigen Stunden vorm Anaconda Club gesehen.
»*Entschuldigung, Chef. Hätten Sie mal ein bisschen Kleingeld?*«
Worum ging es hier eigentlich?, überlegte er panisch. Dass er dem Bettler gesagt hatte, er solle sich verpissen? Dass ein Türsteher den Mann zusammengeschlagen hatte? Wenn dem so war, dann kam ihm die Bestrafung unverhältnismäßig hart vor. Dann fiel ihm diese Abscheulichkeit ein, die hinter ihm von ihrem Haken baumelte, und fragte sich, was *sie* wohl verbrochen haben mochte.
»Hören Sie«, begann er. Mittlerweile schluchzte er hemmungslos. »Können wir nicht über diese Sache reden?«
»*Vielleicht ist dir aufgefallen, dass ich mit dem Reden so meine Schwierigkeiten habe*«, gab die Kreatur krächzend zurück.
»Ich hatte einen schlechten Tag. Mein Vater ist gerade gestorben. Ich war irgendwie neben der Spur, sonst gebe ich Bettlern immer Geld. Es tut mir leid, dass ich so gemein zu Ihnen war. Es tut mir wirklich, wirklich leid.«
Das Wesen starrte ihn aus dunklen, lidlosen Augen an und brach in Gelächter aus. »*Glaubst du etwa, darum ginge es mir? Um ein paar Shilling in meiner Bettelschale? Du bist ja noch arroganter, als ich gedacht hatte.*«

Zwanzig Meter weiter wurde er fündig: Eine große Metallplatte, die an die Wand des Rohrs genietet worden war, wahrscheinlich um einen verwitterten Abschnitt des Originals zu ersetzen. Allerdings fiel auf, dass an dieser Platte die meisten Nieten fehlten, sei es durch Zufall oder mit Absicht. Die verbliebenen Nieten saßen alle an einer Längsseite und hielten die Platte an Ort und Stelle, wie die Heftung eines Ordners. Wenn die Kanalisation benutzt wurde, würde der Druck des fließenden Abwassers die Platte sowieso fest an die Wand drücken. Doch ohne diesen Druck klaffte dort eine kleine Lücke, da das Metall leicht nach außen gebogen war. Und durch diese Lücke hörte Jouma entfernte Stimmen.

Er zog an der Metallplatte, um sie vom Rohr zu lösen. Zu seiner Erleichterung stellte er fest, dass sie nicht besonders fest saß und sich weit genug öffnen ließ, dass er seinen Kopf und seine Schultern hindurchzwängen konnte. Im Lichtschein seiner Taschenlampe sah er nun unregelmäßiges Mauerwerk, und als er den Blick hob, entdeckte er einen viereckigen Schacht, der leicht gebogen ein, zwei Meter nach oben und auf ein Plateau führte. Dieser Tunnel war offensichtlich ein gutes Stück älter als das Abwasserrohr. Ganze Flächen der gemauerten Auskleidung waren abgefallen und gaben den Blick auf den darunterliegenden Stein frei, der Spuren von Hammer und Meißel trug. Dieser Schacht musste direkt aus dem Korallengestein geschlagen worden sein, das das Fundament der Insel bildete. Außerdem war er trocken, woraus sich schließen ließ, das er wohl mehrere Jahre nicht mehr benutzt worden war.

Der kleine Inspector zwängte sich ganz durch die Luke

und fiel gegen die steinerne Wand des Schachts. Seiner Schätzung nach musste er seit dem Gullydeckel ungefähr hundert Meter zurückgelegt haben – eine Entfernung, die er zu Fuß in weniger als dreißig Sekunden bewältigen würde. Als er einen Blick auf die Leuchtziffernanzeige seiner Uhr warf, stellte er fest, dass er fast dreißig Minuten gebraucht hatte.

Während er langsam wieder zu Atem kam, entdeckte er, dass hinter dem Plateau, wo der Schacht wieder gerade weiter verlief, ein schwacher Lichtschein zu sehen war.

*»Erinnerst du dich an die zwei hübschen Blümchen am Wegesrand? Jasmine und Rose?«*

Bobby Spurling fror das Blut in den Adern. »O Gott …«

*»So ein wunderschöner Morgen. Weißt du noch?«*

»Sie? Aber das ist doch nicht möglich …«

*»Und dann kamst du und hast alles kaputt gemacht.«*

»Ich … ich kann Ihnen helfen. Ich kann dafür sorgen, dass Sie behandelt werden, alles, was Sie brauchen.«

Sein Folterer kicherte höhnisch. *»Du kannst mir helfen? Wegen dir sehe ich doch überhaupt erst so aus!«*

»Bitte töten Sie mich nicht!«

*»Ich werde dich nicht töten. Noch nicht. Warum sollte ich dich so leicht davonkommen lassen? Ich möchte, dass du lange und gründlich über das Leid nachdenken kannst, das du anderen zugefügt hast.«*

»Aber ich verspreche Ihnen«, plapperte Bobby weiter, »ich werde mich der Polizei stellen, ich werde alles gestehen. Sie werden mich dafür einsperren, wie ich es verdient habe. Aber lassen Sie mich laufen. Ich werde niemandem etwas erzählen.«

*»Dazu bräuchtest du aber ein Gewissen – und das ist etwas, das du mit deinem ganzen Geld nicht kaufen kannst.«*

»Aber ich wusste doch nicht, was passiert ist«, beteuerte Bobby. »Sie müssen mir glauben.« Das Blut rann ihm von seinen verletzten Handgelenken über die Unterarme, und ihm wurde langsam schwummrig.

*»Wärst du nicht gewesen, wäre das alles nie passiert.«*

Bobby starrte das scharfe, gezahnte Messer an, das die Kreatur in der Zwischenzeit aus den Falten ihres Gewandes gezogen hatte. Als das Wesen eine seiner ledrigen Klauenhände ausstreckte und Bobbys Hodensack fasste, schrie er auf. Er spürte das kalte Metall an der Haut.

*»Wie viele andere Leben hast du damit noch ruiniert? Sie hätten sie dir gleich bei der Geburt abschneiden sollen.«*

Vor seinen Augen verschwamm alles, und obwohl er den Mund zu einem Schrei aufgerissen hatte, wollte ihm kein Laut über die Lippen kommen.

*»Was die Ratten angeht, kann ich dir verraten, dass sie wirklich alles fressen. Und wenn sie erst mal auf den Geschmack gekommen sind, suchen sie nach mehr.«*

»Bitte«, wimmerte Bobby, und dann hörte man ein Platschen, als ihm sein Schließmuskel den Dienst versagte.

Plötzlich kam eine Stimme aus der Dunkelheit. »Polizei! Keine Bewegung!«

Da verlor Bobby Spurling das Bewusstsein.

# 58

Als Jake nach Makupa fuhr, fühlte er sich wie Judas, der mit den römischen Häschern den Ölberg betritt. Daher war er erleichtert, dass weder der Inspector noch seine Frau zu Hause waren, als er an ihre Wohnungstür klopfte. Nach allem, was sie getan hatten, wollte er nicht, dass sie mitansahen, wie er Alex Hopper nun doch verriet.

»Hey, Mann«, begrüßte ihn der kleine Hippiejunge, als er ihm die Tür öffnete. Er sah ganz anders aus als das jämmerliche Exemplar, das Jake gestern auf der *Yellowfin* entdeckt hatte. Schlaf, Wasser und Seife sowie Winifred Joumas Hausmannskost hatten ihm wieder etwas Farbe auf die Wangen gezaubert, und seine Schultern hingen nicht mehr so verzweifelt herab.

Doch Jakes Worte reichten, um ihn innerhalb einer Sekunde wieder vollkommen zu zerschmettern.

»Ich muss dich der Polizei ausliefern, Alex.«

Dicke, ungläubige Tränen der Angst schossen dem Jungen in die Augen, und er trat einen Schritt zurück, wie ein jemand, dem man gerade erklärt hat, dass er zum Zahnarzt muss, um sich die Weisheitszähne entfernen zu lassen.

»Es ist nur zu deinem Besten, mein Junge«, versicherte Jake und versuchte ihm zu erklären, warum er seine Meinung geändert hatte. »Ich kann dich nicht einfach so bei Inspector Jouma abladen. Ich hab diese Sache zu meinem Problem gemacht, also muss ich sie auch alleine regeln.«

Doch Alex wollte nichts davon wissen. Auf die Tränen

folgten bittere Vorwürfe. Jake hatte damit gerechnet, dass der Junge sich erst einmal Luft machen musste – aber als die Tiraden über ihn niedergingen, merkte er, dass er die ganze Geschichte herzlich satt hatte. Er hatte für diesen Jungen mehr als genug getan. Harry hatte recht. Das war alles wirklich nicht sein Problem.
Als sein Handrücken unsanft auf Alex' Mund landete, verstummte der Hippie augenblicklich.
»Such deine Scheißsachen zusammen«, kommandierte Jake. »Wir fahren.«

Wie verabredet, wartete Evie Simenon vor dem Polizeipräsidium, als sie dreißig Minuten später eintrafen. Sie hatte ihren Hals riskiert, als sie auf der 125er-Suzuki der Hippie-Truppe aus Jalawi hierher gefahren war. Jetzt lief sie auf Alex zu und schloss ihn in die Arme. Jake erwartete neuerliche Tränen, aber der Junge war mittlerweile über das selbstmitleidige Stadium hinaus. Er wirkte einfach nur noch verstört.
»Wollen Sie ihn der Polizei übergeben oder soll ich?«, erkundigte sich Jake.
»Das übernehme ich«, erklärte sie.
Jake steckte sich eine Zigarette an und wartete auf der Treppe. Als Evie wenig später mit bleichem Gesicht wieder herauskam, trat er die Kippe aus.
»Alles in Ordnung?«
Sie sah ihn an. »Warum tun die uns so was an, Jake?«
»Weil Sie ihnen im Weg sind. Und weil sie mächtiger sind als Sie.«
Sie nickte, als hätte er ihr endlich etwas bestätigt, was sie immer gewusst, sich aber nie eingestanden hatte. Dann

blieb sie abrupt stehen und brüllte eine hitzige Obszönität in den klaren blauen Himmel. Als sie ihn wieder ansah, standen ihr die Tränen in den Augen. Sie sieht aus, als wäre sie endgültig am Ende, dachte Jake.

»Fahren Sie zurück?«, fragte er.

Sie schüttelte den Kopf. »Ich muss ein paar Leute treffen«, erwiderte sie leise. »Aktivisten aus Nairobi. Sie haben gesagt, sie kennen ein paar Leute, die vielleicht …«

»Um Gottes willen, Evie!«, rief Jake.

»Wieso, was meinen Sie denn, was ich tun sollte?«, fuhr sie ihn mit funkelnden Augen an. »Aufgeben? Ich bin nicht wie Sie, Jake. Ich kann nicht einfach in meine Existenz als Skipper zurückgehen. *Das hier* ist meine Existenz.«

Nach einer Weile seufzte er. »Ich werde dafür sorgen, dass Alex anständig behandelt wird«, versprach er. »Und er hat mir eine Nummer gegeben, unter der ich seine Eltern erreichen kann.«

»Danke«, sagte Evie.

Und dann war sie auch schon weg.

## 59

Fünfhundert Jahre lang hatten die portugiesischen Soldaten, die Araber aus Oman und später die Gefangenen des britischen Empire, die Fort Jesus bewohnten, nur eines gemeinsam – und zwar das mangelhafte Abwassersystem, welches ihre Scheiße aus den Abtritt-Erkern im

Westflügel durch eine Reihe miteinander verbundener Steinröhren leitete, bis der Dreck durch ein Loch in der Mauer über dem Hafen abfloss. Im späten neunzehnten Jahrhundert arbeiteten britische Ingenieure dieses System zu einem Labyrinth von gemauerten Kanälen unter dem Fort aus. Als das Gefängnis in den fünfziger Jahren geschlossen und das Fort in ein Museum umgewandelt wurde, wurde auch die viktorianische Kanalisation stillgelegt. Vor den ehemaligen Abtritten trafen sich nun die Touristen, und der Eingang zu den Tunneln in der Nähe der San Felipe Bastion wurde zugemauert und geriet in Vergessenheit.

Ein Arbeiter mit Pressluftbohrer brauchte nicht mal eine Minute, um diese Mauer zu durchbrechen und nach fünfzig Jahren zum ersten Mal den Blick auf einen Zugang freizugeben, der aus dem Felsenfundament des Forts gehauen worden war. Die Kammer mochte vielleicht anderthalb Meter im Quadrat messen und wies eine hölzerne Falltür auf, durch die man Wasser geschüttet hatte, wenn die Kanalisation verstopft war oder der Gestank unerträglich wurde.

Hier hatte die Kreatur ihren Schlupfwinkel.

Von hier konnte sie sich frei durch das moderne Abwassersystem Mombasas bewegen und durch die nicht mehr benutzten Kanäle unter dem Fort. Es war das perfekte Versteck, denn niemand wusste von seiner Existenz. Nach fünfzig Jahren hatte sogar der Kurator des Museums diese Tunnel aus Viktorianischer Zeit vergessen.

»Wie es aussieht, wurden die Opfer mit der Injektion eines Nervengifts bewegungsunfähig gemacht, bevor sie durch den Gully hinuntertransportiert wurden«, erklärte

Jouma. »Dann wurden sie in die Tunnel unter dem Fort geschleift, wo sie …«

»… aufgehängt und gefoltert wurden«, vervollständigte Superintendent Simba seinen Satz.

»So war es wohl geplant, ja.«

»Bei der Nonne aus Jalawi hat es ja auch funktioniert. Und ich habe keinen Zweifel, dass Mr. Spurling ein ähnliches Schicksal erwartet hätte, wenn Sie nicht gewesen wären. Aber was ist mit Mr. Quarrie? Ich gehe doch davon aus, dass der Junge, von dem dieser Tischler erzählt hat …«

»… dieses Wesen gewesen sein muss. Der alte Mr. Mukhtar muss beobachtet haben, wie es Mr. Quarrie in die Gasse lockte. Dort hat es ihm die Spritze verpasst und ihn in die Kanalisation gezogen.«

»Und das *Klonk?*«

»Das war der Gullydeckel, der an seinen Platz gezogen wurde.«

»Diese … *Kreatur* muss ja unglaubliche Kräfte besitzen.«

Jouma dachte an die winzige, rattenartige Gestalt, die er für den Bruchteil einer Sekunde erspäht hatte, bevor sie in die Dunkelheit davonhuschte. »Oder eine unglaubliche Entschlossenheit«, meinte er. »Wie Mr. Quarrie.«

Nachdem er selbst in diesen Höllentunneln gewesen war, konnte Jouma nur Vermutungen über Quarries Selbsterhaltungstrieb anstellen. Der pensionierte Polizist aus Ulster musste im Stockfinstern, trotz der schwächenden Wirkung des giftigen Spirochin, stundenlang in diesem Labyrinth aus Tunneln herumgekrochen sein, bis ein schwacher Hauch von frischer Luft ihn in einen Bereich hinter den Schlafbaracken leitete, wo das viktorianische Mauerwerk aufgrund ungeschickt durchgeführter Reparaturarbeiten leicht nachgab. Quarrie musste den Schutt mit den Fingern beiseitegeschaufelt und sich seinen Weg nach draußen freigegraben haben.

Es war ein fast unerträglicher Gedanke, wenn man sich vorstellte, wie er durch die Festung stolperte und vergebens um Hilfe rief, bis er irgendwann ins Leere trat und in den Tod stürzte.

»Womit haben wir es hier zu tun, Daniel?«, seufzte Elizabeth Simba.

»Ich weiß es nicht.«

Die beiden spähten in die Kammer hinab. Nach dem zu urteilen, was sie dort sahen, hatte das Geschöpf wenig Ansprüche: eine Decke, ein wenig Brot und Trockenfleisch, eine Schüssel Wasser und ein Liter Kerosin für die Lampen.

Außerdem stand dort ein Jutesack mit getrockneten Kräutern und Rinde sowie kleine, getöpferte Tiegel mit diversen klebrigen Tränken mit stechendem Geruch. Wissenschaftliche Untersuchungen sollten wenig später die Natur dieser Substanzen bestätigen, ebenso wie die Testergebnisse von Bobby Spurlings Blutproben. Die von den Ratten benagten Überreste von Schwester Gudrun waren schon zu stark verwest, als dass man noch irgendetwas mit ihnen hätte anfangen können, abgesehen von einem eiligen christlichen Begräbnis.

»Nach welchem Prinzip wurden die Opfer ausgewählt?«, wollte Elizabeth Simba wissen.

»Es gibt keine erkennbare Verbindung«, gab Jouma zu. »Ich glaube, um dieses Rätsel zu lösen, müssen wir die Identität dieser Kreatur klären.«

»Der junge Spurling hat die Person also nicht erkannt?«

»Er befindet sich noch immer in schwerem Schockzustand.«

Sie sah ihn an, und in ihrem Gesicht war eine gewisse Sorge zu lesen. »Und Sie, Daniel?«

Es waren schon ein paar Stunden vergangen, seit er in dem Tunnel über Bobby Spurling gestolpert war, und Jouma steckte immer noch in seinem verdreckten Overall. Er hatte keine Zeit gehabt, sich umzuziehen, nicht einmal Zeit, über die Geschehnisse *nachzudenken* – was andererseits auch ganz gut war, denn so hatte er sich nicht mit dem beschäftigen können, worauf er in der unterirdischen Folterkammer gestoßen war.

Der Anblick des nackten, blutüberströmten Bobby Spurling im flackernden Licht der Kerosinlampe, der in einem grässlichen Winkel von einem Haken in der Tunneldecke hing, wollte sich ihm ins Gehirn brennen. Doch Jouma wusste, das durfte er nicht zulassen, weil er sonst wahnsinnig werden würde.

Dort unten in der Finsternis hatte er sich auf die rein praktischen Gesichtspunkte konzentriert. Die Kreatur, die Spurling diese Qualen angetan hatte – und ebenso der schrecklichen, verrottenden Leiche, die nur wenige Meter weiter im Tunnel hing –, war ins Dunkel verschwunden, wobei sie sich in der Enge flink wie ein Nagetier bewegte. Sie würde nicht zurückkommen, da war Jouma sicher. Nicht, nachdem ihre schmutzige Mördergrube enttarnt worden war.

Doch dann hatte er immer noch das Problem, wie er Bobby Spurling durch die Abwasserkanäle in Sicherheit bringen sollte.

Bei der leichtesten Berührung begann der junge Mann panisch zu schreien, und Jouma wurde klar, warum die Kreatur ihre Opfer lieber zuerst betäubte. Er brauchte ein paar Minuten, um den Jungen zu überzeugen, dass ihm jetzt nichts mehr geschehen würde, und noch einmal wesentlich länger, um ihm klarzumachen, dass sie nur hier rauskommen konnten, indem sie durch das Rohr krochen, über das Jouma hereingekommen war. Irgendwie gelang es dem Inspector zu guter Letzt, den Jungen Zentimeter für Zentimeter in Sicherheit zu bringen. Bobby wimmerte, weil die Haut an seinen Handgelenken schmerzhaft aufgeschürft war und ihm rauher Stein und Metall die Haut zusätzlich aufrieben. Als sie schließlich den Gullydeckel erreichten, schien es dem Inspector, als wäre eine halbe Ewigkeit vergangen. Ein entsetzter Constable Nambu hievte die beiden Männer aus dem Loch, und Jouma hatte das Gefühl, als hätte er noch nie so etwas Köstliches eingeatmet wie die stinkende Luft in der Gasse.

Danach durfte Jouma zusehen, wie eine hastig zusammengestellte Eingreiftruppe begann, bewaffnet mit Plänen der Kanalisation und archäologischen Diagrammen des Tunnelsystems unter dem Fort, die Kanäle systematisch nach dem abzusuchen, was auch immer dort unten leben mochte. Sie entdeckten schließlich das Lager der Kreatur und konnten die letzten verzweifelten Schritte von Lol Quarrie nachvollziehen. Und zu guter Letzt brachten sie nun auch Schwester Gudruns verwüstete Leiche an die Oberfläche.

»Ich schätze, damit ist Abdelbassir Hossain entlastet«, meinte Jouma.

Elizabeth Simbas Schultern sackten etwas herab, als hätte sie diese Feststellung ebenso erwartet wie befürchtet.

»Absolut«, bestätigte sie ruhig.
»Und Mugo?«
Sie starrte in die schreckliche Grube, wo die dürftigen Habseligkeiten des Geschöpfs lagen wie die Ausstellungsstücke im Museum des Forts. »Mugo ist mein Problem, Daniel«, sagte sie. »Die Kreatur ist Ihres.«

## 60

Weniger als einen Kilometer entfernt saß Bobby Spurling mit beiderseitig bandagierten Handgelenken in einem privaten Krankenhausbett.
»Wozu hat dieses Unternehmen eine Sicherheitsabteilung, Mr. Roarke, wenn sie nicht einmal in der Lage ist, den Aufsichtsratsvorsitzenden der Firma zu schützen?«, fragte er in einer Stimmlage, die kurz davor war, ins Hysterische zu kippen.
Obwohl Douglas Roarke diese Frage erwartet hatte, stand er mit gestrafften Schultern am Fuß von Bobbys Bett, starrte auf das Krankenblatt, das dort befestigt war und wusste keine Antwort.
»Sie werden selbstverständlich gleich morgen früh meine Kündigung auf dem Schreibtisch haben, Mr. Spurling.«
»Kündigung? Ich will keine Kündigung, verdammt noch mal! Kapieren Sie denn nicht? Dieses Scheiß*ding* läuft immer noch irgendwo da draußen rum. Mein Leben ist in Gefahr. *Es wollte mir die Eier abschneiden, um sie den Ratten zum Fraß vorzuwerfen!*«

»Vor Ihrer Tür steht eine Wache, und ich habe die Stärke der Mannschaft, die zu Ihrem persönlichen Schutz abgestellt ist, verdreifacht«, erklärte Roarke. »Niemand wird sich Ihnen auf weniger als zehn Meter annähern können, ohne dass wir es merken, weder bei Tag noch bei Nacht.«

»Ich will keine dreimal so große Mannschaft!«, schrie Bobby. »Ich will, dass dieses Monstrum liquidiert wird! Können Sie sich vorstellen, was passiert, wenn die Polizei dieses Vieh lebendig fängt? Wenn es ihnen erzählt, was es weiß?«

»Natürlich, Mr. Spurling.«

Ungläubig schüttelte Bobby den Kopf, als er noch einmal an die letzten vierundzwanzig Stunden seines Lebens dachte. »Ich musste den Katatoniker spielen, damit die Polizei mich heute nicht mehr vernehmen kann«, rief er. »Aber sie werden wiederkommen, und dann wird es nicht lange dauern, bis sie die Zusammenhänge erkennen.«

»Ich kann Ihnen versichern, das wird ihnen nicht gelingen«, beteuerte Roarke.

»Dann sehen Sie lieber zu, dass Sie diese Scheiße sofort geregelt bekommen, denn ich will hier raus – und ich habe nicht vor, den Rest meines Lebens ständig ängstliche Blicke über die Schulter zu werfen!«

Roarke verstand vollkommen. Seit fünf Jahren war er nun der Leiter der Sicherheitsabteilung. Fünf Jahre voller Frustration, in denen er sich den konservativen Instinkten des alten Spurling hatte unterordnen müssen. Jetzt hatte er endlich die große Chance, sich zu beweisen – zu beweisen, dass man nur mit seiner Philosophie wirklich Fort-

schritte erzielen konnte – und die würde er nicht vertun, das stand fest.
Was ihm jedoch Sorgen machte, war die Tatsache, dass seit Clay Spurlings Tod wirklich alles schiefging, was er anfasste. Eine fast schon absurde Pechsträhne, dachte er unglücklich und schüttelte den Kopf. *Verdammt aber auch!* Feuerlöschen war sein Job – doch im Moment sah es so aus, als schlügen überall neue Flammen aus dem Boden, sobald er einen Brandherd ausgetreten hatte.
Als er mit seinem Jeep vom Krankenhaus wegfuhr, warf er einen Blick auf die Polizeiautos und Krankenwagen, die immer noch vor Fort Jesus parkten. Seit man Bobby nackt und winselnd aus der stillgelegten Kanalisation unter dem Fort gezogen hatte, standen sie dort. Diese Entführung war schrecklich, und wenn es schlecht lief, würde ihm diese Geschichte noch ganz gewaltig in den Rücken fallen. Doch immerhin hatte sie ihn einen Moment lang von den anderen drängenden Problemen abgelenkt, die sich derzeit in seinem Posteingang türmten.
Sein Plan, die Hippies in Flamingo Creek zu diffamieren, hätte perfekt funktionieren können, wenn seine Männer in ihren schlichten Aufgaben nicht so jämmerlich versagt hätten. Und so was besaß den Nerv, sich als »erfahrene Ex-Soldaten« zu bezeichnen! Seine eigene Großmutter hätte es besser hinbekommen, einen wehrlosen alten Mann und einen unbewaffneten Jugendlichen um die Ecke zu bringen.
Und was noch schlimmer war: Er hatte erfahren, dass gestern jemand Jimmy Chen hinterhergeschnüffelt hatte. Ein Polizist? Und wenn ja – warum interessierte er sich so für Jimmy? Und was hatte der miese kleine Junkie ihm wohl

alles erzählt, bevor er glücklicherweise von diesem Laster umgenietet wurde?
Roarke schüttelte erneut den Kopf. Es war zwecklos, jetzt paranoid zu werden. Hier waren kühle, rationale Problemlösungen gefragt. Sobald er ins Büro kam, würde er einen seiner besten Männer darauf ansetzen, herauszufinden, wer dieser Trottel war. Und dann würde er einem anderen seiner besten Männer auftragen, das Problem William Fearon zu lösen. Dieser fette Geschäftsführer, der noch alle möglichen Unannehmlichkeiten verursachen würde, wenn er seinen Kopf nicht durchsetzen konnte.
Der Jeep schob sich durch den dichten Verkehr, und als die Schlange wieder ins Stocken geriet, wählte Douglas Roarke ärgerlich eine Nummer auf seinem Handy. Warum sollte er überhaupt so lange warten, bis er wieder im Büro war? Jetzt waren Taten angesagt. Je eher er anfing, diese Probleme zu lösen, umso schneller konnte er sich auf die nächsten konzentrieren.

## 61

In Mombasa heißt es, wenn du eine Ratte bist, bist du nie mehr als einen Meter vom nächsten Menschen entfernt. Weniger nette Leute formulieren es anders: Es gibt zwei Arten von Ungeziefer in der Stadt – solches mit vier Beinen und solches mit zweien.
Detective Constable David Mwangi hätte nie erfahren, dass eine ganze Subspezies der Gesellschaft von Mombasa

unter seinen Füßen lebte, wenn Jouma ihn nicht aufgeklärt hätte. Und er hätte auch nicht gewusst, wie man sie an die Oberfläche locken konnte.

»Sie müssen sich das vorstellen wie Angeln«, hatte Jouma gesagt und eine Hundert-Shilling-Note in den Rinnstein an der Ecke Nkrumah Road, Ndia Kuu-Road fallen lassen, nur wenige hundert Meter entfernt von Fort Jesus. »Befestigen Sie einen appetitlichen Köder am Haken, dann werden Sie schon recht bald etwas fangen.«

Mwangi hatte seinen Chef gemustert. In Anbetracht des unsäglichen Martyriums, das Jouma heute hatte durchmachen müssen, hatte er erstaunlich fröhlich gewirkt. Fast schon quietschfidel. Aber vielleicht war das die einzige Art, wie man mit solchen schrecklichen Ereignissen umgehen konnte. Damit und mit der Polizeiarbeit allgemein. Und Jouma hatte ihn sehr rasch daran erinnert, dass man die Leiche der unglücklichen Schwester Gudrun nun zwar gefunden hatte, das Rätsel ihres Verschwindens aber lange noch nicht geklärt war.

Gerade kniete der Inspector nieder und sicherte einen weiteren Hundert-Shilling-Schein mit einem Stein neben dem Gullyrand, so dass ein Teil der Banknote einladend über dem Loch schwebte.

»Und jetzt warten wir einfach ab«, schlug er vor.

Lange mussten sie nicht warten. Kaum eine Minute war vergangen, als sich von unten eine dünne Hand durch das Gitter schob. Als sich die Finger um den Schein schlossen, stieg Jouma auf die Hand und klemmte sie fest. Das Schmerzensgeheul schien aus den Eingeweiden der Erde aufzusteigen.

»Ziehen Sie ihn raus, Mwangi«, befahl Jouma.

Mwangi war sich bewusst, dass bereits Passanten stehen blieben, um dem Schauspiel zuzusehen, und griff mit beiden Händen rasch in den Gully. Er bekam einen Arm zu fassen und begann zu ziehen.

»Vorsicht. Die können beißen.«

Jouma zog seinen Schuh beiseite, und dann zerrten sie zu zweit ihre zappelnde Beute aus dem Gully auf die Straße. Es war ein kleiner Junge, kaum älter als sechs Jahre und dünn wie ein Bleistift. Er trug ein T-Shirt und eine alte, abgetragene Jeans, die ihm zwei Größen zu weit war.

»Wie heißt du?«, fragte Jouma.

»Leck mich.«

»So, ich frage dich jetzt noch einmal. Und wenn du weiter mit unanständigen Wörtern um dich schmeißt, schicke ich dich geradewegs in die Jugendstrafanstalt in Likoni.«

»Das können Sie nicht. Ich hab nichts Böses getan.«

»Ich bin Detective Inspector Daniel Jouma von der Kriminalpolizei Mombasa. Ich kann machen, was ich will. Also – wie heißt du?«

Der Junge murmelte etwas.

»Lauter, mein Junge. Ich hab dich nicht verstanden.«

»Geoffrey.«

»Geoffrey und wie weiter?«

»Geoffrey Kono.«

»Und für wen arbeitest du?«

»Leck mich.«

»Gut. Mwangi, bitte bringen Sie den Jungen unverzüglich in die Besserungsanstalt in Likoni.«

»Mr. Tumbai«, seufzte der Junge.

Jouma zwinkerte Mwangi zu. »Sie arbeiten alle für Mr. Tumbai«, erklärte er. »Mr. Tumbai gehört wahrscheinlich zu den größten Arbeitgebern von Mombasa.« Er wandte sich wieder dem Jungen zu. »Also, Geoffrey Kono, richte Mr. Tumbai Folgendes aus: Ich will mich mit ihm in einer Stunde im Polizeipräsidium treffen. Und sag ihm, wenn er nicht kommt, werde ich höchstpersönlich in die Kanalisation steigen, um ihn zu suchen. Sag ihm, dass die Polizei von Mombasa sich sehr freuen würde, einen empfindlichen Schlag gegen die Laden- und Taschendiebstähle in der Altstadt zu führen. Aus den Augen heißt noch lange nicht aus dem Sinn. Verstanden?«

»Ja.«

»Ja was?«

»Ja, Sir.«

Jouma ließ den Jungen los, der eilig wieder in den Gully kroch.

Mwangi war bestürzt. »Der Junge *wohnt* dort unten?«

»Mwangi«, sagte Jouma, »Sie machen sich keine Vorstellung, wie manche Leute in dieser Stadt leben.«

## 62

Eine Stunde später saß Early Tumbai, der Rattenkönig der Kanalisation von Mombasa, im Vernehmungszimmer und betrachtete Jouma mit einem Ausdruck völliger Gleichgültigkeit. Laut seiner umfangreichen polizeilichen Akte war er fünfundvierzig Jahre alt, sah jedoch zwanzig Jahre älter aus. Sein Schädel war kahl rasiert, seine Haut unrein. Zu seiner Militäruniform trug er eine teure Sonnenbrille – zweifellos in seinem Auftrag ge-

stohlen –, um seine empfindlichen Augen vor der einsamen Neonröhre an der Decke zu schützen. Er stank nach feuchter Erde und Fäulnis.
»Sie sehen gut aus, Mr. Tumbai«, begann Jouma.
Early lächelte. Er hatte zwei Zähne, und auch die standen bereits kurz vor dem endgültigen Zusammenbruch. »Sagen Sie doch einfach, was Sie von mir wollen.«
»Ich möchte wissen, wer Leute in die Abwasserkanäle zerrt und dort unten umbringt.«
Early verzog keine Miene. »Warum fragen Sie mich das?«
»Weil Sie jeden Zentimeter der Kanalisation kennen, und jede Person, die da unten lebt. Und weil ich annehmen muss, dass Sie irgendwie in diese Morde verwickelt sind, wenn Sie sich weigern, es mir zu erzählen.«
Hinter seinen teuren Brillengläsern verdrehte Early Tumbai die Augen. »Warum soll eigentlich immer ich die Schuld sein, wenn in den Abwasserkanälen mal wieder eine Leiche gefunden wird? Beschuldige ich etwa jedes Mal Sie, wenn an der Oberfläche ein Toter auftaucht?«
Jouma starrte ihn an. Wo der Mann recht hatte, hatte er recht. Earlys Kanalratten verdankten ihren schlechten Ruf dem Wohnort, den sie sich gewählt hatten. Dabei hatten sich die meisten nur deshalb in den Untergrund zurückgezogen, weil sie sich ein Leben über der Erde nicht mehr leisten konnten. In den Abwasserkanälen musste man keine Miete zahlen, und außerdem wurden nicht nur Exkremente durch die Rohre gespült, sondern auch der eine oder andere brauchbare Gegenstand.
»Die Person, nach der ich suche, scheint irgendwann einmal Verbrennungen erlitten zu haben«, sagte er.
»Was für Verbrennungen?«

»Sehr schwere Verbrennungen«, erklärte Jouma. »Sein Gesicht ist zum Großteil zerstört.«
»Klingt ja gar nicht gut. Aber ich wüsste niemanden, auf den diese Beschreibung passt.«
»Die Person, nach der ich suche, versteckt sich auch in den Tunneln unter Fort Jesus.«
»Diese Tunnel sind seit Jahren nicht mehr benutzt worden«, bemerkte Early.
»Ich weiß.«
»Sind Sie sicher, dass Sie mir hier keinen dummen Streich spielen, Inspector Jouma? Ich hab's nämlich gar nicht gern, wenn man mir dumme Streiche spielt.«
»Das ist kein dummer Streich, Mr. Tumbai«, erwiderte Jouma. »Das ist todernst.«
Early seufzte. »Na gut. Ich werde ein paar Nachforschungen anstellen. Aber ich kann Ihnen nichts versprechen, und ich erwarte, dass ich nicht verfolgt werde. Diese Nachforschungen werden meinen Geschäften schon genug schaden …« Er streckte mit einer erwartungsvollen Geste die Hand aus.
Jouma ergriff sie und schüttelte sie kräftig. »Ich lobe mir Ihren Gemeinschaftsgeist, Mr. Tumbai. Selbstverständlich werde ich meiner Vorgesetzten gegenüber erwähnen, wie hilfsbereit Sie sich gezeigt haben.«

Jouma verließ das Präsidium und ging zu seinem Fiat Panda, den er schlampig am Fahrbahnrand geparkt hatte. Early Tumbai zur Vernehmung vorzuladen, war durchaus berechtigt gewesen, aber er bezweifelte, dass er die Ermittlungen damit auch nur ein Jota voranbringen würde. Wenn der Rattenkönig etwas gewusst hätte, hätte er die

Information gleich ausgespuckt, denn er wollte sich in erster Linie die Polizei vom Hals halten. Doch beim derzeitigen Stand der Dinge musste man jeder Möglichkeit nachgehen, denn der Schlüssel zu diesem Fall lag nun einmal darin, dass sie die Identität dieser Kreatur klärten.
Zumindest einen Lichtstrahl gab es an diesem finsteren Tag, dachte er. Trotz des Martyriums, das er heute hatte überstehen müssen, ging Jouma geradezu beschwingten Schrittes auf den Eingang des Kingorani-Gefängnisses zu. Doch als er durch die schweren Stahltüren in den hell erleuchteten Betonhof trat, merkte er sofort, dass etwas nicht stimmte. Er sah es in den Gesichtern der *Askari* im Wachhäuschen, und im abgewandten Blick des Offiziers, der ihn ins Büro der Gefängnisleitung führte statt in den Sicherheitstrakt, in dem Abdelbassir Hossain saß.
»Inspector Jouma«, sagte der Gefängnisdirektor und schüttelte ihm die Hand. Der verhärmte Mann hatte dieses Szenario schon tausendmal durchgestanden und mittlerweile gelernt, sich innerlich davon zu distanzieren.
»Wann?«, fragte Jouma nur.
Der Direktor blickte auf den zweckmäßigen grauen Teppich zu seinen Füßen. »Er ist vor fünfzehn Minuten gefunden worden.«
»Wie ist es passiert?«, wollte Jouma wissen.
»Ich kann Ihnen versichern, Inspector, wir haben alle Vorsichtsmaßnahmen ergriffen. Aber es sieht so aus, als hätte er einfach …«
Jouma fühlte, wie jedes bisschen Energie aus ihm wich. »Wo ist er jetzt?«
»Immer noch in seiner Zelle. Der Gefängnisarzt untersucht ihn.«

»Bringen Sie mich hin.«
Er folgte dem Mann durchs Gebäude in den verrußten, stinkenden Zellentrakt.
»Ich habe extra angeordnet, dass er rund um die Uhr bewacht werden sollte«, erklärte Jouma.
Der Gefängnisdirektor zuckte mit den Schultern, als wollte er sagen: *Was haben Sie denn erwartet?*
Schließlich erreichten sie Abdelbassir Hossains Zelle. Eine große, dunkle Blutpfütze war schon halb im schmutzigen Boden zwischen den Gittern und auf dem Korridor versickert. Die Stiefel panischer Wachmänner hatten das Blut fast bis zur stählernen Sicherheitstür am Ende des Korridors verteilt.
Der Hafenarbeiter lag auf dem Rücken. Sein Gesicht war mit frischem Blut verschmiert, ebenso seine schmutzige Gefängniskleidung. Der Arzt, ein versoffener Knochensäger aus einer städtischen Praxis, kniete über der Leiche und blickte auf, als Jouma in die Zelle trat.
»Was ist passiert?«
»Sie würden's mir nicht glauben, wenn ich Ihnen das erzähle, Inspector.«
»Probieren Sie's.«
Mit einem grunzenden Laut und vernehmlichem Knacken seiner arthritischen Knie stand der Arzt auf. Jetzt konnte Jouma auch erkennen, dass eines von Hossains erloschenen Augen offen und zur Decke gerichtet war, während das andere wie ein blutiges Säckchen mit auslaufender Flüssigkeit gerade noch in seiner Höhle hing.
»Ich muss zugeben, ich hab einen Moment gebraucht, bis ich kapiert habe, was hier passiert ist.«
Der Arzt ging zur Rückwand der Zelle. Dort stand Hos-

sains Schlafpritsche, und darüber befand sich ein Fenster aus dicken, mosaikartigen Glasvierecken, das ein wässriges Licht in die Zelle fallen ließ. Der Arzt zeigte auf das Fenster, und bei genauerem Hinsehen bemerkte Jouma, dass einer der Glaswürfel mit Blut befleckt war.

»Der arme Kerl verdient zumindest Topnoten für seinen Erfindungsgeist.«

Jouma stieg auf die Pritsche, um das Fenster aus nächster Nähe in Augenschein zu nehmen. Jetzt sah er es auch: Eine fünfzehn Zentimeter lange, rostige Metallnadel war aus dem Fensterrahmen herausgebogen worden.

»Sie hat ihm das linke Auge durchbohrt und ist direkt ins Gehirn gedrungen«, erklärte der Arzt. »Normalerweise würde das ausreichen, einen Menschen zu töten – aber nach den Verletzungen des Augapfels zu urteilen, hat es wohl nicht gleich beim ersten Mal funktioniert. Ich würde sagen, er hat zwei, vielleicht sogar drei Anläufe genommen, bis er Glück hatte.«

Dem Inspector wurde schlecht. *Bis er Glück hatte?* Er blickte auf Abdelbassir Hossains Leiche und überlegte, wie viel Verzweiflung und Hoffnungslosigkeit es wohl brauchte, bis ein Mann beschloss, seinem Leben auf solche Art ein Ende zu setzen. Doch dann stieg erneut die Wut in ihm auf, und er sah nicht mehr das Gesicht des marokkanischen Hafenarbeiters, sondern die grinsende Visage von Oliver Mugo, wie er seinen Triumph live im Fernsehen verkündete – und damit einen unschuldigen Mann zum Tode verurteilte.

# Siebter Tag

# 63

William Fearon, der bis vor kurzem noch Geschäftsführer bei Spurling Developments gewesen war, wurde von der Meeresbrise geweckt, die sanft die Schlafzimmervorhänge bewegte, von der Sonne, die ihm aufs Gesicht schien, und von der Hand, die ihm sanft seine Erektion massierte. Er lächelte selig und drehte sich auf die Seite.

»Hallo, du«, sagte er.

*»Hola, papa.«*

Der Junge hieß Isidro, war zweiundzwanzig Jahre alt und arbeitete hinter der Bar des Striptease-Clubs Baobab in der Altstadt. Als Fearon vor anderthalb Jahren den Club besucht hatte, war die Bekanntschaft mit dem jungen Mann das einzig Erfreuliche für ihn gewesen. Drogenbenebelte Huren, die sich um Metallstangen wanden, gaben ihm überhaupt nichts – doch er war lange genug im Geschäft, um zu wissen, dass der Kunde immer recht hat. Und dieser Kunde war eben zufällig ein Verwaltungsangestellter aus der Provinz gewesen, der beim lukrativen Kauf eines Landstückes südlich von Malindi das letzte Wort hatte. Während der Mann mit offenem Mund die Tänzerinnen begaffte, bestellte Fearon überteuerten Champagner und verliebte sich.

Nachdem Isidro den älteren Mann mit geübten Griffen zum Orgasmus gebracht hatte, schlüpfte er aus dem Bett und ging duschen. Fearon blieb keuchend zurück und wünschte sich, er wäre dreißig Jahre jünger und vierzig Kilo leichter.

»Wann musst du zur Arbeit?«, rief er.

»Um halb zwei«, übertönte Isidro das plätschernde Wasser.

»Aber es ist doch noch nicht mal neun.«

»Ich will vorher noch einkaufen.«

»Ich kann dich fahren, wenn du willst.«

Der Junge kam zurück ins Schlafzimmer und rubbelte sich das glänzende schwarze Haar mit dem Handtuch trocken. Fearon stützte sich auf den Ellbogen und ließ seinen Blick auf Isidros Waschbrettbauch ruhen, von dem noch das Wasser abperlte.

»Vielleicht könnten wir zusammen Mittag essen.«

»Weißt du was, *amado?*« Isidro betrachtete sich im Ganzkörperspiegel in der Garderobentür. »Ich glaube, du hast mir besser gefallen, als du einen Job hattest. Da hast du nicht ständig so an mir geklebt.«

»Ich hab immer noch einen Job«, erinnerte ihn Fearon.

»Ja? Und warum gehst du da dann nicht mehr hin?«

»Das ist eine lange Geschichte.«

Isidro zwängte sich in eine ausgeblichene Jeans. Dann drehte er sich zu William Fearon um und lächelte kokett. »Tja, ich hoffe, die Geschichte ist bald vorbei. Du gefällst mir gar nicht, wenn du immer so angespannt bist. Ich möchte meinen dicken, glücklichen *papa* zurück.«

»Komm her.«

Gehorsam trat der Junge ans Bett. Fearon ließ die dicken Finger über Isidros Brustkorb wandern und von dort weiter nach unten, wo eine dicke Haarlinie von seinem

Nabel abwärts wuchs, um dann hinter den offenen Knöpfen seiner Jeans zu verschwinden.
»Du bist so wundervoll.«
Isidro kicherte und bückte sich, um dem älteren Mann einen raschen Kuss auf die Wange zu geben. »Du solltest aufstehen, *amado*«, meinte er, zog sich ein ärmelloses weißes T-Shirt über den Kopf und schlüpfte in ein Paar Espadrilles. »Fahr doch mal raus und mach dir einen schönen Tag.«
»*Musst* du denn in die Arbeit gehen?«, fragte Fearon und ließ sich aufs Kissen zurückfallen.
»Tja, *einer* von uns muss wohl arbeiten, Baby.« Mit diesen Worten zog Isidro seinen Ledergürtel zu – den mit dem amerikanischen Adlerkopf aus Metall, den Fearon ihm in den Osterferien auf ihrer Reise nach Disneyworld gekauft hatte – und verließ das Zimmer.
Natürlich hatte er recht, dachte Fearon, während er an den Deckenventilator starrte, der sich träge über seinem Kopf drehte.
Die Situation mit Bobby Spurling war kein Grund, in Starre zu fallen, auch wenn sie das Ganze mittlerweile ihren Anwälten übergeben hatten. Vielleicht war das sogar die Chance, nach zwanzig Jahren an diesem Fleckchen Erde endlich einmal seinen Horizont ein bisschen zu erweitern. Erst, als er einen Schritt zurückgetreten war und die Dinge mit etwas Abstand betrachtet hatte, war ihm aufgegangen, wie sehr er sich von Spurling Developments hatte vereinnahmen lassen. Zwölf- ja, sogar Vierzehn-Stunden-Tage waren irgendwann die Regel gewesen. Abgesehen von Isidro hatte er überhaupt kein Leben außerhalb der Firma gehabt – und ihre Beziehung gedieh nur,

weil sie beide zu solchen Zeiten arbeiteten, die ein normales, geselliges Leben eigentlich verboten.
Es war immer sein ganzer Ehrgeiz gewesen, Aufsichtsratsvorsitzender zu werden, aber je länger er darüber nachdachte, umso weniger war er überzeugt, dass er das wirklich wollte, vor allem im Moment. Seine juristischen Berater hatten ihn gewarnt, dass es Monate, wenn nicht Jahre dauern konnte, bis er sich gegen Bobby durchgesetzt hatte und sich an die Spitze der Firma setzen konnte. Und was dann? Jetzt war er siebenundfünfzig. Wenn er Glück hatte, konnte er jetzt noch acht Jahre arbeiten, bevor er in Ruhestand ging. Acht Jahre Stress und Sechzig-Stunden-Wochen – immer vorausgesetzt natürlich, dass er überhaupt noch so lange lebte. Oder die drei Millionen Dollar, die Cyril Craven ihm angeboten hatte, damit er leise abtrat? Er wollte zehn, doch er wusste, dass das ziemlich hoch gegriffen war. Trotzdem, drei war immer noch ein ganzes Stück unter den fünf Millionen, die er zu akzeptieren bereit wäre – mit dem Geld konnten Isidro und er dann überall hingehen, wohin sie wollten. Wenn sie wollten, konnten sie den ganzen Tag im Bett bleiben.
Fearon stemmte sich aus dem Bett und schlüpfte in seinen Seidenkimono. Dann tapste er vom Schlafzimmer in die Küche und goss sich eine Tasse Kaffee ein. Irgendwo im Haus hörte er ein Poltern, und er warf einen Blick Richtung Eingangshalle, um die Ursache des Lärms herauszufinden. Der Raum war geräumig und hell, mit einem Panoramafenster, das ungehinderte Sicht aufs Meer gestattete. Die Schiebetür zum Balkon stand offen, und der Wind bewegte die hölzernen Jalousien.
»Isidro!« Er hatte dem Jungen ungefähr tausendmal ein-

geschärft, die Tür hinter sich zuzumachen, wenn er ging. Dieser Abschnitt von Shanzu Beach war äußerst exklusiv und nur den Reichsten der Reichen vorbehalten – was ihn zum beliebten Ziel für Einbrecher machte. Wie der Vertreter des örtlichen Wachdienstes immer so schön sagte: Eine offene Tür kam einer Einladung gleich.

Fearon schob die Tür zu und legte den Riegel vor. Dann drehte er sich um und sah auf dem weißen Ledersofa Isidro liegen, dem ein Küchenmesser aus der Brust ragte. Kaum hatte er den Anblick aufgenommen, trat jemand hinter ihn und umwickelte seinen Kopf mit einem langen Stück Frischhaltefolie. Fearon merkte, wie er ins Schlafzimmer dirigiert wurde. Er versuchte zu schreien, bekam aber keine Luft.

Während sein Gehirn langsam seine Tätigkeit einstellte, sah William Fearon durch die beschlagene Folie als Letztes einen amerikanischen Adler.

*Hübsch sah er aus, und er glänzte so schön – hatte Isidro nicht so eine Gürtelschnalle?*

## 64

Ein Mann kam über den Pfad zum Bootshaus getrottet. Der Afrikaner war verlottert gekleidet und trug einen ausgefransten Strohhut. Außerdem schien er etwas wacklig auf den Beinen zu sein, und als er näher kam, nahm Harry tatsächlich den unverkennbaren Geruch von schalem Alkohol in seinem Atem wahr.

»*Jambo*«, grüßte der Mann und starrte den Engländer mit glasigen Augen an. »Mein Name ist Mathenge. Baptiste Mathenge. Ich suche einen Gentleman namens Mr. Moore.«

Harry zuckte mit den Schultern und rief Jake, der gerade dabei war, die *Yellowfin* für die morgendliche Angeltour mit einer Gruppe Ernies aus dem Casuarina Hotel südlich von Mida Creek zu beladen.

»Ich bin Moore«, stellte er sich vor, als er kurz darauf auf den Steg sprang.

Baptiste Mathenge schwankte merklich und streckte ihm die Hand hin – einerseits zum Gruß, andererseits sicher auch, um das Gleichgewicht besser halten zu können.

»*Jambo*«, sagte er. »Man hat mir aufgetragen, Ihnen etwas auszurichten.«

»Ausrichten? Von wem?«

»Das war so ein großer Massai. Ein alter Mann, glaube ich. Er hat heute Morgen an meine Tür geklopft. Ich hab ihn noch nie gesehen, aber er sagte, sein Chef kennt mich. Dann hat er mir zehn Dollar gegeben und mir gesagt, dass ich Ihnen was ausrichten soll. Aber zuerst soll ich Ihnen das hier geben, Mr. Moore. Der Massai meinte, dann wissen Sie gleich, von wem die Nachricht kommt.«

Jake und Harry tauschten einen Blick, als ihr Besucher in der Tasche seiner schmuddeligen Baumwollhose wühlte. Obwohl es noch früh am Morgen war, war nicht zu übersehen, dass Mathenge den Großteil seiner zehn Dollar schon in Fusel investiert hatte.

»Ah«, rief Mathenge erfreut und erleichtert aus, »jetzt hab ich's.«

Und wie ein Zauberer die glänzende Christbaumkugel,

präsentierte er ihnen den kupfernen Zylinder einer .300-Winchester-Magnum-Patrone.

Auf einer kleinen Erhebung, von der aus man das Bootshaus im Blick hatte, lag ein Scharfschütze der US Navy Seals. Sein Tarnanzug und seine Fähigkeit, stundenlang völlig bewegungslos dazuliegen, machten ihn so gut wie unsichtbar. Sein Zielfernrohr hielt er auf den Hinterkopf von Baptiste Mathenge gerichtet.

»Ich bin in Position«, murmelte er in sein Mikrofon am Kragen. »Ich könnte jetzt unbehindert schießen.«

In hundert Meter Entfernung beobachteten Special Agent Bryson und McCrickerd aus ihrem Versteck die Begegnung durch ihre Hochleistungsferngläser.

»Bleiben Sie dran«, flüsterte Bryson.

Er warf einen Blick auf McCrickerd, der neben ihm im hohen, dichten Gras kauerte. Der jüngere Mann schüttelte den Kopf. Bryson nickte zustimmend. Wer auch immer dieser Besucher sein mochte, es war ganz offensichtlich, dass er keine Bedrohung für das überwachte Objekt darstellte.

*Es war nicht der Geist.*

»Wir geben Entwarnung.«

»Roger«, kam es vom Scharfschützen zurück.

Bryson nahm den Kopfhörer aus dem rechten Ohr und rieb sich die gereizte Haut. Es war fast schon sechsunddreißig Stunden her, dass die verschlüsselte Konversation zwischen dem Geist und seinen Auftraggebern von GCHQ aufgefangen worden war und Dean Hoffman sich atemlos aus Washington gemeldet hatte.

»Sieht aus, als hätte der Wichser schon die Taschen gepackt, um wieder abzureisen«, hatte Hoffman gemeint. Die Aufregung war seiner Stimme deutlich anzumerken gewesen, als sie über die abhörsichere Leitung des J.-Edgar-Hoover-Buildings sprachen. »Aber sie haben ihm ein neues Zielobjekt gegeben.«

*Ein neues Zielobjekt?* Du lieber Gott, dachte Bryson. Doch andererseits wäre der Killer sonst ungeschoren davongekommen, nachdem er seine Mission erfüllt hatte, und die Ermittlungen des FBI wären völlig vergebens gewesen.

»Wer ist es?«

Als Hoffman ihm den Namen mitteilte, der in der verschlüsselten Botschaft genannt wurde, war er überrascht. Doch je länger er darüber nachdachte, umso logischer erschien es ihm. Harry Philliskirk hatte schließlich – wenn auch unwissentlich – als Kurier für Patrick Noonans Team gearbeitet und damit direkten Kontakt mit Conrad Getty, Noonans Mann vor Ort, gehabt. Und wenn die Organisation die Verbindungen zu ihren Kontaktmännern und deren Umgebung kappen musste, ging sie völlig skrupellos vor, wie man mittlerweile gesehen hatte.

»Wir sind jetzt am Absender dran«, fuhr Hoffman fort. »Diese Wichser haben einen Fehler gemacht, Clarence. *Endlich haben sie einen Fehler gemacht.*«

Bryson hatte in aller Schnelle Überwachungsposten in der Nähe des Bootshauses am Flamingo Creek aufgestellt. Innerhalb weniger Stunden hatten sie Unterstützung durch den Scharfschützen und einen Kundschafter mit Dschungel- und Nahkampferfahrung mit dem Decknamen Tradecraft, der gerade in unmittelbarer Nähe auf einem Baum saß. Beide Männer waren mit dem Hubschrauber aus Mo-

gadischu eingeflogen worden, wo sie gerade an einem CIA-Einsatz gegen somalische Piraten teilnahmen.
Sogar Bryson war überrascht, wie gut die Kooperation zwischen FBI und CIA in diesem Fall funktionierte. Andererseits waren die abgehörten Nachrichten die erste handfeste Information, die sie über den Geist und seine Auftraggeber hatten.
*Der Geist kam also zurück?* Verdammt riskant. *Will er dich herausfordern, Clarence?*

## 65

Als Jouma aufstand, war es schon nach acht Uhr – ziemlich spät für seine Verhältnisse. Doch Winifred war für ein paar Tage zu ihrer Schwester an die Nordostküste gefahren, und in ihrer Abwesenheit hatte der Inspector die Gelegenheit ergriffen, seinen Wecker eine halbe Stunde weiterzustellen. Um der Wahrheit die Ehre zu geben, hatte er sogar schon erwogen, ihn ganz auszuschalten und den Tag im Bett zu verbringen.
Was ihn bis ins Innerste anwiderte, war nicht die Art, *wie* Abdelbassir Hossain gestorben war, sondern *dass* es überhaupt passiert war. Irgendwie fühlte er sich schuldig, als hätte er nicht genug getan, um es abzuwenden. Jouma wusste, dass einige auf dem Präsidium, Elizabeth Simba eingeschlossen, ihn als eine Art Held feierten für seine gestrigen Taten in den Katakomben unter Fort Jesus.
Doch selbst wenn sie damit recht hatten, so war er gleichzeitig auch der größte Betrüger.

Als die Wohnung unter dem allmorgendlichen Stoßverkehr zu beben begann, starrte Jouma an die Decke. Seine Gedanken rasten, und irgendwann kam er zu dem Schluss, dass er nicht dafür geschaffen war, dumpf brütend im Bett zu liegen. Also stand er seufzend auf und machte säuberlich sein Bett.

Nachdem er seine morgendliche Waschung absolviert hatte, überlegte er sich seinen Arbeitsplan für den Tag. Zuerst wollte er in den Mama Ngina Drive fahren, um sich mit Mwangi über die Ermittlungen im Fall von Schwester Gudrun zu unterhalten. Außerdem würde er ganz sicher ein paar Worte mit Elizabeth Simba über Abdelbassir Hossains Selbstmord wechseln. Danach würde er zu Fort Jesus zurückkehren, um festzustellen, ob die Teams im Untergrund im Laufe der Nacht irgendetwas Interessantes gefunden hatten. Als Nächstes musste er ins Krankenhaus, um zu sehen, in welcher Verfassung sich Bobby Spurling befand. Er war überzeugt, dass der Junge der Schlüssel zu diesen Entführungen war. Sie waren einfach *zu* willkürlich, um ungeplant zu sein – aber wo lag der Zusammenhang? Dass eines der Opfer noch am Leben war und seine Geschichte erzählen konnte, war ein großer Bonus. Frustrierenderweise war Bobby am Vortag jedoch zu traumatisiert gewesen, um eine Aussage zu machen.

Allein die Planung dieses Morgens hatte Jouma schon wieder etwas aufgemuntert, und nachdem er sich angezogen hatte, trat er aus der Tür.

Im Treppenhaus lehnte Jake an der baufälligen Zementwand wie ein Hausbesetzer, der sich stur weigert, seinen Platz zu räumen. »Rate mal, wer?«, sagte er. Sofort sank die Laune des Inspector wieder auf den Nullpunkt.

»Äh, Sir – hier ist Tradecraft.«
»Ja, sprechen Sie.«
»Bewegungen im nordöstlichen Quadranten.«
»Was für eine Bewegung?«
»Da läuft jemand herum, Sir.«
Bryson spürte, wie sein Herz heftig zu pochen begann. Der nordöstliche Quadrant war ein Waldgebiet hinter dem Bootshaus. Einen seligen Moment lang vergaß er seine steifen Muskeln und schmerzenden Gelenke – die Folge stundenlanger Aufklärungsarbeit im Freien und jahrelanger sitzender Tätigkeit.
»Bleiben Sie dran – wir sind unterwegs. Schütze?«
»Gehe jetzt auf Position zwei, Sir«, meldete sich der Scharfschütze.
Bryson und McCrickerd standen in einiger Entfernung flussabwärts vom Boothaus, direkt gegenüber vom Büro, wo Harry Philliskirk, Zielobjekt des Killers, gerade mit seinem viel zu leeren Auftragsbuch hantierte. Vor einer Stunde hatten sie beobachtet, wie der Besucher mit dem Strohhut wieder davongetorkelt war, woraufhin Jake in den Land Rover gesprungen und Richtung Autobahn davongefahren war. Die zwei FBI-Agenten verließen vorsichtig ihre Position und schlugen einen Bogen, um hinter dem hässlichen Gebäude aus Porenbeton in Stellung zu gehen. Alle hatten sie ihre Glock 22 Automatik gezogen.
Tradecraft kauerte hinter einem Dornenbusch, von wo er freie Sicht auf die Wildnis aus Mangroven und Weinreben hinter dem Büro hatte. Der langgliedrige Afrikaner besaß eine geradezu übernatürliche Fähigkeit, vollkommen mit seiner Umgebung zu verschmelzen. Seine Sehkraft war ebenso bemerkenswert. Als sie mit den Augen seinem

deutenden Finger folgten, brauchte Bryson ein paar Sekunden, bis auch er die Gestalt ausmachen konnte, die sich dem Gebäude durchs Unterholz näherte.

*Du lieber Gott …*

»Der Kerl hat sich als Baptiste Mathenge vorgestellt«, erklärte Jake. »Er hat behauptet, dass er als Fahrer für Spurling Developments gearbeitet hat, dann aber entlassen wurde. Ich hätte ihm auch schon fast gesagt, dass er die Fliege machen soll, aber dann hat er mir das hier gegeben.«

Sie saßen in der Küche und tranken einen vorzüglichen englischen Frühstückstee aus einer Porzellankanne. Jake konnte an Joumas Gesichtsausdruck erkennen, dass der Inspector diese Kostbarkeit ungern an Leute verschwendete, die sie nicht zu schätzen wussten.

Jouma blickte auf den Kupferzylinder in seiner Hand.

»Was ist das?«

»Das ist eine .300 Winchester Magnum. Ein extrem schnelles Jagdgeschoss. Der Typ, den ich gestern bei Spurling Developments gesprochen habe, hatte so eine an seinem Schlüsselring. Er heißt Frank Walker und ist Bauleiter für die Küstenprovinz. Er war Mathenges Chef.«

»Ich verstehe nicht ganz.«

»Walker will sich mit mir treffen. Heute. Offensichtlich hat er mir ein paar wichtige Dinge über die Firma mitzuteilen.«

»Warum ausgerechnet Ihnen?«

»Ich schätze, er hat ein paar Nachforschungen angestellt«, meinte Jake. »Offensichtlich ist er über meinen Kontakt zu Ihnen im Bilde. Er möchte, dass Sie auch dabei sind.«

Über seiner Teetasse zog Jouma die Augenbrauen hoch. »Ich? Was hab ich denn mit dieser Sache zu tun?«
»Er hat gesagt, er hat Informationen zu Bobby Spurling.«

Das Gesicht des Eindringlings war zum Teil von einem Palästinensertuch verhüllt, aber man konnte noch genug erkennen, um ihn als weißen Mann zu identifizieren. Er war ungefähr einen Meter siebzig groß und wog vielleicht fünfundsechzig Kilo, versteckte seine schlanke Figur aber in einer weiten Militärjacke. Er bewegte sich langsam und überlegt, so dass er bei jedem Schritt nur die nötigsten Geräusche machte.
»Schütze?«, murmelte Bryson.
»Ich bin in Position, Sir. Ich könnte jetzt unbehindert schießen.«
»Ist er bewaffnet?«
»Kann ich momentan nicht bestätigen, Sir.«
Bryson starrte auf den Mann, bis er das Gefühl hatte, ihm müssten gleich die Augen aus den Höhlen treten. Inzwischen hatte sich der Mann bis zum Büro vorgearbeitet und stützte sich jetzt mit den behandschuhten Händen auf dem Fensterbrett eines der rückwärtigen Fenster ab. Der Schütze meldete sich erneut: »Ich wiederhole: Ich könnte jetzt unbehindert schießen.«
*Zeit für eine Entscheidung, Clarence. Jetzt gilt es.*

Jouma konnte kaum glauben, was er da hörte.
»Sind Sie eigentlich geistig noch ganz normal, Jake, oder warum glauben Sie, Sie müssten sich ständig in Dinge einmischen, die Sie nichts angehen? Erst der Junge aus Jalawi und jetzt auch noch das?«

»Hey, es tut mir leid, dass ich Alex abgeholt habe, ohne Ihnen Bescheid zu geben«, protestierte Jake. »Aber ich hab extra einen Brief für Ihre Frau hingelegt.«

»Winifred macht niemals irgendwelche Umschläge auf«, erklärte Jouma. »So was überlässt sie mir. Als ich gestern Abend heimkam, war sie ganz krank vor Sorge.« Er schüttelte den Kopf und ließ seine Tasse empört auf der Untertasse klappern. »Nach dem Tag, den ich gestern hatte, war eine panische Ehefrau so ungefähr das Letzte, was ich brauchen konnte.«

Jake musste einräumen, dass der Inspector wirklich einen grauenvollen Tag gehabt hatte. Die Geschichte von seinem Höllentrip durch die Tunnel war schon grässlich genug, aber als er Joumas Theorie über die Stunden vor Lol Quarries Tod hörte, musste er endgültig nach Luft schnappen. Was für ein ernüchternder Gedanke – während die beiden sich in einem algerischen Restaurant am Government Square zuprosteten, buddelte sich nicht mal einen Kilometer entfernt ein armer Kerl aus seinem eigenen Grab.

»Ich hatte nur gedacht, es könnte Sie interessieren, was Walker zu sagen hat«, meinte Jake. »Aber ich verstehe, dass Sie im Moment wahrscheinlich anderes im Kopf haben. Ich geh alleine hin.«

Jouma stöhnte leise und sackte auf seinem Stuhl zusammen. »Zufällig interessiert es mich aber«, sagte er. »Wo findet dieses Treffen statt? In Mombasa? Dort ist jedenfalls die Firmenzentrale von Spurling Developments.«

»Nein«, antwortete Jake. »Und das ist ja das Seltsame. Wissen Sie, es sieht ganz so aus, als würde Walker nicht mehr für Spurling Developments arbeiten. Als ich heute Morgen im Büro anrief, teilte man mir mit, er hätte seinen Job gekündigt und wäre nach Glasgow zurückgegangen.«

## 66

Sind Sie religiös, Mwangi?«, erkundigte sich Christie, der Pathologe.

»Ich habe die Sonntagsschule besucht.«

»Okay, ich schätze, dann haben Sie die Schilderungen der Passion Christi in den Evangelien wahrscheinlich nicht kennengelernt, oder?«

»Ich glaube mich zu erinnern, dass wir ›Stille Nacht‹ gesungen haben, aber recht viel weiter sind wir nicht gekommen.«

Christie nickte, stieß schwungvoll die schweren Schwingtüren zum Autopsiesaal auf und marschierte voran. »Dann werden Sie jetzt erleben, wie die Worte der Jünger wahr werden.«

Schwester Gudrun lag bäuchlings auf dem stählernen Untersuchungstisch. Es hatte die kollektiven Bemühungen von drei Assistenten erfordert, die Leiche geradezuziehen, da die Totenstarre in der Position eingetreten war, in der sie im Tunnel gestorben war: kniend und mit den Armen hinter und über ihrem Kopf, wie in einer bizarren Gebetshaltung.

»Sehen Sie sich diese Male an«, forderte Christie ihn auf. Nachdem man der Nonne das getrocknete Blut vom schrumpligen Rücken gewaschen hatte, konnte Mwangi erkennen, dass er kreuz und quer mit Striemen übersät war. Manche hatten sich tief in die Haut gegraben, andere waren nur schattenhaft zu sehen. Bei näherem Hinsehen schien ein ganz bestimmtes Muster dahinterzustecken.

»Ist sie ausgepeitscht worden?«

»Tja, man kann jemanden auspeitschen, aber man kann ihn auch geißeln. Und hier ist definitiv Letzteres passiert.«

»Sie wurde gegeißelt?«

»Eine besonders üble Form der Bestrafung, die die alten Römer bevorzugten. Das Instrument, mit dem sie vollzogen wurde, nannte sich *flagellum.* Im Grunde nichts anderes als eine Peitsche mit geflochtenen Lederriemen.«

Der Pathologe ging zu seiner Tasche, die aufgeklappt auf einem Instrumententisch in der Ecke des Raumes lag, und entnahm ihr eine rot gebundene Ausgabe der Gideon-Bibel.

»Die hab ich mir von der Krankenhauskapelle ausgeliehen«, erklärte er schaudernd. »Nicht, dass Sie mich für einen befremdlichen Wanderprediger halten.« Er schlug das Buch auf und blätterte rasch durch die hauchfeinen Seiten. »Markus-Evangelium, Kapitel fünfzehn, Vers vierzehn«, verkündete er und räusperte sich. *»Pilatus aber gedachte, dem Volk zu Willen zu sein, und gab ihnen Barabbas frei und ließ Jesus geißeln und überantwortete ihn, dass er gekreuzigt würde.«* Christie klappte die Bibel zu und wandte sich wieder der Leiche zu. »In Übereinstimmung mit dem damaligen jüdischen Gesetz belief sich die Zahl der Hiebe auf neununddreißig. Und ich habe genau neununddreißig Striemen auf dem Rücken der Toten gefunden.«

Mwangi sah ihn an. »Wollen Sie damit andeuten, Schwester Gudrun sei gekreuzigt worden?«

»Nein, Detective Mwangi«, antwortete Christie und verdrehte die Augen. »Die Geißelung war nur der Aperitif. Die Kreuzigung kam dann später – wenn das arme Opfer überhaupt noch lange genug lebte. Je nach der Wucht der Hiebe konnte so eine Geißelung oft schon tödlichen Blutverlust und Kreislaufschock verursachen.«

»Und daran ist sie also gestorben?«

»Sie war eine alte Frau. Nach der Intensität dieser Hiebe zu urteilen, kann ich sagen, dass sogar ein topfitter Bursche wie Sie eine Geißelung von solcher Grausamkeit nur mit knapper Not überlebt hätte.«

## 67

Fünf Kilometer südlich von Mombasa, auf dem Highway zur Grenze von Tansania, war dem Fahrer eines Tiefkühl-Lastzugs mit fünfzehntausend gefrorenen Hühnerleichen ganz entgangen, dass er mit hundertdreißig Sachen auf einen Bremsbuckel zuhielt, den man hier eingebaut hatte, als die Straße vor ein paar Jahren eine teure neue Asphaltdecke bekam. Die Wucht des Schlages zerschmetterte die Vorderachse des Fahrzeugs, woraufhin die Türen des Laderaums aufsprangen und die gefrorenen Hühnchen über die ganze Fahrbahn schossen, während der Truck auf die Gegenfahrbahn schleuderte. Obwohl die Anwohner und zufällig vorbeikommende Autofahrer alles taten, um so viele Hühner wie möglich zusammenzuraffen, waren es derart viele Vögel, dass man Stunden

brauchen sollte, um sie alle einzusammeln. Währenddessen war die Straße komplett gesperrt und sollte es für den Rest des Tages auch bleiben.
Während der Land Rover im Stau Richtung Süden vor sich hin brutzelte, überlegte Jake kurz, ob es jemals Hoffnung geben konnte für ein Land, das eine Durchfahrtsstraße von dieser Breite zur Hauptverkehrsader zwischen ihren größten Städten erklärte. In England hätte so etwas maximal den Status einer zweitklassigen Landstraße gehabt. Doch während der Fahrer, der in der Schlange vor ihm stand, in aller Seelenruhe die rasch tauenden Hühner in seinen Kofferraum schaufelte, war Jake mit seinen Gedanken in Wirklichkeit ganz woanders.
Als Jouma ihn fragte: »Haben Sie sich auch schon gefragt, ob das vielleicht eine Falle sein könnte?«, merkte er, dass sie denselben Gedanken gehabt hatten.
»Warum sollte es eine Falle sein? Was hätte ich getan, um Walker gegen mich aufzubringen?«
Jouma brachte den Namen von Alex Hopper ins Spiel. »Wenn tatsächlich die Firma hinter dem Mord an Gangra steht, könnte man Sie sehr wohl als Bedrohung empfinden.«
»Das heißt, Sie gehen davon aus, dass Walker über diese Verschwörung Bescheid wusste.«
»Und Sie gehen davon aus, dass er nichts wusste.«
»Aber warum ist er dann tot? Und warum hat er Sie sprechen wollen?«
Ein lächelndes Gesicht erschien neben seinem Fenster. Es gehörte zu einem gutgekleideten Schwarzen mit Anzug und Krawatte. »Entschuldigen Sie, Sir«, sagte der Mann. »Mein Name ist Mr. Moses Saba. Ich bin der Fahrer des

Wagens hinter Ihnen. Darf ich Ihnen meine Visitenkarte überreichen?«

Jake blickte auf die Karte. In aufgeprägten Buchstaben stand dort: »MR. M. SABA – UNTERNEHMER«. Im Rückspiegel sah er eine verrostete, kackbraune Ente.

»Was wollen Sie?«

»Ich kann nicht umhin zu bemerken, dass mehrere Hühner unter Ihrem Auto liegen, die offenbar niemand für sich einfordert«, erklärte Saba. »Da habe ich mich gefragt, ob Sie wohl Anspruch auf sie erheben werden.«

»Ich hatte nie die Absicht.«

»Dann frage ich mich, ob Sie wohl Einwände erheben würden, wenn ich sie mir nehme?«

Jake blickte in ein Paar erwartungsvolle Augen. »Aber bitte doch, Mr. Saba«, entgegnete er. »Wir sind unterwegs zu einem Termin und haben es eilig.«

Dann ließ er den Motor an und lenkte den Land Rover unter wütendem Gehupe auf den Seitenstreifen, um in südlicher Richtung weiterzufahren. Es gab nur eine Art, wie sie die Antwort auf die Fragen finden konnten, über die sie sich beide den Kopf zerbrachen.

## 68

Bruder Willem von der Redeemed Apostolic Gospel Church traf in Begleitung von Schwester Constance und Schwester Florence in der Leichenhalle des Krankenhauses von Mombasa ein. Als man den Vorhang zurückzog, um die Leiche von Schwester Gudrun zu präsentieren, schnappten die beiden Nonnen nach Luft, doch Willem hielt sich an den Armen der Frauen fest, als würde er gleich umfallen. Er hatte keine Ähnlichkeit mehr mit der strengen Person, die Mwangi bei seinem ersten Besuch in der Mission von Jalawi kennengelernt hatte. Er wirkte völlig zerschmettert, als hätte sich für ihn mit der Bestätigung von Schwester Gudruns Tod eine unterdrückte schreckliche Angst bewahrheitet.

Mwangi hatte seine Worte hundertmal geprobt, so dass er ganz sicher sein konnte, seine beschwerliche Pflicht perfekt erfüllen zu können.

»Darf ich Ihnen und Ihrer Kirche im Namen der Kriminalpolizei mein tiefempfundenes Beileid aussprechen?«

»Wer tut denn so etwas?«, flüsterte Willem.

Eine halbe Stunde später saß Mwangi in der Krankenhauskantine, wo er auf Christies schriftlichen Autopsiebericht wartete. Da sah er plötzlich Schwester Constance und Schwester Florence nervös um die Ecke spähen. Er winkte sie zu sich, und sie setzten sich an seinen Tisch, beide auffällig unruhig und sogar *verängstigt*, wie er merkte.

Er bot ihnen einen Tee an, doch sie schüttelten nur den Kopf.

»Wo ist Bruder Willem?«

»Der ist nach Jalawi zurückgefahren«, erklärte Constance. »Wir haben ihm gesagt, dass wir noch ein paar Sachen in Mombasa einkaufen müssen. Frauensachen.« Es war nicht zu übersehen, dass sie darauf brannte, ihm etwas anzuvertrauen. »Ist es wahr?«, zischte sie eindringlich. »Ist es wahr, was man von Schwester Gudrun sagt?«

»Ist was wahr?«
»Dass sie … zu Tode gepeitscht wurde.«
»Wie kommen Sie denn darauf?«
»Florences Bruder ist mit der Schwester von einem der Krankenwagenfahrer befreundet.«
Mwangi seufzte. Die Buschtrommeln in Mombasa funktionierten derart zuverlässig, dass es ihn nicht überrascht hätte, wenn schon ganz Kenia von Schwester Gudruns Geißelung gewusst hätte.
*»Ist es wahr?«*
»Ja«, bestätigte Mwangi, »es ist wahr.«
Die beiden Nonnen bekreuzigten sich.
»Sie müssen sich aber keine Sorgen machen. Ihnen kann nichts passieren.«
Constance starrte ihn an. »Sie haben mich nicht ganz verstanden«, meinte sie.

»Ich habe Geschichten von Nonnen gehört, die ich in anderen Missionsstationen kennengelernt habe. Wie Gudrun sie für ihre Sünden bestraft hat, wie auch Jesus bestraft worden war. Sie haben erzählt, dass sie eine Rute aus Niembaum-Zweigen benutzt hat, weil die Rinde weich ist und ihre medizinische Wirkung die Schmerzen lindert – aber das war nur einer ihrer kranken Scherze, denn sie hat jedes Mal neununddreißig Hiebe verabreicht, genau so oft, wie die römischen Soldaten Jesus geschlagen haben.«
Neununddreißig, dachte Mwangi. Genauso viele Striemen hatte auch Christie auf dem gegeißelten Rücken der alten Nonne gefunden.
Sie waren von der Kantine in die abgeschiedene Kapelle gegangen.

»Ich hab es nie so richtig geglaubt«, fuhr Constance fort. Neben ihr zitterte Florence fast schon vor lauter Angst. »Ich dachte, sie wollten mir alle nur bange machen – Sie wissen schon, die naive Neue, die gerade erst in Kenia gelandet ist, so was in der Richtung. Aber ich hab mich trotzdem vor ihr gefürchtet. Jeder hat sich vor ihr gefürchtet, sogar Bruder Willem.«

»Hat Sie sie jemals geschlagen?«, wollte Mwangi wissen.

»Nein.«

»Dann haben Sie vielleicht recht. Vielleicht waren das alles bloß Märchen.«

»Das waren keine Märchen, Detective Mwangi.« Sie warf Florence einen Blick zu. »Bevor Florence Nonne wurde, war sie in dem kirchlichen Waisenhaus, das Schwester Gudrun in Majimboni leitete, in der Nähe der Grenze zu Tansania. Zeig es ihm.«

Florence senkte verschämt den Kopf, als sie sich die schwere Baumwollkutte hinten aufknöpfte. Während sie den Stoff etwas nach unten zog, drehte sie sich um, so dass Mwangi die hässlichen Narben betrachten konnte, die sich auf der schokoladenbraunen Haut ihres Rückens erhoben.

»Neununddreißig Hiebe«, stellte Constance fest und strich dem Mädchen zärtlich über die Schwielen. »Vielleicht möchten Sie ja selbst nachzählen, Detective Mwangi?«

Mwangi merkte, wie es ihm in den Augen stach, gleichermaßen aus Wut und aus Mitgefühl für das Mädchen. »Warum haben Sie mir das nicht schon früher erzählt?«, fragte er.

»Weil sie nicht tot war!«, rief Florence. »Weil es genauso gut möglich gewesen wäre, dass sie wieder zurückkommt!«

# 69

Der vereinbarte Treffpunkt war ein Parkplatz oberhalb des Strandes von Black Cliff Point, fünfzehn Kilometer südlich vom Likoni-Ukunda-Highway. Walker hatte ausrichten lassen, dass er am Mittag dort sein würde. Wegen der Hühnerbescherung auf der Autobahn hatten sie es nur mit knapper Not geschafft.

»Und, was jetzt?«, fragte Jouma.

Jake zuckte mit den Schultern. »Jetzt warten wir.«

Nach einer halben Stunde fuhr ein olivgrüner Jeep auf den Parkplatz. Ein großer Afrikaner in Safari-Kleidung stieg aus und näherte sich vorsichtig. Er hätte fünfzig sein können, aber genauso gut auch siebzig mit dem weißen Haar über einem Gesicht, das aussah wie ein vom Wind zurechtgeschliffener Sandstein.

»Sind Sie Mr. Moore?«

Jake nickte. »Und das ist Inspector Jouma von der Kriminalpolizei Mombasa. Wie gewünscht.«

Nach einer weiteren Pause nickte der Afrikaner. »Ich bin Malachi«, erklärte er. »Lassen Sie Ihr Auto hier stehen und kommen Sie mit.«

Sie fuhren dreißig Kilometer weiter Richtung Süden. Bei Mwabungu bog Malachi ins Binnenland ab, ins bewaldete Hochland des Shimba-Hills-Naturschutzgebietes. Die Straße wurde immer schmaler und schlechter, bis sie nur noch als staubiger, roter Pfad am südlichen Rand des Reservats verlief. Abgesehen von den Wildhütern benutzte kaum jemand diese Strecke, die von den tiefen, bewaldeten Tälern der westlichen Gebirgsausläufer in die offene Grassavanne der Ebene führte.

»Ich gehe mal davon aus, dass Mr. Walker es nicht zurück nach Glasgow geschafft hat«, sagte Jouma.

Malachi schwieg und ließ erkennen, dass er nicht in der Stimmung für eine Unterhaltung war. Die beiden Passagiere des Jeeps begnügten sich also mit dieser Privatsafari und starrten fasziniert auf die wilden Tiere, die fast zum Greifen nah schienen. Jake verdiente seinen Lebensunterhalt auf dem Meer und schämte sich fast, dass er sich nie die Mühe gemacht hatte, einmal ins Binnenland zu fahren. In Dokumentarfilmen hatte er schon jede Menge Geparden, Löwen und Leoparden gesehen, aber in freier Wildbahn noch nie. In der stetig zunehmenden Hitze des Nachmittags lagen die prächtigen Raubtiere schläfrig im Schatten der Wundersträucher und der Akazien mit ihren flachen breiten Baumkronen. Der vorbeiratternde Jeep hätte ihnen kaum gleichgültiger sein können.

Auf Jouma, der am Fuß des Mount Kenya aufgewachsen war, wirkte diese Landschaft wesentlich vertrauter. Doch es war schon lange her, dass er anderes zu sehen bekommen hatte als den Beton und Stahl der Stadt und etwas anderes gerochen hatte als Benzindämpfe und Fäulnis.

Ihr Ziel war ein Lager im Windschatten eines niedrigen Hügels, der sich leicht über die Ebene erhob. Es bestand aus mehreren Zelten, die sich um eine kreisförmige, mit Steinen eingefasste Feuerstelle gruppierten, sowie aus einem Campingtisch unter einem Sonnenschutz aus Stroh.

Als Malachi den Motor abstellte, tauschten Jake und Jouma einen Blick – hier waren sie wirklich mitten im absoluten Niemandsland. Fünfzehn Kilometer weiter östlich

erhoben sich die Shimba Hills, aber in den anderen Richtungen erstreckte sich das Flachland bis zum Horizont.
Jake sah sich um. »Wo ist Walker?«, fragte er.

## 70

Am Morgen war noch eine kühle Brise über die Ebene hinweggestrichen. Doch mittlerweile lastete nur noch dicke, einschläfernde Hitze auf dem Land.
Es war die Stunde des Jägers.
*Dort.* Im Schatten eines Wunderstrauches erstarrte ein Riedbock in der Bewegung und hob den Kopf, wobei er die Ohren aufstellte wie Antennen. In dreihundert Meter Entfernung blickte Frank Walker durch das Zielfernrohr seines Interceptor-Jagdgewehrs, und für einen Moment sah er das Tier wie auf einer Fotografie. Er legte eine .300-Winchester-Magnum-Patrone ein und entsicherte das Gewehr.
*Jetzt schön vorsichtig …*
Die riesigen, glänzenden Augen des Riedbocks blickten ihn nun direkt an, doch Walker wusste, das Tier konnte ihn nicht sehen. Malachi hatte ihn gut unterwiesen. Gegen den Wind stellen. Mit der Umgebung verschmelzen. Er drückte den Gewehrkolben fest gegen die Schultern und legte den Finger auf den Abzug.
*Jetzt schön vorsichtig …*
Bevor Walker im Alter von zwanzig Jahren auf der Spurling-Ranch ankam, mit nichts weiter als den Kleidern, die

er am Leib trug, und der Bereitschaft, hart zu arbeiten, war er nie über Nordeuropa hinausgekommen. Nachdem er ein Jahr lang Zaunpfähle in den Boden gehämmert hatte, wurde er zum Wildhüter befördert und lernte sein Handwerk von Malachi. Innerhalb von nur fünf Jahren war er zum Stellvertreter des alten Massai aufgestiegen. Sein Leben hätte gar nicht besser sein können. Wenn er nie etwas anderes getan hätte, als in der Weite des Reservats zu leben und zu arbeiten, wäre Frank als glücklicher Mann gestorben. Doch Clay Spurling hatte andere Pläne mit ihm gehabt.

Warum der alte Mann ausgerechnet auf ihn verfallen war, hatte Frank nie ganz begriffen. Es gab schließlich noch andere, besser qualifizierte Wildhüter, die schon lange für Spurling arbeiteten und eine Beförderung eher verdient hätten als er. Vielleicht war es, weil der junge Bobby sich so mit ihm angefreundet hatte. *Na, wenn das mal keine Ironie des Schicksals war*. Der Junge, der ihn so vergötterte, wie Frank einst jeden Sonntagnachmittag seine Helden im Celtic-Park-Stadion bewundert hatte, hatte nun seine Hinrichtung angeordnet.

*Bleib schön stehen …*

Die ideale Stelle, um ein Tier von der Größe eines Riedbocks zu töten, ist eine nicht ganz handtellergroße Fläche hinter den Schultern. Aus dreihundert Metern Entfernung zerriss Walkers Kugel dem Tier Herz und Lungen und trat direkt über seinem rechten Schulterblatt wieder aus. Schiere Nervenimpulse und Urinstinkte ließen das Tier noch dreißig Meter durchs hohe Gras laufen, doch es war schon tot, bevor es endgültig zusammenbrach.

Das Echo des Schusses musste meilenweit zu hören sein,

bis hin zum Felsvorsprung auf dem Hügel im Osten und bis zur Spurling-Ranch, die sich ins Tal schmiegte. Doch das große Haus war ja jetzt leer.

Dank Bobby …

Schon als kleiner Junge hatte Bobby Spurling immer etwas Seltsames an sich gehabt: ein verrücktes Funkeln in den Augen. Und als er älter wurde, erinnerte er Frank ungeheuer an die Maulhelden und Schlägertypen in Glasgow, die Art Junge, der sich für unberührbar hielt, weil sein großer Bruder Bandenführer in Ruchazie oder Easterhouse war. Und wie alle kampferprobten, sentimentalen alten Männer war Clay Spurling völlig blind für die Charakterfehler seines Sohnes. In seinen Augen konnte Bobby überhaupt nichts falsch machen, und er verwöhnte ihn mit Sportwagen und Apartments und einem Taschengeld, mit dem der Junge sich so viel Koks und Nutten leisten konnte, wie er nur wollte.

Doch er war nicht dumm. Vor fünf Jahren hatte Clay Frank zum Betriebsleiter der Küstenregion ernannt, und Frank nahm an, weil er dem alten Mann gegenüber nicht undankbar sein wollte. Der damals achtzehnjährige Bobby hatte zu viel anderes im Kopf, um sich groß um diese Beförderung zu scheren. Er war gerade in England, angeblich zu Studienzwecken, aber in Wirklichkeit führte er mit dem Geld seines Vaters ein Playboy-Leben. Als er mit einundzwanzig von seinen ausschweifenden Europareisen nach Mombasa zurückkehrte, erwartete er, direkt auf einem hohen Posten im Familienunternehmen zu landen. Da musste Bobby zu seinem Entsetzen vernehmen, dass Clay beschlossen hatte, ihn als stellvertretenden Vorarbeiter auf eine Baustelle in Lamu zu schicken. Auf diese Art könne er Erfahrung sammeln, erklärte Clay, und den anderen in der Firma zeigen, dass bei Spurling Developments keine Vetternwirtschaft herrschte.

Natürlich hatte Bobby sich dieser Sichtweise nicht angeschlossen. Für ihn war es die pure Demütigung. Und im Innersten seines kranken Gehirns bezichtigte er Frank, seinen Vater gegen ihn aufgebracht zu haben.

Am östlichen Horizont konnte Frank bereits die Staubwolke erkennen, die hinter den Rädern von Malachis Jeep aufwirbelte. Seine Gäste waren also unterwegs. Bis er selbst beim Lager angekommen war, würde der alte Wildhüter schon ein Feuer gemacht und den abgestoßenen Kaffeekessel aufgesetzt haben. Frank Walker hegte gewisse Zweifel, ob Jake Moore oder sein Freund, Inspector Daniel Jouma, solch kümmerliche Gastfreundschaft zu schätzen wissen würden, doch für ihn war es der reinste Himmel, das Leben, das er sich immer gewünscht hatte.

Aber nun war Clay Spurling tot, und Bobby hatte ihn umgebracht – und der Schotte wusste, solange diese Ungerechtigkeit nicht gesühnt war, würde er seines Lebens nicht mehr froh werden.

Er schulterte sein Gewehr und machte sich auf den Weg zum Lager.

## 71

Superintendent Elizabeth Simba hatte in ihrer Karriere eine ganze Weile im Dienste der geldschweren weißen Elite von Nairobi gearbeitet, also war sie durchaus vertraut mit den Sicherheitstoren und der *Askari*-geschützten Paranoia, in der die Einwohner der Enklave Whispering Pines bei Shanzu Beach ihr Leben verbrachten.

»Wer hat sie gefunden?«, wollte sie wissen, als sie durch die Terrassentür einer der teureren Villen direkt am Strand trat.

»Das Zimmermädchen.«

»Wissen wir, wer die beiden sind?«

»Der auf dem Sofa heißt Isidro Velazquez. Mexikanischer Staatsbürger, arbeitet in einer Bar in der Altstadt.«

»Und der andere?«

»William Fearon. Geschäftsführer von Spurling Developments.«

Simba bedankte sich bei dem uniformierten Polizisten und machte ihm ein Kompliment wegen seiner professionellen Vorgehensweise. Tatsächlich war so etwas eine Seltenheit – der Mann hatte nicht nur die wichtigsten persönlichen Angaben zu den beiden Toten eruiert, sondern auch den Tatort gesichert, bevor die übliche Invasion dilettantischer Stiefelträger erfolgen konnte.

Nach dem überraschten Gesichtsausdruck und den aufgerissenen Augen zu schließen, war Isidro Velazquez in der Sekunde gestorben, als das Küchenmesser in seine Brust drang. Eine erste Überprüfung des Tatorts bestätigte, dass tatsächlich ein Messer aus dem hölzernen Messerblock neben dem Herd fehlte. Das Zimmer war in sichtlicher Unordnung, die Stühle standen kreuz und quer herum, Lampen waren umgestürzt, überall lagen Scherben auf dem Teppich.

William Fearon kniete im Schlafzimmer. Sein Oberkörper war in einem Winkel von fünfundvierzig Grad nach vorn gebeugt, und sein offener Seidenkimono gab den Blick auf den riesigen, fleckig-weißen Bauch frei. Um den fleischigen Hals hatte man ihm einen dicken Ledergürtel gezurrt mit einer fein gearbeiteten Schnalle in Form eines Adlers. Das lose Ende war am Griff des Kleiderschranks befestigt worden. Überall waren Schubladen aufgerissen worden, Kleidungsstücke lagen auf dem Boden verstreut. Auf dem Bett lag ein offener Koffer, und auf dem Nachttisch fand man Velazquez' Pass.

»Was meinen Sie, Mrs. Simba? Für mich sieht es so aus, als hätten die beiden einen Streit gehabt.«

Der Polizist, ein Veteran Ende vierzig, war ihr ins Schlafzimmer gefolgt – normalerweise ein Verstoß gegen das Protokoll. Aber in diesem Moment war Elizabeth Simba froh, ihn neben sich zu haben. Nach allem, was in den letzten vierundzwanzig Stunden passiert war, brauchte sie zumindest einen Kollegen, der es der Mühe wert fand, mit ihr zu reden.

»Sind Sie verheiratet?«, fragte sie.

»Ja.«

»Und, streiten Sie und Ihre Frau manchmal?«

Er lächelte. »Wie Hund und Katze.«

»Hat sie jemals damit gedroht, Sie zu verlassen.«

»Schon mehrfach. Ich ihr auch.«

»Waren Sie jemals in Versuchung, Ihre Frau mit einem Küchenmesser umzubringen und sich selbst mit einem Gürtel aufzuhängen?«

»Nein. So viel ist keine Ehe wert.«

»Genau«, nickte sie. »Und deswegen glaube ich auch, dass die Person, die diese beiden Männer getötet hat, ganz sicher nie verheiratet war.«

In seinem Büro in der Innenstadt von Mombasa schaltete Douglas Roarke die Fernsehnachrichten an. Der Mord-Selbstmord von William Fearon und seinem Barkeeper war das Ereignis des Tages.
Immerhin *etwas*, was nach Plan lief, dachte er verdrossen.

Ein Stockwerk über ihm saß Cyril Craven ebenfalls vor dem Fernseher. Er sah William Fearons Strandhaus hinter den Palmen und Sicherheitstoren, und dann zwei Körper, die in Leichensäcken in einen wartenden Krankenwagen geschoben wurden. Am unteren Bildschirmrand lief ein Text durch, aber den nahm Craven nur verschwommen wahr. Jetzt stand eine hübsche junge Reporterin vor dem Haus und sprach in ihr Mikrofon, doch Craven hörte nur das pochende Geräusch seines eigenen Blutes in den Ohren.
Grundgütiger Gott, er hatte es also wirklich getan. Dieser verrückte, mörderische Bastard Roarke war tatsächlich losgezogen und hatte es getan.
*Er hatte einen von ihnen getötet. Die Säuberungsaktion hatte begonnen …*
Craven war schon immer praktisch veranlagt gewesen. Er agierte an der äußersten Grenze des Gesetzes und manchmal sogar schon jenseits dieser Grenze, und er wusste, wenn etwas schiefging, würde ihm keine Zeit mehr bleiben, nach Hause zu gehen und seiner Frau einen Abschiedskuss zu geben. Für genau solche Gelegenheiten hatte er seit zwanzig Jahren immer einen Koffer mit Kleidungsstücken griffbereit in seinem Büro. Sein Pass lag in der Schreibtischschublade, und seine Kontakte bei Kenia

Airways konnten ihm jederzeit ein Ticket zu jedem Bestimmungsort besorgen. Er brauchte nur zum Hörer zu greifen.

»Erste Berichte behaupten, dass William Fearon und Isidro Velazquez nicht bei einem Raubüberfall ums Leben kamen, sondern dass hier ein Streit aus dem Ruder gelaufen ist und in einer Tragödie endete«, sagte die hübsche junge Reporterin gerade in die Kamera.

*Ein Streit! Bravo, Mr. Roarke*, dachte Craven – denn es gab nur einen Menschen in seiner Umgebung, der imstande war, einen Doppelmord wie einen Pärchenstreit aussehen zu lassen, und der befand sich genau ein Stockwerk unter ihm. Plötzlich wurde dem Anwalt klar, dass ihn derselbe »Streit« erwartete, wohin auch immer er fliehen mochte. Im Grunde war er schon ein toter Mann.

Inzwischen war ein anderes Gesicht auf dem Bildschirm erschienen, mit kantigen Kiefern und kurzen Haaren – Craven brauchte ein paar Sekunden, bis er begriff, dass es sich um eine Frau handelte.

»Tragisch ... Umstände ... Mitgefühl ... respektiert ...«

*Der Name, der unten eingeblendet wurde, lautete Superintendent Elizabeth Simba, Kriminalpolizei der Küstenprovinz*. Hastig kritzelte Craven den Namen auf einen gelben Block.

»Maureen«, bat er seine Sekretärin durch die Sprechanlage auf dem Schreibtisch, »sagen Sie all meine Termine für heute ab, okay? Hier ist leider ein Problem aufgetaucht.«

»Natürlich, Sir. Darf ich fragen, wann Sie wieder zurück sind?«

»Oh, ich fahre nicht weg. Ich hab hier nur einen Stapel Papierkram, den ich in Ruhe bearbeiten muss.«

»In Ordnung, Mr. Craven.«
Das arme Mädchen. Sie hatte keine Ahnung von dem unmittelbar bevorstehenden Blutbad.
»Ach, noch etwas, Maureen.«
»Ja, Mr. Craven?«
»Glauben Sie, bei der Polizei von Mombasa haben sie schon E-Mail?«

Vom Shanzu Beach war es nicht weit zum Tamarind Restaurant in Nyali. Als sie die beiden antraf, saßen Mugo und Obbo gerade auf der Dhau, die am Anlegesteg des Restaurants ankerte, und widmeten sich einem heiteren Austernessen.
»Superintendent Simba – kommen Sie doch her und setzen Sie sich zu uns!«, rief Mugo. Ein langer Käsefaden lief von der zarten Austernschale in seiner Hand zu seiner sabbernden Unterlippe.
»Ich nehme an, Sie haben schon von Abdelbassir Hossain gehört, Inspector Mugo?«, fragte sie.
Mugo lächelte Obbo an, der gerade geziert seine Hummercremesuppe löffelte. »Frederick?«
»Uns ist da so ein Gerücht zu Ohren gekommen«, meinte der Handlanger des Bürgermeisters unverbindlich. »Warum? Stimmt das etwa?«
»Ja, allerdings.«
Mugo schien nicht sonderlich betroffen. »Offensichtlich konnte der Mann nicht mit seiner Schuld leben«, bemerkte er. »Aber warum setzen Sie sich nicht zu uns? Kommen Sie! Trinken Sie einen Wein mit! Ist das denn kein Grund zum Feiern?«
Auf der anderen Seite des Flusses klebte das unansehnli-

che Betongebäude des Krankenhauses Mombasa auf der Insel wie ein Parasit. Elizabeth Simba hatte gehört, dass nachts, im Schutze der Dunkelheit, Schiffe mit Holzsärgen aus den Holzfabriken in Chamgamwe ankamen. Während die Gäste sich mit Delikatessen vollstopften und flaschenweise teuren Wein tranken, wurden keine zwanzig Meter entfernt die leeren Särge in die Lagerräume im Keller gebracht. Die vollen – mit den Leichen der Armen und Unbekannten – wurden wiederum auf die Boote geladen, die sie zum städtischen Krematorium in Likoni transportierten.

Dort würde auch Abdelbassir Hossain hingebracht werden, sobald seine Leiche untersucht und ein Autopsie-Bericht verfasst worden war. Vielleicht wartete im Keller sogar schon sein Sarg auf ihn, dachte Elizabeth Simba. Höchstwahrscheinlich hatte er sogar schon auf ihn gewartet, als er sich noch gar nicht umgebracht hatte.

»Diese Austern sollten Sie wirklich probieren«, schwärmte Mugo. »Die sind ganz ausgezeichnet.«

»Ich nehme an, Sie haben noch nicht von der Leiche gehört, die man gestern in den Abwasserkanälen unter Fort Jesus gefunden hat«, fuhr sie unbeirrt fort.

Mugo hob fragend die Arme. »Klären Sie mich auf, Superintendent. Ist das ein weiterer Mordfall, den ich für die Polizei der Küstenprovinz lösen soll?«

Sie klärte ihn auf. Das dauerte ein paar Minuten, und die Auster in Mugos Hand blieb ungegessen.

»Das beweist doch noch gar nichts«, protestierte Obbo, dessen Augen panisch zu flackern begannen.

»Es beweist, dass die Ermittlung von Inspector Mugo von Anfang an mangelhaft und inkompetent war. Es beweist, dass die Anklage gegen Abdelbassir Hossain voreilig war, auf keinen begründeten Annahmen fußte und zumindest indirekt zu seinem Tode führte. Ich habe überhaupt keine Zweifel, dass Inspector Mugo von Glück sagen kann, wenn er noch Polizeiautos waschen darf, sobald ich erst meinen Bericht beim obersten Polizeichef in Nairobi eingereicht habe.«

Die Auster in Mugos Hand glitt aus ihrer Schale und plumpste ihm in den Schoß.

»Nur eines kann ich nicht beweisen«, fuhr Elizabeth Simba fort. »Dass die Ermittlungen nämlich durch das Bürgermeisteramt ungebührlich beeinflusst und dadurch kompromittiert wurden. Wie Sie sich denken können, habe ich meine eigene Meinung dazu, aber ich werde dem Staatsanwalt die Entscheidung überlassen, ob er glaubt, dass er genug beisammen hat, um Anklage zu erheben.«

Jetzt war es an Obbo, sie sprachlos anzusehen. In einer Tasche seines teuren Anzugs begann ein Handy zu klingeln.

»Ich denke, das wird der Bürgermeister sein, Mr. Obbo«, sagte Elizabeth Simba. »Sie sollten lieber rangehen – ich glaube, er wird demnächst einen wirklich guten PR-Berater brauchen.«

## 72

Bruder Willem kniete vor dem Altar der Kirche, die er selbst gebaut hatte, und betete zu Gott, dem Allmächtigen, er möge seine sündhafte Seele verschonen. Doch so eifrig er auch bat, er wusste, dass ihn niemand

hörte. Mit Sündern wie ihm hatte Gott die Geduld verloren. Jetzt schritt Er zur Rache.
Gudrun war tot.
Teils hatte er gehofft, dass die alte Hexe einfach auf und davon gegangen war, und er irgendwann einen hämischen Brief aus Monte Carlo oder Martinique erhalten würde. Und das wäre ihm sogar egal gewesen, denn das hätte den Ermittlungen der Polizei endlich ein Ende gesetzt. Doch Extravaganz war niemals Gudruns Stil gewesen. In seinem Innersten hatte er von Anfang an gewusst, dass sie verschwunden war. Sie musste wohl jemanden mit ihren Geldforderungen zu sehr bedrängt haben – und das hatte sie das Leben gekostet.
Er war überzeugt, dass es ihn jetzt auch alles kosten würde.
Während er im Dunkel der Kirche kniete, sann Willem auch über die Abfindung nach, die Spurling Developments ihnen versprochen hatte. Das war mehr Geld, als er sich jemals hätte vorstellen können. Aber vielleicht waren genau das die dreißig Silberlinge, die sie schließlich in den Abgrund, in die ewige Verdammnis gestürzt hatten?
Sobald die Polizei herausfand, dass Gudrun und er vereinbart hatten, die eine Million Dollar unter sich aufzuteilen, würde es nur noch einen geben, den sie des Mordes an der Nonne verdächtigten.
Welche Ironie des Schicksals, dachte er. Noch vor wenigen Jahren hatte er tatsächlich mit seinem Glauben gehadert. In einer mittelmäßigen holländischen Stadt wie Delft, wo er in der lutherischen Kirche vor einer Gemeinde von nicht mal zehn Leutchen gepredigt hatte, war es auch kein Wunder, dass man sich fragte, ob sich das Wei-

termachen lohnte. Wäre er einfach seinem Instinkt gefolgt und hätte die Kirche verlassen, wäre das alles nicht passiert.
Doch dann hatte er die Anzeige im Bistumsblatt entdeckt: Freiwillige für Missionsarbeit in Afrika gesucht. Und auf einmal hatte er gewusst, das war die Chance, um die er gebetet hatte. Wenn er seinen Glauben an einen barmherzigen Gott jemals wiederfinden wollte, dann hier.
Drei Monate später wurde er zu einer Missionsstation in einem kleinen Dorf am Ufer des Victoria-Sees geschickt. Im Hause eines niederländischen Geschäftsmannes, der sein Vermögen mit Mineralienexporten gemacht hatte, hatte Willem seine Erleuchtung. Die Gattin des Unternehmers, eine verblühte Frau jenseits der Wechseljahre, deren Leben sich um Wellness-Behandlungen, Whirlpool-Partys und Ferngespräche mit ihren erwachsenen Kindern in der Heimat drehte, sah ihn flehentlich an und sagte: »Sie wollen eine Schule für die Waisenkinder? Wie viel brauchen Sie, Bruder Willem?«
Und Bruder Willem, der genau wusste, dass Bau und Einrichtung einer praktischen Dorfschule nicht mehr als fünftausend Dollar kosten würden, sah der traurigen, stinkreichen Matrone in die Augen und antwortete: »Zehntausend Dollar.«
Danach war es einfach. In sämtlichen Dörfern der Nyanza-Provinz schossen neue Kirchen, Schulen und Gemeindezentren aus dem Boden. Fast jeden Monat gab es eine große Eröffnungszeremonie, bei der ein grinsender, von Schuldgefühlen geplagter Nabob das Band durchschnitt, um ein Gebäude zu eröffnen, das seinen Namen trug. Diese Leute überprüften die Zahlen nie, denn damit hätten

sie ja die Rechtschaffenheit der Kirche in Frage gestellt. Doch Geld war sowieso kein Thema – für sie zählte nur, dass sie durch ihre Wohltätigkeit vergaßen, wie sie reich geworden waren – nämlich durch die Ausbeutung der Armen.

In der Zwischenzeit ächzten Bruder Willems geheime Bankkonten unter dem ganzen Geld, das er bei jedem Projekt für sich abzweigte. Es war lächerlich einfach. So einfach, dass es ihm nie in den Sinn kam, jemand könnte vor ihm dieselbe Idee gehabt haben.

O Gott, ich bereue von Herzen, dass ich dich beleidigt habe, und ich verabscheue meine Sünden, denn ich fürchte, dein Himmelreich nie schauen zu dürfen, sondern den Qualen der Hölle anheimzufallen. Aber vor allem bereue ich, weil ich damit dich beleidigt habe, mein Gott, der du so gut und all meiner Liebe würdig bist.

Die Kirchentür flog auf, und das Tageslicht flutete ins Innere. Willem kniff die Augen zusammen und sah, wie sich rasch die Silhouette einer großen Gestalt näherte. Zwei Hände packten ihn an seinem Talar und schoben ihn rücklings gegen den provisorischen Altar, so dass Kerzen und ein Stapel Gebetbücher zu Boden polterten.

»Sie sind nicht ehrlich zu mir gewesen, Bruder Willem«, schalt Mwangi, das Gesicht nur wenige Zentimeter vor dem des Priesters.

»Ich habe sie nicht umgebracht«, quiekte Bruder Willem. »Ich schwöre bei Gott, ich habe sie nicht umgebracht!«

# 73

Dr. Livingstone, nehme ich an«, sagte Jake trocken, als Frank Walker ins Lager kam.

»Ich kann Ihnen versichern, Livingstone war ein weit würdigerer Schotte, als ich es jemals sein werde, Mr. Moore.« Walker lehnte Gewehr und Rucksack gegen eines der Zelte und setzte sich auf einen Klappstuhl. »Sie haben meine Nachricht also erhalten?«

»Ihre Sekretärin meinte, Sie seien in Glasgow.«

Walker lächelte matt. »Das erzählen sie den Leuten also? Na, wahrscheinlich besser, als wenn sie sagen würden, dass sie mir eine Kugel in den Hinterkopf gejagt haben.«

Jake wirkte überrascht. »Und ich dachte, Sie sind völlig mit dieser Firma verwachsen.«

»Oh, das war ich auch«, meinte Walker, während er sich eine geschwollene wunde Stelle unter dem Auge rieb. »Aber der neue Chef und ich waren niemals einer Meinung.« Er blickte auf. »Sie müssen Inspector Jouma sein.«

»Ich habe ganz und gar nichts für solche mysteriösen Ausflüge übrig, Mr. Walker«, erklärte Jouma mit fester Stimme.

»Tut mir leid, dass ich Ihnen so eine Agententhriller-Nummer zugemutet habe. Aber ich muss momentan einfach Vorsichtsmaßnahmen ergreifen.«

Malachi kam mit einer abgestoßenen Kaffeekanne und einem Heizblock. Nachdem er den Kaffee aufgestellt hatte, setzte er sich in einen Klappstuhl vor einem der Zelte.

»Ihr Freund ist nicht sonderlich gesprächig«, bemerkte Jake.

Walker deutete mit einer ausholenden Geste auf die Landschaft. »Hier draußen muss man auch nicht so viel reden.«
Jake atmete die warme, kräftige Luft ein. »Das ist also das Spurling-Reservat. Und kein Hotel weit und breit.«
Walker lächelte. »*Touché*. Aber Sie dürfen auch nicht alles glauben, was Evie Simenon Ihnen erzählt. Ich könnte den ganzen Tag darüber reden, wie viele tausend bettelarme Kenianer von Clay Spurling profitiert haben – und diese verarmten Bauern in Jalawi könnte ich mit einrechnen. Aber deswegen habe ich Sie nicht hergebeten.«
»Warum *haben* Sie uns also hergebeten?«, erkundigte sich Jouma ungeduldig. »Wenn Sie irgendetwas zu unserer laufenden Ermittlung zu sagen haben, warum sind Sie dann nicht gleich zur Polizei gegangen?«
»Ich habe zu viel Dreck am Stecken, Inspector«, gab Walker zu. »Ich habe zu viel angestellt, was mir eine Gefängnisstrafe eintragen könnte – und ich habe nicht vor, mich von einem schlauen Anwalt im Zeugenstand zerpflücken zu lassen. Sie können sich also anhören, was ich zu sagen habe, oder Sie können wieder gehen. So oder so werden Sie mich nie wiedersehen.«
»Dann fangen Sie bitte an, Mr. Walker«, bat Jouma. »Ich bin ganz Ohr.«
Der Kaffee war mittlerweile fertig, und nachdem Walker drei Tassen eingeschenkt hatte, lehnte er sich zurück und erzählte ihnen seine Geschichte.

# 74

*Eine warme Mainacht, vor knapp zwei Jahren. Der Vater ist geschäftlich unterwegs, also kann die Party auf der Ranch steigen, dem Alten zum Trotz. Die übliche Clique ist versammelt: Bobby und seine reichen Freunde aus Mombasa. Damit die Feier gleich in Schwung kommt, gibt es Alkohol und Koks.*

*Und dann ist da natürlich noch der Babysitter.*

*»Behalt ihn ein bisschen im Auge, während ich unterwegs bin, okay, Frank?«, hatte Clay ihn gebeten. »Sorg dafür, dass seine Nase sauber bleibt. Ich würde normalerweise Dougie Roarke damit beauftragen, aber ich möchte dem Jungen nicht das Gefühl geben, er wäre unter Hausarrest. Er mag dich, Frank. Du liegst auf seiner Wellenlänge. Es macht dir doch nichts aus, oder?«*

*»Komm schon, Frank! Wenn du dir schon keine Linie reinziehen willst, dann nimm dir zumindest einen Drink, verdammt noch mal!«*

*Das Generve geht ihm durch und durch.*

*»Ich mag lieber nichts trinken, wenn ich noch fahren muss, Bobby.«*

*»Maaaann, du bist so ein Schwächling. Ich dachte, die Jungs aus Schottland sind voll die Partytiere.«*

*Doch Frank würde lieber Rasierklingen schlucken, als mit diesen Arschlöchern zu trinken. Wenn Clay ihn nicht darum gebeten hätte, würde er ihnen sagen, dass sie sich verpissen sollen – nicht ohne ihnen zuerst noch eine Lektion in Benehmen und Respekt zu erteilen, die sie nie wieder vergessen würden.*

*Vor allem Bobby.*
*»Der Junge ist wild, aber er hat ein gutes Herz, Frank«, meinte der Alte. »Behalte ihn für mich im Auge, ja? Sorg dafür, dass sich der kleine Dummkopf nicht in Schwierigkeiten bringt.«*
*Also bleibt Frank bei ihnen sitzen und erduldet die hämischen Kommentare und ihr überlegenes Getue, bis sie irgendwann beschließen, dass sie noch weggehen wollen.*

»Sie saßen zu viert auf dem Rücksitz, und meine Wenigkeit hinter dem Steuer. Natürlich landeten sie zum Schluss im Anaconda Club – das war ihr Lieblingslokal, das einzige, in dem sie sich wie die Tiere benehmen konnten. Kaum waren wir drin, ging der ganze Mist von vorne los: ›Hol uns Drinks, Frank‹, ›Besorg uns ein bisschen Koks, Frank‹, ›Sag diesen Flittchen, sie sollen mal zu uns rüberkommen, Frank‹.«
Und wenn ich sie nicht bediente, stand ich neben Bobby und seinen Kumpels wie ein dämlicher Bodyguard. Jede Faser in mir schrie, dass ich abhauen und sie sitzenlassen sollte, denn ich wusste noch, wie sich Kerle wie ich in den Kneipen und Clubs von Glasgow benahmen, und ich hielt sie für die letzten Wichser, allerunterste Schublade.«

*Um fünf Uhr morgens geht die Party zu Ende. Im stinkenden Nachtclub türmen sich leere Gläser und überquellende Aschenbecher. Die Betrunkenen sind an ihren Tischen eingeschlafen. Frank findet Bobby halb bewusstlos in einer Toilettenkabine, wo er Kokain aus den Ritzen hinter dem Spülkasten schnieft. Er führt ihn nach draußen und schiebt ihn auf den Rücksitz.*

*»Nach Hause, Frank«, kommandiert Bobby kichernd, »und schon die Pferde nicht.«*
*Während sie Richtung Süden fahren, geht die Sonne über dem ruhigen Meer auf.*

»Wir waren nur noch ein paar Kilometer von der Ranch entfernt. Bobby hatte die meiste Zeit geschlafen, Gott sei Dank, und ich zählte die Kilometer, während ich an das schöne heiße Vollbad dachte, das ich mir gönnen wollte, sobald ich zu Hause war. Da wacht er plötzlich auf und schreit rum, dass er pissen muss. Die Straße war ganz leer, also bin ich rechts rangefahren und hab ihn rausgelassen. Noch heute denke ich, dass das alles nicht passiert wäre, wenn ich einfach weitergefahren wäre. Und das arme Mädchen wäre immer noch am Leben.«

*Sie taucht aus dem Nichts auf, wie eine Fata Morgana. Sie ist sechzehn, groß und feingliedrig wie alle Massai-Frauen. Sie trägt einen bunten Baumwoll-Kikoi um die Hüfte. Mit einer Hand stützt sie den schweren Wassereimer, den sie auf dem Kopf trägt, die andere liegt auf der Schulter eines jüngeren Mädchens, das vielleicht dreizehn oder vierzehn Jahre alt ist. Sie lachen, während sie nebeneinander die Straße entlanggehen.*
*Dieser Schnappschuss wird Walker ins Gedächtnis eingebrannt bleiben, genauso wie er niemals die folgenden Ereignisse vergessen wird.*
*»Schau mal, Frank«, schreit Bobby, der gerade gegen einen Baum pinkelt und die Mädchen auch gesichtet hat. »Wir haben Gesellschaft.«*
*Frank kann die Gefahr geradezu riechen. Bobby Spurling*

*scheint sie auszuströmen wie Schweiß und Alkoholdunst. Das ältere Mädchen spürt es ebenfalls, und als sie nur noch fünfzig Meter entfernt sind, bleibt sie abrupt stehen, und das Gelächter erstirbt. Sie fasst die Schulter der Jüngeren fester.*

»Jambo, mama!«, *ruft Bobby, zieht seinen Reißverschluss hoch und taumelt auf sie zu. Er breitet die Arme zu einem Willkommensgruß aus, aber das Lächeln auf seinem Gesicht erinnert an einen hungrigen Schakal. »Na, wie geht's euch an diesem wunderschönen Morgen?«*

»Ich wusste, es würde passieren. Ich hatte ihn schon bei anderer Gelegenheit so erlebt – dieses anzügliche Grinsen, sein prahlerisches Gehabe, der Alkohol und Koks in seinen Adern. Er war ein Tier, ein Scheißraubtier. Und dieses arme Mädchen war seine Beute.«

*Walker steigt aus dem Wagen. »Na komm, Bobby – ich fahr dich jetzt nach Hause, okay?«*

*Bobbys Augen hängen am ängstlichen Gesicht des Mädchens. »Warum denn so eilig, Frank? Ich wünsche dieser bezaubernden jungen Dame doch nur einen guten Morgen. Wie heißt du, Schätzchen?* Jino lako nani?«

*»Jasmine«, antwortet das Mädchen.*

*»Und wer ist das, Jasmine?«*

*»Das ist meine Schwester.«*

*»Aha, deine Schwester. Und wie heißt du, junge Dame?«*

*Die Kleine versteckt sich hinter dem Kikoi ihrer Schwester.*

*»Komm, Bobby, wir fahren. Lass die Damen doch in Ruhe, hm?«*

*Bobby starrt Walker wütend an. »Was hast du eigentlich für ein Scheißproblem, Frank? Ich versuche doch nur, mich ein bisschen nett zu unterhalten.« Er wendet sich wieder dem kleinen Mädchen zu. »Ich hab dich nach deinem Namen gefragt.«*

*»Rose«, sagt ihre Schwester. »Sie heißt Rose.«*

*»Jasmine und Rose! Hast du das gehört, Frank? Zwei wunderschöne Blumen.« Bobby lächelt Jasmine an und schwankt leicht. »Ob du wohl so gut duftest, wie dein Name vermuten lässt?«*

*Sie zuckt zurück, als er auf sie zu torkelt, aber er packt sie blitzschnell beim Oberarm. Der Eimer fällt ihr vom Kopf und landet polternd auf dem Boden, so dass das ganze Wasser sich in den Staub ergießt.*

*»Jetzt renn doch nicht weg, Jasmine«, schmeichelt er. »Ich will doch nur mal schnuppern.«*

*Frank dreht sich der Magen um, als Bobby das Mädchen zu sich heranzieht und sein Gesicht an ihrem Hals vergräbt. »Hm, fein«, murmelt er, und ohne sie loszulassen, legt er ihr seine freie Hand in den Schritt und drückt zu. »So fein.«*

*»Um Gottes willen, Bobby!«*

*Frank versucht ihn fortzuziehen, doch Bobby geht auf ihn los wie ein wildes Tier. Sein Ellbogen trifft Walkers Kinn, und der Schotte geht zu Boden. Als er wieder zu sich kommt, hört er das schrille Kreischen des jüngeren Mädchens. Er blickt auf und sieht, wie Rose verzweifelt an Bobbys Beinen zerrt, während er ihre Schwester zwischen die Bäume am Wegesrand schleppt.*

»Ich konnte nicht zulassen, dass sie mit ansieht, was der Widerling ihrer Schwester antut. Also hab ich sie gepackt, ins Auto gesetzt und die Türen verriegelt. Dann bin ich losgegangen und hab ihn gesucht.
Ich hab sie gefunden – ihn vielmehr. Er hatte die Hose bis auf die Knöchel runtergelassen und drückte sie gegen einen Baum. Sie schrie nicht mehr, sie starrte mich nur aus ausdruckslosen Augen an. Ich weiß nicht mal, ob sie mich überhaupt wahrgenommen hat. Im nächsten Moment habe ich auch schon einen Knüppel in der Hand, einen Ast oder so was, und ziehe ihn von ihr runter, am Genick, wie einen besinnungslos rammelnden Köter. Sein Gesicht hab ich heute noch vor Augen: die Augen aus den Höhlen getreten, speichelnasser Mund. Ich hab so heftig zugeschlagen, wie ich noch nie jemanden geschlagen habe, und ich hab auch noch immer weiter zugeschlagen, als er schon hilflos am Boden lag – und, bei Gott, wäre nicht sein Vater gewesen, ich hätte ihn an Ort und Stelle umgebracht.«

## 75

Jake trank den heißen, starken Kaffee und wünschte sich, er hätte etwas Stärkeres zur Hand. Ein bisschen Alkohol hätte ihm geholfen zu verdauen, was Frank Walker ihnen gerade erzählt hatte.
Die widerliche Vergewaltigung.
Das noch widerlichere Nachspiel.
»Bitte fahren Sie fort, Mr. Walker«, bat Jouma. Der In-

spector bemühte sich um einen professionellen Ton, doch seine geschürzten Lippen verrieten, wie schwer es ihm fiel, seine Wut und seinen Ekel zu zügeln.

»Ich konnte Bobby nicht einfach ungeschoren davonkommen lassen«, fuhr Walker leise fort. »Diesmal nicht. Also hab ich Clay alles erzählt. Ich sagte ihm, dass er Bobby bei der Polizei anzeigen muss, zu seinem eigenen Besten. Der Junge lief ja völlig aus dem Ruder. Er hätte das Mädchen *umbringen* können. Aber ich war naiv. Ich begriff nicht, dass Leute wie Clay Spurling nicht zur Polizei gehen – wenn sie ein Problem haben, kümmern sie sich selbst darum. Bobby hat eine Abreibung kassiert, die er niemals vergessen würde. Dann wurde er nach Johannesburg geschickt. Dougie Roarke hielt es für das Beste, bis sich die Aufregung gelegt hatte.«

»Und was geschah mit dem Mädchen?«, fragte Jouma.

»Clay bot ihr Geld, damit sie den Mund hielt. Er versprach, ihrem Vater einen neuen Bauernhof zu kaufen und ihrer Schwester Rose eine erstklassige Ausbildung zu ermöglichen. Doch Jasmine war ein schlaues Mädchen. Die hätte zur Universität gehen können. Sie war nicht wie die anderen Dorfmädchen, die einfach nachgegeben hätten. Und sie wollte Bobby nicht mit seinem Verbrechen davonkommen lassen.«

»Sie ist also zur Polizei gegangen?«

Walker nickte.

»Sagen Sie's mir nicht«, stöhnte Jake und fühlte, wie sich die unvermeidliche, schreckliche Wahrheit näherte wie eine Welle. »Der örtliche Polizeichef war Clay Spurlings Kumpel.«

»Nein.« Walkers ramponiertes Gesicht zeigte keine Regung, doch Jake spürte den Aufruhr hinter der Fassade. »Er war Douglas Roarkes bester Kumpel. Und das war Jasmines Todesurteil.«

*Douglas Roarke. Der treue Rottweiler.*
*Frank kann nicht begreifen, warum Clay den Mann zum Chef der Sicherheitsabteilung gemacht hat. Niemand begreift es. Der Typ ist ein Schläger der übelsten Sorte, ein arroganter Türsteher aus Mombasa mit ungesundem Ehrgeiz. Vielleicht will Clay dem Rest seiner Angestellten zeigen, dass man in seiner Firma durch harte Arbeit und Loyalität die Karriereleiter erklimmen kann – aber wenn man einem Verbrecher wie Roarke eine Machtposition gibt, hat man den Ärger quasi abonniert.*
*Ungefähr eine Woche nach dem Vorfall taucht er spätabends vor Frank Walkers Wohnung in Mombasa auf. Er hat einen zweiten Mann dabei, den Frank nicht kennt. Der Mann trägt ein Jackett und Schlips, eine perfekt gebügelte Hose und spiegelblank geputzte Schuhe. Er wird ihm als Lol vorgestellt, ein alter Freund. Lol nickt. Er sagt zwar nichts, aber im Grunde könnte er sich das Wort »Polizist« auch gleich auf die Stirn tätowieren. Walker riecht es jedenfalls drei Kilometer gegen den Wind.*
*»Wo wohnt sie, Frank?«, fragt Roarke.*
*Frank hat kein gutes Gefühl bei der Sache. »Warum willst du das wissen?«*
*»Sag mir einfach, wo das Mädchen wohnt.«*
*»Ihr Vater hat eine Farm ein paar Kilometer südlich von Lukore.«*
*»Ist das weit weg?«*
*Frank nickt.*

*Roarke entfaltet eine Karte des Shimba-Hills-Reservats.*
*»Zeig's mir.«*
*Frank deutet auf Lukore, das etwas südlich des Naturschutzgebiets liegt, dann lässt er seinen Finger zum blauen Band des Ramisi River wandern, der von den Ausläufern der Shimba Hills bis zur Küste fließt.*
*»Gut«, sagt Roarke. »Hast du dir das gemerkt, Lol?«*
*»Hab ich.« Ein starkes irisches Näseln. Nordirisch.*
*»Was habt ihr vor?«, fragt Frank, dem jetzt doch ziemlich unwohl ist.*
*Roarke zwinkert. »Darüber solltest du dir nicht den Kopf zerbrechen, Frank.«*
*»Weiß Clay davon?«*
*»Ich sorge dafür, dass Mr. Spurling seinen Geschäften störungsfrei nachgehen kann. Das ist mein Job«, erklärt er.*
*Die drei Männer treten hinaus in die drückend schwüle Nachtluft. Irgendwo im Norden donnert es.*
*»Ich bin nicht besonders glücklich damit«, meint Frank.*
*»Tja, vergiss eines nicht, Frank«, gibt Douglas Roarke zu bedenken, als er in seinen teuren Jeep steigt. »Du warst dabei, als Bobby das Mädchen gefickt hat. Doch statt zur Polizei zu gehen, bist du zu Mr. Spurling gelaufen. Damit hast du dich zum Mittäter gemacht. Du bist genauso schuldig wie der kleine Wichser.«*

Jouma beugte sich vor. »Quarrie und Roarke kannten sich?«
»Man könnte sagen, die Liebe zum Rennsport verband sie«, antwortete Walker. »Zu den Pflichten der Sicherheitsabteilung gehörte es nämlich auch, sich um Clay Spurlings kostbare Pferde zu kümmern, wenn sie zu Ren-

nen geschickt wurden. Roarke betrieb nebenher ein kleines Buchmacherunternehmen. Lol war begeistert von den Pferdchen, aber er setzte immer auf die falschen. Zum Schluss stand er mit fünfzigtausend in der Kreide. Statt ihm die Kniescheiben zu zertrümmern, bot Roarke ihm die Chance, seine Schulden mit einem einmaligen Gefallen zu tilgen.«

Jouma schnappte nach Luft. Hatte er recht gehört? War der Mann, dessen Tod er so sorgfältig aufgeklärt hatte, kaum mehr als ein Auftragskiller?

»Ein paar hundert Meter nördlich von hier kommen Sie zum Ramisi River«, fuhr Walker fort. »Wenn Sie ihm in östlicher Richtung folgen, acht bis zehn Kilometer, gelangen Sie zu dem Dorf, in dem das Mädchen mit seiner Schwester und seinem Vater lebte. Malachi war in der Nacht in seinem Jeep unterwegs und hielt wie immer nach Wilderern Ausschau. Er sah das Feuer, aber bis er dort war, war die Farm schon niedergebrannt.«

»Wovon reden Sie?«, fragte Jake.

»Von Roarkes Plan, wie man die Sache am besten vertuschen konnte. Nachdem die beiden bei mir gewesen waren, fuhr Lol zum Haus des Mädchens, besprengte es mit Benzin und zündete ein Streichholz an. Der einmalige Gefallen. Alles wieder auf null. Die Häuser hier sind aus Stroh und Holz – die armen Leute hatten überhaupt keine Chance.«

*Im Dunkeln, auf diesen tückischen, unmarkierten Wegen, kann man sich hoffnungslos verlaufen.*

*Doch Malachi kennt die Gegend wie sein eigenes Gesicht. Er ist in Lukore geboren und in einer Wellblechhütte am*

*Ortsrand aufgewachsen. Seine Ausbildung erhielt er zum einen von der Natur, zum andern profitierte er von dem Wissen, das seit Generationen mündlich vom Vater an den Sohn weitergegeben wird. Er weiß, wo das Feuer ist und wie er dort hinkommt. Trotzdem braucht er zwanzig Minuten, bis er mit seinem Jeep dort ist.*

*Zu lange.*

*Das aus Holz und Stroh erbaute Haus brennt lichterloh, die Flammen lodern fünfzehn Meter hoch in den Nachthimmel, die glühenden Funken noch viel höher. Er springt aus dem Wagen und rennt zum Haus, doch die Hitze ist zu stark. Er fühlt, wie die Haut an seinen Fingern zu schwelen beginnt, als er die Hände schützend vors Gesicht schlägt.*

*Über dem Tosen des Feuers und dem Krachen des verbrennenden Holzes kann Malachi die panischen Schreie der Ziegen und Schweine im angrenzenden Pferch hören. Er stolpert hinüber und tritt ein Loch in den Palisadenzaun. Die verschreckten Tiere stieben hinaus und rennen ihn um, als sie auf den angrenzenden Wald zuhalten. Atemlos liegt Malachi im stinkenden Stroh und sieht zu, wie die Funken rundherum niederregnen. Er sieht es nicht, aber als die Stützbalken des Hauses einstürzen, hört er das laute Krachen. Wenig später erstirbt das Feuer, weil es keine Nahrung mehr findet, und übrig bleibt nur ein perfektes Rechteck aus glühender Asche.*

*Da hört er ein Wimmern.*

*Zuerst glaubt er, es sei eine Ziege, die es nicht aus dem Pferch geschafft hat. Auch als er den verkohlten, rauchenden Körper im Schmutz neben den Ruinen liegen sieht, meint er noch, es müsse sich um ein Tier handeln, einen*

*Hund vielleicht, der von der Feuersbrunst versengt wurde. Dass dieses Wesen den Flammen entkommen ist und so weit kriechen konnte, ist erstaunlich. Dass es überhaupt noch atmet, grenzt an ein Wunder – obwohl dem Wildhüter klar ist, dass es nicht lange überleben wird.*
*Er geht zu seinem Jeep und holt sein Jagdgewehr. Als er die Waffe hebt und auf den Kopf der Kreatur zielt, murmelt er:* »Baba yetu uliye mbinguni, Jina lako litukuzwe«, *das Vaterunser, das einzige Gebet, das er je gelernt hat. Und als er den Finger auf den Abzug legt, hebt die Kreatur plötzlich eine Gliedmaße, und zu seinem großen Erstaunen erkennt Malachi, dass diese Gliedmaße in einer menschliche Hand endet, von deren winzigen Fingern die versengte Haut herabhängt.*

»Das war Lols einziger Fehler. Er ist nicht lange genug geblieben, um zu überprüfen, ob seine Aufgabe komplett erledigt war. Er nahm einfach an, dass alle tot waren. Waren sie aber nicht.
Rose war hinter den Ziegenstall gegangen, um auszutreten. Sie sah alles. Sie hörte die Schreie. Sie sah den *Dreckskerl*, der sich mit seinem Gewehr vors Haus gestellt hatte, für den Fall, dass es jemandem gelingen sollte, doch noch herauszulaufen.
Als Lol fort war, versuchte sie, ihrem Vater und ihrer Schwester zu helfen, aber sie waren schon tot. Dabei ist sie zu nah ans Feuer gekommen, und ihr Nachthemd fing Feuer. Gott allein weiß wie, aber das Kind besaß noch die Geistesgegenwart, sich in den Wassertrog zu werfen. Doch wäre Malachi nicht gekommen, hätte sie nie überlebt.«

*Malachi cremt ihren mit Blasen übersäten Körper mit einer Heilsalbe aus Niembaum, Honig und zerdrückten Aloe-Blättern ein, doch im Grunde ist ihm klar, dass das Kind sterben wird. Niemand kann solche schrecklichen Verbrennungen überleben. Vor allem nicht so ein kleines Mädchen. Nicht, dass sie noch wie ein kleines Mädchen aussehen würde – sie ist gerade noch als menschlich zu erkennen. Ihre Gesichtszüge sind wie eingeschmolzen, ihre Glieder geschrumpft. Die Haut, die ihr geblieben ist, hängt ihr von den Knochen wie Streifen aus verkohltem Stoff. Doch solange er ihr Herz unter den Rippen schlagen sieht und solange er ihren keuchenden Atem hört, solange wird Malachi alles für sie tun, was in seiner Macht steht.*

*Als er mit dem Eincremen fertig ist, legt er sie behutsam auf ein Bett aus linderndem Lavendel, Knoblauch und Eukalyptusblättern und geht hinaus. Alles Weitere liegt in Gottes Hand. Teils hofft er, dass Er sie in der Nacht zu sich holen wird. um ihr weitere Qualen zu ersparen.*

*Doch als Malachi am nächsten Morgen wieder hineingeht, um ein Gebet für die Tote zu sprechen, entdeckt er zu seinem Erstaunen, dass sie immer noch am Leben ist.*

»Später fand man zwei Leichen im Haus, aber man hatte keine Beweise, dass es sich um Brandstiftung handelte. Man ging davon aus, dass ein Funke des Herdfeuers im Dach gelandet war. Das passiert immer wieder. Die Leute in Lukore, die den Mann kannten, schworen, dass er zwei Töchter gehabt hatte, aber von Rose war keine Spur zu finden. Die Polizei kam zu dem Schluss, dass sie davongelaufen war. Manche nahmen sogar an, sie hätte das Feuer selbst gelegt. So oder so verlor sich das Interesse ziemlich bald.«

*Der Frühling geht in den Sommer über, der Sommer in den Herbst. Verborgen vor den Augen der Welt klammert sich Rose im abgelegenen Haus des Wildhüters hartnäckig ans Leben. Malachi kümmert sich um sie, so gut er kann. Er bedeckt ihren Körper mit Maden, die das abgestorbene Fleisch fressen, und behandelt ihre geschundene, wunde Haut mit Pflanzensalben, bis sich Narbengewebe gebildet hat und sie nachts nicht mehr vor Schmerzen schreien muss. Er erzählt niemandem von ihrer Existenz – außer seinem Freund Frank Walker.*

»Wo ist sie jetzt?«, wollte Jouma wissen. Er war ganz starr vor Grauen.

»Sobald sie kräftig genug war, brachte Malachi sie ins Waisenhaus von Majimboni«, berichtete Walker. »Er behauptete, er hätte sie nach einem Waldbrand gefunden. Dort haben sie sie aufgenommen.«

»Wann war das?«

»Vor einem Jahr vielleicht.«

»Und seitdem haben Sie sich nicht mehr gesehen?«

»Nein. Wenn Roarke auch nur den Verdacht gehabt hätte, dass Rose noch lebte, hätte er sie sofort umgebracht. Aber sie ist jetzt in Sicherheit, mehr brauche ich nicht zu wissen.«

»Warum zum Teufel haben Sie der Polizei das nicht erzählt?«, wollte Jake wissen. »Warum erst jetzt?«

Walkers Gesichtszüge verhärteten sich. »Das habe ich Ihnen doch schon gesagt. Weil es auch nichts mehr geändert hätte.«

»Du lieber Gott!« Jake blickte zu Jouma hinüber, doch der Inspector hing seinen eigenen finsteren Gedanken nach.

*Er hatte sie gesehen, dort unten in den grässlichen Katakomben.*
*Rose. Das kleine Mädchen, das seine Schwester liebte.*
*Die Kreatur, die erbarmungslos tötete.*
»Wo immer sich Rose Ihrer Meinung nach aufhält, Mr. Walker«, verkündete er, »ich befürchte, Sie täuschen sich.«
Frank sah ihn erstaunt an und wollte gerade etwas sagen, als Malachi abrupt aufstand und an den Tisch trat. In einer Hand hielt er mit lockerem Griff sein Jagdmesser.
»Was ist los?«, fragte Walker.
»Da ist etwas ...«, murmelte der alte Wildhüter, während er den Blick über den Horizont schweifen ließ. »Da ist etwas ...«
Dann gab es einen Knall – doch als sie ihn hörten, war die Kugel bereits mit doppelter Schallgeschwindigkeit in Malachis Schädel eingedrungen und hatte ihn in Stücke gerissen. Jake, der immer die kleine Rauchsäule anstarrte, die in hundert Meter Entfernung aus dem Gras aufstieg, bekam nicht mal mit, dass auf sie geschossen wurde, bis Walker ihn am Arm packte und zu Boden riss. Jouma hatte sich bereits auf die Erde geworfen. Ein kurzes, scharfes Brummen wie von einer wütenden Wespe war zu hören, dann wurde ein faustgroßes Stück aus dem Tisch über Jakes Kopf geschlagen. Plötzlich spürte er einen Schmerz in seinem Arm, und als er hinunterblickte, sah er, dass die Kugel ihm direkt über dem Ellbogen ein Stück Fleisch herausgerissen hatte.
»Was zum Teufel geht hier vor?«, rief er.
»Hier sollen wohl ein paar offene Rechnungen beglichen werden«, erwiderte Walker grimmig. Er blickte zum Jeep, der keine fünfzig Meter entfernt stand, doch er wusste, be-

vor er ihn erreichen konnte, würde er schon tot sein. »Ich hoffe, Sie können gut rennen, Gentlemen. Denn beim nächsten Mal wird er nicht mehr danebenschießen.«

# 76

Tom Beye blickte mürrisch auf das Zielfernrohr auf seinem Mauser-03-Jagdgewehr. Zweimal hatte er Frank Walker schon im Fadenkreuz gehabt, zweimal hatte ihm der Sucher einen Streich gespielt. Prompt hatte er nur den verlausten Massai-Wildhüter erlegt – was er persönlich zwar sehr erfreulich fand, aber es war trotzdem nicht das, was er vorgehabt hatte.

Niemand wusste, dass Walker und dieses dürre Massai-Schwein ihm gestern aufgelauert und ihn gezwungen hatten, geschlagene fünfundzwanzig Kilometer zum Highway zu Fuß zurückzulegen. *Und das würde auch niemand erfahren*, vor allem würde Mr. Roarke nichts davon erfahren, denn Tom Beye hatte sich auf seinem langen Marsch über die Ebene geschworen, dass er zurückkehren und Frank Walker umbringen würde.

Als Beye nachts aus Mombasa losgefahren war, war es stockfinster gewesen. Er hatte unterm Sternenhimmel kampiert und kurz vor der Morgendämmerung sich sein Gewehr gegriffen und sich zu Fuß an seine Opfer angepirscht. Malachi war nicht der Einzige, der wusste, wie man sich im Busch bewegt, dachte Tom Beye. Sein eigener Vater hatte Safaris in Mara geführt – und wäre Verbrechen

nicht so viel rentabler gewesen, wäre Beye in seine Fußstapfen getreten.
Es war ganz leicht gewesen, das Lager zu finden, etwas schwieriger hingegen, ganz mit seiner Umgebung zu verschmelzen, denn er war ziemlich groß und musste trotz Tarnanzug gut aufpassen, damit er unbemerkt blieb. Doch er hatte es geschafft. Und wäre sein Zielfernrohr in Ordnung, hätte er seine Beute auch erlegt.
Beye machte sich jedoch keine allzu großen Sorgen. Der große Afrikaner stand aus seiner Deckung im hohen Gras auf und beobachtete, wie Walker und seine beiden Freunde Richtung Fluss rannten. Er hielt das Gewehr auf Hüfthöhe und legte die kurze Strecke zum Lager zurück, wo Malachi auf dem Boden lag. Stückchen seines Schädelknochens klebten auf der rauhen Leinwand eines Zeltes. Beye spuckte auf die Leiche, dann griff er nach dem Gewehr des Wildhüters, einer altmodischen Winchester, unhandlich und schwer im Vergleich zu seiner schlanken Mauser aus Stahl und Polymer. Trotzdem war sie effektiv und tödlich – sie konnte ihm durchaus noch von Nutzen sein. Beye warf sich die Flinte über die Schulter und stieg in den verlassenen Jeep.

Die drei zu Fuß flüchtenden, unbewaffneten Männer wussten, dass ihre einzige Überlebenschance darin bestand, den Fluss nördlich des Lagers zu erreichen. Aber um dort hinzukommen, mussten sie eine offene Fläche leicht hügeliges Grasland überqueren, bevor der Boden nach fünfhundert Metern schroff zu einem matschigen Ufer abfiel.
Jake hörte den Motor des Jeeps aufbrüllen und begriff,

dass sie jetzt die Beute in einer obszönen Menschenjagd abgaben. Außerdem wusste er, dass ein Raubtier es immer zuerst auf die Nachzügler der Herde abgesehen hatte.
Seine Schusswunde blutete, aber er war in der Lage zu rennen. Wären Walker und er allein gewesen, hätten sie wohl eine Chance gehabt. Doch Jouma hatte alle Mühe, mit ihnen Schritt zu halten. Jake hörte die abgehackten Atemzüge des älteren Mannes und hörte am Geräusch seiner Schritte, dass er immer weiter zurückfiel.
»Sie müssen laufen, Daniel«, rief er. »Nicht stehen bleiben!«
Jouma konnte ihn nur aus verzweifelten Augen ansehen. Hinter ihm erklomm der Jeep bereits die leichte Anhöhe. Vor der rasch sinkenden Sonne konnte man die Silhouette des Fahrers erkennen.
»Walker!«, rief Jake. »Wie weit ist es noch?«
»Direkt hinter den Bäumen«, erwiderte der Schotte und deutete auf eine Reihe von Flammenbäumen hundert Meter vor ihnen.
Es war nicht sonderlich weit, doch als Jake sich umblickte, sah er Jouma stolpern und auf die Knie fallen – und da wusste er, dass der Inspector es nicht schaffen würde.

*Süß*, dachte Beye, als er beobachtete, wie Walker und der andere Weiße stehen blieben, den kleinen Polizisten packten und wieder auf die Füße zogen. *Aber ganz schön blöd.*
Während er mit der einen Hand das Lenkrad hielt, tastete Beye mit der anderen nach seiner Mauser, bugsierte den Lauf auf den Rahmen der Windschutzscheibe und feuerte auf die drei Ziele los. Die Kugeln schossen jedoch über ihre Köpfe hinweg.

Beye fluchte. So ging das nicht. Also hielt er an und lud rasch nach. Dann stand er auf und zielte auf Frank Walker.
Er drückte ab, und Walker ging zu Boden.

Jouma stolperte über die Kante des Uferhangs und schlitterte fünf Meter den schlammigen Abhang hinab. Seine Lungen brannten, und seine Beine waren so schwach, dass er kaum mehr stehen konnte. Dabei war er nur zu einem Gedanken fähig: Wenn er hier draußen in der Wildnis starb, würde Winifred niemals erfahren, was mit ihm geschehen war. Die Vorstellung, wie sie Tag um Tag in der Wohnung saß und hoffnungsvoll zur Tür sah, war mehr, als er ertragen konnte.
Nein – er würde hier nicht sterben. Er *konnte* hier nicht sterben.
Das Letzte, was er gesehen hatte, bevor er sich den Abhang hinunterwarf, war Frank Walker, der neben ihm zu Boden ging, offensichtlich von einer Kugel getroffen. Doch als er aufblickte, entdeckte er, dass Jake und Frank sich nur wenige Meter von ihm entfernt am Ufer des braunen Flusses befanden. Das Gesicht des Schotten verzog sich schmerzlich, als Jake ihm eine provisorische Adernpresse am Oberschenkel anlegte.
»Er ist getroffen worden, aber es ist alles okay«, rief Jake.
»Wer schießt da auf uns?«, wollte Jouma wissen.
»Tom Beye«, presste Walker zwischen zusammengebissenen Zähnen hervor. »Der Psycho aus der Sicherheitsabteilung. Er ist eigentlich hinter mir her – aber jetzt wird er nicht eher ruhen, bevor er auch Ihre Köpfe an seine Bürowand hängen kann.«

Sie befanden sich in einer schmalen Schlucht von ungefähr fünfzig Metern Breite, wo sich der schnell dahinfließende Fluss durch die Ebene gefressen und rechts und links eine unregelmäßig geformte Uferlinie herausgegraben hatte. Ihr einziger Vorteil bestand darin, dass Beye unmöglich mit seinem Jeep hier herunterfahren konnte. Doch da schon einer von ihnen lahm war und von den anderen beiden gestützt werden musste, und obendrein einer dieser beiden angeschossen war, gaben sie die perfekten Zielscheiben ab für jeden, der sein Glück versuchen wollte, dachte Jake.

Außerdem gab es da noch ein Problem, das ihm erst aufging, als er ans andere Ufer blickte.

»Walker …«, begann er.

Der Blick des Schotten folgte dem ausgestreckten Finger.

»Ach du Scheiße«, fluchte er.

»Was ist los? Warum bleiben wir stehen?«, wollte Jouma wissen.

Dann sah er sie selbst. Ein Dutzend dicker, bösartiger Krokodile, die am schlammigen Ufer auf der Lauer lagen, wie eine Ghetto-Gang, die an der Straßenecke auf ihr nächstes Opfer wartet. Jouma, der immer noch Alpträume hatte, nachdem er vor nicht allzu langer Zeit in einem Krokodilpark in Flamingo Creek diesen Reptilien Auge in Auge gegenübergestanden war, stellte fest, dass die in Gefangenschaft gehaltenen Exemplare im Vergleich zu diesen hier die reinsten Eidechsen gewesen waren.

»Na los, Frank«, kam es aufmunternd von Jake, »wir müssen unsere Chance nutzen.«

Er versuchte, Walker mit seinem gesunden Arm auf die Beine zu hieven, doch der schüttelte nur traurig den Kopf.

»Ich bin verloren, Jake. Jouma und Sie sollten die Chance ergreifen. Er will doch sowieso mich.«

»Verdammt noch mal, Frank!«

Doch Jake wusste, dass Walker recht hatte. Beye war mittlerweile ebenfalls den Abhang hinuntergeklettert und näherte sich nun am Ufer entlang. Die Mauser stützte er auf die Hüfte, Malachis uralte Winchester hatte er sich über die hünenhafte Schulter gehängt. Jetzt erkannte auch Jake ihn wieder: Das war der Gorilla aus der Spurling-Truppe, der in Jalawi einem seiner eigenen Männer den Baseballschläger ins Gesicht gedroschen hatte. Irgendwie wurde er das Gefühl nicht los, dass dieser Mann nicht zu der Sorte Mensch gehörte, die die Vergangenheit auch mal ruhen lassen konnte.

»Na los«, drängte Walker, »sehen Sie zu, dass Sie von hier wegkommen.«

Jake wandte sich zu Jouma um, und ihre Blicke trafen sich – und im gleichen Augenblick wusste er, dass sie nirgends mehr hingehen würden. Außerdem begriff er genau, was der Inspector vorhatte – und dass er ihn nicht davon abhalten konnte.

Jouma atmete tief durch und trat dem riesenhaften Mann direkt in den Weg. Der war im ersten Moment tatsächlich so verblüfft, dass er stehen blieb.

»Mein Name ist Detective Inspector Daniel Jouma, ich bin von der Polizei der Küstenprovinz und befehle Ihnen, sofort die Waffen niederzulegen«, verkündete er, wobei er die Hand gebieterisch ausstreckte, als würde er den Verkehr auf der Digo Road aufhalten.

Beye glotzte auf ihn nieder wie ein riesiges Rhinozeros, dem ein schmächtiges Vögelchen die Stirn bieten will.

»Detective Inspector Jouma?« Er lächelte. »Jetzt erinnere ich mich an Sie.«
»Und ich erinnere mich an Sie, Tom Beye. Ein Raufbold und ein verkommener Mensch aus Chamgamwe.«
»Vielleicht sollte ich Sie dann als Ersten umbringen.«
»Sie sind ja so groß, mit Ihren Gewehren und Ihrem Gerede«, höhnte Jouma. Er machte einen Schritt zur Seite Richtung Fluss – und wie Jake gehofft hatte, folgte Beye ihm mit der Mündung der Mauser.
»Was soll Ihre Mutter nur von Ihnen denken?«, fuhr Jouma fort und machte noch einen Schritt weg von Jake und Frank Walker. »Dabei hätten Sie sie so stolz machen können.«
»Meine Mutter war eine Nutte, der völlig egal war, ob ich lebe oder verrecke.«
Jouma machte noch einen Schritt, dann trat er direkt vor Beye und stieß ihm herausfordernd den spitzen Zeigefinger gegen die Brust. »Sie sind eine Schande, Tom Beye. Ihre Mutter hat mein ganzes Mitgefühl.«
Mit einem Aufheulen schlug Beye ihm den Gewehrkolben ins Gesicht.
Jouma landete rücklings am Rande des Flusses. Jake wusste, das war die Chance, die der Inspector hatte einfädeln wollen. Doch als er die Muskeln spannte und zum Sprung ansetzen wollte, schnellte plötzlich Frank Walker hoch. Mit einem ebenso schmerz- wie zornerfüllten Schrei stürzte sich der Schotte auf Beye. Der große Mann sah ihn kommen und hob das Gewehr, um sich zu verteidigen, doch er hatte das Gleichgewicht verloren und stand in der falschen Richtung. Verbissen rangen die beiden Männer miteinander, Beyes brutale Kraft gegen Frank Walkers

Adrenalin. Einen Moment lang trafen sich ihre Blicke, dann stolperten sie und fielen hintenüber ins schnell dahinfließende Wasser.
Am anderen Ufer nahmen die Krokodile das Aufplatschen wahr. So etwas ließen sie sich nicht zweimal sagen. Mit einer schrecklichen, schnellen Bewegung erwachten die Monster zum Leben und glitten unter die Wasseroberfläche. Jake sah es und versuchte noch, einen Warnruf auszustoßen, doch die Krokodile waren die reinsten Torpedos. Der Geschmack von Walkers Blut im Wasser hatte sie ganz wild gemacht, und innerhalb von Sekundenbruchteilen waren sie bei den beiden kämpfenden Männern. Tom Beyes Augen weiteten sich erst vor Überraschung, dann vor Grauen, als etwas nach seinem Bein schnappte und es mit einem kraftvollen Ruck aus dem Gelenk riss. Die Kiefer eines anderen Monsters schlossen sich um seinen Arm und zermalmten Fleisch und Knochen zu Brei. Mittlerweile hatte sich das braune Wasser schaumig rosa verfärbt, und die rasenden Krokodile kämpften um die Überreste von Beyes zerfetztem Körper.
Von Frank Walker war weit und breit nichts zu sehen.
Mit klopfendem Herzen setzte Jake sich ans Ufer. Seine Augen waren noch immer auf die Stelle gerichtet, wo eben noch Walker und Beye gekämpft hatten. Nun war dort nichts mehr zu sehen als die wirbelnde Strömung.
Man hörte ein Stöhnen, und Jouma rappelte sich aus dem Schlamm hoch. Auf einer Wange hatte er eine hässlich klaffende Wunde, wo ihn Beyes Gewehrkolben getroffen hatte.
»Alles in Ordnung, Inspector?«

Jouma nickte. »Ich mache mir eher Sorgen, was Winifred dazu sagen wird.«

»Manche Dinge muss ein Mann einfach für sich behalten«, riet Jake.

Langsam und unter Schmerzen stützten sich die beiden Männer aufeinander und begannen, am Ufer zurückzugehen.

# Achter Tag

## 77

Sie kamen kurz nach acht Uhr morgens, um Douglas Roarke abzuholen. Der Chef der Sicherheitsabteilung saß schon seit fünf Uhr am Schreibtisch, seit ihn nämlich ein Informant bei der Polizei informiert hatte, dass Cyril Craven eine Mail ans Polizeipräsidium geschickt hatte. Er trug einen neuen Anzug und eine Krawatte mit dem Unternehmenslogo von Spurling Developments. Neben ihm stand eine Tasche mit Kleidung zum Wechseln und einem Kulturbeutel – ziemlich optimistisch in Anbetracht der Tatsache, dass er erst nach Kingorani und dann ins Rattenloch Shimo la Tewa gebracht werden würde, was er sehr wohl wusste.

Einen Moment lang hatte er natürlich auch die Möglichkeit erwogen zu fliehen – aber auch nur, weil er gewöhnt war, generell jede Option zu prüfen. Dazu gehörte auch die Idee, einfach alles abzustreiten. Aber das wäre gleichzeitig ein Eingeständnis, dass er etwas falsch getan hatte, und dazu war Douglas Roarke einfach nicht in der Lage. Sein Job bestand darin, die Interessen von Spurling Developments zu schützen, und genau das hatte er in den letzten fünf Jahren getan. Warum sollte er nun seine Errungenschaften kleinreden, wenn so viele Leute in diesem Scheißland überhaupt nichts zuwege brachten? Er würde in dem Wissen ins Gefängnis gehen, dass er eine Art von Macht ausgeübt hatte, von der Leute in offiziellen hohen

Positionen nur träumen konnten. Seine Zeit würde schon noch kommen, das wusste er. Später einmal würde man von Douglas Roarke wie von einer Legende sprechen.
Während er am Panoramafenster seines Büros stand und die ameisengleichen Polizisten unten ins Gebäude laufen sah, war seine einzige Sorge, ob Cyril Craven die Geschichte richtig erzählt hatte, als er ausgepackt hatte.
Cravens Geständnis war Roarkes Testament.
Er hätte es schrecklich gefunden, wenn der Anwalt irgendetwas ausgelassen hätte.

Das Dokument bestand aus zehn säuberlich getippten Seiten. Als Anwalt mit mehr als dreißig Jahren Berufserfahrung hatte Cyril Craven seine Behauptungen hundertprozentig präzise formuliert.
»Wo ist er jetzt?«, wollte Jouma wissen. Er war ebenfalls früh aufgestanden, hauptsächlich, um schon aus der Wohnung zu sein, bevor Winifred von ihrer Schwester zurückkam.
»Ich habe ihn in Sicherheitsverwahrung genommen«, erklärte Elizabeth Simba, ohne näher darauf einzugehen. Sie nahm Cravens Schriftstück vom Schreibtisch. »Wir haben hier genug, um Douglas Roarke wegen Mordes anzuklagen und mehr als ein Dutzend hochrangiger Geschäftsführer bei Spurling Developments wegen Verschwörung. Ganz zu schweigen vom Großteil der Sicherheitsabteilung.«
»Und Craven wird aussagen?«
»Ja, solange bestimmte Bedingungen erfüllt werden. Straffreiheit unter anderem.«
Obwohl die genähte Wunde in seinem Gesicht schmerzte,

musste Jouma resigniert lächeln. Er fand es immer wieder nahezu pervers, dass jemand, der bis über beide Ohren in ein Verbrechen verstrickt war, sich seine Freiheit aushandeln konnte, indem er seine Komplizen verriet. Das kam ihm *ungerecht* vor.

»Und wie sieht es mit Bobby Spurling aus?«

Sie schüttelte den Kopf. »Nicht einmal Craven glaubt, dass es genug Beweise gibt, um ihm irgendetwas anzuhängen. Roarkes Sicherheitsabteilung hat selbständig gearbeitet, das heißt, er hat sichergestellt, dass Clay und jetzt auch Bobby niemals mit irgendeinem Verbrechen in Verbindung gebracht werden konnten.«

»Weiß Gott ein loyaler Diener. Dann kommt Bobby also ungeschoren davon.«

»Wir haben nichts, dessen wir ihn anklagen könnten, Daniel.«

*Noch nicht*, dachte Jouma. *Aber irgendwo unter dieser Stadt schlummerte ein Geheimnis, das Bobby Spurling für den Rest seines Lebens hinter Gitter bringen würde.*

## 78

Als Mwangi in südlicher Richtung zum winzigen Dorf Majimboni unterwegs war, hörte er sich noch einmal die Aufzeichnung seiner gestrigen Vernehmung von Bruder Willem an. Schon außergewöhnlich, dachte er, während er sich sein Diktiergerät ans Ohr hielt. Er hatte den Priester nur mit Schwester Gudruns Art der körperlichen Züchtigung konfrontiert, die sie bei den jungen Nonnen angewandt hatte – doch als Willem erst einmal begonnen hatte zu reden, konnte er gar nicht mehr aufhören.

WILLEM: In nur drei Jahren in der Mission am Victoria-See habe ich das Geld für drei Kirchen, sechs Schulen und ich weiß nicht wie viele Gemeindehäuser zusammenbekommen.

MWANGI: Und wie viel Geld haben Sie für sich selbst zurückgelegt?

WILLEM: Nicht so viel. Nicht so viel, dass jemand Verdacht geschöpft hätte.

MWANGI: Wie viel?

WILLEM: Hunderttausend Dollar vielleicht. Glauben Sie mir, das war nichts im Vergleich zu den Summen, die gespendet worden waren. Mir wurde fast schlecht, wenn ich zusah, wie diese reichen Schweine versuchten, sich ihr Seelenheil zu kaufen.

MWANGI: Warum sind Sie an die Küste gezogen?

WILLEM: Jedes Wasserloch trocknet irgendwann mal aus, Detective Mwangi. Ich hatte von den Plänen für eine Missionsstation in Jalawi gehört. Das klang gut – ein kleines Dorf, noch ziemlich unerschlossene Gegend, jede Menge wohlhabende Spender in Malindi und Mombasa, die man anzapfen konnte. Es war nicht besonders schwer, den Job hier zu bekommen – ich hatte mir einige Verdienste erworben, und die Kirchenältesten in den Niederlanden waren beeindruckt, was ich im Westen geleistet hatte. Aber als ich herkam, stellte ich fest, dass diese alte Hexe mir schon zuvorgekommen war.

O ja, dachte Mwangi, wenn es darum ging, die Kirche zu melken, hatte die heilige Schwester Gudrun in der obersten Liga gespielt. Schon seit fast zwanzig Jahren sammelte sie Geld für wohltätige Zwecke – und hatte dabei systematisch in die eigene Tasche gewirtschaftet. Sie hatte schon in ganz Kenia gearbeitet, aber in den letzten Jahren hatte sie sich in einer Missionsstation bei Majimboni niedergelassen, in den Ausläufern der Shimba Hills. So war sie immer noch nah genug an den Geldquellen von Mombasa im Norden und den Gütern der reichen weißen Großgrundbesitzer an der Grenze zu Tansania.
Mwangi fiel es schwer, sich das Grinsen zu verbeißen, als er sich vorstellte, wie Willem und Gudrun Hals über Kopf zu den reichen Jagdgründen von Jalawi aufbrachen – um dort plötzlich verdutzt auf Konkurrenz zu treffen.

WILLEM: Vielleicht muss man ein Sünder sein, um einen anderen Sünder gleich zu erkennen. Aber wir sahen uns nur an und wussten Bescheid.

Man musste es den beiden immerhin zugutehalten, dass sie rasch beschlossen, sich nicht um die Beute zu zanken. Stattdessen einigten sie sich auf einen unangenehmen, aber lukrativen Waffenstillstand. Sie sammelten gemeinsam Geld, um die Kirche zu bauen – wobei sie mit dem Gewinn halbe-halbe machten –, und sprachen Geschäftsleute an, um auch noch das Geld für die Schule zusammenzubekommen. Doch da ging die Bombe hoch.

WILLEM: Gudrun hatte von einer katholischen Mission in der Nähe von Kisumu gehört, die von Spurling Developments über eine halbe Million Dollar Abfindung bekommen hatte – nur weil sie auf diesem Boden irgendeinem reichen Regierungsbeamten ein Haus bauen wollten. Sie können sich sicher vorstellen, woran wir dachten, als wir hörten, dass man ein Hotel in Jalawi errichten will.

Ihr Optimismus war gerechtfertigt. Schon nach wenigen Tagen tauchte ein Vertreter von Spurling Developments namens Cyril Craven bei ihnen auf, der ihnen einfach eine Million Dollar anbot, damit er ihre Kirche abreißen durfte, und sich ihre Unterstützung sicherte, für den unwahrscheinlichen Fall, dass der Antrag für die Baugenehmigung auf Widerstände stoßen sollte.

WILLEM: An dem Tag hab ich Schwester Gudrun zum ersten Mal lächeln sehen. Aber schon am nächsten Tag wurde das halbe Komitee der Bestechung bezichtigt, und der Antrag von Spurling wurde erst mal auf Eis gelegt. Da hätte mir klarwerden müssen, dass Gott nicht gefiel, was wir taten.

Sechs frustrierende Wochen lang mussten Gudrun und Willem weitermachen, als wäre alles in Ordnung, während sie auf den Jackpot warteten.
Da verschwand Gudrun.

MWANGI: So dass Sie die gesamte Summe eingestrichen hätten.

WILLEM: Ich weiß, wie das aussehen muss, aber ich schwöre Ihnen, ich habe sie nicht getötet. Sie muss sich mit den falschen Leuten eingelassen haben. Irgendjemand muss herausgefunden haben, dass sie die Geldgeber betrog.

Armer, dummer Priester, dachte Mwangi. Willem hatte zwar mit zwielichtigen Finanziers zu tun, aber er schien nicht zu wissen, dass ihre Leiche *niemals* gefunden worden wäre, wenn sie *wirklich* einen von diesen Leuten verärgert hätte.
Nein, was in den Abwasserkanälen mit ihr geschehen war, ging über einen Racheakt für ihre Betrügereien hinaus. Wie er vermutete, hatte es vielmehr mit den neununddreißig Striemen auf dem Rücken der alten Frau zu tun, und den vernarbenden Wunden, die sie Schwester Florence und Gott weiß wie vielen unschuldigen Kindern im Laufe der Jahre zugefügt hatte.

## 79

Der FBI-Einsatz in Mombasa kostete im Grunde nicht viel, aber für besondere Anlässe stand immer ein wenig zusätzliches Kapital bereit. Diesmal finanzierte man damit einen schalldichten Raum im Keller eines Mietshauses in Flughafennähe, und Special Agent Bryson war gerade in einem Taxi dorthin unterwegs. Er hatte geduscht, sich rasiert und einen frischen Anzug angezogen, und als er Zimmer 507 des Colonial Hotel verließ – zum letzten Mal, wie er hoffte –, hatte er einen Blick in den

Garderobenspiegel geworfen und gefunden, dass er zehn Jahre jünger wirkte.

Das Haus stand in einer ziemlich unguten Gegend, in der Banden von draufgängerisch dreinblickenden harten Kerlen in Fußballtrikots durch die Straßen zogen. Die Fenster waren zugenagelt, und die Wände bebten jedes Mal, wenn ein Flugzeug abhob. Bryson bezahlte den Taxifahrer und klopfte an der Tür, ohne in die versteckte Überwachungskamera im Rahmen zu blicken.

Im nächsten Moment wurde die Tür von einem großen Schwarzen in T-Shirt, Cargohose und Hausschuhen geöffnet. »Guten Tag«, grüßte Tradecraft mit seiner schleppenden Stimme.

Bryson folgte dem Beschattungsexperten über nackte Dielen zu einer Falltür, durch die man zu einer steilen Treppe gelangte. Die Stufen endeten vor einer erst kürzlich installierten Metalltür, hinter der sich eine vollständig schallisolierte Stahlkabine befand, die in den USA hergestellt und unter erheblichen Kosten für den amerikanischen Steuerzahler nach Afrika verfrachtet worden war.

Darin befand sich eine Vorrichtung, die auf den ersten Blick aussah wie eine Hantelbank, nur dass sie zwei Meter lang und in der Mitte auf ein Gelenk montiert war, so dass sie wie eine Wippe bewegt werden konnte. Auf diese Bank hatte man einen Mann gefesselt. Er war nackt bis auf die schmutzige Unterhose, sein Kopf lag etwas tiefer, und sein Gesicht war mit einem Lappen verdeckt. Das war der Mann, den sie hinter dem Bootshaus in Flamingo Creek festgenommen hatten – und der jeden Moment zugeben würde, dass er ein hochbezahlter Auftragskiller, genannt »der Geist«, war.

»Clarence Bryson, bei meiner Seele!«, rief Agent McCrickerd, der neben dem Geist stand und eine Zwei-Liter-Karaffe Wasser in der Hand hatte. »Sind Sie heute noch verabredet?«, erkundigte er sich mit einem Blick auf Brysons Anzug.
Sein Kollege lächelte. »Einer von uns muss doch für ein gewisses Niveau sorgen, John.«
McCrickerd, der Surfershorts und Sandalen trug, gluckste vergnügt. Dann goss er dem Mann auf der Bank langsam das Wasser über den Kopf. Sofort begann der Geist zu würgen und in einem Akzent um Gnade zu winseln, den Bryson vage als Arabisch einordnete.
»Verraten Sie mir, für wen Sie arbeiten, und ich höre sofort auf«, versprach McCrickerd in vernünftigem Ton.
»Ich Ihnen doch sagen!«, schrie der Mann. »Ich arbeite für Spurling Developments. In Sicherheitsabteilung!«
McCrickerd warf Bryson einen Blick zu und zuckte mit den Schultern. Der Ältere bedeutete ihm, das Tuch vom Gesicht ihres Gefangenen zu nehmen. Jetzt konnte er sehen, dass der Geist Ende zwanzig war und einen strähnigen Ziegenbart trug.
»Mein Name ist FBI Special Agent Clarence Bryson. Wie heißen Sie?«
»Ibrahim. Ibrahim Mohammed.«
»Wo leben Sie, Ibrahim?«
»Mombasa.«
»Und was haben Sie in Flamingo Creek gemacht, Ibrahim?«
»Mein Chef, er sagt, ich gehe dorthin. Spionieren englische Skipper.«
»Verstehe. Und wer ist Ihr Chef?«

»Mr. Roarke.«

»Aha. Und Mr. Roarke arbeitet für Spurling Developments, stimmt's?«

Ein verzweifelter Hoffnungsschimmer erschien auf Ibrahim Mohammeds Gesicht. »Genau.« Er nickte eifrig.

»Und hat er Ihnen auch gesagt, dass Sie ein Stilett mitnehmen sollen?«

»Stilett? Ist nicht Stilett! Ist *Shafra!* Arabische Messer. Ich habe immer zu meine eigene Schutz.«

»Tatsächlich?«, meinte Bryson. »Tja, dann will ich Ihnen jetzt mal was erzählen, Kumpel: Ich habe bei Spurling Developments angerufen. Mr. Roarke sitzt hinter Gittern, und von einem Ibrahim Mohammed hat noch nie jemand gehört. Was mich zu dem Schluss bringt, dass entweder diese Leute sich irren oder Sie uns nicht die Wahrheit sagen. Sagen Sie uns die Wahrheit, Ibrahim?«

»Ich schwöre! Ich schwöre!«

Bryson sah dem Gefangenen lange in die Augen. Dann nickte er McCrickerd zu, der dem Mann wieder das Tuch übers Gesicht legte.

»Wir versuchen das jetzt einfach noch einmal, okay, Ibrahim?«, sagte er, während unter dem Tuch erstickte Schreie hervordrangen.

# 80

Die Missionsstation und das Waisenhaus in Majimboni hatten noch ein paar Monate wacker weitergekämpft, nachdem Schwester Gudrun nach Jalawi aufgebrochen war. Doch mittlerweile blätterte der Putz von der kleinen Holzkapelle, die Schlafbaracke aus Beton verfiel, und das winzige, unter freiem Himmel eingerichtete Klassenzimmer verschwand unter wuchernden Pflanzen. Kaum zu glauben, dass hier einmal zwanzig Kinder zu Hause gewesen waren, dachte Mwangi. Jetzt hatten sogar die Geister diesen Ort verlassen.

»Nachdem sie fort war, konnten wir nicht mal mehr die grundlegende Versorgung aufrechterhalten. Essen, Kleidung – nicht mal Kreide für die Tafel. Schwester Gudrun mag ihre Fehler gehabt haben, Detective Constable Mwangi, aber sie konnte wirklich Wunder wirken, wenn es darum ging, den Leuten Geld abzupressen.«

Die Worte kamen von einer plumpen Weißen mittleren Alters namens Susan Gillen. Sie führte einen Lebensmittelladen in Majimboni, hatte aber auch auf Teilzeitbasis in der Missionsstation unterrichtet.

»Was ist mit den Kindern passiert?«

»Ein paar sind in andere Waisenhäuser gegangen. Die jüngeren jedenfalls. Die anderen – sind einfach verschwunden.«

»Sie meinten, Schwester Gudrun habe ihre Fehler gehabt …?«

Susan Gillens pausbäckiges Gesicht verzog sich widerwillig. Sie blieb stehen und starrte auf das verfallene Klassen-

zimmer, in dem sie einmal unterrichtet hatte. »Sie hatte einen Ruf als Zuchtmeisterin.«
»Sie hat die Kinder ausgepeitscht, stimmt's?«, hakte Mwangi nach.
Die Frau nickte traurig, und in ihre Augen traten Tränen. »Die armen Kinder. Wenn Gudrun der Meinung war, dass eine junge Nonne sich schlecht benommen hatte, sagte sie, auf diese Weise solle ihnen gezeigt werden, wie Christus für unsere Sünden gelitten hat. Aber das war alles gequirlte Scheiße, Detective Constable Mwangi. Diese Frau war eine Sadistin.«
»Schwester Gudrun ist tot«, erklärte Mwangi. »Der Pathologe hat mir erzählt, dass sie ausgepeitscht, beziehungsweise *gegeißelt* wurde, bis ihr Herz durch den Blutverlust und den Schock versagte. Ich glaube, die Person, die sie umgebracht hat, könnte eines der Kinder gewesen sein, die Gudrun früher selbst misshandelt hat.«
»Eines der Kinder?«
»Mrs. Gillen – die Person, die ich suche, hat schreckliche Verbrennungen fast am ganzen Körper.«
Susan Gillen zwinkerte, und eine Träne lief ihr über die dicke, flaumige Wange.
»Rose«, sagte sie. »Sie hieß Rose Oniang'o. Das arme Ding. Diese Hexe hat dem Kind das Leben zur Hölle gemacht.«

Rose war vierzehn, als man sie ins Waisenhaus brachte. Dass sie noch am Leben war, war ein wahres Wunder, befand Schwester Gudrun.
*Warum hast du sie dann behandelt, als wäre sie ein Monster?*, dachte Mwangi zornig, als er zurück nach Mombasa fuhr.

»Vom ersten Tag an behandelte Gudrun das Mädchen schlimmer als einen Hund«, hatte Susan Gillen ihm erzählt. »Sie hat sie vor den anderen Kindern gedemütigt und bezeichnete sie als Missgeburt. Die anderen Nonnen waren entsetzt – aber niemand konnte etwas sagen oder tun. Gudrun regierte die Missionsstation mit eiserner Faust.

Das Schlimmste dabei war, dass Rose ein so intelligentes Mädchen war. Sie war den anderen im Lesen und Schreiben weit voraus, und wenn man sich die Zeit nahm, sich mit ihr zu unterhalten, war es fast so, als würde man mit einem Erwachsenen sprechen. Doch sie musste nur in die Nähe von Schwester Gudrun kommen, und schon wurde sie wieder schikaniert. Vielleicht deswegen.

Können Sie sich vorstellen, wie es sich anfühlt, wenn verbrannte Haut ausgepeitscht wird? Ich kann mir kaum ausmalen, was das Kind durch diese schlechte Frau für Qualen erlitten hat. Ich war froh, als sie ausriss. Jeder war froh. Wenn sie geblieben wäre, hätte Gudrun sie noch umgebracht, da bin ich ganz sicher.«

## 81

Bruder Willem saß alleine in der Kirche von Jalawi, starrte auf das Kruzifix über dem Altar und betete um irgendeinen Wink, der ihm sagte, wie es jetzt weitergehen sollte.

Doch Jesus blickte mit seinen hölzernen Augen nur aus-

druckslos an die Decke – wie Er es immer tat. Blutrinnsale flossen von Seiner Dornenkrone, aus der dramatischen Wunde in Seiner Seite und aus den Löchern in Händen und Füßen, durch die man ihm die Eisennägel getrieben hatte. War so viel Blut eigentlich wirklich nötig? So viel demonstratives Leiden? Wie immer war Er zu sehr mit sich selbst beschäftigt, um sich um die Probleme anderer zu scheren. Da predigte er nun, dass man gut sein müsse – aber wo war Er, wenn man Ihn einmal brauchte?
Und im Moment brauchte Willem wirklich jemanden. *Irgendein Zeichen*. Bald würde die Polizei hier sein. Sie hatten ihm noch vierundzwanzig Stunden gegeben, damit er seine Angelegenheiten in Jalawi in Ordnung bringen konnte, aber dann würden sie ihn holen. Er wünschte sich doch nur ein winziges spirituelles Zeichen, ein winzig kleines Wunder, das seine Dunkelheit erhellt hätte.
Aber nein. Nichts. Willem starrte auf den Altar und das Taufbecken und das Kruzifix, und plötzlich sah er nur noch wertlose Gegenstände und abergläubischen Schnickschnack. Unglaublich, dass er sein erwachsenes Leben damit verschwendet hatte, diesem Mist eine höhere Bedeutung zuzuschreiben – dabei war er doch nur ein ganz gemeiner Gauner gewesen. Religion war nur das Gewand, mit dem er sein kriminelles Treiben legitimierte. Jetzt wurde ihm klar, dass er Gott nie geliebt hatte und Ihm auch nie hatte dienen wollen. Die Kirche war für ihn nur eine Beschäftigung für die Zeit, in der er sich ein neues Opfer suchte.
Tja, nun würde er für seine Sünden in die Hölle kommen. Und das weiß Gott keinen Tag zu früh.
»Fick dich doch«, zischte er.

In einem jähen Anfall unkontrollierbarer Wut griff er nach oben und riss das schwere Holzkreuz von der Wand, so dass es krachend auf dem Altar landete. Die windige Konstruktion zerbrach sofort unter dem Aufprall, und Kerzen und andere Gegenstände flogen in sämtliche Richtungen. Eine Flasche Salböl zerbrach auf dem Boden, und ihr Inhalt fing sofort Feuer, als sie mit dem brennenden Docht einer Kerze in Berührung kam. Im nächsten Moment leckte die Flamme auch schon an der weißen Altardecke, und plötzlich brannte alles lichterloh.
Willem sah das Feuer und versuchte instinktiv, es auszutreten. Doch es hatte sich bereits zu stark ausgebreitet, fraß sich seinen Weg durch den Stoff und entzündete auch die Wand mit den aufgemalten Szenen aus den Evangelien. Der Priester wich erschrocken mit offenem Mund zurück. Doch während die Flammen sich gierig zu den Dachbalken vorarbeiteten, stellte er fest, dass der Anblick ihn ganz in seinen Bann schlug.
*Ja,* dachte er. *Das war das Zeichen, auf das er gewartet hatte. Hier war seine Erlösung – sein Ausweg.*
Er hob das Kreuz vom Boden auf, drückte Christi gepeinigten Leib fest gegen seinen und wandte die Augen gen Himmel. Als ein Teil des Daches einstürzte und den Blick auf ein Stück blauen Himmel freigab, war Willem überzeugt, dass er nun doch Gottes Antlitz schauen würde.

Der dicke schwarze Qualm, der von dem brennenden Dorf aufstieg, war noch meilenweit im Umkreis von Flamingo Creek zu sehen. Im privilegierten Allerheiligsten des Yachtclubs beobachteten die Mitglieder das Schauspiel von ihrem Balkon aus und überlegten laut, ob sich das Feuer wohl weiter am Ufer ausbreiten würde. Woraufhin einige von ihnen sich erheblich über das Fehlen einer ordentlichen Feuerwehr in der Nähe echauffierten. Was, wenn sich das Feuer noch weiter voranfraß? Was würde mit ihren Villen und Marinas passieren? Würde man sie evakuieren müssen, und wenn ja, wo sollten sie dann hin? Es war wirklich an der Zeit, dass die Vereinigung der Anwohner sich mal zusammensetzte, um sich um eine unabhängige Feuerwehr hier unten am Flamingo Creek zu kümmern.

Die Einwohner von Jalawi saßen am Ufer mit den paar Habseligkeiten, die sie hatten retten können, und sahen zu, wie ihr Dorf niederbrannte. Die Stimmung war düster, aber pragmatisch. Schließlich war es nicht das erste Mal, dass das Dorf dem Erdboden gleichgemacht wurde. Und es würde auch nicht das letzte Mal bleiben. Solange ihre Hütten aus Holz und Stroh waren und die Bewohner darin über offenen Feuerstellen kochten, war die Wahrscheinlichkeit immer groß, dass sich ein Funke verirrte und die ganze Ortschaft abgefackelt wurde. Immerhin war dabei noch nie ein Mensch verbrannt. Man musste Gott immer dankbar sein, auch für die kleinen Gnaden.
Evie Simenon stand neben Schwester Constance und spürte die Hitze der Flammen auf dem Gesicht.
»Wie lange wird es dauern, bis sie ihre Häuser wieder aufgebaut haben?«, fragte die junge Nonne.
Evie lächelte. »Normalerweise brauchen sie dafür eine Woche. Aber wir werden ihnen helfen.«
Hundert Meter weiter brach gerade das ausgebrannte Skelett der Kirche in sich zusammen, und ein Funkenre-

gen stob in den Himmel. Die Intensität des Feuers, das das Gotteshaus zerstört hatte, war so groß, dass die Ermittler mehrere Tage brauchen würden, bevor sie die Ruinen untersuchen konnten und die Überreste von Bruder Willem fanden – zumindest das bisschen, das noch zu finden war.

»*Mein Haus soll ein Bethaus heißen*«, murmelte Constance, während sie auf die schwelende Glut der Kirche blickte, »*ihr aber macht eine Räuberhöhle daraus.*«

# Neunter Tag

# 82

Jake war noch nie im Fort Jesus gewesen. Andererseits war er auch nie im Tower of London oder im Buckingham Palace gewesen. Touristenziele waren uninteressant, sobald man kein Tourist mehr war. Seinen heutigen Besuch rechtfertigte er damit, dass es kein Sightseeing war.
Er trat durch das bewachte Tor auf ein breites, von der Sonne bestrahltes Grundstück, das rundum von hohen Befestigungsmauern gesäumt war. Am stärksten fiel ihm auf, wie friedlich es hier war, verglichen mit der Innenstadt von Mombasa mit ihrem heillosen Chaos. Jetzt verstand er, warum Jouma hierherkam, um dem Wahnsinn seiner Arbeit zu entkommen.
Was für eine Ironie des Schicksals, dass dieser Wahnsinn ihn nun auch noch hier verfolgen sollte.
Der Inspector saß auf einer Bank vor einer Reihe schwarzgestrichener Kanonen. Er sah aus wie ein Gefangener, der auf seine Erschießung wartete. Eine Gesichtshälfte war von einem großen weißen Verband bedeckt, der den traurigen Anblick noch verstärkte.
Jake deutete auf den Verband an seinem linken Arm. »Falls es Sie irgendwie tröstet – das tut auch höllisch weh.«
»Ich glaube, wir können beide von Glück sagen, dass wir noch am Leben sind.«
»Amen. Ich hoffe nur, das war die Sache wert.«
»Die Geschichte ist abgeschlossen«, nickte Jouma.

*Als kleines Kind fürchtete sie sich vor der Dunkelheit. Jetzt kann sie ohne sie nicht mehr leben. Sie hilft ihr. Sie tröstet sie. Sie verbirgt ihre Entstellung und macht es ihr möglich, sich vorzustellen, dass sie immer noch so schön ist, wie Jasmine immer sagte.*

*»Meine hübsche kleine Rose«, sang ihre Schwester immer, wenn sie ihr das Haar flocht und mit Elfenbeinspangen feststeckte. »Schön wie der Sonnenuntergang.«*

*Es wäre ein Leichtes gewesen, sich der Trauer und dem Schmerz einfach zu ergeben. Doch als sie aus dem Waisenhaus floh und in die Stadt kam, wusste sie, dass sie noch etwas zu tun hatte. Die Erinnerung an das weiche, fast kindliche Gesicht des Mannes, der ihrer Schwester das angetan hatte, verlieh ihr Kraft. Die grausamen Augen des Mannes, der das Haus mit Jasmine und ihrem Vater darin angezündet hatte. Und das hasserfüllte Gesicht der alten Nonne, die sie im Namen Gottes quälte.*

*Sie wusste, dass sie sich gedulden musste. Aber so hatte sie eben mehr Zeit für die Vorbereitung.*

*Die Nonne kam als Erstes dran.*

*So viele Menschen an jenem Tag in der Altstadt, so viele Augen – und doch hatte keiner gesehen, wie die alte Frau in die Gasse trat, niemand hatte ihren überraschten Aufschrei gehört, als die Nadel in ihren Hals eindrang und sie zusammenbrach.*

*Der Gang unter dem Gullydeckel, der seit Jahren nicht mehr benutzt worden war und unter einer dicken Schmutzschicht begraben lag, führte über ein Rohr zum größten Abwasserkanal. Sie kannte jeden Zentimeter des unterirdischen Systems an dieser Stelle, denn hier hatte sie in den letzten Monaten gelebt. Sie wusste, dass noch ande-*

*re hier unten in der Dunkelheit wohnten, doch sie verbarg sich vor ihnen. Sie wollte nicht, dass jemand sie zu sehen bekam, und erfuhr, dass sie noch am Leben war.*

*Ihre Vorbereitungen waren äußerst gründlich gewesen. Sie hatte sich nicht nur das Gift besorgt, sondern auch ein Geschirr aus Seilen gebastelt, mit dem sie das Gewicht ihrer Opfer an die Decke hieven konnte. Auch den Ort hatte sie sorgfältig ausgesucht: Das Rohr lag etwas unterhalb der Stelle, wo die stillgelegten Tunnel unter dem Fort aufeinanderstießen. Und diese Tunnel waren perfekt für ihre Zwecke geeignet.*

*Doch es war trotzdem nicht einfach.*

*Sie wusste nur zu gut, dass ihre Kraft nachließ, dass die Infektion, die sich in ihren versengten Lungen festgesetzt hatte, von Tag zu Tag schlimmer wurde. Es fiel ihr zunehmend schwerer, Luft zu holen – ihre Zeit lief ab. Aber das Wissen, dass sie noch so viel zu tun hatte, spornte sie an und verlieh ihrem geschundenen Körper immer wieder neue Kräfte.*

*Sie war nicht überrascht, dass Schwester Gudrun um Gnade schrie, als die Geißel ihren Rücken in eine Masse aus blutenden Striemen verwandelte. Die Schläge schnitten ihr so tief ins Fleisch, dass an einigen Stellen ihre Wirbel oder ihre Schulterblätter freigelegt wurden und weiß durchschimmerten. Eine wahre Frau Gottes hätte ihren Frieden gemacht und ihr Schicksal mit murmelnden Gebeten hingenommen. Doch die Nonne war keine Anhängerin des Glaubens. Für sie war Gott nur ein Mittel zum Zweck.*

*Die Geißelung ging weiter, bis Rose der ganze Brustkorb brannte und sie die Hand mit der Peitsche einfach nicht mehr heben konnte. Aber sie hatte genug getan. Außerdem musste sie sich ihre Kräfte für die anderen Aufgaben aufsparen, die noch vor ihr lagen. Für ihre tote Schwester, für ihre geliebte Jasmine, musste sie stark bleiben.*

»Quarrie wurde für diesen Job nur angeheuert«, erklärte Jouma. »Er brauchte nur das Geld. Aber er war entschlossen, seine Aufgabe gründlich zu erledigen.«
»Nicht gründlich genug«, bemerkte Jake.
»Nein – und das sollte ihn schließlich das Leben kosten.«

*Da sie seinen Namen nicht wusste, nannte sie ihn Den Großen Bösen Wolf, weil er in der Nacht gekommen war, um ihr Haus aus Holz und Stroh niederzubrennen.*
*Tagelang hatte sie ihn beschattet, um den Ablauf seines Alltags zu studieren. Sie stellte fest, dass er ein kräftiger Mann war und wusste, dass sie länger warten und sich noch mehr von dem Gift besorgen sollte, aber langsam wurde sie immer schwächer. Und so schrecklich müde.*
*Sie überraschte ihn zwar, aber er wehrte sich aus Leibeskräften. Irgendwie war es ihr in der dunklen Gasse gelungen, ihm die Injektionsnadel ins Bein zu rammen. Doch obwohl er zu Boden ging, wusste sie, dass die Wirkung des Gifts nicht reichen würde.*
*Es hatte sie fast umgebracht, seinen schweren Körper durch den Abwasserkanal zu schleifen. Als sie ihn schließlich im Tunnel hatte und seine Hände neben der Leiche der Nonne an den Haken in der Decke fesselte, war sie selbst kurz vorm Zusammenbruch. Sie brauchte ihre Medizin, und sie brauchte etwas Ruhe für die unerbittliche Bestrafung, die sie an ihm vollziehen wollte. Denn sobald ihre Sammlung*

*komplett war, würde Der Große Böse Wolf wissen, wie es sich anfühlte zu verbrennen.*
*Mit letzter Kraft kroch sie durch den Tunnel in ihre Höhle, wo sie in einen fiebrigen Schlaf fiel.*
*Als sie aufwachte, war er verschwunden.*

»Und Bobby Spurling war das letzte Puzzleteilchen«, ergänzte Jake.
Sie gingen auf die San Felipe Bastion zu, wo sich ein paar uniformierte Polizisten und Notärzte um den Zugang zu den Tunneln versammelt hatten.
»Sein Apartment war nicht weit weg vom Fort. Sie muss mitbekommen haben, dass er wieder in Mombasa war«, meinte Jouma. »Sie brauchte nur noch auf die richtige Gelegenheit zu warten.«

*Das Fieber wollte sie nicht mehr aus seinen Klauen lassen. Zitternd und schwitzend rollte sie sich in ihrer unterirdischen Zelle zusammen und zwang sich, Kräuter und Wurzeln zu essen, die die Krankheit lange genug in Schach halten würden, dass sie ihre Aufgabe zu Ende bringen konnte.*
*Als der Vergewaltiger mit dem Kindergesicht vor seinem Haus an den Orangenbaum pinkelte, genauso wie er damals am Straßenrand gepinkelt hatte, trat sie hinter ihn und stieß ihm die Nadel in den Hintern. Diesmal war die Moringawurzel-Lösung wesentlich stärker. Sie lähmte ihn sofort, so dass sie ihn problemlos in den nächsten Abwasserkanal schaffen konnte. Bis die Wirkung des starken Nervengifts nachließ, kniete er schon im Tunnel, nackt und an den Händen gefesselt.*

*»Was wollen Sie von mir?«, hatte er gefragt. »Geld?«*
*Geld war immer die Lösung. Damals hatten sie Jasmine auch Schweigegeld angeboten, doch sie hatte abgelehnt. Und da hatten sie sie stattdessen umgebracht.*
*Tja, Rose wollte sein Geld auch nicht.*
*Er würde einen langsamen, schmerzhaften Tod sterben, genauso wie ihre geliebte, schöne Schwester – und sie freute sich jetzt schon darauf, seine Schreie zu hören.*

»Ich wünschte, ich wäre ein paar Minuten später gekommen«, sagte Jouma wehmütig.
Die zwei Männer duckten sich unter dem Absperrband der Polizei hindurch und starrten in die Kammer hinab.
»Hier hat sie sich also die letzten Tage versteckt?«
»Keine Ahnung«, antwortete Jouma. »Die Kanalratten sagen, dass sie sie nie gesehen haben, und ich glaube ihnen. Aber wo auch immer sie sich davor aufgehalten haben mag, irgendwann letzte Nacht muss sie zurückgekommen sein.«
Rose Oniang'os winziger, abgemagerter Körper lag in Embryonalhaltung zusammengerollt am Boden der Höhle. Ihr Mund stand leicht offen, und ihre lidlosen Augen starrten leblos an die Wand.
»Verdammt«, sagte Jake.
»Sie ist jetzt bei ihrer Familie«, meinte Jouma. »Das ist das Beste, was man für sie hoffen kann.«

# Zehnter Tag

## 83

Bobby Spurling war sieben Jahre alt gewesen, als seine Mutter an Krebs starb. Er konnte sich noch lebhaft erinnern, wie schön sie gewesen war in ihrem Sarg, das glänzend schwarze, gekämmte Haar, ihre Lippen, die sich wie Rosenblätter von der weißen Haut abhoben. Am liebsten hätte er sie berührt, um festzustellen, ob sie echt war oder nur eine Porzellanpuppe. Er konnte einfach nicht verstehen, warum sein Vater daraufhin den Sarg verschlossen und unter einem Flammenbaum in einer abgelegenen Ecke der Ranch hatte beisetzen lassen. In den Augen des kleinen Jungen, der zusah, wie der kunstvoll verzierte Sarg in die ausgetrocknete Erde hinabgelassen wurde, war diese Tat der reinste Vandalismus am Gedenken seiner Mutter – als wäre sein Vater wütend, dass sie so früh gestorben war.

*Doch jetzt war er dran.*

Clay Spurling lag feierlich aufgebahrt im Garten vor der Ranch. Der Sarg war ab Brusthöhe offen und gestattete einen Blick auf den sorgfältig hergerichteten Toten mit dem weißen Anzug und der pastellrosa Krawatte. Auf Bobbys Anweisung hatte man die Falten in seinem runzligen, wettergegerbten Gesicht mit Teigklümpchen und Puder aufgefüllt und Rouge auf Wangen und Lippen aufgetragen.

Er schaut aus wie eine alternde Schwuchtel, dachte Bobby entzückt.

Er konnte es kaum erwarten, die Gesichter der Trauernden zu sehen, wenn sie am Sarg vorbeidefilierten, um dem abgebrühten Baumagnaten den letzten Respekt zu erweisen.
Er warf einen Blick auf seine Armbanduhr. Fast schon Mittag. In einer Stunde sollten die ersten Gäste auf der Ranch eintreffen, und wenn der ganze Scheiß vorbei war, würde man seinen Vater neben der Mutter beisetzen. Wenn es nach Bobby gegangen wäre, hätte er Clay Spurlings Kopf ausgestopft und über den Kamin gehängt, aber solche Respektlosigkeiten konnte man sich eben nicht erlauben. Heute musste er die Rolle des trauernden Sohnes, des verwundeten Kriegers und des nachrückenden Firmenoberhaupts spielen. Er musste gleichzeitig demütig und stark auftreten.
Das verlangte ihm gar nicht so viel Mühe ab, denn seine Handgelenke unter den Verbänden pochten schmerzhaft. Tabletten waren sinnlos, er brauchte ein wirkungsvolleres Stärkungsmittel, um diesen Tag voller Unbilden durchzustehen. Da konnte nur ein Wundermittel helfen. Er schüttete ein ordentliches Häufchen Koks auf den Sargdeckel, machte mit seiner Kreditkarte zwei Linien daraus und zog sich beide rein. Im Handumdrehen fühlte er sich besser, und als ihm die Betäubung durch die Adern zischte, blickte er in das Gesicht seines Vaters und brach in hysterisches Gelächter aus.
Er drehte sich um und betrachtete das Haus. Inzwischen wollte er es gar nicht mehr verkaufen. Neunzehn Millionen Dollar mochten eine Menge Geld sein – aber nachdem ihm nun Spurling Developments gehörte, war diese Summe nur noch ein Tropfen im riesigen Ozean der

Billionen, die diese Firma wert war. Mit dem Buchhalter hatte er sich die Zahlen des Unternehmens angesehen, und sie waren wirklich atemberaubend.

Ja, er konnte sich gut vorstellen, hier als redliches Mitglied der kenianischen High Society zu leben. Er betrachtete den schön gestalteten Garten und stellte sich vor, wie er aussehen würde, wenn hier die wohlhabende Elite in ihrem sommerlichen Putz erschien. Dazu arabische Markisen, die unter der Sonne weiß strahlten, livrierte Diener, die Kanapees und Drinks auf Tabletts reichten, und vielleicht sogar ein Auftritt von U2 oder Coldplay.

Nachdem er nun sein Thronerbe angetreten hatte, wurde es Zeit, dass er sich wie ein König benahm – und das war schlecht möglich in einem schäbigen Apartment in der Innenstadt von Mombasa.

Natürlich würde er Änderungen am Wohnhaus vornehmen lassen. Die biederen Antikmöbel des alten Herrn würde er ausrangieren. Er würde die besten Innenarchitekten der Welt kommen lassen, um dem Haus eine dringend benötigte Generalüberholung verpassen zu lassen. *Aber als Erstes würde er dafür sorgen, dass diese beschissenen Wüstenrosen rausgerissen wurden*. Und dann würde er auf der ganzen Fläche einen stillen japanischen Garten anlegen lassen. Oder wie wäre es mit einem Garten zur Erinnerung an Clay Spurling? Das wäre wirklich *zu* komisch.

Seine Handgelenke taten noch immer weh, und sein persönlicher Arzt hatte ihm erklärt, dass er mindestens mit sechs schmerzhaften Wochen rechnen musste, während die Wunden verheilten. Die Aussicht war deprimierend und erinnerte ihn daran, dass all seine hochfliegenden Pläne vorerst sowieso auf Eis lagen, während sein neues Juristenteam das Chaos in Ordnung brachte, das Douglas Roarke und Cyril Craven hinterlassen hatten. Die unvermeidliche Gerichtsverhandlung, in der Craven alles über seine ruchlosen Taten bei Spurling Developments zu erzählen gedachte, würde dem Ansehen des Unternehmens erheblichen Schaden zufügen. Und die Mordanklage gegen Roarke würde die Sache nur noch schlimmer machen.

Der einzige Lichtblick war die Tatsache, dass Bobby Spurling unversehrt aus der ganzen Malaise hervorgehen würde. Er konnte mit keinem von Roarkes Ränken in Verbindung gebracht werden, darauf hatte der Sicherheitschef immer geachtet. Und was die Angelegenheit mit dem Mädchen aus Lukore anging – tja, leider waren inzwischen ja alle tot, die seine Beteiligung an diesem Verbrechen hätten bezeugen können.

Dazu gehörte auch Frank Walker. Der alte Gutmensch. Nach den letzten Nachrichten, die er über Frank gehört hatte, war der Mann keine zehn Kilometer von hier Krokodilfutter geworden. Zu dumm, dass man seine Leiche niemals finden würde. Bobby hätte ihm zu gern ein würdiges Geleit gegeben – in einem billigen Holzsarg hätte er ihn in die Sozialbausiedlung in Glasgow zurückgeschickt, wo er hergekommen war.

Bobby warf den Kopf in den Nacken, streckte die Arme und spürte die Wärme der Sonne im Gesicht. Als das Kokain ein Feuerwerk hinter seinem rechten Auge explodieren ließ, griff er mit der Hand zum Sarg, um sich abzustützen – doch sie landete auf der kalten, fettigen Haut im Gesicht seines Vaters. Das war einfach zu viel, und er fing

wieder an zu lachen – und diesmal konnte er sich schier nicht wieder beruhigen.
Er lachte noch immer, als das Geschoss, eine .300 Winchester Magnum, das aus über einem Kilometer Entfernung abgefeuert worden war, ihn mit zweifacher Schallgeschwindigkeit in die Brust traf und ihm das Herz durch ein handtellergroßes Loch im Rücken hinausblies.

## 84

Normalerweise ging es Harry enorm gegen den Strich, wenn er seine Flasche Pusser's Rum mit jemandem teilen sollte. Doch als er jetzt im Büro der Britannia Fishing Trips Ltd. drei Gläser einschenkte, hatte er das Gefühl, dass der Anlass eine gewisse Großzügigkeit rechtfertigte.
»Ich kann nicht behaupten, dass Ihre Abreise mich traurig stimmt, Gentlemen«, sagte er.
FBI Special Agent Bryson und sein Kollege McCrickerd lachten und hoben die Gläser.
»Auf Sie, Harry«, prostete Bryson ihm zu. »Dieses Gefühl beruht auf Gegenseitigkeit.«
Sie kippten den brennend scharfen Alkohol hinunter und ließen sich gleich wieder nachschenken.
»Und wo ist unser Freund jetzt?«, wollte Harry wissen.
»Den haben wir in einem Spezialgefängnis in der Stadt, das wir für ihn warmgehalten hatten«, antwortete McCrickerd.

»Redet er?«
»O ja, und wie er redet«, berichtete Bryson. »Er beharrt aber nach wie vor darauf, dass er für die Sicherheitsabteilung von Spurling Developments arbeitet.«
»Ja, er sagt, dass man ihn hergeschickt hätte, um Ihren Partner auszuspionieren«, ergänzte McCrickerd. »Wie Sie sich wahrscheinlich vorstellen können, hat man bei Spurling Developments noch nie von dem Kerl gehört.«
»Was haben Sie jetzt mit ihm vor?«
Die zwei FBI-Männer tauschten einen Blick. »Sagen wir mal, wir haben da eine kleine Einrichtung, die etwas näher an der Heimat liegt. Die ist für Leute reserviert, die etwas wirkungsvoller vernommen werden müssen«, erklärte Bryson.
McCrickerd grunzte. »Zumindest als ich das letzte Mal gewählt habe, war das noch so.«
Harry reichte ihm sein nachgefülltes Glas. »Erzählen Sie mir nichts mehr. Ich bin bloß froh, dass das alles vorbei ist. Ich mag keine Mörder, und ich mag es auch nicht besonders, wenn ich überwacht werden muss.«
»Glauben Sie mir, für uns war's auch kein Picknick«, versicherte McCrickerd.
»Nur schade, dass Jake nicht hier ist, um Ihnen *Kwaheri* zu sagen.«
»Ich hätte mich auch gern von ihm verabschiedet«, gab Bryson zu. »Nach allem, was ich gehört habe, hätte der Kerl das Zeug zu einem tollen FBI-Agenten.«
»Na, lassen Sie bloß die Finger von ihm«, meinte Harry. »Der hat die Nase schon in so viele dubiose Geschichten gesteckt, dass er dabei fast draufgegangen wäre. Ich brauch ihn hier in unserer Firma.«

»Wo ist er denn überhaupt?«
Harry blickte auf seine Uhr. »Im Moment müsste er gerade einen Kunden aus dem Ocean Hotel in Shanzu Beach abholen. Eine Kund*in*, sollte ich sagen.« Er zog eine Augenbraue hoch. »Noch dazu mit einer ausgesprochen sexy Stimme.«
»Das Glücksschwein«, seufzte Bryson. »Wenn ich nach Hause komme, kann ich mich bloß auf meine Göttergattin freuen.«

Nach allem, was passiert war, hätte er sich keinen besseren Job aussuchen können, um wieder in den Alltag zurückzufinden, dachte Jake. Der Name des Ernies war Sasha, sie war Ende zwanzig, hatte langes, kupferfarbenes Haar und verlangte für ihre zweihundert Dollar nicht mehr, als ein paar Buckelwale zu sichten.
»Von denen bekommt man in Weißrussland nicht allzu viele zu sehen«, erklärte sie.
Tja, das ließ sich wohl einrichten. Und die Tatsache, dass sie nicht angeln wollte, bedeutete, dass er auch Sammy nicht brauchen würde – und das war nur günstig, denn im Moment brauchte Jalawi jeden verfügbaren Bewohner, um das Dorf aus der Asche wiederaufzubauen.
Sie waren gerade über das Riff hinaus, und die Küstenlinie war am Horizont verschwunden. Wenn man die paar Frachter in der Ferne, die südwärts nach Mombasa fuhren, nicht mit einrechnete, hatten sie das Meer für sich allein.
»Sie müssen ja ein interessantes Leben führen«, meinte Sasha, die auf dem Kampfstuhl saß und sich mal nach links, mal nach rechts umblickte.

Jake reichte ihr ein kühles Bier und machte sich selbst auch eins auf. »Hat schon seine schönen Momente. Und Ihres?«
»Ach, ich reise viel, aber außerhalb der Hotelzimmer bekomm ich eigentlich wenig zu sehen. Inzwischen finde ich, dass das ziemlich witzlos ist. Man könnte genauso gut gleich aus dem Büro arbeiten.«
»Sie sind also im Urlaub hier?«
»So ähnlich«, gab sie zurück. »Ich muss einen kleineren Job erledigen, während ich hier bin, aber sobald ich damit fertig bin, möchte ich noch ein paar Tage für mich haben.«
»Tja, dann trinken wir mal auf Ihre paar Tage Urlaub«, sagte Jake und hob die Flasche. Sasha stieß mit ihm an, aber die Flasche glitt ihr aus der Hand und zerschellte auf dem Deck.
»O Mann, das tut mir leid«, rief sie. »Lassen Sie, ich mach das schon.«
»Bleiben Sie sitzen«, lächelte Jake. »Ich wisch das schnell auf.«
Er ging zur Kabine und holte einen Feudel.
»Sie haben mir noch gar nicht erzählt, was für ein Job Sie rund um den Globus schickt«, nahm er den Gesprächsfaden wieder auf, als er wieder zurückkam.
Er hatte noch nicht mal richtig registriert, dass das Mädchen nicht mehr auf dem Kampfstuhl saß, als sich auch schon eine Hand über seinen Mund legte.
»Ich töte Menschen«, sagte ihm eine sachliche Stimme ins Ohr.
Jake spürte etwas Scharfes im Genick und reagierte augenblicklich, indem er den Kopf nach hinten warf. Als er mit voller Wucht gegen einen Widerstand stieß, knirschte

irgendetwas, und er hörte ein schmerzerfülltes Keuchen. Für eine Sekunde lockerte sich der Griff auf seinem Mund, und er konnte sich herauswinden. Sasha stand direkt hinter ihm – das Blut lief ihr aus der Nase, und irgendetwas an ihr kam ihm komisch vor. Er brauchte einen Moment, bis er merkte, dass ihre Haare leicht verrutscht waren.

»Sie sind …?«, fragte er ungläubig.

»Eine Frau? Sie sind ja ganz schön scharfsinnig«, gab der Geist zurück und stieß ihm das Stilett bis zum Anschlag in den Magen. Im ersten Augenblick spürte Jake gar keinen Schmerz, nur den dumpfen Schlag. Er stolperte auf den Kampfstuhl zu und stützte sich auf dem warmen Leder ab.

»Ihr Männer seid doch alle gleich«, hörte er sie sagen. »Ihr macht es mir wirklich leicht mit euren Vorurteilen.«

Jake war einmal angeschossen worden – das hatte sich angefühlt, als würde einen ein Maultier treten. Dieses Gefühl war jedoch heimtückischer, ein schneidender, reißender Schmerz in den Tiefen seiner Eingeweide. So hatte er sich Sterben immer vorgestellt.

»Dummheit hilft natürlich auch«, fuhr der Geist fort. »Das FBI muss sich ja für wahnsinnig schlau gehalten haben, als es die Nachricht entschlüsselt hat – aber es kam ihnen überhaupt nicht in den Sinn, dass *Sie* das Ziel sein könnten statt Ihrem Partner. Manchmal sind die einfachsten Täuschungsmanöver die besten. Nur weil Ihr Partner in die Menschenhandel-Affäre verwickelt war, gingen sie davon aus, dass Sie der letzte Mensch wären, den sie beschützen müssten.«

»Aber warum denn ich?«, keuchte Jake. »Ich bin doch nur der Skipper, verdammt!«

»Sie haben einen ihrer Aktivposten zerstört, Mr. Moore. Sie haben sie *verletzt*. Und Rache ist oft schon ein ausreichendes Motiv.«

Der Geist kam näher, um ihm den Todesstoß zu versetzen. Ihr Gesicht war absolut ausdruckslos. Jake sah, dass die Klinge des Stiletts nass von seinem eigenen Blut war, und er wusste, dass er aus dem schlichten Grund sterben würde, weil er Patrick Noonan umgebracht hatte.

»Tut es weh, Mr. Moore?«, erkundigte sich die Killerin. »Sie hätten es mich lieber auf meine Art machen lassen sollen. Dann wäre es jetzt schon überstanden. Völlig schmerzfrei.«

*Es hat weh getan. Es hat höllisch weh getan.*

Jake stolperte rücklings gegen die Achterreling. »Fick dich doch«, knurrte er und stürzte hintenüber ins Wasser.

Der Geist blickte ihm nach, um sicherzugehen, dass er sich nicht irgendwo seitlich am Boot festhielt, doch Jake war schon unter der Wasseroberfläche verschwunden.

»*Arschloch*«, sagte sie, betastete vorsichtig ihre geschwollene Nase und überlegte, wie viel der schönheitschirurgische Eingriff sie wohl kosten würde. Wie Rocky Marciano wollte sie ganz gewiss nicht aussehen. Sie mochte zwar eine Auftragskillerin sein, aber sie war immer noch eine Frau.

Der Geist riss sich die Perücke vom Kopf und warf sie über Bord. Ihr rasierter Schädel war heiß und juckte, und sie kratzte sich mit der blutigen Spitze des Stiletts. Dann ging sie hoch auf die Brücke und studierte die Seekarte. Nach ihren Berechnungen war der Tana River knapp hundert Kilometer entfernt, und von dort waren es nur wenige Kilometer landeinwärts bis zur Landebahn. Sie startete den Doppelmotor der *Yellowfin* und brachte das Boot auf nordwestlichen Kurs. In weniger als sechs Stunden würde sie in Somalia sein, und bis dahin hatte sie auch eine neue Identität – eine Aussicht, die sie nach all den Jahren immer noch aufregend fand.

# Danksagung

Mein ganzer Respekt gilt meinen Freunden von Collingwood Massive, vor allem Dave, Helen, Bez, Carole und Jo, die zwanzig Jahre lang geduldig gewartet haben, dass ich endlich mal zu Potte komme, und die mir mit ihrer positiven Einstellung sehr geholfen haben. Danke auch an meine brillante Lektorin Emma Beswetherick, an meine ebenso brillante Agentin Jane Gregory und an das großartige Team bei Piatkus. Aber natürlich wäre das ganze Projekt unmöglich gewesen ohne meine wunderbare Janey, die mich immer voll unterstützt, und die kleine Georgia Isabella Brownlee, die mich jeden Tag zum Lachen bringt.

»Spannend, exotisch und mit einer Prise Humor«
*Spiegel online*

Nick Brownlee

# Mord in Mombasa

**Thriller**

Zwei verstümmelte Leichen und ein gesprengtes Boot rufen den kenianischen Ermittler Daniel Jouma und den englischen Ex-Elitepolizisten Jake Moore auf den Plan. Gemeinsam kommt das ungewöhnliche Duo einem Verbrecherring auf die Spur, dessen Netzwerk weit über die Unterwelt von Mombasa hinausreicht. Wer sich nicht an die Spielregeln hält, wird eiskalt ausgeschaltet …

Knaur Taschenbuch Verlag

Richard Kunzmann

# Blutige Ernte

**Thriller**

In Johannesburg wird eine Mädchenleiche gefunden, ohne Organe und Blut, daneben ein Fetisch. Detective Harry Mason glaubt an die Tat eines Serienkillers. Jacob Tshabalala hingegen, sein Partner, sieht einen bösen Zauber am Werk und hat Angst, die Ermittlungen weiterzuführen. Daran droht ihre Freundschaft zu zerbrechen. Da bringt ein weiterer Ritualmord Bewegung in den rätselhaften Fall …

Ein explosiver, schockierender Thriller
aus Südafrika!

Knaur Taschenbuch Verlag